Melissa Foster

Im Herzen eins

DIE BRADENS (WESTON, COLORADO)

DIE AUTORIN

Melissa Foster ist eine preisgekrönte *New-York-Times-* und *USA-Today*-Bestsellerautorin. Ihre Bücher werden vom *USA-Today-Bücherblog,* vom *Hagerstown Magazin,* von *The Patriot* und vielen anderen Printmedien empfohlen. Sie ist Gründerin von *Women's Nest,* einer Gemeinschaft von Frauen für Frauen, und des *World Literary Cafés.* Wenn sie nicht selbst schreibt, hilft Melissa mit der *Fostering-Success*-Plattform aufstrebenden Autoren und Autorinnen dabei, sich in der Welt der Buchveröffentlichungen zurechtzufinden und zu positionieren. Darüber hinaus veranstaltet Melissa Schreibwettbewerbe für Kinder und hat mehrere Wandgemälde für das *Hospital for Sick Children,* eine Kinderklinik in Washington, D. C., gemalt.

Besuchen Sie Melissa auf ihrer Website, chatten Sie mit ihr auf *The Women's Nest* oder in den sozialen Medien. Sie diskutiert gern mit Lesezirkeln und Bücherclubs über ihre Romane und freut sich über Einladungen. Melissas Bücher sind bei den meisten Online-Buchhändlern als Taschenbuch oder in digitaler Form erhältlich.

www.MelissaFoster.com

Melissa Foster

Im Herzen eins

DIE BRADENS (WESTON, COLORADO)

LOVE IN BLOOM – HERZEN IM AUFBRUCH

Aus dem Amerikanischen von Usch Pilz

Die Originalausgabe erschien erstmals 2013 unter dem Titel
»Lovers at Heart – The Bradens« bei World Literary Press, MD, USA.

Deutsche Erstveröffentlichung
2017 bei World Literary Press, MD, USA
© 2013 der Originalausgabe: Melissa Foster
© 2017 der deutschsprachigen Ausgabe: Melissa Foster
Lektorat: Judith Zimmer, Hamburg
Umschlaggestaltung: Natasha Brown

ISBN: 978-1-941480-78-6

Für Russell Blake,
einen talentierten Schriftsteller, geschätzten Freund und ebenso
unerbittlichen wie würdigen Konkurrenten. Du bist ein super
Typ, bis runter zu deinen Skater-Schuhen.

Vorwort

Im Herzen eins ist das erste Buch der Serie über die Bradens in Weston, Colorado, und folgt chronologisch direkt auf den letzten Band der *Snow-Schwestern*. Wie alle Bücher aus der Reihe *Love in Bloom –Herzen im Aufbruch* kann es für sich allein gelesen werden. Aber für noch mehr Lesespaß schmökern Sie sich auch durch die anderen Bücher der Reihe. Das Schöne daran ist, dass Ihnen liebgewonnene Figuren immer mal wieder begegnen und Sie so erfahren, wie es mit ihnen weitergeht.

Wenn Sie die drei Bände über die *Snow-Schwestern* bereits gelesen haben, kennen Sie Treat Braden und Max Armstrong schon. Sollte das nicht der Fall sein, dann bitte anschnallen. Es geht auf eine emotionale Achterbahnfahrt. Diese beiden Figuren haben einen besonderen Platz in meinem Herzen. Ich hoffe, Sie verlieben sich genauso in sie wie ich.

Eins

Normalerweise charterte Treat Braden kein Flugzeug. Mit seinem Reichtum zu protzen lag ihm fern. Aber heute wollte er unbedingt weg aus seinem Luxusresort in Nassau auf den Bahamas und hatte blöderweise den Linienflug verpasst. Er besaß glamouröse Hotelanlagen auf der ganzen Welt und war schon so häufig für Reisesendungen interviewt worden, dass ihm inzwischen fast übel wurde, wenn er wieder mal die albernen Medienspielchen mitspielen sollte. Seit er Max Armstrong kennengelernt hatte, fand er die ganze Pracht und Herrlichkeit, die ihn umgab, zunehmend irritierend. Vor sechs Monaten hatte er diese Frau zum ersten Mal in der Lobby seines Hotels in Nassau stehen sehen. Sie hatte bei ihm eine bis dahin nie erlebte Art von Herzrasen ausgelöst, und dieses Gefühl machte ihm eine Heidenangst.

Treat hatte sich alle Mühe gegeben, Max nicht zu beachten. Aber das Schicksal hatte offenbar gewollt, dass sie ihm ständig über den Weg lief. Treat war klar, dass er keinerlei Ansprüche stellen konnte. Verdammt, er hatte sich nicht einmal anmerken lassen, wie gut ihm Max gefiel. Doch als er sie mit Justin Barr, einem seiner Angestellten, gesehen hatte, war ihm fast die Galle übergelaufen. Zu allem Überfluss hatte sie am nächsten Morgen in denselben Kleidern wie am Vorabend vor dem Fahrstuhl des Hotels gestanden, und er hatte sich wie ein Idiot benommen.

Seit der ersten Begegnung mit Max irrte seine Seele durch einen düsteren Tunnel voller grüblerischer Gedanken. Er war siebenunddreißig, und es wurde höchste Zeit, dass er sein Herz öffnete und die Ängste ablegte, die er mit sich herumschleppte. Er hatte den viel zu frühen Tod seiner Mutter miterleben müssen. Und die abgrundtiefe Trauer seines Vaters. *Wenn ich mich verliebe, wird das Schicksal mir meine Liebe nehmen. Mein Herz wird genau wie Dads Herz brechen.*

Noch eine einzige Sekunde in seiner Hotellobby in Nassau und er hätte mit bloßen Händen die Mauern eingerissen. Bei der Landung wusste Treat, dass es gut gewesen war, dem Resort für eine Weile den Rücken zu kehren. Ein Wochenende auf der Ranch seines Vaters in Colorado war genau das, was er jetzt bauchte. Hal Braden hatte schon immer eine beruhigende Wirkung auf ihn gehabt und das Zusammensein mit seiner Familie würde ihn erden. Nach dem Tod ihrer Mutter hatte Hal seine sechs Kinder so gut wie möglich durch die schwere Zeit geleitet. Dabei hatten sie ein tiefes Zusammengehörigkeitsgefühl entwickelt. Treats Vater hatte seinen fünf Jungs zudem Werte wie Fleiß und Durchhaltevermögen vermittelt und ihnen damit den Schlüssel zu ihrem beruflichen Erfolg in die Hand gelegt. Doch die Geschäftstüchtigste unter allen Geschwistern war Treats kleine Schwester Savannah. Er lächelte. Savannah sah umwerfend aus und war nicht zimperlich. Er musste sie dringend anrufen, so lange er hier war.

In der kleinen Stadt Weston in Colorado wimmelte es nur so von Cowboyhüten. Im Umland gab es jede Menge Ranches und der Stadtkern erinnerte an eine Wildwestkulisse. Alles war noch so, wie Treat es in Erinnerung hatte. Abgesehen von dem

Verkehrschaos, in dem er gerade feststeckte. Erst als er sich mit seinem gemieteten SUV im Schritttempo um die nächste Ecke gequält hatte, sah er die Ballons und Transparente mit dem Logo des Indie-Filmfestivals. Zum zweiundzwanzigsten Mal zog es nun schon die Besuchermassen an. *Verdammt.* Dass es an diesem Wochenende stattfand, hatte er vergessen.

Während er darauf wartete, dass die Fahrzeuge vor ihm von der Hauptstraße aufs Festivalgelände abbogen, klingelte sein Handy.

»Warum hast du mir nicht gesagt, dass du kommst? Du bist unmöglich!«

Savannah. »Hey, Süße. Ich habe dich auch vermisst.«

»Du altes Scheusal.« Sie lachte. Savannah war eine gewiefte Anwältin und hatte sich auf die Unterhaltungsbranche spezialisiert. Aber für Treat war sie einfach nur seine kleine Schwester. »Ich bin mit einem Mandanten auf dem Festival. Wann kommst du?«

»Ich bin schon da. Ich stehe auf der Hauptstraße im Stau.« Seit fünf Minuten ging gar nichts mehr.

»Ach ja? Komm zum Festival, dann treffen wir uns. Ich rufe Dad an und sage ihm Bescheid. Ich warte am Hintereingang auf dich.«

Das war eine Anordnung, kein Vorschlag und schon gar keine Bitte. Treat lächelte trotzdem. Am liebsten wäre er sofort auf die über zweihundert Hektar große Ranch seines Vaters draußen vor der Stadt gefahren. Aber er wollte Savannah nicht enttäuschen. Seine Geschwister waren ihm wichtig und die Worte seines Vaters hatte er stets im Ohr. *Die Familie steht immer an erster Stelle.*

»Hast du überhaupt Zeit?« Er wusste, dass Savannah Himmel und Hölle in Bewegung setzen würde, um sich für ihn freizuschaufeln.

»Soll das ein Witz sein? Für dich? Immer, verdammt. Ich warte am Hintereingang.«

»Ich komme, sobald der Verkehr es zulässt. Hey, und vergiss nicht, Dad anzurufen.« Er wollte nicht, dass sein Vater sich Sorgen machte. Nach dem Auflegen quälte er sich durch zwei weitere endlos lange Rotphasen und rief vorsichtshalber selbst bei seinem Vater an.

»Hallo, Sohn.«

Hals tiefe Stimme und sein Colorado-Akzent, gaben Treat einen Stich ins Herz. Gütiger Himmel, sein Vater hatte ihm gefehlt. »Ich bin schon in der Stadt, Dad. Aber wenn es dir nichts ausmacht, schaue ich noch kurz beim Festival vorbei.«

»Schon gut. Savannah hat gerade angerufen. Lass dir Zeit. Sie vermisst dich.«

Hal Braden wollte immer nur das Beste für seine Kinder. Das hatte sich nie geändert. Ein warmes Gefühl durchrieselte Treat. »Bis bald, Dad.«

Zwei

Für den Eröffnungstag schlüpfte Max Armstrong in ihre bequemsten Jeans und das übliche Festival-T-Shirt. Ihr Boss Chaz Crew war der Veranstalter des Indie-Filmfestivals und hatte es in den letzten Jahren so populär gemacht, dass sie im Lauf des Wochenendes mit gut vierzigtausend Besuchern rechneten. Nur wenige Minuten von der Stadtmitte entfernt erstreckte sich das Festivalgelände über eine Fläche von mehreren Fußballfeldern. Es gab fünf neue Spielstätten, dazu Restaurants, Fanartikelläden und ein schickes Hotel. Sämtliche Unterkünfte in der Umgebung waren schon seit einem Jahr ausgebucht.

Ob nun zwanzig- oder fünfzigtausend Filmfans, Max war vorbereitet. Effizienz war ihr zweiter Vorname und es gab keine Eventualitäten, für die sie nicht vorausgeplant hatte. Seit acht Jahren kümmerte sie sich um die Sponsoren und um die Logistik. Sie war nicht leicht aus der Fassung zu bringen. Zumindest hatte sie das immer geglaubt. Aber dann hatte sie auf Chaz' Hochzeit vor sechs Monaten Treat Braden kennengelernt.

Per E-Mail und übers Telefon hatte Max zusammen mit Treats Assistentin Scarlet monatelang an der Planung für die Doppelhochzeit in Treats Luxus-Resort in Nassau gefeilt. Chaz hatte Kaylie Snow geheiratet und Kaylies ältere Schwester Danica hatte Treats Cousin Blake Carter das Ja-Wort gegeben. Max und Scarlet hatten sich bei der Planung dieses Events so gut kennengelernt, dass sie einander inzwischen an der Stimme erkannten. Doch auf die Begegnung mit dem eins fünfundneunzig großen, dunkelhaarigen Gott namens Treat Braden war Max nicht gefasst gewesen. Mit seiner verführerischen Stimme und seiner zutiefst männlichen Ausstrahlung ließ er ihr das Adrenalin in die Adern schießen und brachte ihr Herz ins Trudeln. Er hatte sie derart aus der Bahn geworfen, dass ihre Stimme versagt und ihr Gehirn sich in den Stand-by-Modus verabschiedet hatte.

Wenn sie daran dachte, wie er ihre Hand in seine genommen und mit seinen warmen, sinnlichen Lippen ihren Handrücken geküsst hatte, wie er sie angesehen hatte, als wäre sie die einzige Frau auf der ganzen Welt, nur um sie im nächsten Augenblick hochnäsig abfahren zu lassen, zog sich ihr Magen zusammen. Wie kam er dazu, sich ein Urteil über ihre Privatangelegenheiten anzumaßen? Schön, sie hatte dieselben Klamotten getragen wie am Abend zuvor, und ja, sie hatte ein Date mit einem seiner Angestellten gehabt. Aber sie war erwachsen und Single und konnte tun und lassen, was sie wollte und mit wem sie wollte. Das war ganz allein ihre Sache. *Warum interessiert mich überhaupt, was er denkt?* Der verächtliche Blick, den er ihr zugeworfen hatte, stand in krassem Gegensatz zu seinen sonst so vollendeten Manieren. Er hatte ihr die Türen aufgehalten, ihr wie all seinen Gästen jeden Wunsch von den Augen abgelesen und sich akribisch um jedes Detail der Hochzeit seines Cousins gekümmert. Bis zu dem niederschmetternden Blick hatte er jedes ihrer Worte aufgesogen, und sie hätte schon blind sein müssen, um nicht zu merken, wie seine

Augen jede ihrer Bewegungen verfolgten. Allein beim Gedanken daran beschleunigte sich ihr Pulsschlag. Aber ihr Entschluss stand fest. Ihr Ex-Freund hatte sie übel behandelt, herabgesetzt und kleingemacht. Nie wieder, hatte sie sich geschworen. Auch nicht für den unfassbar betörenden Treat Braden. Nach der unerfreulichen Begegnung vor dem Fahrstuhl hatte sie versucht, ihm aus dem Weg zu gehen. Mit mäßigem Erfolg. Nach ihrer Rückkehr aus Nassau hatte sie ihn aus ihren Gedanken verbannt. Nur hin und wieder, allein in ihrem Schlafzimmer, erlaubte sie sich ein paar prickelnde Fantasien.

Sie hatte ihre Lektion gelernt und sich wieder auf das konzentriert, was sie am besten konnte: ihre Arbeit. Und das machte sich bezahlt. Das diesjährige Festival würde ein Riesenerfolg werden.

Am Nachmittag war es ungewöhnlich warm in Weston. Max war froh, dass sie diesmal ihren Parka nicht brauchte. Während in den vorigen Jahren oft ein ausgemacht arktisches Lüftchen geweht hatte, pendelten sich die diesjährigen Festival-Temperaturen gerade um zwanzig Grad ein. Die Nachmittagsvorstellungen liefen reibungslos. Selbst die prominenten Gäste hatten ihre Bühnenauftritte bislang ohne wie zufällig verrutschte Garderobenteile absolviert, den altbewährten Trick, der stets für Furore sorgte. Max hielt die Zügel fest in der Hand und ließ die Promis gar nicht erst auf absonderliche Ideen kommen.

Auf der Fahrt zum Hintereingang sagte sie in ihr Headset: »Ich sehe mal nach Connor Dean.«

Offenbar gab es Reibereien zwischen der Entourage des Stars und einigen Medienvertretern. Die Fotografen hatten die Limousine des Stars und die beiden als Begleitfahrzeuge eingesetzten SUVs regelrecht umzingelt. Eigentlich hätte Max das ahnen müssen. Connor Dean war ein Schauspieler aus der

Region. Seit sie ihn vor acht Monaten gebucht hatte, war sein Bekanntheitsgrad durch die Decke gegangen, und er hatte Millionen gescheffelt. Sie hatte gehofft, die Security-Leute im Hulk-Format kämen mit ein bisschen Drama zurecht. Aber das war wohl ein Irrtum gewesen. Am Hintereingang ließ sie ihr Wagenfenster herunter und machte sich ein Bild von dem Promi-Albtraum, der hier gerade ablief. Flüche und Drohungen flogen durch die Luft wie Bonbons zu Karneval. Die Situation schien festgefahren. *Warum um alles in der Welt hängt diese Frau aus dem Schiebedach der Limousine?*

Max hielt direkt vor dem ersten SUV, stieß ihre Wagentür auf und stieg aus. Weil niemand Notiz von ihr nahm, ging sie direkt zu Plan B über. *Was ruft die Frau in der Limousine denn da? Ist das Juristenkauderwelsch?* Seufzend kletterte Max auf ihr Wagendach und hob die Arme. Über das Panel an ihrem Gürtel verband sie sich mit der Lautsprecheranlage über dem Tor.

Treat hielt hinter den Fahrzeugen der Reporter, die sich am Hintereingang stauten. Er öffnete sein Fenster. Geschrei schlug ihm entgegen. Hier würde sich ganz offensichtlich niemand so schnell von der Stelle bewegen. Er bog auf den Parkplatz vor dem Tor ab und beschloss, nur kurz zu Fuß aufs Gelände zu gehen und Savannah zu begrüßen. Sie konnten sich später auf der Ranch treffen. Auf Stress jeder Art verspürte er im Moment keinerlei Lust.

Er hörte Savannahs Stimme. Sein Blick scannte die Menge. *Wenn irgendwer sie anrührt, kann er was …* Savannahs Oberkörper ragte aus dem Schiebedach einer Limousine. Sie rief den Reportern, die ihren Klienten mit Fragen beschossen, irgendetwas zu. Connor Dean wurde täglich bekannter und populärer. Savannah vertrat ihn seit zwei Jahren, und er nahm sie oft mit zu seinen öffentlichen Auftritten. Der frischgebackene Star riskierte gern mal eine dicke Lippe und hatte deshalb oft mit Verleumdungen und übler Nachrede zu kämpfen. Als seine Anwältin musste Savannah penibel darauf achten, was bei irgendwelchen Events tatsächlich gesagt wurde. Sei es von Connor oder von den Reportern.

Den Schauspieler selbst konnte Treat zwar nicht sehen, aber angesichts der Menschentraube um die Limousine nahm er an, dass Connor sich hinter dem halboffenen, getönten Wagenfenster mit Reporterfragen herumschlug.

Treat lehnte sich neben dem Eingangstor an den Zaun und beobachtete seine kleine Schwester in Aktion. Ihr langes, rotbraunes Haar glich züngelnden Flammen. Die grünen Augen hatte sie kritisch zusammengekniffen. Sie hatte als einzige unter den Braden-Geschwistern die Haar- und Augenfarbe ihrer Mutter geerbt und zudem deren überschäumendes Temperament. Treat und seine Brüder glichen eher ihrem dunkelhaarigen, hochgewachsenen Vater.

Als Savannah den Kopf drehte, trafen sich ihre Blicke. Ihre düstere Miene wich einem warmen Lächeln. Sie hievte sich auf das Dach der Limousine. Treat drückte sich vom Zaun ab und arbeitete sich zu ihr vor. Sie war zwar nicht auf den Mund gefallen, aber wenn die Medienmeute schubste und drängelte, konnte sie leicht etwas abbekommen.

»Treat!«, rief Savannah.

Treat stürzte sich ins Getümmel und teilte die Menge wie einen lästigen Fliegenschwarm. Mit seiner stattlichen Größe verschaffte er sich leicht Respekt. Die meisten kleineren Männer flüchteten normalerweise schon nach einem kurzen Blick.

Diejenigen, die blieben, starrte er eisig in Grund und Boden. In Savannahs Teenagertagen war das sehr nützlich gewesen. Damals hatten er und seine Brüder ständig liebestolle Jungs von ihrer Schwester fernhalten müssen.

Savannah sprang vom Wagendach in seine Arme und ließ sich von ihm herumwirbeln. Als er sie wieder absetzte, fiel sein Blick auf eine Frau, die in der Nähe auf dem Dach eines Wagens stand. Sein Atem stockte. *Max.*

»Okay, die Show ist vorbei.« Max' Blick glitt über die drängelnde Menge, während ihre Stimme aus dem Lautsprecher dröhnte.

»Lassen Sie Mr. Dean durchfahren. Nach seinem Auftritt gibt er gern Autogramme und beantwortet Fragen.« Ein gut aussehender Mann, der den Mob überragte, stach Max ins Auge. Er hatte eine umwerfend schöne Frau in den Armen, die ihn selig anlächelte. Als er sie herumwirbelte, sah Max sein Gesicht. *Oh mein Gott.* Ihr Puls begann zu jagen. Und, verdammt, in ihrem Magen flogen Schmetterlinge auf. Dabei hatte sie geglaubt, sie hätte die Biester vor sechs Monaten unschädlich gemacht. Aber jetzt erwachten sie mit neuer Energie zum Leben. Max wich unwillkürlich einen Schritt zurück und stolperte dabei fast vom Wagendach. Einer der Security-Männer war sofort zur Stelle und verhinderte einen Sturz.

»Max! Alles in Ordnung?«

Die Stimme des Mannes lenkte ihre Aufmerksamkeit wieder auf das Chaos am Hintereingang. Sie riss den Blick von Treat und der Frau in seinen Armen los. Der Frau, die er ansah, als bedeutete sie ihm alles. Energisch zwinkerte sie die Tränen weg, die ihre eiserne Entschlossenheit unterspülen wollten.

»Machen Sie den Weg frei. Sie riskieren sonst einen Platzverweis und kommen hier überhaupt nicht mehr rein.« Selbst ihr fiel auf, wie seltsam und um wie viel schwächer ihre Stimme jetzt klang. *Verdammt.* Ihr Blick flog zurück zu Treat, der sie fassungslos anstarrte. Plötzlich fühlte sie sich in ihren Jeans, dem T-Shirt und mit ihrem Pferdeschwanz wie eine graue Maus. Herrje, vermutlich sah sie aus wie eine Irre, die auf einem Wagendach herumturnte. Eilig kletterte sie herunter, während die Menge zu ihrer Verblüffung ihre Anweisung befolgte und Connor Dean passieren ließ. Drohungen mit einem Platzverweis schienen noch immer zu wirken.

Sie schaltete den Lautsprecher ab und tastete nach ihren Wagenschlüsseln. Treat war auf dem Weg zu ihr. Aber nach dem verächtlichen Blick, mit dem er sie vor einem halben Jahr hatte stehenlassen, würde sie auf keinen Fall mit ihm reden. Nicht mal im Traum. Und schon gar nicht jetzt, wo er eine atemberaubende Frau an seiner Seite hatte, die offenbar auch noch über beste Beziehungen verfügte. So wie Treat sie anhimmelte, war sie wohl ganz und gar sein Typ.

»Max!«, rief er.

Seine samtig tiefe Stimme ließ ihr Herz flattern. Leise fluchend ließ sie den Motor an und fuhr um die Menschenansammlung herum. Sie klammerte ihre zitternden Hände um das Lenkrad und warf einen Blick in den Rückspiegel. Max verwünschte Treat für die Wirkung, die er auf sie hatte. Er stand ein wenig abseits und schaute ihrem Wagen nach. Seine schöne Begleiterin machte ein verdutztes Gesicht.

Drei

»Was zum Teufel war das denn?«, fragte Savannah.

Treat wusste nicht, ob er seinen Augen trauen sollte. *Max.* Eigentlich hatte er gedacht, er hätte sein Verlangen nach ihr erstickt. Aber als er sie auf dem Wagendach hatte stehen sehen, als könnte sie mit ihren knapp über eins sechzig in all ihrer braunhaarigen Schönheit die ganze Welt nach ihrer Pfeife tanzen lassen, war das wilde Drängen neu erwacht. Treat sah weder die Jeans noch das T-Shirt. Er sah die verführerische Frau unter den Kleidern, die Frau, die sie offenbar nicht sein wollte.

Verdammt. Was war in ihn gefahren? Savannah schaute ihn an, als hätte er den Verstand verloren. Und vielleicht hatte sie ja recht.

»Nichts. Ich dachte nur, ich hätte jemanden gesehen, den ich kenne.« Was zum Teufel trieb Max auf diesem Festival, noch dazu auf dem Dach eines Autos? Plötzlich wurde ihm klar, weshalb sie hier war. Der zweite Bräutigam bei der Doppelhochzeit seines Cousins Blake war Chaz Crew gewesen, Max's Boss. Chaz war der Veranstalter des Festivals. Ein einziger Anruf vor sechs Monaten, und er hätte alles über Max erfahren können. Aber er hatte nicht zum Telefon gegriffen. Er hatte diese Frau vergessen wollen. Jetzt wünschte er sich, er wüsste mehr über sie.

»Das war alles andere als *nichts*, Bruderherz.« Savannah grinste. »Ich sage Connor kurz, dass ich nachkomme. Dann trinken wir einen Kaffee und unterhalten uns ein bisschen.«

Treat konnte sich beim besten Willen nicht vorstellen, jetzt irgendetwas zu sich zu nehmen, egal ob fest oder flüssig. Nur mit eiserner Beherrschung gelang es ihm, nicht hinter Max' Wagen herzurennen oder wenigstens den Sicherheitsmann zu fragen, wo er sie finden konnte. Er wollte keine Szene machen und sie wollte ganz offensichtlich nicht mit ihm reden. Seine Gedanken hingen im Niemandsland zwischen dem, was er gern getan hätte, und Max' hastiger Flucht. Sein heftiges Herzklopfen ließ sich unmöglich ignorieren. Die Hoffnung, Max zu vergessen, konnte er wohl begraben. Er musste akzeptieren, was er schon seit Monaten befürchtete: Sein Herz verlangte nach Max.

Treat Braden. Oh Gott. Treat Braden. So schnell es ging, fuhr Max in die Tiefgarage, die für die Mitarbeiter des Festivals reserviert war. Sie schlug die Wagentür zu und stiefelte über den Zementboden. *Was hat er hier zu suchen? Will er mich quälen? Spielt er mit mir?* Sie hatte geglaubt, nach seinem unmöglichen Verhalten in Nassau hätte ihr Hass sie gegen seinen Anblick immun gemacht. Aber ein Blick aus seinen dunklen Augen und sie schmolz dahin. Sie hatte sich wohl getäuscht.

Reiß dich zusammen.

»Max, ich brauche dich in Pavillon eins«, sagte eine Stimme in ihrem Headset.

Verdammt, Chaz. Jetzt? »Bin gleich da«, antwortete sie.

Tausende von Menschen bevölkerten das Gelände. Wie groß war die Wahrscheinlichkeit, hier noch einmal auf Treat zu treffen? Nicht übermäßig, sagte sie sich. Enttäuschung wollte sich in ihr breitmachen. Sie schüttelte sie ab.

Auf dem Weg zum Pavillon warf sie einen Blick in ihre Notizen. Sie wollte sicher gehen, dass sie sich um alles gekümmert hatte. Chaz war schnell gefunden. Er starrte zu einem großen Werbebanner hinauf.

»Komm her, Max.« Chaz winkte sie zu sich. Seine perlweißen Zähne blitzten auf. Die Sommersonne hatte sein Haar gebleicht und seine Haut war noch immer kupferbraun. Man hätte ihn eher für einen Surfer in den Zwanzigern als für den Veranstalter und Boss des Festivals in den Dreißigern halten können. »Schau dir das mal an. Was denkst du?«

Mit zusammengekniffenen Augen studierte sie das Banner und fragte sich, was sie dort sehen sollte. Vielleicht mangelte es ihr an Konzentration, weil ihr Herz sich noch immer nicht beruhigt hatte. »Wovon sprichst du?«

»Na, von dem hier.«

»Chaz, tut mir leid, aber ich weiß nicht, was du meinst.« Sie beantwortete eine Frage, die sie über ihr Headset erreichte. »Ja, kein Problem, Grace. In Ordnung.«

»Ich glaube, hier könnte Joey noch was einfügen. Da hat noch ein Sponsorenlogo Platz. Ich habe mir das gerade genau angesehen. Was meinst du?«

Typisch Chaz. Er fand mitten im Festival weitere Möglichkeiten, Sponsorenwerbung unterzubringen, während Max sich am liebsten unter einem Stein verkriechen wollte. Zufrieden lächelte er vor sich hin, weil er eine weitere Einnahmequelle entdeckt hatte. Max hätte ihm wegen seines Timings böse sein können. Aber Chaz war für sie zu dem Bruder geworden, den sie sich immer gewünscht hatte. Sie arbeiteten seit vielen Jahren zusammen, kabbelten sich wie Geschwister, aber liebten einander auch genauso innig. Und Chaz' Frau Kaylie gehörte inzwischen zu Max' besten Freundinnen.

»Dass du ein Scheusal bist, weil du mich wegen so was herbestellst.« Sie lächelte. Chaz verschränkte die Arme und versuchte, einen bösen Blick aufsetzen. »Ist doch so! Warum beschäftigst du dich ausgerechnet jetzt mit diesem Thema?«

Nebenan endete gerade eine Vorstellung, die Leute strömten aus dem Kinosaal. Max und Chaz machten ihnen Platz.

»Großartig«, sagte eine Besucherin zu ihrer Begleiterin.

»Ich fand diesen Winston als Filmfigur so herrlich dramatisch«, antwortete ihre Freundin.

»Ich fand ihn grässlich. Zu selbstverliebt«, gab die andere zurück.

»Aber er ist eine ganz heiße Schnitte. Und das Publikum hat er voll im Griff. Dieser Connor Dean ist einfach umwerfend.«

Genauso gut hätten sie über Treat sprechen können. Schon der Gedanke an ihn tat Max weh. Warum quälte sie sich so? Sie sollte sich besser im Büro verschanzen, bis sie zu einem echten Notfall ausrücken musste.

»Hey, Max. Sieh mal!« Chaz winkte. »Treat? Hier sind wir! Hey, Mann! Wie geht's?«

Max wandte sich ab. Sie suchte fieberhaft nach einem Fluchtgrund. *Ich fühle mich nicht wohl. Muss der Crew helfen. Mit der Beleuchtung. Ja, das klingt gut.* Mit dieser Notlüge auf den Lippen drehte sie sich zu den anderen.

Treats Blick traf sie frontal.

Ihr Mund wurde trocken.

»Chaz, Max. Wie läuft's?« Treats samtige Stimme verwandelte ihre Beine in gekochte Spaghetti.

Verschwinde. Bitte geh weg.

Max hörte kaum, was Chaz antwortete. Sie konnte nur die Frau anstarren, deren Hand auf Treats Schulter lag. *Großer Gott, ist die schön.* Max hasste sie jetzt schon. *Oh, nein.* Die Frau streckte ihr die Hand entgegen.

»Ich bin Savannah.«

Savannah. Soll das ein Name sein? Sicher ist sie ein Model. Unwillkürlich glitt Max' Blick an ihren eigenen Klamotten hinab. Innerlich schüttelte sie sich.

Weil Max keine Regung zeigte, übernahm Chaz die Regie. »Chaz Crew. Schön, dich kennenzulernen. Das ist Max Armstrong.«

Max schüttelte Savannah kurz die Hand, setzte ein Lächeln auf und vergrub die Nase in ihren Notizen, bevor die Frau oder Treat ein Gespräch beginnen konnten.

»Max.« Treat trat an ihre Seite, während Chaz sich mit Savannah unterhielt. »Wie geht es dir?«

So viel zum Thema *Ich bin beschäftigt.* Max starrte weiter in ihren Planer. »Prima. Warum bist du hier?« *Was ist los mit mir?*

»Ich wollte dir etwas sagen, Max.«

Hau ab.

»Die Sache in Nassau tut mir sehr leid.«

Musst du unbedingt so aufrichtig klingen? Warum war er so nett zu ihr? Sie wollte ihn hassen, wollte weglaufen, ohne sich noch einmal umzudrehen. Und er stand neben seiner Model-Freundin und entschuldigte sich für sein idiotisches Benehmen.

Max klammerte sich mit aller Macht an ihrem Vorsatz fest. »Ich weiß nicht, wovon du redest.« Sie sah ihm in die Augen. Das hatte offenbar gesessen.

»Ich … du … Es tut mir leid«, stammelte Treat.

Auch in Nassau hatte er immer einen teuren dunklen Anzug

und ein makelloses weißes Hemd getragen. Die Erinnerungen überfluteten sie. Sie nickte. Sagen konnte sie nichts.

»Los, Treat. Lass uns Kaffee trinken und ein bisschen plaudern. Dann fahren wir zu Dad.« Savannah hatte es offenbar eilig.

Treat schaute Max einen Moment zu lange in die Augen. Sie spürte, wie das Verlangen ihr die Hitze in die Wangen trieb. Zu gern hätte sie ihm geantwortet, alles sei gut. Zu gern hätte sie sein markantes Gesicht zwischen die Hände genommen und seine sinnlichen Lippen geküsst. Gott, sie sehnte sich nach seiner Zunge in ihrem Mund, wollte spüren …

»Treat?« Savannahs Blick sprang zwischen Treat und Max hin und her.

»Ja. Ähm, Max, darf ich dich anrufen?«

Wie kannst du mich das fragen, wo sie doch direkt neben dir steht?

»Dad wartet«, sang Savannah.

Dad? »Dad?« Das Wort stahl sich völlig ungeplant über Max' Lippen.

»Ich möchte meinen Vater besuchen. Savannah hat mich auf dem Weg zu seiner Ranch hierher gelotst.«

Wieder schaute er diese Savannah liebevoll an. *Ich kann nicht ganz bei Trost sein. Nimm deine Freundin und verschwinde. Bitte.*

»Von einer schönen Frau lässt man sich doch gern zu einem Umweg verleiten«, antwortete Max schnippisch.

Treats herzhaftes Auflachen schnürte ihr das Herz ab. *Macht er sich über mich lustig?*

»Ja, sie ist schön. Und meine kleine Schwester.« Treat lächelte Savannah an. Sie grinste ihn an und zog dabei eine niedliche Krausnase.

»Allerdings. Und außerdem ist er so gar nicht mein Typ.«
Savannah lachte. »Hey, Max. Willst du mit zum Kaffeetrinken
kommen?«

»Ähm …« *Lieber lasse ich mich erschießen.* Schwester? Auf
der Hochzeit waren nur Treat und einer seiner Brüder gewesen.
Max wollte im Boden versinken. »Ich muss verfügbar sein,
wenn es Probleme gibt. Ich habe unglaublich viel zu tun.« *Wie
zum Beispiel meinen Kopf in einem Loch vergraben.*

»Geh Kaffeetrinken, Max. Gönn dir eine Pause. Du
arbeitest wie eine Wahnsinnige von Sonnenaufgang bis Sonnenuntergang. Aber lass vorsichtshalber dein Headset an. Vielleicht
gibt's ja mal einen echten Notfall.« Chaz grinste. »Sorry, Leute.
Ich muss weitermachen. Max, sprichst du bei Gelegenheit bitte
mit Joey über ein weiteres Sponsorenlogo auf dem Banner?«

Sie wartete, bis Chaz weg war, dann brachte sie die Ausrede
vor, die sie sich zurechtgelegt hatte. »Tut mir leid, aber ich kann
nicht. Es gibt Probleme mit der Beleuchtung.«

Savannah lächelte. »Du kannst wirklich gern mitkommen.
Wir würden uns freuen.« Sie drehte sich zu ihrem Bruder und
zog eine Braue hoch.

»Ja, komm mit. Das wäre schön.«

Jede Faser in Max' Körper fing an zu schreien. *Ja! Ja! Geh
mit!* Besonders laut schrien die frechen kleinen Stellen, die sie
gern zum Verstummen gebracht hätte. Sie hatte nicht die
geringste Lust, erneut verletzt zu werden. »Tut mir leid, aber es
geht wirklich nicht.« *Tief atmen. Unmöglich. Auf gar keinen Fall
kann ich neben Treat sitzen und so tun, als würde ich Kaffee
trinken.*

Treat zog ihre Hand an seine sinnlichen Lippen. Sie spürte
seine Wärme auf der Haut und schloss die Augen.

»Darf ich dich anrufen?«, fragte er noch einmal.

Max schwelgte noch immer in der Erinnerung an den einen Kuss und kämpfte gegen Fantasien an, wohin sie gern als Nächstes von ihm geküsst werden wollte. Sie musste den Kopf schütteln, um wieder klar denken zu können. Dann tippte sie an ihr Headset, als gäbe es ein technisches Problem. Im Augenblick benahm sie sich genau wie die hirnlosen Schnepfen, die sie so verachtete. *Warum hat er diese verheerende Wirkung auf mich?* Max konnte nicht fassen, dass Treat in Gegenwart seiner Schwester so schamlos mit ihr flirtete. Aber vielleicht war Savannah das gewöhnt. Vermutlich behandelte er alle Frauen so. Nur warum riss sie dann eine Seite aus ihrem Notizbuch und schrieb ihre Handynummer darauf? Und warum konnte sie die Augen nicht von seinem Hintern lassen, als er wegging? *Oh Gott. Ich habe wirklich ein Problem.*

Vier

Die vielen Wagen in Hal Bradens Einfahrt verrieten Treat, was ihn erwartete. Er stieg aus dem SUV. Savannah war sofort wieder an seiner Seite. Beim Kaffeetrinken hatte sie ihn mit Fragen gelöchert. Er hatte versucht, seine Gefühle für Max herunterzuspielen, und erklärt, sie hätte nur gemeinsam mit Scarlet Blakes Hochzeit organisiert. Savannah hatte ihn ungläubig angesehen. Er hoffte, dass sie nicht weiterbohren würde. Vor allem nicht vor seinen Brüdern.

»Das sollte eigentlich ein erholsames Wochenende werden. Keine Party«, sagte Treat, als Savannah sich bei ihm unterhakte.

»Das ist keine Party. Aber zufällig hatten alle Zeit. Da dachten wir ...«

Treat seufzte. Viel Ruhe würde er nicht finden. Gleichzeitig freute er sich auf das Wiedersehen mit seinen Brüdern. Ein paar gemeinsame Stunden würden ihnen allen guttun. Jeder von ihnen war beruflich sehr engagiert und erfolgreich. Für regelmäßige Treffen blieb ihnen kaum Zeit.

Der vertraute Geruch seines Zuhauses umhüllte Treat wie eine herzliche Umarmung. Der Duft von frisch gespaltenem Holz und gegrillten Steaks wehte durch die Diele, vermengt mit jeder Menge Testosteron.

»Da ist ja mein Ältester.« Hal stemmte sich aus seinem geliebten Ledersessel. Die beiden Männer waren fast gleich groß. Treat fiel auf, wie grau das dichte schwarze Haar seines Vaters an den Schläfen geworden war. Die Umarmung zur Begrüßung fiel besonders herzlich aus.

»Dad.«

»Mein Sohn. Schön, dich zu sehen.« Sein Vater tätschelte ihm den Rücken, dann umarmte er Savannah. »Hattest du einen netten Nachmittag mit deinem großen Bruder?«

»Mit Treat ist es immer nett.«

Savannah ging strahlend hinaus in den Garten. Treat wusste, wie gern sie alle ihre Brüder hatte, und hoffte, das würde sich nie ändern. Aber wenn Savannah geahnt hätte, wie er sich Max gegenüber in Nassau benommen hatte, hätte ihre hohe Meinung von ihm sicher mächtig gelitten. Der Gedanke beschämte ihn.

Rex, der drittälteste der Brüder, begrüßte ihn als erster. Er zögerte kurz, dann sagte er: »Schön, dass du wieder da bist, Mann.« Rex bewirtschaftete die Ranch zusammen mit ihrem Vater. Seine gigantischen Muskelpakete zeugten von viel harter körperlicher Arbeit. Genau wie ihr Bruder Dane, der stets in Sachen Walhairettung unterwegs war, war auch Rex immer braungebrannt.

»Wie geht es ihm?« Treat schaute zu ihrem Vater hinüber. Hal war mit seinen fünfundsechzig noch immer stark wie ein Ochse. Trotzdem sorgte Treat sich um ihn, so wie um alle seine Angehörigen. Seit er mit elf Jahren seine Mutter verloren hatte – in einem Alter, in dem Kinder ihre Eltern noch für unsterblich hielten –, empfand er jeden Lebenstag seines Vaters als Geschenk.

»Ihm geht's gut.« Rex legte Treat den Arm um die Schultern

und steuerte ihn von Dane weg. »Aber wie geht's dir?« Treat hatte ein herzliches Verhältnis zu all seinen Geschwistern. Gleichzeitig waren diese Beziehungen sehr unterschiedlich. Rex war drei Jahre jünger als Treat, und anders als zwischen ihm und dem nur eineinhalb Jahre jüngeren Dane gab es mit Rex kein ständiges Kräftemessen. Mit Rex sprach Treat oft über persönliche Belange. Wenn es allerdings um die Ranch ging, konnte die Stimmung umschlagen.

»Gut. Aber ich brauche eine kleine Pause. Ich bin ein bisschen ausgebrannt.« Treat sah, wie Rex die Augen zusammenkniff. Sein Bruder nahm ihm die Erklärung nicht ab. Doch über seine Gefühle für Max wollte er noch nicht sprechen.

»Tatsächlich? Ganz sicher?«

Treat nickte. »Ja. Halb so schlimm.«

»Kriegen wir ihn jetzt auch mal, Rex?«, fragte Dane grinsend.

Rex tat, als wollte er Dane die Faust in die Magengrube rammen. Dann ließ er seine Brüder stehen.

Dane umarmte Treat. Dane war ein bisschen kleiner als sein älterer Bruder, hatte aber dasselbe dunkle Haar und dasselbe gute Aussehen. Danes Augen funkelten meist optimistisch, während Treats Augen ernster und nachdenklicher wirkten. »Du hättest das Mädchen sehen sollen, das ich gestern Nacht flachgelegt habe«, flüsterte Dane.

Treat lachte über den Witz, den sie beide ständig weiterspannen. Dabei war Dane eher hinter großen Fischen her als hinter hübschen Frauen. »Du solltest erst mal ihre Mutter kennenlernen«, frotzelte Treat. Heute schmeckte der Witz seltsam schal. Er schaute zu seinem Vater, in dessen Augen seit unzähligen Jahren der Schmerz über den Verlust seiner geliebten Frau wohnte. Wieder spürte Treat den tiefen Wunsch, eine Liebe wie die seiner Eltern zu erleben. Die erste Begegnung mit Max hatte viel in ihm verändert.

Dane trat lachend einen Schritt zurück. »Du warst schon immer der King.«

Treat ging zu dem gemauerten Grill, an dem Josh sich um die Steaks und die Kartoffeln kümmerte. Er legte seinem Bruder den Arm um die Schultern.

»Wie geht's denn unserem berühmten Kleider-Schneider?« Josh war nicht so muskelbepackt und auch deutlich ruhiger als der Rest der Braden-Crew. Mode faszinierte ihn schon, seit er alt genug gewesen war, sich selbst anzuziehen. Jetzt designte er Outfits für Stars und Promis und besaß einige schicke Boutiquen.

»Hey.« Josh lächelte. »Kleider waren nur der Anfang.« Der liebenswerte Josh war zurückhaltender als die anderen. Mit seinen weiblichen Eroberungen hatte er nie geprahlt. Als Teenager hatten ihn seine Brüder oft gedrängt, ihnen zu verraten, wen er küsste. Damals hatte er eisern geschwiegen und nicht über seine Gefühle für Riley Banks gesprochen. Dass alle sein Geheimnis kannten, hatte er nicht geahnt. Aber ganz gleich, wie sehr seine Brüder bohrten – Josh fand, sein Privatleben ginge nur ihn etwas an.

»Ja, es heißt, Vera Wang müsste sich warm anziehen.« Treat war stolz auf Josh und wünschte ihm alles Glück der Welt.

Josh schüttelte den Kopf. »Ganz so weit sind wir noch nicht.«

»Wo ist Hugh?« Der jüngste der Braden-Brüder liebte das Risiko und lebte sein Leben buchstäblich auf der Überholspur. Ihn interessierten schnelle Wagen und kurze Abenteuer mit Frauen. Das war seine Welt. Manchmal nervte er Treat mit seiner Selbstverliebtheit.

Josh zuckte die Achseln. »Vielleicht bei einem Rennen? Die Steaks sind fertig. Sollen wir essen?«

»Lasst uns anfangen.« Treat streifte sein Jackett ab. Sein Vater ging mit Savannah und Dane zum Tisch. Er hatte die Arme um seine Kinder gelegt. Treat merkte, wie sehr ihm alle gefehlt hatten.

Er stellte die Platte mit den Steaks zwischen den Salat, den Wein, das Bier, das Gemüse und drei Sorten Brot. So sah ein typisches Braden-Mahl aus. Wenn sie als Familie zusammenkamen, grillten sie fast immer draußen im Garten.

»Ihr wollt ohne mich anfangen?« Hugh kam grinsend um die Ecke und breitete die Arme aus. Sein vom Wind zerzaustes, welliges Haar verlieh ihm ein jungenhaftes Aussehen. »Treat! Du beehrst uns tatsächlich mit deiner Anwesenheit.«

»Ich freue mich auch, dich zu sehen, Hugh.« Treat stand auf und umarmte seinen Bruder.

»Ich musste das Rennen noch zu Ende fahren. Tut mir leid.« Hugh setzte sich und griff als Erster zu. Natürlich angelte er sich das größte Steak von der Platte.

Treat schüttelte den Kopf. »Sag mal, Dad, lässt du mich die Terrasse bezahlen, die du gern bauen möchtest?«

Rex schnaubte. »Er braucht nicht dein Geld, Treat. Er braucht meine Zeit.«

»Ich wollte niemandem zu nahe treten«, verteidigte sich Treat.

»Bei der vielen Arbeit hier konnte ich mich noch nicht darum kümmern. Aber die Terrasse steht ganz oben auf meiner Liste«, sagte Rex verkniffen.

Treat und Rex verstanden sich normalerweise prächtig. Nur wenn es um die Ranch ging, wurde es manchmal brenzlig. »Ich könnte ein paar Leute organisieren, die mit anpacken.«

»Bist du einer davon?«, fragte Rex ruppig.

Treat hätte gern gewusst, warum Rex so empfindlich war. Er starrte seinen jüngeren Bruder an, bis er wegschaute.

»Ruhig bleiben, Jungs. Die Terrasse brauche ich so dringend wie ein Loch im Kopf. Erzähl mir lieber von deinen Hotels, Treat. Was ist aus der Anlage in Thailand geworden? Hast du dich schon entschieden?«, fragte sein Vater.

»Ich denke noch darüber nach. Das Resort hat Potenzial. Aber in letzter Zeit sind Zukäufe mir nicht mehr so wichtig«, antwortete Treat. Gerade, als die Verhandlungen wegen des Hotels in Thailand angelaufen waren, war der Friedensrichter krank geworden, der Cousin Blake hatte trauen sollen. Treat hatte die ehrenvolle Aufgabe daraufhin selbst übernommen und die Reise nach Thailand abgesagt. Die Trauung hatte auf einer kleinen Insel im Meer vor seinem Nassau-Resort stattfinden sollen, doch auf dem Weg dorthin war das Boot, mit dem er und Max der Hochzeitsgesellschaft auf die Insel folgen wollten, in einen Sturm geraten. Ihre Verzagtheit und die Angst in ihren Augen hatten ihn berührt. Schließlich war ihm aufgegangen, dass nicht die tobende See diese Gefühle ausgelöst hatte. Der Grund war er. Diese Erkenntnis hatte ihn zutiefst getroffen, und ihm war klargeworden, dass er den größten Fehler seines Lebens begangen hatte.

Die stürmische Bootsfahrt mit Max hatte sich in sein Herz gegraben. Den Thailand-Deal hatte er auf Eis gelegt, seine Ziele und sein ganzes Leben neu überdacht.

»Er ist im Max-Modus«, fügte Savannah hinzu.

Treat warf ihr einen genervten Blick zu.

»Wer ist Max?«, fragte Josh.

»Ein ziemlich heißes Mädchen, das auf dem Festival arbeitet

und wegen dem Treat einen ganz verträumten Blick kriegt«, erklärte Savannah.

»Hmmm … Max ist ein Mädchen?« Josh hob grinsend eine Braue.

»Sie ist eine Frau. Und nein, ich bin nicht im Max-Modus. Herrgott, Savannah!« Treat nahm einen Bissen von seinem Steak und wünschte sich, Savannah hätte Max nie gesehen. Der Zettel mit Max' Telefonnummer lag wie ein glühendes Stück Kohle in seiner Tasche. Am liebsten wäre er aufgesprungen und hätte sie angerufen.

»Treat und ein verträumter Blick? Du machst Witze. Dieser Mann vernascht Frauen doch schon zum Frühstück.« Hugh lachte. Er ließ gern hier und da eine Spitze fallen, nur um dann so zu tun, als wäre nichts gewesen. Jetzt stieß er seine Gabel in einen Berg Salat.

Treat warf seine Serviette auf den Tisch. »Lasst den Quatsch, okay?« Er wusste, dass er überreagierte. Was Hugh gesagt hatte, war bis vor Kurzem durchaus zutreffend gewesen. Doch jetzt stieg ihm schon bei dem Gedanken an seine unstete Vergangenheit ein galliger Geschmack in die Kehle. Ja, er war mit vielen Frauen zusammen gewesen. Aber nicht, weil er nicht genug kriegte. Er hatte Angst gehabt, sich zu verlieben.

Hugh zuckte lässig die Achseln. »Ich habe heute gewonnen. Erster Platz.«

»Herzlichen Glückwunsch!« Sein Vater hob seine Bierflasche. »Auf Hugh!«

»Auf unseren Allergrößten!«, sagten die Brüder im Chor.

Savannah schüttelte den Kopf. »Idioten«, lachte sie.

Nach dem Essen kümmerten sich Treat, Dane und Rex um das Geschirr. Savannah unterhielt sich mit ihrem Vater, Josh sprach mit Hugh über das Rennen.

»Willst du uns irgendwas sagen?«, fragte Dane, als sie außer Hörweite der anderen in der Küche waren.

»Ich wüsste nicht was.« Treat drehte sich weg und suchte in einer Schublade nach einem Geschirrtuch.

»Sprechen wir von der Max auf Blakes Hochzeit?« Dane bohrte ungerührt weiter.

»Was weißt du über eine Max auf Blakes Hochzeit? Ihr seid euch doch nie begegnet.« Jetzt war Dane derjenige, der beiseite schaute. »Du datest Lacy, oder?« Lacy war die Halbschwester von Blakes Ehefrau Danica, und Dane hatte ihr durch Treat eine Nachricht übermitteln lassen, weil er es nicht zur Hochzeit geschafft hatte.

»Nein.« Dane kniff die Lippen zusammen und trocknete einen Teller viel sorgfältiger ab als notwendig.

Doch Treat ließ ihn nicht so leicht vom Haken. »Aber noch mal wegen Max. Woher kennst du sie?« Waren die beiden einander begegnet? Waren sie vielleicht sogar miteinander im Bett gelandet? Dane hatte in ihren College-Tagen mit einer von Treats Freundinnen geschlafen und Treat hatte ihm das noch immer nicht ganz verziehen. Unter den Brüdern war Dane für seine rekordverdächtige Ausstattung südlich der Gürtellinie bekannt. Bei der Vorstellung, er könnte etwas mit Max angefangen haben, richteten sich Treats Nackenhaare auf und seine Muskeln zuckten.

»Dane?« Treats Hand ballte sich unwillkürlich zur Faust. Früher hatten sich alle Braden-Brüder öfter miteinander gerauft. Aber dass Treat wirklich das Bedürfnis gehabt hatte, einen von ihnen zu verprügeln, war Jahre her. Eigentlich hatte er keinerlei

Ansprüche auf Max. Trotzdem fuhr er jetzt die Krallen aus.

»Lass ihn in Frieden, Treat.« Rex schob sich zwischen die beiden.

Treat starrte Dane so lange an, bis er nachgab.

»Schon gut. Ich habe ein paar Tage nach der Hochzeit mit Lacy gesprochen und mich entschuldigt, dass ich nicht kommen konnte. Sie hat mir von Max erzählt, von dem Sturm und von …«

Treats Backenzähne mahlten. *Sag jetzt nichts über Max und mich auf dem Boot. Sonst könnte das sehr ungemütlich für dich werden.*

»Ist ja auch egal. Sie meinte, Max sei mit Justin zusammen gewesen. Deshalb dachte ich …« Dane zuckte mit einer Schulter.

In dem Moment, als Treat die Hand nach seinem Bruder ausstreckte, platzte Savannah in die Küche.

»Was ist los?« Sie schaute von einem zum andern.

»Unser Größter ist ein bisschen von der Rolle.« Dane wich einen Schritt zurück. »So eifersüchtig habe ich ihn seit Mary Jane nicht mehr gesehen.«

»Dane! Rex, schaff ihn raus«, befahl Savannah.

Treat ließ die Hand sinken. »Entschuldige, Dane. Es tut mir leid. Ich weiß nicht, was in mich gefahren ist.« Während Dane und Rex die Küche verließen, rückte er sein Hemd zurecht und atmete tief durch. »Tut mir leid, Savannah.«

»Alles in Ordnung mit dir? Warum hat er von Mary Jane angefangen?«

Mary Jane war im zweiten Collegejahr Treats Freundin gewesen. Als Dane übers Wochenende zu Besuch gekommen war, hatte Treat ihn mit ihr im Bett erwischt. Mary Jane hatte sich danach mit Treat versöhnen wollen. Aber mit Danes

Maßen konnte und wollte er nicht konkurrieren. Und auf eine Freundin, die mit seinem Bruder schlief, hatte er keine Lust. Er hatte Dane nach Hause geschickt und sich in der nächsten Nacht das schönste Mädchen auf dem Campus ins Bett geholt.

Erst Monate nach der Sache mit Mary Jane hatten Dane und Treat wieder halbwegs normal miteinander reden können. Savannahs besorgter Blick durchdrang die roten Eifersuchtsnebel in Treats Gehirn. Spannungen zwischen ihren Brüdern waren Savannah zuwider. Der Zoff wegen Mary Jane lag viele Jahre zurück. Aber wahrscheinlich befürchtete sie, er und Dane könnten die unseligen alten Zeiten wieder aufleben lassen. Treat schluckte seinen Ärger hinunter.

»Alles in Ordnung. Er hat sich bloß mal wieder idiotisch benommen.«

»Das könnt ihr manchmal beide ganz gut.« Savannah strich seinen Hemdkragen zurecht.

Dane und Rex kamen mit weiterem schmutzigen Geschirr zurück.

»Alles unter Kontrolle hier drin?«, fragte Rex.

Treat warf Dane einen warnenden Blick zu. Er sollte Max und Justin bloß nie wieder in einem Atemzug erwähnen. Auf gar keinen Fall.

»Du gehst heute Abend mit mir und Hugh aus, Treat«, verkündete Savannah.

»Und was ist mit uns? Sind wir Hundekacke?«, fragte Rex.

Savannah legte ihm und Dane ihre Hände auf die Schultern. »Nein. Das ist ja das Problem. Ich habe keine Lust, den ganzen Abend mit einem Besenstiel verzückte Frauen auf Abstand zu halten.« Sie drehte sich wieder zu Treat. »Wir gehen auf die After-Show-Party des Festivals. Hugh bringt sein Date mit, aber er hat noch zwei Tickets übrig. Vielleicht ist Max ja auch dort.«

Treat schüttelte den Kopf. Dass Dane über Justin und Max gesprochen hatte, hatte sein Blut zum Brodeln gebracht. Er wusste nicht, ob er Max anschauen konnte, ohne dass der Gedanke daran ihn zerriss. »Ich bin völlig im Eimer«, sagte er.

»Dann kriech wieder raus. Du gehst mit.«

Fünf

Warum zum Teufel hatte sie ihm ihre Nummer gegeben? Warum hatte er sie nicht angerufen? Sie hatte den Akku rausgenommen und ihr Telefon neu gestartet. Zwei Mal. Wie eine Zwangsneurotikerin checkte sie ständig ihre Nachrichten. Sie war gespannt, ob Chaz etwas über Treat sagen würde.

»Max?« Chaz grinste schief. »Du hast es mal wieder geschafft.«

Sie hatten gerade einen Blick auf die vorläufigen Zahlen geworfen und Chaz sprach sicher vom überwältigenden Erfolg des Festivals. Schon jetzt hatten sie mit den Gesamteinnahmen der letztjährigen Veranstaltung beinahe gleichgezogen.

Max schüttelte den Kopf. »Nicht ich, Boss. Das waren wir zusammen. Ich bin froh, dass der erste Tag halbwegs reibungslos verlaufen ist.«

»Denkst du daran, dass du heute die After-Show-Party übernimmst? Ich kann es kaum erwarten, nach Hause zu gehen und Trevor und Lexi zu sehen. Das war ein langer Tag.« Chaz und Kaylie waren seit sechs Monaten verheiratet, ihre Zwillinge waren fast drei Jahre alt.

Die After-Show-Partys gehörten zu den heimlichen Highlights des Festivals. Bei diesen kleinen, feinen Veranstaltungen mit hoher Promi-Dichte konnten Fans und Feierlustige die Nacht durchtanzen und hatten anschließend jede Menge zu erzählen. *Mist.* Die Party heute hatte sie tatsächlich verdrängt. Vielleicht konnte sie sich rausreden. »Sind deine Kleinen nicht längst im Bett?«

»Ja, schon. Aber sehen will ich sie trotzdem. Und falls sie bereits schlafen – auch nicht schlecht.« Chaz hob die Augenbrauen. »Kaylie und ich sind schließlich noch Jungvermählte.«

Ihr Kleiderschrank glich eher dem eines Teenagers als dem einer bald dreißigjährigen Frau. Sie besaß jede Menge T-Shirts und Jeans, aber kaum Klamotten für Erwachsene. Max ging ihre paar Kleider durch. Zwei davon hängte sie außen an den Schrank und stellte sich vor, wie sie darin aussehen würde. Beide waren kurz und schwarz. Partykleider eben. Eines war ziemlich eng anliegend. Sein Ausschnitt überließ fast nichts der Fantasie. Das andere war etwas züchtiger, hatte einen runden Ausschnitt und Eingrifftaschen in Hüfthöhe.

Ihr Handy klingelte. Sie erstarrte. Die Nummer war unterdrückt. *Treat?* Was sollte sie sagen? Was, wenn er ein Date wollte? Das Handy klingelte weiter. Sie fixierte es, als müsste sie sich entscheiden, ob sie eine Landmine berühren sollte. Das Herz schlug ihr bis zum Hals, sie fing an zu zittern und ihr Gehirn brachte keinen zusammenhängenden Gedanken mehr zustande. Als das Klingeln aufhörte, stürzte sie zum Bett, schnappte sich das Handy und drückte die grüne Taste.

»Hallo? Hallo?«

Stille.

Max drückte die Beenden-Taste und schlug die Stirn an die

Matratze. Sie wartete darauf, dass ihr Handy eine eingehende Nachricht anzeigte. Nichts geschah. Gereizt rappelte sie sich hoch.

»Blöde Kuh«, sagte sie zu ihrem Spiegelbild. Sie zog sich aus und marschierte missmutig zur Dusche. »Du bist eine blöde Kuh und ein Angsthase.« Unter der Dusche schrubbte sie sich fast die Kopfhaut wund. »Vielleicht ist es ja besser so.« Nach dem Duschen trocknete sie sich vor dem Spiegel ab.

»Er ist nichts für dich«, sagte sie grimmig. Sie föhnte ihr welliges braunes Haar über Kopf. Leicht und locker fiel es ihr danach auf den Rücken. »Du hast etwas Besseres verdient.« Sie grinste ihr Spiegelbild verschwörerisch an.

Seit Nassau hatte sie kein Date mehr gehabt und ihre sexuellen Bedürfnisse unterdrückte sie seit Jahren. Genau genommen seit einem länger zurückliegenden schlimmen Erlebnis. Vielleicht musste sie endlich ein paar Schlussstriche ziehen und auch Treat vergessen. Doch einfach irgendeinen Mann abschleppen? Das war nicht ihre Art. Schon bei dem Gedanken bekam sie weiche Knie. Andererseits war ein One-Night-Stand vielleicht genau das, was sie brauchte, um über Treat hinwegzukommen.

»Vielleicht ist Ablenkung die beste Medizin.« Seit Nassau hatte sie keinen Anlass gehabt, sich wie eine Frau zu kleiden, geschweige denn, sich wie eine zu fühlen.

Sie schminkte sich stärker als üblich, schwang die Hüften zur Musik im Radio und schlüpfte in einen ihrer wenigen Spitzenstrings. Dann zog sie sich das hautenge Kleid mit dem tiefen Ausschnitt über. Zu den schneller werdenden Rhythmen aus dem Radio drehte sie sich um die eigene Achse und stieg mit nackten Füßen in hochhackige aber bequeme schwarze Schuhe. Vor dem Spiegel betrachtete sie sich von oben bis unten. *Nimm mich!* sagte ihr dunkler Eyeliner. *Küss mich!* lockten ihre dunkelroten Lippen. *Jetzt!* Aber das Gesamtpaket einschließlich der bequemen Schuhe unkte: *Das glaubst du doch selbst nicht!*

Sie streifte die schwarzen Treter ab und inspizierte, was sie sonst an Schuhwerk hatte. Bequem, vernünftig, bequem. Ganz gleich, welches Kleid sie trug, sie kam sich vor wie ein Fake. *Wie habe ich es bloß bis hierher geschafft?* Sie schnappte sich ihr Telefon vom Bett und schrieb an Kaylie. Wozu hatte man eine beste Freundin?

Kann ich mir deine hohen schwarzen Schuhe borgen?

Ihr Telefon vibrierte. *Hohe schwarze Schuhe? Du meinst, meine Vernasch-mich-Stilettos? Lol.*

Max verdrehte die Augen und schrieb zurück. *Genau die.*

Kaylies Antwort ließ nicht lange auf sich warten. *Wie heißt der Typ?*

Max schrieb: *After-Show-Party. Ja oder nein?*

Eine Minute später vibrierte ihr Telefon erneut. *Jap. Babys schlafen. Stelle die Schuhe auf die Veranda.*

Max legte ihr sinnlichstes Parfum auf, schlüpfte in Flip-Flops, schnappte sich ihre Handtasche und die Schlüssel und machte sich auf den Weg zu Kaylie.

Zwanzig Minuten später stieg sie die Stufen zu Kaylies Haustür hinauf. Die schwarzen Stilettos standen wie versprochen bereit.

»Ich kann nicht fassen, dass du mir nichts von Treat gesagt hast!«

Max zuckte zusammen. »Kaylie! Du hast mich fast zu Tode erschreckt.«

Kaylie trat aus der dunklen Garage ins Licht der Veranda. Ihr Nachthemd bedeckte nur knapp ihre Unterwäsche. Ob sie überhaupt welche trug, wollte Max lieber nicht wissen. Kaylies Füße steckten in flauschigen Slippern, und sie hatte sich eine von Chaz Winterjacken über die Schultern geworfen, die ihren zierlichen Körper geradezu verschluckte.

»Ich habe kein Date mit Treat. Ich gehe zur After-Show-Party, weil dein Mann mit dir zusammen sein will«, fauchte Max. Ihr Pulsschlag hatte sich noch nicht normalisiert.

»Chaz sagt, Treat sei heute aufgetaucht.« Kaylie strich sich das blonde Haar aus dem Gesicht. »Hat er dich angerufen? Ich wusste doch, dass bei der Hochzeit irgendwas war.«

Max hörte ein leises Klingeln. »Bei der Hochzeit war nichts und er ist nicht wegen mir hier. Er besucht seinen Vater und ist rein zufällig auf dem Festival aufgetaucht.« *Ich wünschte, er wäre wegen mir gekommen.*

»Zufälle gibt es nicht. Hey, ist das dein Handy?«, fragte Kaylie.

»Ich dachte, das sei euer Festnetztelefon«, sagte Max.

Kaylie schüttelte den Kopf. »Das schalten wir stumm, wenn die Kids im Bett sind.«

Max hastete zu ihrem Wagen und riss die Tür auf. Ihr Telefon hatte bereits aufgehört zu klingeln. Sie schaute sich die Liste ihrer verpassten Anrufe an. Wieder eine unterdrückte Nummer. Sie atmete tief durch und spürte, wie ihr mühsam aufrecht erhaltenes Selbstbewusstsein bröckelte.

»Tut mir leid, Max. Hast du auf seinen Anruf gewartet?«, fragte Kaylie.

Max wandte sich zu ihr um. Sie versuchte, sich ihre Enttäuschung nicht anmerken zu lassen. »Eigentlich nicht. Er hat nach meiner Nummer gefragt. Aber du weißt ja, wie so was läuft.« Sie setzte ein Lächeln auf.

»Oh, Max. Lass dich ansehen. Du bist heiß! Falls er auf der

Party ist, wird er die Augen nicht von dir lassen können. Und die Hände sowieso nicht.«

»Danke. Aber ich glaube nicht, dass er da sein wird.« Max schüttelte den Kopf. »Ich bin nicht wie du, Kaylie. Du bist eine Partymaus. Aber mich hat es Überwindung gekostet, mich so zurechtzumachen. Es ist, als würde ich mich verkleiden.«

»Wäre mir gar nicht aufgefallen. Und jetzt mach dich locker, das Ganze ist ein Spiel, bei dem alle nur ein Ziel haben: Den heißesten Mitspieler ins Bett zu kriegen.«

»Kay…«

»Lass stecken, Schwester. Und vertrau mir, okay? Ich weiß, wovon ich rede. Wenn du Treat das nächste Mal siehst, benimmst du dich wie ein sexhungriger Mann und tust, als könntest du die Augen und Hände nicht von ihm lassen. Das wird ihn völlig aus dem Konzept bringen und er wird sein wahres Gesicht zeigen.«

»Ich weiß nicht, ob ich das kann.« *Ich? Als sexhungriger Mann?*

»Wenn du ihn erobern willst, ist das die beste Strategie. Und wenn er glaubt, er hätte dich so gut wie im Bett, lässt du ihn zappeln. Denk daran, du hältst die Fäden in der Hand. Er ist die Marionette, du bist die Puppenspielerin.« Kaylie schaute in den dunklen Nachthimmel. Das blonde Haar floss ihr über den Rücken. In ihren blauen Augen lag eine Mischung aus Unschuld und Erstaunen. »Hey, das war gut. Ist mir gerade erst eingefallen.« Sie nickte zufrieden. »Jedenfalls musst du die Kontrolle behalten. Dann streckt er die Waffen und alles geht wie von selbst.«

Max schüttelte den Kopf.

»Hör zu, Max. Eigentlich kannst du nichts falsch machen. Lässt du ihn zappeln, bist du die große Verführerin. Gehst du richtig ran, bist du die Tigerin im Bett. Win-win.« Kaylie zuckte die Achseln.

»Und wenn er mich abblitzen lässt?« *Noch mal.*

»Dann ist er's nicht wert.« Kaylie fiel auf, dass Max' Mundwinkel zuckten. »Oh, mein Gott. Hat er dich bei der Hochzeit abblitzen lassen?«

Max schüttelte den Kopf. Dann nickte sie. »Wie man's nimmt. Nicht so richtig. Ich weiß nicht.«

»Ach, Maxy.« Kaylie umarmte sie. »Glaub mir. Wenn du meinen Rat befolgst, wird alles gut. Win-win. Denk daran.« Sie schüttelte den Kopf. »Was hat der Kerl bloß für ein Problem?«

»Win-win«, wiederholte Max. *Vielleicht kriege ich das ja tatsächlich hin.*

Sechs

Hugh und sein Date Nova Bashe, ein geradezu erschreckend großes, spindeldürres schwedisches Bademoden-Model wurden vor dem Eingang des Clubs von Fotografen bedrängt. Unter der Tür drehte Hugh sich noch einmal um und winkte achselzuckend in die Runde. Treat war froh, nicht im Rampenlicht zu stehen. Max würde er hier wohl nicht treffen. Dass sie gern auf Partys ging, konnte er sich kaum vorstellen. Er machte sich auf einen langen Abend inmitten angeschickerter Promis gefasst, nahm sich vor, sich im Hintergrund zu halten und auf seine Schwester aufzupassen.

»Danke fürs Mitkommen. Ich wusste, dass ich auf dich zählen kann.« Savannah sah in ihrem goldfarbenen Minikleid einfach hinreißend aus.

»Warum bist du nicht mit Connor Dean hergekommen?« Treat ließ den Whiskey in seinem Glas kreisen.

»Machst du Witze? Er wird mit einer ganzen Entourage hier einfallen. Wenn er feiert, habe ich frei. Was er unter Alkoholeinfluss tut, fällt nicht in meinen Zuständigkeitsbereich. Obwohl er in diesem Zustand den meisten Schaden anrichtet. Natürlich hat er mir Tickets besorgt. Aber die habe ich an die Mädels im Büro weitergegeben. Die waren überglücklich.«

»Warum wolltest du dann überhaupt hierher?«

Savannah drehte sich einmal um die eigene Achse, dann zeigte sie quer durch den Raum. Treat sah in die Richtung, in die ihr Finger deutete und entdeckte Max in dem schummrig beleuchteten Club.

»Bis später, großer Bruder.« Savannah küsste ihn auf die Wange und verschwand im Getümmel.

Treat konnte die Augen nicht von Max lassen. Dort stand sie. Er hatte es schon einmal vermasselt. Das würde ihm nicht noch mal passieren. Sein Herz führte wieder seinen verrückten Trommeltanz auf, und gerade als er sich auf den Weg zu ihr machen wollte, hob sie den Kopf. Ihre Blicke trafen sich.

Verdammt, sie war umwerfend. Mit dem offenen Haar sah sie so sexy aus. Er fragte sich, wie es sich wohl anfühlen würde, seine Finger hindurchgleiten zu lassen. *Wie riecht es? Wie riecht sie? Wie schmeckt …* Diese Gedanken weiterzuspinnen, verbot er sich. Der Weg über die Tanzfläche erschien ihm unendlich weit. Treat schob sich an rhythmisch zuckenden Körpern vorbei und ließ die Augen nicht von ihren. Er fürchtete, sie könnte verschwinden, wenn er den Blickkontakt abreißen ließ.

Sie hielt ihren Drink in beiden Händen und biss sich auf die Unterlippe. Dann befeuchtete sie mit der Zungenspitze einen Mundwinkel und sein Körper reagierte sofort.

Noch zwei Schritte, dann war er ihr nahe genug, um sie zu berühren. Noch ein Schritt, und der Duft desselben Parfums wie vor Monaten im Resort betörte seine Sinne.

»Max«, sagte er.

Sie senkte nicht wie damals die Lider, sondern fixierte ihn verheißungsvoll mit leicht zusammengekniffenen Augen.

Sein Blick glitt über ihr freizügiges Kleid, das die Rundung ihrer Hüfte betonte und zwischen ihren festen Brüsten so tief ausgeschnitten war, dass er sich von ihrem Hals direkt bis zu ihrem Bauchnabel lecken wollte. *Schluss jetzt. So war das nicht geplant.*

»Treat.« Sie nahm einen Schluck von ihrem Drink, leckte sich den Alkohol von den Lippen und ließ ihren Blick an ihm hinunterwandern. Unterhalb seiner Gürtellinie blieb er hängen.

Was ist aus dem schüchternen Mädchen geworden, das mir nicht mal in die Augen schauen konnte?

»Was machst du denn hier?« Langsam arbeitete sich ihr Blick wieder an ihm hinauf.

Sein Puls raste und er suchte nach Worten. »Ähm … ich … mein Bruder …« Er nahm einen Schluck von seinem Drink und fing noch einmal von vorn an. »Mein Bruder hatte ein paar Tickets übrig. Ich bin mit ihm und Savannah hier.«

Sie schaute sich um.

»Gerade war sie noch da«, erklärte er.

»Und wer ist dein Bruder?«

Über Hugh wollte er eigentlich nicht reden. Der Altersunterschied zwischen seinem jüngsten Bruder und Max war viel geringer als zwischen ihm und ihr. Darüber wollte Treat lieber nicht zu intensiv nachdenken. Hugh hatte nicht nur wie alle Bradens viel Geld und sah gut aus, er liebte das Leben auf der Überholspur und wirkte auf Frauen wie ein Magnet.

»Hugh Braden.«

Ihre Augen strahlten. »Der Rennfahrer?«

Ja, verdammt. Er nickte.

Sie rückte ein wenig näher an ihn heran und strich mit dem Finger über seine Brust. »Ich bin froh, dass du gekommen bist.«

Großer Gott, sie brachte ihn fast um den Verstand. Er musste sie anfassen, ihre seidige Haut berühren. Er wollte sie an sich ziehen und küssen. Auf der Stelle. Und verdammt, er wollte noch viel mehr. Was zwischen seinen Beinen vor sich ging, war der Beweis.

Als sie spielerisch an seiner Krawatte zupfte, hätte Treat schwören können, dass es von dort eine direkte Verbindung zu seiner Männlichkeit gab, denn die reagierte sofort. Max war über einen Kopf kleiner als er und stand in ihrem appetitlichen Kleidchen viel zu nahe bei ihm. Ihre Brüste lockten ihn frech. Er würde seine guten Vorsätze über Bord werfen. Eigentlich hatte er nicht gleich heute mit ihr schlafen wollen. Aber in seinem Körper breitete sich ein Feuer aus, das nicht zu löschen war. *Herrje.* Er hatte es doch langsam angehen und sie erst besser kennenlernen wollen. Aber vor allem war ihm daran gelegen, die Sache in Nassau aus der Welt zu schaffen.

»Max«, sagte er leise.

Ihre Augen schauten ihn so unschuldig an, dass er sie in die Arme nehmen und festhalten wollte. Keiner sollte ihr jemals mehr wehtun können. Mit Ausnahme von Savannah hatte er noch nie einer Frau gegenüber solche Beschützerinstinkte entwickelt.

»Lass uns woanders hingehen.« Max konnte nicht fassen, was sie da tat, angefangen von den verführerischen Blicken bis hin zu den Worten, die ihr wie von selbst über die Lippen gingen. Sie fühlte sich wie eine völlig andere Person und sie fühlte sich gut. Wenn sie Treat ansah, vergaß sie alle Verletzungen. Sie hatte die Erinnerung an ihn mit einem Fremden tilgen wollen. Aber jetzt, wo er vor ihr stand, wusste sie, dass ein Fremder nicht die Antwort war. Treat Braden konnte sie nicht vergessen.

Als ihre Blicke sich quer über die Tanzfläche hinweg

getroffen hatten, war ihr klar geworden: jetzt oder nie. Unfassbar, dass sie Kaylies Rat jetzt wirklich in die Tat umsetzte. Aber es funktionierte. Treat war Wachs in ihren Händen. Leider wusste sie nur zu gut, dass die Verhältnisse sich jederzeit umkehren konnten und sie dann unter seinen Fingern schmelzen würde.

Treat legte ihr die Hand ins Kreuz und schob sie zum Ausgang. Die Berührung jagte Adrenalin durch ihre Adern.

Max spürte die neidischen Blicke der anderen Frauen im Club. Treat sah so unglaublich gut aus. Allein seine Größe war beeindruckend. Aber das Gesamtpaket aus dem schönen, dichten schwarzen Haar, den glühenden dunklen Augen, der sonnengebräunten Haut, der breiten Brust und der schmalen Taille heizte ihr an genau den richtigen Stellen ein. Sie war stolz, dass sie es so weit geschafft hatte, und trieb ihre Gedankenspiele weiter voran. Wie würde es sich anfühlen, in seinen Armen zu liegen und seine Hände auf ihrem nackten Körper zu spüren? Ein wohliger Schauer überlief sie.

Draußen in der kühlen Nachtluft schlang sie die Arme um sich. In der Eile vorhin hatte sie vergessen, eine Jacke mitzunehmen. Treat legte ihr den Arm um die Schultern. Sofort fühlte sie sich sicher und geborgen. Sein männlicher Duft hüllte sie ein.

»Soll ich fahren?«, fragte er.

Mist. Sie hatte ihren Plan nicht zu Ende gedacht. *Wo sollen wir hin? Wie komme ich wieder zu meinem Wagen?* Sie war doch sonst so organisiert. Wie konnte ihr das passieren? Sie nickte und hoffte, dass ihr unterwegs irgendetwas Schlaues einfallen würde.

Die Ledersitze seines SUVs fühlten sich kalt an. Treat ließ den Motor an und beugte sich über die Konsole.

»Gleich wird dir wärmer.«

Er war über ihr. Gebannt wartete sie auf seinen Kuss, schloss halb die Lider, atmete langsamer und öffnete leicht die Lippen.

Er drückte einen Knopf an der Tür. »Der Wagen hat Sitzheizungen.«

Max glaubte, ihr Herz müsste explodieren. *Wie bitte? Ich hätte mir den Kuss einfach nehmen sollen. Nächstes Mal …*

Treat fuhr los. »Wohin, schöne Frau?«

Musste er so mit ihr reden? Sie mit seinen verführerischen Worten und seiner samtigen Stimme umgarnen? Sie konnte kaum denken, geschweige denn etwas Vernünftiges sagen.

»An der Ampel links. Ich wohne in Allure.«

Er nickte und fuhr aus der Stadt. Die Stille war ohrenbetäubend. Max spürte, wie ihr Selbstvertrauen bröckelte. *Was würde Kaylie tun?* Sie schaltete das Radio an und bewegte langsam im Takt der Musik die Schultern.

Treat legte seine Hand auf ihre und hielt sie fest, dann zog er ihre Finger an seine Lippen und küsste sie.

»Deine Haut fühlt sich so gut an, Max.«

Fass mich an. Park den Wagen und fass mich an. Sie hoffte, dass ihre Hand auf seinem Schenkel, wo er sie jetzt festhielt, nicht zitterte. Was antwortete man, wenn ein Mann so etwas sagte? Sie war keine erfahrene Verführerin. Vielleicht hatte sie sich zu viel vorgenommen.

»Danke?« *Auweia. Erschieß mich. Bitte gib mir den Gnadenschuss.*

»Ich muss dir danken.« Er warf ihr einen ernsten Blick zu. Dann schaute er wieder auf die Straße. »Dafür, dass du mir noch eine Chance gibst.«

Max dachte nicht mehr daran, ihn zappeln zu lassen. Mit

jedem Wort, das er sagte, wollte sie ihn mehr. Sie wies ihm den Weg zu ihrer Wohnung.

Als er den Motor abstellte, wurde ihr bewusst, dass sie Treat Braden mit in eine Zweizimmerwohnung nahm. Der Mann besaß Luxushotels auf der ganzen Welt. Sie wollte vor Scham im Boden versinken, aber es gab keine Alternative. Ein glamouröses Haus konnte sie nicht herzaubern.

»Schöne Gegend.« Treat ging um den Wagen herum und öffnete Max die Tür.

Sie wünschte, er würde endlich aufhören, sich wie ein vollendeter Gentleman zu benehmen. Es war zu qualvoll, auf den ersten Kuss, die erste Berührung zu warten. Jetzt stand dieser Halbgott von einem Mann vor der offenen Wagentür wie ein Traum. Max schwang die Beine hinaus und stellte die Füße aufs Trittbrett. Er nahm ihre Hände, um ihr hinunter zu helfen. Aber sie beugte sich vor und drückte die Lippen auf seine. Seine Hände fanden zu ihrer Hüfte. *Gott, er schmeckt gut.* Langsam und sinnlich erforschte seine Zunge ihren Mund. Er zog sie fest an sich. Max' Arme legten sich wie von selbst um seinen Hals. Sie schlang die Beine um seine Hüfte.

Er hielt ihre Oberschenkel fest und stieß mit dem Fuß die Wagentür zu.

Sie hätte ihn die ganze Nacht lang küssen können, hier unter den Straßenlaternen mit hochgerutschtem Kleid und näherkommenden Scheinwerfern. *Scheinwerfer? Scheinwerfer!* Max beugte sich zurück. Und tatsächlich: Ein Wagen bog in den Parkplatz ein.

»Oh, Gott. Wir ... ich ...«

Behutsam stellte Treat sie auf die Füße. Er wirkte kein bisschen verlegen, als er die Wagentür öffnete und ihre Handtasche herausnahm. »Vielleicht sollten wir reingehen«, sagte er.

Sie eilte mit ihm hinauf zu ihrer Wohnung im zweiten Stock und hoffte, dass sie nicht mit der Person zusammenstießen, die sie auf dem Parkplatz gesehen haben musste. Sie wollte Treat endlich weiter küssen. An der Tür hantierte sie mit geschlossenen Augen mit ihrem Schlüssel und betete, dass sie diese Nacht überstehen würde, ohne sich komplett zu blamieren. Zwischen all den Leuten in dem schummrig beleuchteten Club hatte sie sich einreden können, alles wäre nur ein Film. Aber jetzt, vor ihrer Wohnung, hatte sie die Hosen plötzlich gestrichen voll. Sie drehte den Rücken zur Tür und sagte: »Meine Wohnung ist ziemlich klein.«

»Klein ist schön.«

»Luxuriös ist sie auch nicht. Eher praktisch.«

Er legte eine Hand auf ihre Hüfte. »Praktisch ist gut.«

Die Hitze, die er ausstrahlte, ließ sie nach Luft schnappen. »Und sie ist kein bisschen glamourös.« Er legte auch die andere Hand an ihre Hüfte und rückte näher. Sie schluckte. Sein Atem war frisch und warm. Sie befeuchtete ihre Lippen.

Er hob mit einer Hand ihr Kinn, sodass sie ihn anschauen musste. »Glamour wird völlig überbewertet.« Er drückte seine Lippen auf ihre.

Sie ließ die Schlüssel fallen. Dankbar, dass er sie mit seinen starken Armen aufrecht hielt, zog sie ihn an sich. Das zärtliche Forschen seiner Zunge in ihrem Mund ließ ihre Knie weich werden. Noch nie zuvor hatte sie Küssen so schön gefunden. Sie wollte gar nicht mehr aufhören. Max vergrub die Hände in Treats Haar. Sie konnte spüren, wie erregt er war, und stöhnte auf.

Verlegen beendete sie den Kuss. Sie war nie eine lautstarke Liebhaberin gewesen. Wie konnte sie plötzlich lautstark küssen?

Treats Augen waren so dunkel, so voller Verlangen. Sie hob ihre Schlüssel auf und öffnete die Tür. Seine Hitze in ihrem Rücken drängte sie zur Eile.

Treat schloss die Tür hinter ihnen, und Max konnte zuschauen, wie er sich in ihrem kleinen privaten Reich umsah. In ihrem ordentlichen Wohnzimmer standen eine beigefarbene Couch und ein gemütlicher Sessel. Eine Frühstücksbar trennte die hübsche kleine Küche vom Rest der Wohnung ab.

»Es ist kein Palast, ich weiß, aber …«

»Perfekt«, flüsterte er.

Bislang hatten nur zwei männliche Wesen Max' Wohnung betreten. Wenn man den kleinen Pfadfinder mitzählte, der zusammen mit seiner Mutter Popcorn verkauft hatte. Was sie mit einem Mann wie Treat hier anstellen sollte, war ihr schleierhaft.

Offenbar spürte er ihre Nervosität, denn er ging zum Bücherregal, holte die Kerzen von dort, stellte sie auf den Couchtisch und zündete sie lächelnd an. Noch schneller als in diesem Augenblick konnte ihr Herz unmöglich schlagen.

»Setz dich zu mir.« Er zog sein Jackett aus und hängte es ordentlich über den Sessel.

Max war froh, dass er die Kontrolle übernahm. Sie hatte das Gefühl, neben einem Flammenwerfer zu sitzen. Ihre Nerven waren zum Zerreißen gespannt.

»Erzähl mir etwas über dich«, sagte er.

Sie hatte keine Ahnung, was sie sagen sollte. Für eine schlagfertige, prickelnde Antwort fehlte ihr die Flirterfahrung.

»Okay, ich fange an«, sagte er. »Der schönste Ort auf der Welt, außer natürlich hier neben dir auf dieser Couch, ist für mich Wellfleet in Massachusetts.«

»Du bereist sämtliche Kontinente, und dein Lieblingsort ist

ein kleines Nest in Massachusetts?« Sie lachte auf und merkte, wie gut das ihren Nerven tat.

»Jap. Ich habe ein kleines Haus in der Bucht. Dort ist es ruhig und schön.«

Er legte die Hand auf ihr Bein. Ihre Nerven begannen sofort wieder zu flattern.

»Was findest du richtig prickelnd?«, fragte sie und hätte sich am liebsten die Zunge abgebissen. Er warf ihr einen versengenden Blick zu. »Abgesehen von … dem hier, meine ich.«

»Das ist leicht zu beantworten. Meine Arbeit. Ein Hotel zu übernehmen und es in ein Weltklasse-Resort zu verwandeln, gibt mir einen Riesenkick. Das fängt schon bei den Verhandlungen an. Ich betrete den Raum und weiß sehr gut, dass die Leute auf der anderen Seite des Tisches etwas wollen, was ich ihnen nicht geben kann oder möchte. Wenn ich dann am Ende doch bekomme, was ich will, ist das für mich besser als jede Droge.«

»Das kann ich mir vorstellen. Deine Augen sprühen vor Begeisterung, wenn du davon erzählst. Bei mir ist es ähnlich, auch wenn ich nicht mit Millionen jongliere. Mein Job macht mir großen Spaß und bleibt immer spannend.«

Er strich ihr mit der Fingerspitze über die Wange, und ihr ganzer Körper zog sich vor Verlangen zusammen.

»Was kannst du mir sonst noch über dich erzählen?« Seine Stimme umschmeichelte sie.

Dass ich dich jetzt auf der Stelle küssen und nie wieder damit aufhören will? »Ich esse gern Süßes, am liebsten Schokolade. Aber Gummibärchen mag ich nicht.« *Gummibärchen. Geht's noch? Ich sage dir alles, was du willst. Aber küss mich endlich.*

»Okay. Keine Gummibärchen.« Lächelnd legte er seine Hand auf ihren Oberschenkel. »Meine Lieblingsfarbe ist Blau.«

Und meine Lieblingsfarbe ist deine Hand auf meiner Haut.
»Lavendel«, presste sie hervor. »Lieblingsgeruch?« *Bitte was?*
Geruch? Schieß mich tot. Erlöse mich.

Er legte die freie Hand an ihren Hinterkopf und vergrub die
Nase an ihrem Hals. Sie erschauerte unter seinem warmen Atem
und schloss die Augen.

»Gebrannte-Mandeln-Eiscreme.«

»Was?« Sie musste sich ihre Frage erst wieder in Erinnerung
rufen. »Eiscreme hat einen Geruch?« Das Verlangen hatte sich
wie ein Dunstschleier über ihr Gehirn gelegt. Zwischen ihren
Beinen herrschte Aufruhr.

»Einen sehr köstlichen«, raunte er.

Unwillkürlich leckte sie sich die Lippen.

»Und außer Schokolade? Was magst du noch?« Treat rückte
noch näher. Sein minziger Atem streifte sie.

Sie klammerte sich an der Sofakante fest, um sich nicht wie
eine hungrige Löwin auf ihn zu stürzen und ihn auf eine Art zu
verschlingen, die ihr schon beim Drandenken die Röte in die
Wangen trieb.

»Ich liebe Buschrosen.« Eigentlich kannte sie sich mit
Rosensorten gar nicht aus.

»Buschrosen«, flüsterte er.

Sieben

Treat konnte kaum glauben, dass er jetzt neben Max saß, der Frau, nach der er sich sechs Monate lang gesehnt hatte, der Frau, von der er träumte. Ihre Küsse waren süßer als Honig und so warm, dass er sich nur mit Mühe beherrschen konnte. Am liebsten hätte er sie gleich auf dem Parkplatz genommen. Er musste sich zusammenreißen. Sie war kein One-Night-Stand, und falls sein jagendes Herz und seine angespannten Nerven ihn nicht täuschten, konnte sie für ihn viel mehr werden als irgendeine andere Frau, mit der er bisher zusammen gewesen war.

Er war nervöser als ein Teenager vor dem ersten Mal. Was brachte ihn bloß derart aus der Fassung? Das Gespräch hatte jedenfalls keinerlei beruhigende Wirkung auf die Region südlich seiner Gürtellinie. Es machte ihn nur noch kribbeliger.

»Max.« Neben ihr zu sitzen, ihren Schenkel zu berühren, die Mischung aus Verlangen und Verlegenheit in ihrem Blick, all das fachte seine Leidenschaft weiter an. »Du bist so schön.«

Sie wollte ihn küssen, aber er hielt sie zurück. Er musste erst mit ihr reden, musste sich entschuldigen. Er war kein Mann, der Frauen respektlos behandelte. Dass er Max verletzt hatte, machte ihm schwer zu schaffen. Seine halbherzige Entschuldigung hatte sie nicht hören wollen. Warum hatte er sich nicht so entschuldigt, wie sich das gehörte? Er wollte, er musste ihr ein paar Dinge erklären.

»Max. Ich möchte mit dir reden.«

Sie erstarrte und schloss die Augen. »Es liegt an mir, nicht wahr? Du willst mich nicht.«

»Was? Nein!« Sie wollte aufspringen, doch er hielt sie am Handgelenk zurück. »Nein, Max. Es ist nicht, wie du denkst. Du hast mein Zögern völlig missverstanden.« Musste er immer so professionell klingen? Warum konnte er nicht einfach seine Gefühle sprechen lassen?

Sie atmete schwer. Ihre Augen funkelten wütend. *Verdammt.* Sie hatte seine Absichten völlig verkannt, das sah er deutlich. *Ach, zur Hölle damit.* Er würde ihr später alles erklären. Hinterher, wenn sie zu müde war, um noch einen klaren Gedanken zu fassen oder gar wegzulaufen.

Er zog sie auf seinen Schoß und küsste sie, bis er spürte, wie die Anspannung aus ihrem Körper wich und sie sich an ihn schmiegte. *Gott, sie fühlt sich gut an.* Er legte eine Hand auf ihre Hüfte, sie schlang einen Arm um seinen Hals. Er umfasste eine ihrer Brüste, streichelte sie durch den seidigen Stoff ihres Kleides hindurch und spürte, wie ihre Brustwarze sich unter seiner Berührung aufrichtete. Er brauchte sie. Alles an ihr. Sie wölbte ihm ihren Hals entgegen. Er küsste sich an ihrem Kiefer entlang bis zu dem Grübchen an ihrem Kinn. Dann legte er die Lippen an ihren Hals und saugte an ihrer Haut, bis er glaubte, die Beherrschung zu verlieren.

Mit einem Aufstöhnen drückte sie ihre Brust in seine Hand. Er schob ihr Kleid zur Seite, liebkoste ihre Brust mit dem Mund, küsste, leckte und saugte, während sie sich auf seinem Schoß wand und an ihn presste. Er widmete sich ihrer anderen

Brust, leckte sich sanft bis zu ihrer Brustwarze und kitzelte sie mit der Zunge. Sie krallte die Finger in sein Haar und drückte seinen Mund fester an sich. Schließlich zog sie seinen Kopf von ihrer süßen Brust weg und schaute ihm hungrig in die Augen.

»Schlafzimmer?«, fragte sie atemlos.

Mit ihr in seinen Armen stand er auf und trug sie durch die offene Schlafzimmertür. Ihr Schlafzimmer war genau so, wie er es sich vorgestellt hatte. Es passte zum Rest ihres wohlorganisierten kleinen Nests. Eine Kommode, ein großes Bett, ein Nachttisch. Alles war hübsch aufgeräumt. Nur an der Tür ihres Einbauschranks hing ein schwarzes Kleid. Sie schätzte Ordnung offenbar so sehr wie er, und das machte sie für ihn noch anziehender.

»Darf ich?«, fragte er, bevor er sie aufs Bett setzte.

»Oh ja.«

Er senkte sie auf die Bettkante, zog sich die Krawatte vom Hals und legte sie auf die Kommode, dann knöpfte er sein Hemd auf.

Max wollte nach seiner Hose greifen, doch er hielt ihre Hand fest. »Noch nicht«, flüsterte er. Er faltete sein Hemd und legte es neben seine Krawatte. Dann zog er Max vom Bett hoch und drehte sie um. Mondlicht fiel durchs Fenster und schimmerte auf ihrem Körper. Er zog den Reißverschluss ihres Kleides auf und schob ihr die Träger von den Schultern auf die Unterarme, sodass sie wie zarte Fesseln ihre Arme festhielten. Er küsste die seidige Haut in ihrem Nacken. Max erbebte unter seinen Berührungen. Treats Mund streichelte sie um den Verstand. Er küsste sich über ihren Rücken und schob ihr das Kleid auf die Hüften. Sie war schöner als jede andere Frau, mit der er je zusammen gewesen war. Nur mit eiserner Selbstbeherrschung gelang es ihm, nichts zu übereilen. Ihre Unschuld und

Unerfahrenheit machte sie bei aller Leidenschaft weich und verletzlich. Ihr süßer kleiner Bauch schmiegte sich in seine Hände, als er sie von hinten umfasste. Seine Finger fanden zurück zu ihren nackten Brüsten. Als er ihre Brustwarzen zwischen Daumen und Zeigefinger rieb und knetete, bis sie sich aufrichteten, schnappte sie nach Luft, stöhnte wohlig auf und brachte ihn damit fast um die Beherrschung. Mit der Zunge liebkoste er ihren schlanken Hals, er knabberte und saugte an den empfindlichsten Stellen.

Das Kleid rutschte ihr von den Hüften und fiel zu Boden. Er drückte seine Brust an ihren Rücken, Haut an Haut. Dann ließ er die Hände über ihre Taille nach unten gleiten und hielt sie an den Hüften fest. Als sie sich an ihn drängte, erwachte in ihm der Wunsch, sie zu schmecken. Überall. Langsam küsste er sich über ihren Rücken tiefer, hakte einen Finger unter den schmalen Bund ihres Spitzenstrings und zog das kleine Stück Stoff von ihren feuchten Löckchen weg auf ihre Schenkel. Zärtlich streichelte er die heiße, samtige Haut zwischen ihren Beinen und spürte, wie er dabei noch härter wurde. Er drückte sich an sie und ließ einen Finger in sie gleiten.

Max stöhnte auf. Sie packte sein Handgelenk und drückte seine Hand tiefer in sich hinein. Er biss in ihre Schulter und umfasste mit seiner freien Hand eine ihrer Brüste. Gott, er wollte sich in ihr vergraben. Sie wölbte den Hals, und er ließ auch die zweite Hand zwischen ihre Beine gleiten. Provozierend langsam rieb er ihren empfindlichen kleinen Knubbel, während sich die Finger seiner anderen Hand rhythmisch tiefer in sie bohrten. Dann spürte er, wie sie um seine Finger pulsierte. Sie schnappte nach Luft. Bebend drängte sie sich an ihn, klammerte sich an seine Arme, hob sich auf die Zehenspitzen und hauchte atemlos seinen Namen.

»Ja, meine Schöne. Komm für mich«, flüsterte er, während ihr wunderbarer Orgasmus verebbte.

Er drehte sie um und schaute in ihre hungrigen Augen. Er küsste, tastete und forschte, als wollte er sie verschlingen. Unvorstellbar, dass er je genug von ihr bekommen könnte. Sie streckt die Hand aus und knöpfte seine Hose auf.

»Großer Gott. Lass mich dich einfach nur ansehen«, sagte er mit seiner tiefen, einschmeichelnden Stimme. Sie war so durch und durch feminin, ganz anders als die Frau, die auf dem Wagendach gestanden und die Welt hatte nach ihrer Pfeife tanzen lassen. Wie hatte er sie jemals verletzen können?

»Treat«, flüsterte sie. Mit dem Finger winkte sie ihn näher. Nackt bis auf den winzigen schwarzen Spitzenstring setzte sie sich auf die Bettkante. In Sekundenschnelle befreite sie ihn von seinen Boxershorts und zog ihn an den Hüften zu ihr.

»Max«, sagte er. »Lass mich …«

Sie schüttelte den Kopf und nahm ihn in den Mund.

Max verlor sich in diesem lustvollen Spiel. Nie zuvor war sie mit einem Mann so unbefangen gewesen. Obwohl sie Treat kaum kannte, fühlte sie sich tief mit ihm verbunden. Er berührte sie, ohne sie zu drängen. Ihr Lust zu verschaffen, schien ihm viel wichtiger zu sein als sein eigenes Vergnügen. Max wollte endlich einmal nur ihrem Herzen folgen. Sie hatte das Gefühl, ihn schon ewig zu kennen. Seine Haut war salzig, süß, vertraut.

Er flocht die Finger in ihr Haar, während sie ihn einsaugte und wieder losließ, sich langsam um seine Spitze leckte, nur um ihn dann erneut einzusaugen. Stöhnend schob er sie weg und zog sich aus ihr zurück. Er schaute ihr tief in die Augen. Dann sagte er nur ein einziges Wort. Das tiefe Verlangen, mit dem er es aussprach, raubte ihr die Sinne.

»Max.«

Glücklich, ihm so viel Lust bereiten zu können, umfasste sie ihn weiterhin mit einer zarten Hand. Mit der anderen streifte sie ihren String ab.

Treat hob sie hoch, als wäre sie leicht wie eine Feder. Wieder schlang sie die Beine um seine Taille. Sie legte die Arme um seinen Hals, während er die Hand zur Kommode streckte, wo er das kleine, quadratische Päckchen hingelegt haben musste, das er jetzt aufs Bett warf.

Mit den Beinen zwischen ihren legte er sie auf den Rücken. Der Hunger in seinen Augen spiegelte die Lust wieder, die durch ihren Körper jagte. Sie wollte nach der kleinen Verpackung greifen. Aber er legte die Hände auf ihre Brüste und beugte sich zu ihrer Hüfte. Mit geschlossenen Augen überließ sich Max seinen Zärtlichkeiten. Er leckte sich zu ihrer Hüfte. Seine Hände hielten sie fest. Er war so männlich, so stark, und sie fühlte sich ganz klein. Er streichelte ihre Beine, leckte die Innenseiten ihrer Schenkel. Nur ihre glühende Mitte, die sich so nach ihm sehnte, ließ er aus. Er küsste sich um ihre Löckchen zu der zarten Haut darüber. Ihre Nervenenden prickelten unter seinen feuchten Küssen. Max wölbte ihr Becken vor. *Leck mich. Berühr mich.* Er legte die Hände an die Innenseiten ihrer Oberschenkel, drückte sanft ihre Beine auseinander und leckte die Haut neben ihrer pochenden Mitte. Max krallte sich an der Bettdecke fest. Sie war kurz vor dem erlösenden Moment. Sie wand sich und hoffte, seine Zunge irgendwie zu erreichen. Doch er hielt ihre Beine fest und spannte sie weiterhin auf die Folter, indem er zärtlich ihre Leistenbeuge liebkoste. Dann rollte er sie auf den Bauch, nahm ihren Hintern zwischen seine

Hände und leckte die Falte am Übergang zu ihren Oberschenkeln. Max' Haut stand in Flammen. Sie war benommen vor Lust. So ganz und gar war sie noch nie geliebt worden. Nie zuvor hatte jemand jeden Quadratzentimeter ihres Körpers liebkost. Treat schob die Hände auf ihre Rippen und glitt an ihrem Körper nach oben, bis sie seine Härte an ihrem Hintern spürte. Seine heiße Zunge streichelte ihren Nacken. Seine Hände griffen in ihr Haar, während er sich sanft an ihr rieb. All seine Berührungen waren unfassbar erotisch. Jeder seiner Atemzüge an ihrer Haut beschleunigte ihren Puls noch weiter. Er nahm ihr Ohrläppchen in den Mund und flüsterte: »Ich will nicht, dass dieser Abend je endet.«

Seine heiße Zunge und die Leidenschaft in seiner Stimme ließen sie erschauern. Er küsste sich an ihrem Rückgrat nach unten, massierte ihre Seiten und steigerte mit jeder Bewegung ihr Verlangen nach ihm. Er küsste ihren Hintern und die Hinterseite ihrer Oberschenkel. Behutsam drückte er ihre Beine auseinander und drang erneut mit zwei Fingern in sie ein. Max schnappte nach Luft und hob die Hüften ein wenig an, um ihm besser Zugang zu verschaffen. Quälend langsam bewegte er die Finger vor und zurück und fand ihre empfindlichsten Stellen. Im nächsten Atemzug wand Max sich unter ihm. Sein starker Arm umschlang ihre Hüften, während sie sich an seine Hand drängte.

Als er seine Finger zurückzog, vermisste sie sie sofort. Sie wollte mehr von ihm. Er drehte sie wieder auf den Rücken. Schwer atmend versuchte Max, ihr Gehirn wieder in Gang zu bekommen, aber sie war viel zu benommen, und er leckte, küsste und streichelte sie, bis sie glaubte, zerreißen zu müssen.

»Zeig mir, wie ich dich lieben soll«, flüsterte er.

Max schloss die Augen. Das konnte sie nicht.

Er schob sich an ihrem Körper nach oben, bis sie sich in die Augen sehen konnten. Max spürte seine Härte an ihrer Seite. Gott, sie wollte ihn in sich spüren.

»Lieb mich«, flüsterte sie.

Er lächelte. »Zeig mir, wie ich dich lieben soll.«

Max wandte sich ab. Sie spürte die Hitze in ihren Wangen und merkte, wie sie errötete.

Er nahm ihre Hand und führte sie zu ihrer Mitte. »Zeig es mir«, flüsterte er.

Aber Max zog ihn zu sich. Sie wollte ihm zu gern zeigen, wie sie sich anfasste, wenn sie nachts allein in ihrem Bett lag und an ihn dachte. Aber sie brachte es nicht fertig. Wieder griff sie nach dem Kondom. Diesmal nahm er es ihr aus den Fingern, öffnete die Verpackung mit den Zähnen und zog es sich über.

Ja. Nimm mich. Lieb mich.

Max hob sich ihm entgegen und nahm ihn ganz in sich auf. Ein wohliger kleiner Schreck durchfuhr sie, als sie spürte, wie er sie ausfüllte. Ein Lächeln stahl sich auf ihr Gesicht. Strahlend lag sie in seinen starken Armen und passte sich seinen langsamen, gleichmäßigen Bewegungen an. Sie hatte geglaubt, seine Kraft würde sie überwältigen und seine Muskeln würden sie erdrücken. Doch er hielt sie so zärtlich fest und seine Stöße waren ruhig und tief.

»Nichts hat sich je so perfekt angefühlt.« Er schaute ihr tief in die Augen. »Max, ich bin bei dir. Ich gehe nicht weg. Du kannst mir vertrauen.«

Vertrauen. Plötzlich schlich sich Angst in Max' Herz. Er war der Mann, wegen dem sie sich in Nassau schmutzig und billig gefühlt hatte. *Nein, nicht. Nicht daran denken.* Sie versuchte, die quälende Erinnerung zu verdrängen. Sie wollte das überwältigende Gefühl inniger Verbundenheit mit ihm festhalten. Doch sie konnte der wachsenden Anspannung und den Bildern in ihrem Kopf nicht entkommen, die ihre Lust vertrieben und alle Alarmglocken schrillen ließen. Sie schaute in seine Augen. Jetzt waren sie voller Leidenschaft. Sie sah ihre Schönheit, aber gleichzeitig sah sie den angewiderten Blick, mit dem er sie einmal gemustert hatte. Der Blick, der bestätigte, wie sie sich fühlte. Billig und schmutzig. Gefangen in einem Gespinst aus unstillbarem Verlangen und Angst erstarrte sie unter ihm.

»Max?«

Sie brachte kein Wort heraus. Sie lag unter ihm und starrte ihn an. War er wirklich der Mann, der sie so verletzt hatte? Ja, er war es. Sie drückte gegen seine Brust und er zog sich hastig aus ihr zurück.

»Max? Was ist? Habe ich dir wehgetan? Ich habe versucht, ganz vorsichtig …«

Max schüttelte den Kopf, schnappte sich die Bettdecke und zog sie sich bis ans Kinn. »Es war ein Fehler.« Ihre Stimme zitterte. »Wir hätten nicht …« Sie rollte sich zusammen und hätte sich am liebsten unsichtbar gemacht. »Es tut mir leid. Ich hätte nicht …«

Sein Blick war tief verletzt. Er stand auf und zog sich an, ohne sie dabei aus den Augen zu lassen. »Warum? Was ist jetzt anders als vorhin?«

Max wandte sich ab. Ihr Körper bebte noch von seinen Berührungen, ihr Herz wollte ihn nicht loslassen.

»Max, wenn es wegen dem ist, was in Nassau war – ich habe versucht, mit dir darüber zu sprechen. Bevor wir … bevor wir in dein Schlafzimmer gegangen sind.«

Max fühlte, wie ihr Herz sich zusammenkrampfte. Sie hatte sich so tief mit ihm verbunden gefühlt, war so überwältigend glücklich gewesen. Sie hatte ihn gewollt wie noch nie einen

Mann zuvor. Aber er war der, der sie verletzt und sich von ihr abgewendet hatte. Genau wie ... Nein. Sie hatte sich geschworen, an *ihn* nicht einmal mehr zu denken.

Sie stand auf, fischte ein T-Shirt aus der Kommode und stellte sich unter die Dusche. Sie hoffte, dass er weg sein würde, wenn sie wieder herauskam.

Doch als sie aus dem Bad kam, saß er im Wohnzimmer. Er war vollständig angezogen, hatte die Ellbogen auf die Knie gestützt und den Kopf in die Hände gelegt.

»Max, bitte. Lass uns reden.«

»Kannst du mich zu meinem Wagen bringen?« *Verdammt.* Warum war sie nicht selbst gefahren? Vor lauter Freude, mit einem Mann wie Treat zusammen zu sein, hatte sie ihr Gehirn ausgeschaltet. Auf zwanzig angespannte Minuten in seinem SUV hatte sie nicht die geringste Lust. Aber sie musste morgen in aller Frühe beim Festival sein und hatte niemanden, der sie hinbringen konnte. Dem Traum, in Treats Armen aufzuwachen, hätte sie sich niemals hingeben sollen. Keine Minute lang hätte sie vergessen dürfen, wie schlecht es ihr wegen ihm in Nassau gegangen war.

Sie schnappte sich ihre Schlüssel und ihre Handtasche und er folgte ihr hinunter zu seinem Wagen. Als er ihr die Tür aufhielt, zog sich alles in ihr zusammen. Er wartete, bis sie eingestiegen war. Dann drückte er die Tür behutsam zu. Knallende Türen, Geschrei, laute Musik – all das hätte jetzt gegen die Spannung, die Wut und das aufkommende Gefühl von Einsamkeit geholfen, das an ihrem Inneren fraß.

»Max, willst du mir nicht sagen, was ist?«

Max starrte aus dem Fenster. Sie wollte keine Erklärungen abgeben.

»Wenn du schon nicht mit mir redest, hörst du mir dann

wenigstens zu? Bitte?«

Ausreden hatte sie in ihrem Leben schon mehr als genug gehört. Als sie schwieg, fuhr er fort. »Ich habe dich im Resort gesehen und es war unbeschreiblich. Das Gefühl war so tief, dass es mir Angst gemacht hat.«

Max lachte innerlich auf. *Angst? Das soll ich glauben? Ein Mann wie du und Angst?*

»Du hast eine unglaubliche Anziehung auf mich ausgeübt. So etwas ist mir noch nie passiert. Natürlich hat mir hin und wieder eine Frau gut gefallen. Aber diesmal war es anders. Ich wollte mich um dich kümmern. Ich wollte dich lie…«

Max schloss die Augen. Auf keinen Fall würde er jetzt *lieben* sagen. Nein. Undenkbar. … *liebend gerne kennenlernen,* vielleicht. Aber *lieben?* Nein.

»So überwältigt und hilflos war ich noch nie. Und dann, noch bevor ich mir klar werden konnte, was ich empfand und warum, hast du dagestanden. In denselben Kleidern wie am Abend zuvor und zusammen mit … Ich kann nicht mal seinen Namen sagen, ohne wütend zu werden.«

»Du hast kein Recht darauf, wütend zu sein. Was ich tue oder lasse, geht nur mich etwas an«, zischte Max. Doch insgeheim fühlte sie sich ein klein wenig geschmeichelt. Sie wusste nicht, wann zum letzten Mal ein Mann auf diese Art Notiz von ihr genommen hatte.

»Das ist richtig, und das war mir auch bewusst, als ich dich so angesehen habe.« Sein Tonfall klang verlegen, seine Stimme war weich.

Max spürte den Schmerz, den sein verächtlicher Blick in ihr ausgelöst hatte, noch einmal am ganzen Körper. Zum Glück erreichten sie gerade den Parkplatz. Er hielt an und sie stieg mit den Schlüsseln in der Hand aus.

»Max.«

»Hör zu. Im Augenblick will ich nur meinen Kopf in einer Schokoladentorte vergraben und vergessen, was heute Nacht passiert ist.« Sie warf ihm noch einen letzten langen Blick zu, dann wandte sie sich ab und hoffte, ihr Herz würde nicht im nächsten Augenblick zerspringen.

Acht

Um acht am nächsten Morgen klingelte Treats Handy. Er tastete danach und ging ran, ohne vorher aufs Display zu schauen. Er hoffte, es wäre Max. »Hallo?«

»Seit wann lässt man seine kleine Schwester einfach auf einer Party sitzen?«

Savannah. »Hugh war doch da und konnte dich nach Hause bringen.«

»Hugh? Hugh! Der war zu sehr mit seiner Super-Nova beschäftigt, um noch an mich zu denken. Du hast Glück, dass Connors Fahrer gerade nichts zu tun hatte.« Savannah versuchte, verärgert zu klingen, aber Treat durchschaute sie. In Wahrheit fischte sie nach Informationen.

»Tut mir leid wegen gestern Abend, Schwesterlein. Aber ich habe kaum geschlafen. Kann ich dich später anrufen?«

»Ja, klar. Aber sag erst noch, wie es mit Max gelaufen ist. Als ihr zusammen rausgegangen seid, habt ihr ausgesehen, als würdet ihr euch am liebsten gegenseitig die Kleider vom Leib reißen.«

»Was sind das für Worte von meiner kleinen Schwester?« Treat grinste. Er legte sich den Arm über die Augen und seufzte. »Wir reden später. Hab dich lieb.« Wie immer wartete er, bis sie sich verabschiedet hatte. Einfach aufzulegen, wenn seine Geschwister am Apparat waren, kam nicht infrage. Nicht einmal, wenn sie nervten. Der Tod seiner Mutter hatte ihn gelehrt, dass man nie wusste, ob und wann man sich wiedersehen und noch einmal miteinander reden konnte.

Seine Tür wurde aufgestoßen. »Hey, Schnarchnase. Stehst du heute noch mal auf und gehst Dad ein bisschen zur Hand?« Rex grinste.

»Rex. Was zur Hölle …«

»Ich mein' ja nur.« Rex ließ die Tür offen stehen. Das war seine Art zu sagen: *Wenn ich nicht faulenzen kann, tust du es auch nicht.*

Treat stemmte seinen müden Körper aus dem Bett und schleppte sich zum Badezimmer. Den kurzen Weg hatte er schon tausend Mal zurückgelegt, aber nie hatte er sich dabei so einsam gefühlt wie heute. Er beugte sich übers Waschbecken und schaute sich im Spiegel an. Lange und eingehend. Dunkle Augen, zerzaustes Haar, perfekte bronzene Bräune. Frauen fanden ihn unwiderstehlich. Treat wusste, wie gut er aussah. Er war dankbar für die Gene, mit denen seine Geschwister und er gesegnet waren. Dieses Geschenk hatte er oft zu seinen Gunsten genutzt. Jetzt versuchte er, hinter den schönen äußeren Schein zu blicken und zu sehen, was Max gesehen hatte. Das war nicht schwer. Recht schnell erkannte er den eifersüchtigen, ängstlichen Mann, der sie angewidert gemustert hatte. Wie eine Maske hatte der Blick sich über sein Gesicht gestülpt. Er hatte gewusst, wie weh er ihr tun würde und es nicht verhindert.

Ich bin ein Arsch.

Ein Ekel.

Ein verdammter Schisser.

Er drehte die Dusche auf. Als das Wasser dampfend heiß

war, stellte er sich darunter. Es versengte seine Haut, aber er drehte es nicht kälter. Er war kein Teenager mehr, er wusste, dass man andere Menschen mit Respekt behandeln musste. Der Blick, den er Max in Nassau zugeworfen hatte, war eine Beleidigung gewesen. Sie zu verletzen, hatte er billigend in Kauf genommen. Auf dem Boot hatte er die Rechnung dafür präsentiert bekommen, und die hatte er verdient. *Ich war gemein. Arrogant. Ein Mann, mit dem ich mich nie abgeben würde.* Kein Wunder, dass Max das auch nicht wollte. Er ging auf die vierzig zu und wusste, dass er mit seinem Verhalten ein schlechtes Licht auf seine Familie warf. Sicher würde Max sich fragen, ob auch die anderen Bradens das Arschloch-Gen besaßen, das anscheinend in ihm steckte.

Was hatte er sich gestern Abend bloß gedacht? Er hätte nie so weit gehen dürfen, ohne zuvor mit Max zu reden. Auch das hatte er gewusst, verdammt. Doch er hatte sich von ihrem Verlangen mitreißen lassen. In seinem Job hätte er sich nie so verhalten. Als Unternehmer ließ er sich von seinem Hirn leiten, nie von anderen Körperregionen. Aber wenn er schon einmal so einen Fehler machte, dann einen wirklich unverzeihlichen.

Er trocknete sich ab und schaute an sich hinunter. *Mistkerl.* Er würde alles tun, um seinen Fehler wiedergutzumachen. Er musste Max sagen, dass sein Herz noch nie so leicht gewesen war wie zusammen mit ihr. Großer Gott, wenn er sie nur ansah, passierten die verrücktesten Dinge mit ihm. War das albern? Ganz und gar nicht. Was er mit Max erlebte, war wichtiger und größer als alles, was er kannte.

Er fand Rex im Stall bei Hope, der Stute, die ihr Vater ihrer

Mutter gekauft hatte, als sie die Diagnose bekommen hatte. Hopes ursprünglich rotbraunes Fell war heller geworden und von vielen weißen Stichelhaaren durchsetzt.

»Der Kronprinz hat sich erhoben«, frotzelte Rex. Sein schwarzes Hemd spannte über seiner breiten Brust. Das Haar trug er länger als seine Brüder. Der Cowboyhut, den er sich tief ins Gesicht gezogen hatte, betonte sein markantes Kinn und seine aristokratische Nase. Er war ein ungewöhnlich gut aussehender Mann.

»Dir auch einen schönen guten Morgen, Bruderherz.« Treat strich über Hopes Rücken. Sie wieherte leise und stupste ihn an. »Wie geht's dem alten Mädchen?«

»Eigentlich ganz gut. Aber inzwischen lässt sie es ein bisschen gemütlicher angehen«, sagte sein Vater.

Treat hatte seinen Vater nicht gesehen, weil der sich gerade nach einem Eimer gebückt hatte.

»Im Januar wird sie dreiunddreißig. Man muss sie immer ein bisschen im Auge behalten. Schließlich sollen unsere Tiere nicht leiden. Und Hope …«

… hat eurer Mutter gehört. Sein Vater musste den Satz nicht beenden. Rex und Treat tauschten einen langen Blick aus.

»Du hast sie gut in Schuss gehalten, Dad. Mom wäre stolz auf dich.« Treat legte eine Hand auf die Schulter seines Vaters.

»Das ist sie. Ich weiß es.« Sein Vater schwor Stein und Bein, er könnte auf der Ranch noch immer die Gegenwart seiner verstorbenen Frau spüren. Treat war das nie gelungen, so sehr er es auch versucht hatte. Aber er glaubte seinem Vater.

Als Kind hatte er abends oft gebetet, auch fühlen zu können, was sein Vater fühlte. Er hatte es mit aller Macht gehofft und versucht, Gott mit Versprechungen zu bestechen. *Ich werde brav sein. Ich prügle mich nie mehr mit meinen*

Brüdern. Ich werde Dad mein ganzes Leben lang immer helfen. Ich tue alles, was du willst. Aber bitte, bitte, lass mich Mom noch einmal spüren. Seine Gebete waren nicht erhört worden. Die Jahre ohne seine Mutter waren schmerzhaft gewesen. Aber wenn er daran dachte, wie sehr Max ihm schon nach ein paar gemeinsamen Stunden fehlte, bekam er eine Ahnung davon, wie schrecklich sein Vater gelitten haben musste.

»Erzähl noch mal, wie du Mom kennengelernt hast«, bat er ihn. Die Augen seines Dads leuchteten auf. An diesem Leuchten hielt Treat sich fest und merkte, wie ihm etwas leichter ums Herz wurde.

»Das dauert sicher länger«, sagte Rex. »Ich drehe mit Johnny Boy eine Runde, während ihr die guten alten Zeiten wieder aufleben lasst.«

Wenn von seiner Mutter gesprochen wurde, ergriff Rex immer die Flucht, und Treat war froh, seinen Vater eine Weile für sich zu haben. Er brauchte ein Gespräch von Mann zu Mann.

»Deine Mutter war wunderschön, wie sie so auf dem Zaun auf der Ranch ihres Vaters saß und den Pferden zuschaute, als mein Vater und ich angefahren kamen. Ich schwöre dir, Treat, als sie sich zu mir gedreht und mich angesehen hat, ist mit mir etwas geschehen. Obwohl ich erst vierzehn war, wusste ich sofort, dass sie die Frau ist, die ich heiraten will. Ich wusste nur noch nicht, wie ich sie davon überzeugen soll.« Treat hatte diese Geschichte schon tausendmal gehört. Genau wie viele andere. Die Mutter seiner Mutter stammte aus Brasilien, ihr Vater war ein Rancher aus Colorado gewesen. Gern sagte sein Vater, ihre Schönheit hätte seine Frau von ihrer Mutter geerbt, die Sturheit von ihrem Vater. »Aber ihr Herz …« Sein Vater schaute in die Ferne, als könnte er sie dort stehen sehen. »Ihr Herz war empfindsam wie ein kleines Vögelchen. Ein falsches Wort, ein falscher Blick, und die Sturheit, über die du dich gerade noch geärgert hattest, war weggespült wie loses Erdreich bei einem Wolkenbruch. Sie war so verletzlich.«

Genau wie Max. »Und was hast du getan, wenn du sie mal verletzt hattest?«

Sein Vater schaute ihn lange an. Treat wand sich unter seinem Blick.

»Alles, was ich konnte, mein Sohn. Alles, was ich konnte. Es gab nichts, was ich nicht für sie getan hätte. Wenn es um deine Mutter ging, hatte mein Ego Pause. Und ich glaube, manchmal hat sie das ein bisschen ausgenutzt.« Er lachte leise auf.

Treat sagte nichts. Die Worte seines Vaters beschäftigten ihn.

Hal legte ihm eine Hand auf die Schulter. »Willst du über sie reden?«

»Über Mom?«

Sein Vater schüttelte den Kopf. »Nein. Über die Frau, die meinen Sohn so beschäftigt, dass er sich Rat bei seinem Daddy holt.«

»Dad.«

»Gib dir keine Mühe, mein Sohn. Glaub mir, ich weiß, wovon ich spreche. Es hat keinen Sinn, so zu tun, als würde die Schlinge um dein Herz sich nicht jedes Mal fester zuziehen, wenn du diejenige siehst, die den Strick in der Hand hält.«

Vor seiner Familie konnte er sich nicht verstellen, und sein Vater durchschaute ihn mühelos. In Treat reifte bereits ein Plan. Was sein Vater gerade beschrieben hatte, kam seinen Empfindungen für Max ziemlich nahe. Und, verdammt, diese Gefühle würde er nicht ignorieren.

Neun

Erst als Max sich auf dem Weg zum Festival einen Kaffee besorgen wollte, merkte sie, dass sie ihre Handtasche in Treats Wagen hatte liegenlassen. Nach der Rückkehr in ihre Wohnung hatte sie das Bett frisch bezogen und versucht zu schlafen. Aber sobald sie die Augen schloss, hatten Treats Augen sie so durchdringend angesehen, dass sie aus dem Bett geflüchtet war. Aber auch auf der Couch hatte sie sich nur von einer Seite auf die andere gewälzt.

Um den Morgen irgendwie zu überstehen, schüttete sie im Büro Koffein in sich hinein. Als sie mit Chaz zusammen die Zahlen vom Vortag durchging, knurrte ihr Magen wie ein wütender Grizzlybär. Der zweite Tag des Festivals lief immer deutlich reibungsloser als der erste. Die Mitarbeiter kannten die Abläufe und Max musste nicht alle zehn Minuten ausrücken und Krisenintervention betreiben. Sie staunte jedes Mal, wie schnell die Leute sich nach der Feuertaufe einarbeiteten, und war dankbar für jede ruhige Minute.

»Sollen wir was essen gehen?«, fragte Chaz.

»Nein. Nicht nötig.« *Die Zahlen fließen vor meinen Augen ineinander. Ich sehe auf jeder Seite immer nur Treat.*

Chaz schlug die Kladde zu und stand auf. »Quatsch. Wir

schuften schon den ganzen Morgen. Los jetzt. Wir gehen zu Kale und essen einen Happen.«

Seufzend stemmte Max sich hoch.

»Was ist denn heute mit dir los? So müde habe ich dich noch nie erlebt.«

In den vierzehn Tagen nach deiner Hochzeit war ich auch so müde. Aber du warst in den Flitterwochen. »Ich habe schlecht geschlafen.« *Oder gar nicht.*

»Hast du zu lange gefeiert gestern?« Chaz hielt ihr die Tür auf.

Sie zuckte die Achseln. Sie wollte nicht reden. Das Wetter meinte es gut mit ihnen, wieder war es angenehm warm. Aber auch das heiterte Max nicht auf. Ihre Gedanken waren bei Treat. Noch nie war sie im Bett von sich aus so aktiv gewesen wie mit ihm und es war ihr kein bisschen peinlich. Sie hatte getan, was sie hatte tun *wollen,* und sich damit selbst überrascht. Die hässlichen Momente in Nassau hatten in diesen Augenblicken nicht gezählt. Wirklich erklären konnte sie sich das nicht.

Während Chaz berichtete, was die Zwillinge Neues gelernt hatten, stocherte sie lustlos in ihrem Salat. Als ihr Telefon vibrierte, erstarrte sie.

»Willst du nicht nachsehen, was ist?«, fragte Chaz.

»Nein.«

»Okay, Max. Raus damit. Du schaust sonst immer sofort auf dein Display. Was hast du mir jahrelang eingebläut?« Er sah sie durchdringend an.

»Wenn sich jemand die Mühe macht zu schreiben, sollte man auch so freundlich sein und es lesen.«

»Genau. Das sagst du mir bei jeder Gelegenheit.«

»Aber anscheinend nicht oft genug«, gab sie zurück. »Sonst

hätte ich dich jetzt nicht an meine Worte erinnern müssen.«

Chaz' Telefon vibrierte. »Na prima. Sicher gibt es ein Problem auf dem Festival. Sind unsere Headsets nicht an?« Er las die Textnachricht, die er gerade bekommen hatte.

Max schaltete ihr Mikrofon an, sagte etwas zu einer Mitarbeiterin und schaltete es wieder aus. »Meins funktioniert.«

»Kaylie hat mir geschrieben. Ich lese es dir vor: *Mit Max stimmt was nicht. Reagiert nicht auf meine Nachrichten. Weißt du irgendwas?* – Hab ich mir's doch gedacht.«

Chaz' wissendes Grinsen irritierte Max. Sie war zu erschlagen für Diskussionen und ihr Hirn arbeitete nur mit halber Geschwindigkeit. Schuld daran war Treat.

»Ich gehe wieder ins Büro. Ich bin wirklich bloß müde. Danke fürs Essen.«

»Okay«, sagte Chaz zögernd. »Kann ich irgendwas tun, Max?«

Sie schüttelte den Kopf und wandte sich zum Gehen. Dann drehte sie sich noch einmal zu ihm um. »Doch, ja. Lass mir meinen Salat einpacken. Vielleicht esse ich ihn heute Abend.« *Während ich allein vor mich hin brüte.*

Sie beantwortete gerade Kaylies Nachricht, da summte ihr Headset.

»Ja?«

»Max, hier ist einer, der will zu dir.«

Sie warf einen Blick auf die Uhr. Eigentlich erwartete sie niemanden. »Festivalgast, Lieferant oder Sponsor?«

»Augenblick.«

Sie hörte, wie im Hintergrund gesprochen wurde.

»Er sagt, weder noch.«

Max erstarrte. *Treat.* »Ähm, ist er ziemlich groß?« Sie hielt den Atem an. *Bitte sag nein. Nein, bitte sag ja. Oh Gott. Sag einfach nichts und warte, bis er weg ist.*

»Riesig.«

Sie schloss die Augen, ihr Herz fing an zu jagen. Die Erinnerung an seine Berührungen erwachte, ihre Nervenenden prickelten.

»Max?«

Sie rückte ihr Headset zurecht. »Ja, ich bin noch da. Ich habe zu tun. Schick ihn weg.« Ihre Handtasche fiel ihr ein. *Verdammt.* Die brauchte sie. »Hey, hat er meine Handtasche?«, fragte sie.

»Ich sehe keine.«

Sie ging weiter zu ihrem Büro. »Schick ihn weg.« *Wo ist meine verdammte Handtasche? Warum hat er sie nicht dabei? Warum kommt er her, wenn nicht, um mir meine Tasche zu bringen?*

Sie beendete das Gespräch und wandte sich wieder Kaylies Nachricht zu.

Wie war Mister Heiß-und-knackig?

Hab ihn nicht gesehen, antwortete sie. Aus den Augen, aus dem Sinn. Wenn sie es irgendwie durch die unmittelbare Zukunft schaffen wollte, war das der einzige Weg.

Der Nachmittag schleppte sich in Zeitlupe dahin. Jede neue Aufgabe, die sie zu bewältigen hatte, dauerte doppelt so lange wie die vorangegangene. Gegen Abend war Max völlig abgekämpft, hungrig und mindestens so deprimiert wie gereizt. Fühlte es sich so an, wenn man gleichzeitig hasste und liebte?

Sie versuchte, den übrigen Salat zu essen. Aber schon der Anblick drehte ihr fast den Magen um. Sie trank noch mehr

Kaffee und beschloss, sich in einen Film zu setzen. Vielleicht konnte sie dort unbemerkt ein paar Minuten die Augen zumachen. Kaum hatte sie es sich auf dem letzten freien Platz im Vorführraum bequem gemacht, summte schon ihr Headset. Sie quälte sich wieder hinaus in die kühle Abendluft.

»Ja?«

»Max? Hier ist eine Lieferung für dich.«

»Ich habe nichts bestellt. Welcher Lieferservice ist es denn?« Sie ging zum Zaun des Geländes und warf einen Blick auf den hinteren Parkplatz. Kein Lieferwagen in Sicht.

»Lass' gut sein, Max. Ich schicke jemanden damit ins Büro.«

»Danke.«

Als sie ins Büro kam, tippte Chaz gerade Nachrichten. Sie sank auf die Couch, lehnte den Kopf zurück und schloss die Augen. Chaz' Telefon summte dreimal kurz hintereinander.

»Zoff?«, fragte sie.

Chaz seufzte. »Nein.« Er tippte eifrig weiter, sein Telefon summte noch ein paarmal.

Max hob den Kopf und öffnete die Augen. »Kann ich helfen?«

Endlich legte er sein Handy beiseite und schaute sie an. »Heute Abend ist nicht viel los, Max. Willst du nicht Schluss machen?«

Sie war plötzlich hellwach. »Wie bitte?«

»Du hast schon richtig gehört. Hier ist alles unter Kontrolle.«

Sie sprang auf und war mit einem Schritt an seinem Schreibtisch. »Was soll das? Ich bin noch nie während eines Festivals früher nach Hause gegangen, und ich finde, heute ist sogar ziemlich viel los.« Max rieb sich die Schläfen. »Du brauchst mich hier, das weißt du. Also, was zum Teufel willst du mir sagen?«

»Dass du kurz vor dem Umfallen bist.«

»Ja. Und? Ich bin müde. Aber meinen Job kann ich trotzdem machen. Tut mir leid, wenn ich nicht so frisch bin, wie ich es gern wäre. Aber deshalb kannst du mich doch nicht heimschicken.« *Mist. Ich muss mich zusammenreißen.*

Weil Chaz nichts sagte, fuhr sie fort. »Ich liebe meinen Job, Chaz. Habe ich irgendwas falsch gemacht?«

»Bleib locker, Max. Nein, hast du nicht. Selbst wenn du müde bist, arbeitest du noch doppelt so hart wie alle anderen hier.«

Plötzlich stiegen ihr Tränen in die Augen. »Was ist es dann? Weshalb willst du mich loswerden?«

Jemand klopfte an die Tür. Max ging hin. »Hi, Mark. Was gibt's denn?«

Mark gehörte zu den Aushilfen für das Festival. Er schleppte eine große, weiße Schachtel ins Büro und stellte sie auf den Tisch.

»Ich soll das hier abgeben.« Er war bereits wieder auf dem Weg zur Tür.

»Hast du was bestellt?«, fragte Chaz.

Max schüttelte den Kopf und hob den Deckel der Schachtel. Das Aroma, das ihr entstieg, reichte aus, um ihren Magen wilde Freudentänze aufführen zu lassen. Chaz lugte über ihre Schulter.

»Sponsor?«, fragte er.

»Vermutlich.« Sie drückte den Finger in die Schokoladencreme und leckte ihn ab. Dann griff sie nach der Karte, die innen an die Schachtel geklebt war, und öffnete sie. »Vielleicht kommt die Torte vom Café Deluxe. Die sponsern uns doch dieses Jahr. Oh mein Gott, schmeckt das köstlich.«

Sie las die Karte laut vor: »Max, ich hoffe, das lindert den Schmerz ein wenig, den ich dir zugefügt habe. Steck einfach den Kopf rein …« Max ließ die Karte sinken. Der Mund blieb ihr offen stehen, ihr Pulsschlag beschleunigte sich. *Treat.* Hastig klappte sie die Karte zu. Sie spürte, wie ihr die Röte in die Wangen stieg.

»So, so. Anscheinend hat sich jemand danebenbenommen«, sagte Chaz. »Es muss schon ziemlich gravierend gewesen sein, wenn er dir eine Torte schickt, mit der du eine ganze Hundertschaft sattkriegen könntest.«

Ich habe gesagt, ich möchte meinen Kopf in einer Schokoladentorte vergraben. Verdammt, warum musst du es mir so schwer machen? »Möchtest du sie für Kaylie und die Kinder mit nach Hause nehmen?«

»Max.« Chaz schüttelte den Kopf. »Ich denke, die ist für dich bestimmt. Derjenige, der sie dir geschickt hat, will das so. Das ist nicht irgendein billiger Kuchen.«

»Das geht schon in Ordnung. Er kann sich das leisten. Solche Torten vernascht er zum Frühstück.« *Und Frauen wie mich zum Abendessen.*

Zehn

Treat hatte den ganzen Tag nichts gegessen. Dass Max ihn nicht sehen wollte, wunderte ihn nicht. Aber so leicht würde er nicht aufgeben. Wenn sie ihn schon nicht in ihr Leben ließ, sollte sie ihm wenigstens zuhören. Er wollte mit ihr über seine Gefühle sprechen und versuchen, ihr ein paar Dinge zu erklären.

Er hoffte, die Torte würde sie ein wenig milder stimmen und die Mauer, die sie zwischen ihnen errichtet hatte, ein bisschen durchlässiger machen. Wenigstens so lange, bis sie ihm zugehört hatte und vielleicht ein wenig besser verstand, was ihn bewegte. Nach dem Gespräch mit seinem Vater war Treat noch sicherer, dass seine Gefühle für Max etwas ganz Besonderes waren und vielleicht sogar genau das, was er sein Leben lang hatte vermeiden wollen.

Wenn er nicht gerade überlegte, wie er sie dazu bringen konnte, ihm zuzuhören, versuchte er, sich selbst davon zu überzeugen, dass es in Ordnung war, ihre Nähe zu suchen. Dass sie nicht sterben würde wie seine Mutter, wenn er sein Herz an sie verlor. Aber ganz gleich, wie oft er sich sagte, seine Angst vor einer solchen Katastrophe sei unbegründet – ein Rest Unsicherheit blieb.

Als nur noch zwei Autos auf dem Parkplatz standen und die

Beleuchtung auf dem Festivalgelände erlosch, wartete Treat im Schutz der Nacht darauf, dass sich das Tor am Hintereingang noch ein letztes Mal öffnete.

Schließlich sah er Max und Chaz auf das Tor zugehen. Sein Herz schlug schneller. Max ließ die Schultern hängen, als wären sie für ihren verführerischen, zarten Körper zu schwer geworden. Treat wollte zu ihr laufen, sie in seine Arme reißen und ihren Kopf an seine Schulter betten. Er wollte sie wärmen und beschützen. Chaz trug die gigantische Tortenschachtel, die er Max heute geschickt hatte. Als er die Schachtel in sein eigenes Auto lud, zog sich Treats Brust zusammen.

Er ging zu Max' Fahrertür und klopfte ans Fenster. Sie zuckte zusammen und stieß einen lauten Schrei aus.

Eine Sekunde später stand Chaz neben ihm. Treat riss die Hände hoch. »Chaz, ich bin's. Treat. Ich wollte sie nicht erschrecken.«

»Treat? Was tust …«

Treat sah, wie Chaz ein Licht aufging, während Max verlegen die Hände vors Gesicht schlug.

»Entschuldigt bitte. Es tut mir leid. Ich wollte bloß mit Max reden und sie nicht bei der Arbeit stören«, stammelte Treat.

Chaz schaute Max an. »Max?«

»Alles klar«, stöhnte sie.

Chaz beugte sich zu Treat. »Die Torte? Beeindruckend. Kaylie hat mich gebeten, Max früher heimzuschicken, damit ihr reden könnt. Ich hab's versucht. Aber du kennst sie ja.«

Ich hoffe, ich werde sie noch besser kennenlernen.

»Danke. Tut mir leid, dass ich Kaylie eingespannt habe«, sagte Treat. »Geholfen hat es leider nicht.«

Chaz zuckte die Achseln. »Ziemlich romantisch, die ganze Nummer. Du weißt schon, dass du die Messlatte für uns normale Kerle ganz schön hochlegst?«

Treat schaute lächelnd zu, wie Chaz wegfuhr. Max stieg zögernd aus ihrem Wagen. »Du hast mich fast zu Tode erschreckt«, sagte sie.

»Entschuldige bitte. Es war dumm, mich so anzuschleichen.«

Sie verschränkte die Arme. Er musste unwillkürlich lächeln. Offenbar wappnete sie sich gegen ihn und brachte ihre Verteidigung in Stellung.

»Hast du meine Handtasche?« Ihre knappen Worte und ihre Körpersprache standen in krassem Gegensatz zu dem verletzten Ausdruck in ihren Augen.

»Ja, habe ich«, antwortete er.

Als er sich nicht rührte, fragte sie: »Und? Kriege ich sie wieder?«

»Oh, ja natürlich.« Wie konnte er sich so trottelig anstellen? Er holte die Tasche und gab sie ihr. Sie wollte wieder in ihren Wagen steigen. Treat berührte sie sanft am Arm. »Max, ich möchte wirklich nur reden. Sonst nichts. Bitte. Ich denke, zumindest das bin ich dir schuldig.«

»Das bist du mir schuldig? Ist das nicht ein bisschen arrogant?«, fragte sie.

»Ich wollte nicht sagen, dass du mir etwas schuldig bist, denn das ist nicht der Fall.« Ihre Miene wirkte jetzt eine Spur weniger abweisend. »Können wir ein Stück gehen? Bitte? Ich behalte meine Hände bei mir. Kein Munkeln im Dunkeln. Versprochen.«

Seufzend ließ sie die Wagenschlüssel sinken und drehte sich zu ihm. »Kein Munkeln im Dunkeln? Das habe ich mit zwölf zum letzten Mal gehört.«

»Vielleicht bist du mit den falschen Leuten zusammen.« Er

bot ihr seinen Arm an.

Sie vergrub die Hände tief in ihren Taschen. »Wo willst du hin?«

Dass sie sich nicht bei ihm einhängte, tat weh. Wollte sie ihn nicht mal mehr berühren? Überhaupt nicht mehr? Das war ein sehr schlechtes Zeichen. Aber immerhin würde sie ein Stück mit ihm gehen. Das war ein Anfang.

Warum hatte sie sich auf einen Spaziergang eingelassen? Jetzt, wo sie allein waren, konnte sie nur daran denken, wie wunderbar männlich er roch. Der Duft seines Rasierwassers würde an keinem Mann je wieder so betörend riechen.

Du lieber Himmel. Reiß dich zusammen. Er ist immer noch der Kerl, der dich verletzt hat.

Und dir eine Torte geschickt hat.

Und im Dunkeln auf dich gewartet hat.

Seine Nervosität war greifbar.

»War Savannah sauer, dass du gestern Abend verschwunden bist?«, fragte Max.

»Nicht übermäßig. Aber jetzt ist sie es garantiert. Sie hat mich heute Morgen angerufen, und ich habe vergessen, sie zurückzurufen. Ist es in Ordnung, wenn ich ihr kurz eine Nachricht schicke?«

Sie bewunderte seine Verbundenheit mit seiner Familie. »Mach ruhig.«

Treats Mundwinkel verzogen sich beim Tippen zu einem kleinen Lächeln.

»Deine Familie ist dir wirklich wichtig, nicht wahr?«

»Ja. Ist das bei dir nicht genauso?« Er steckte sein Telefon weg.

»Doch, schon. Aber ich habe keine Geschwister.« *Warum erzähle ich dir das? Nicht weich werden, Max.*

»Ein Leben ohne den Clan kann ich mir gar nicht vorstellen. Meine Mom ist gestorben, als ich elf war. Sie war jahrelang schwer krank. Ich habe versucht, ihre Rolle zu übernehmen und auf meine Geschwister aufzupassen. Aber wirklich gut gelungen ist mir das nicht.«

Bei der Vorstellung, wie er als kleiner Junge mit dem Verlust seiner Mutter hatte klarkommen müssen und wie er versucht hatte, für seine Geschwister stark zu sein, bröckelte ihr Schutzwall.

Mit ernster Stimme fuhr er fort. »Ich habe sie beschützt, das war nicht schwer. Weil ich so groß war, hat sich kaum jemand mit mir angelegt. Aber Mom konnte ich nicht ersetzen.« Er schüttelte den Kopf. »Keine Chance.«

Sie gingen die Straße zur Stadt entlang. Max fröstelte. Sie ärgerte sich, dass sie ihre Jacke im Wagen gelassen hatte.

»Sicher waren sie dankbar für alles, was du für sie getan hast«, sagte sie.

»So viel war das gar nicht. Nach Jahren voller Hoffen und Beten, dass Mom gesund werden würde, hat ihr Tod mich so umgeworfen, dass ich gar nicht viel machen konnte. Ich hatte das Gefühl, meine Geschwister im Stich zu lassen. Und als es Zeit war, ans College zu gehen, war ich froh, endlich weg zu sein und meinen Schuldgefühlen entfliehen zu können.«

Er sagte das, als wäre es erst gestern gewesen, und Max hatte plötzlich das Bedürfnis, ihn zu trösten. Als sie sich bei ihm einhängte, lächelte er.

»Das habe ich noch nie jemandem erzählt.«

»Wirklich?« *Er vertraut mir. Ich wünschte, ich könnte ihm*

auch vertrauen.

Er schüttelte den Kopf. »Es dir zu sagen, tut gut.« Sein offener, hoffnungsvoller Blick nahm sie für ihn ein.

Er war wie ein Magnet. Ihre Entschlossenheit bröckelte, aber sie durfte nicht schwach werden. Max wollte nicht zweimal denselben Fehler machen. Sie schaute beiseite und zerriss damit das unsichtbare Band zwischen ihnen. Ihr wild jagender Puls scherte sich nicht darum.

»Alle haben von mir erwartet, dass ich Dad auf der Ranch unterstütze. Eigentlich hätte ich das gerne getan. Aber dann wäre ich ständig an meine eigene Machtlosigkeit erinnert worden. Das war zu viel für mich.«

»Deine Familie hat das doch sicher verstanden«, sagte Max.

»Ich habe es ihnen nie erklärt. Bis heute nicht. Das bringe ich nicht fertig. Ich schäme mich zu sehr.«

Ihre Schutzmauern bekamen weitere Risse. Welcher Mann gab schon zu, sich wegen irgendetwas zu schämen? Noch dazu, wenn es etwas so Persönliches war?

»Ich glaube, ich habe nur getan, was große Brüder eben machen. Ich habe meine Geschwister nachts in mein Bett krabbeln lassen, sie getröstet, wenn sie geweint haben, und ihnen gesagt, alles würde gut. Nichts Besonderes. Was man eben so tut.«

Es war bereits nach Mitternacht, aber wegen des Festivals waren die Cafés und Restaurants noch geöffnet. Max blieb stehen und genoss einen Augenblick lang die festliche Stimmung. Licht fiel auf die Gehsteige, romantische Musik plätscherte aus den Türen.

»Als kleines Mädchen hätte ich gern einen Bruder gehabt, bei dem ich mich hätte ausweinen können. Ich habe mir immer jemanden gewünscht, dem ich mein Herz ausschütten kann«, sagte sie. »Eigentlich ist das bis heute so geblieben.«

»Du hast Kaylie«, sagte er. *Herrje.* Innerlich schüttelte er über sich selbst den Kopf.

»Ja, das ist wahr.« Sie hatte beinahe vergessen, dass er Kaylie und den Rest der Hochzeitsgesellschaft in Nassau kennengelernt hatte.

»Ich muss gestehen, dass ich Blake angerufen und ihn gefragt habe, wie ich dich erreichen kann. Er hat mir Kaylies Nummer gegeben. Er meinte, wenn irgendwer an dich rankommt, dann sie. Dich früher nach Hause gehen zu lassen, damit ich mir dir reden kann, war ihre Idee.«

Kaylie? Deshalb die vielen Textnachrichten zwischen ihr und Chaz. Wie peinlich.

»Du hast sie angerufen?« Max wusste nicht, ob sie sich geschmeichelt fühlen sollte, weil er sich so viel Mühe gemacht hatte, oder doch lieber ärgern, weil er ihren Freundeskreis in die Sache hineinzog.

»Jap«, sagte er, ohne eine Miene zu verziehen.

Als sie lächelte, lächelte er auch.

»Bitte entschuldige. Ich wollte einfach unbedingt mit dir reden«, sagte er.

»Wie lange hast du denn draußen vor dem Tor auf mich gewartet?«

»Seit ich die Torte gebracht habe und du mich nicht sehen wolltest.«

»Oh mein Gott. So lange?« *Geschmeichelt. Eindeutig geschmeichelt.*

»Kaylie hat angerufen und gesagt, Chaz könnte dich nicht überreden, früher zu gehen. Deshalb …«

Gibt es irgendwas, was er nicht tun würde? Sie wusste nicht, ob sie das gut oder schlecht finden sollte.

Max' Magen knurrte.

»Sollen wir uns ein Restaurant suchen?«, fragte er. »Ich habe heute noch nichts gegessen, und es hört sich an, als hättest du Hunger.«

Max stellte überrascht fest, dass ihr nicht mehr sofort übel wurde, wenn sie an Essen dachte. »Ja, warum nicht.« *So viel zum Thema eiserne Vorsätze.*

Sie setzten sich in ein kleines italienisches Restaurant. Max überflog die Speisekarte. Sie war zwar hungrig, aber so lange die Schmetterlinge in ihrem Magen Fangen spielten, war sie mit einer richtigen Mahlzeit überfordert. Zudem war es schon recht spät. Als sie dem Kerl, an den sie nicht mehr denken wollte, einmal vorgeschlagen hatte, sich ein Essen zu teilen, hatte er sie als geizig und widerwärtig bezeichnet. Nie wieder hatte sie einem Mann einen solchen Vorschlag gemacht.

»Es ist schon spät. Sollen wir uns lieber ein Essen teilen, anstatt zwei Sachen zu bestellen?«

Sie sah ihn fassungslos an. Konnte er Gedanken lesen?

»Tut mir leid. Möchtest du das lieber nicht? Ich vergesse manchmal, dass nicht jeder gern mit anderen vom selben Teller isst.«

Verdammt. Schon wieder etwas, was sie an ihm mögen konnte. »Nein, mir gefällt das. Aber die meisten Männer mögen das nicht. Willst du uns etwas aussuchen? Beim Essen kann ich mich immer so schwer entscheiden«, gab sie zu.

»Und die meisten Frauen mögen es nicht, wenn Männer für sie bestellen.«

Er lächelte so zufrieden, dass Max beinahe nach seiner Hand griff. Vorsichtshalber legte sie ihre Hände in ihren Schoß. Nach allem, was gestern Nacht passiert war, ging sie lieber kein Risiko ein. Sie würde sich anhören, was er zu sagen hatte, sich für das

Essen bedanken und nach Hause ins Bett gehen. Allein. Wirklich.

Treat konnte sich nicht erinnern, je so entspannt mit einer Frau beim Essen gesessen zu haben wie jetzt mit Max. Sie tranken jeder ein Glas Wein und lachten über die Größe der Torte, die er ihr geschickt hatte.

»So was habe ich noch nie geschenkt bekommen«, sagte sie.

Er nahm an, dass sie ihre Worte sehr vorsichtig wählte. Ihre Schultern wirkten angespannt, und wenn ihre Gabeln auf dem gemeinsamen Teller zufällig aneinander klirrten, zuckte sie zurück, als hätte sie gerade bemerkt, dass sie einander zu nahe kamen. Gleichzeitig spürte er, dass sie sich ihm öffnete. Vielleicht galt das auch für ihr Herz.

Er wartete so lange wie möglich, weil er fürchtete, sie könnte flüchten, wenn er sagte, was er zu sagen hatte. Seit gestern Abend wusste er, dass er damit bei ihr durchaus rechnen musste. Er bestellte noch zwei Gläser Wein, fragte Max aber vorher, ob ihr das recht war.

»Ja, danke.« Sie lächelte scheu.

»Darf ich?« Er schob die Kerze, Salz und Pfeffer beiseite, damit nichts zwischen ihnen stand. *Je weniger Hindernisse, desto besser.*

»Ich möchte diesen schönen Abend nicht ruinieren«, begann er. »Aber ich denke schon den ganzen Tag an dich. Genau genommen seit sechs Monaten, sieben Tagen und ich weiß nicht wie vielen Stunden.« Er sah sie erstaunt die Brauen heben. »Max, ich möchte nicht, dass du mich falsch verstehst.«

»Ich glaube, dass ich dich in Nassau ganz richtig verstanden habe.« Sie schaute ihm in die Augen.

»Da kann ich dir leider nicht wiedersprechen. Ich wollte der Mann sein, mit dem du zusammen bist. Und als ich dich mit dem anderen gesehen habe, wusste ich, dass du die Nacht mit ihm verbracht hattest und ich meine Chance verpasst hatte. Du hast mich von meiner hässlichsten, eifersüchtigsten und kleinkariertesten Seite gesehen. Ich bin sonst nicht so.« Er fuhr sich durchs Haar und dachte an den niederträchtigen Blick, den er ihr zugeworfen hatte, als er sie in denselben Kleidern wie am Abend zuvor, mit geröteten Wangen und zerzaustem Haar in seinem Hotel hatte stehen sehen. Die Erinnerung fachte seine Eifersucht neu an. »Das stimmt nicht ganz. Einmal, während meiner Collegezeit, hat mein Bruder Dane mit meiner damaligen Freundin geschlafen. Danach habe ich die beiden vermutlich mit ähnlichen Blicken bedacht.«

Sie sagte nichts.

»Aber du und ich, wir waren kein Paar.« Er glaubte, ihr Schweigen richtig gedeutet zu haben.

»Genau.« Sie nickte.

Sie war dabei, neue Mauern um sich zu errichten, und er musste zu ihr durchdringen, bevor sie zu undurchlässig wurden. Eine weitere Chance bekam er sicher nicht mehr.

»Ich hatte keinerlei Anrecht auf dich und ich habe einen schweren Fehler gemacht. Ich habe mich von meiner Eifersucht leiten lassen. Das hätte ich nicht tun dürfen. Seit ich den Schmerz in deinen Augen gesehen habe, habe ich das tausendmal bereut. Was ich mir herausgenommen habe, ist nicht zu entschuldigen. Ich war im Unrecht. Aber ich wusste nicht wohin mit meinen verwirrenden Gefühlen, Max. Ich war bis dahin noch nie verliebt.«

Sie kniff die Augen zusammen.

»Ich war noch nie verliebt«, korrigierte er sich. »Deshalb habe ich nicht verstanden, was in dem Moment in mir vorging.«

»Du kanntest mich doch gar nicht.« Sie flüsterte beinahe.

»Ja, das ist richtig.«

»Ich hätte eine grauenhafte, gemeine, hinterhältige Person sein können.«

»Ja, durchaus«, gab er zu.

»Oder eine, die nur hinter deinem Geld her ist und sich teure Geschenke erhofft.«

Er hob lächelnd die Brauen. »Daran habe ich noch gar nicht gedacht. Aber ja, das wäre möglich gewesen.«

Sie kniff die Augen zusammen und senkte die Stimme. »Wie kannst du dann das, was du gefühlt hast – Lust, Verlangen, was auch immer –, als Liebe bezeichnen?«

Ihr Blick drang tief in sein Herz. Ihre Augen baten: *Liebe mich!* Ihre Stimme sagte: *Du erzählst doch nur Märchen!*

Treat tat das Einzige, was jetzt noch helfen konnte. Er sagte die Wahrheit. »Ich habe mich mein Leben lang davor gefürchtet, mich zu verlieben. Ich dachte, wenn man jemanden zu sehr liebt, holt Gott ihn weg. So wie meine Mutter. Wenn ich es laut ausspreche, klingt es naiv. Und im Kopf weiß ich, dass meine Angst daher rührt, dass ich meine Mutter so früh verloren habe und dann miterlebt habe, wie sehr mein Vater jahrelang um sie getrauert hat. Ich weiß, wie irrational das alles klingt, Max. Trotzdem ist es wahr. Jetzt versuche ich, die Angst loszuwerden, mit der ich so lange gelebt habe, und das ist eine riesige Herausforderung.«

Er wartete auf eine Antwort. Quälend langsam schleppten sich die Sekunden dahin. Mit jeder weiteren wuchs seine Angst, dass sie ihm nicht glaubte. Weil ihm nichts Besseres einfiel, redete er weiter.

»Was immer ich gefühlt habe, als ich dich gesehen habe – die Angst war sofort da. *Komm ihr nicht zu nahe,* hat mein Kopf gesagt. *Sonst passiert einem von euch etwas Schreckliches.*«

Max starrte ihn an. Ihre Lippen waren leicht geöffnet, ihren Gesichtsausdruck konnte er nicht deuten. Die stummen Bitten waren aus ihren Augen verschwunden.

»Max?«

Sie trank ihren Wein aus.

Sie glaubt mir nicht. Ich habe meine Chance verspielt.

»Max? Willst du denn gar nichts sagen?«

Der Kellner brachte die Rechnung. Treat war dankbar für die Unterbrechung. Sein Geständnis hing über ihm wie eine Gewitterwolke. Er bezahlte und zählte dabei erneut die Sekunden, als wären es Zentimeter. Jede einzelne rückte Max ein Stück weiter von ihm weg.

»Danke, dass du es mir erzählt hast.«

Elf

Max schlug ihren Kopf gegen das Lenkrad. *Danke, dass du es mir erzählt hast? Was war das denn für ein Spruch?* Er hatte ihr einen Blick in seine Seele gewährt, und sie hatte seinen Schmerz abgetan, als wäre er nicht der Rede wert. Glaubte sie ihm etwa nicht? Sie ließ den Abend noch einmal vor sich ablaufen, dachte daran, wie seine Augen sich im Restaurant verändert hatten und wie der Schmerz in seine Stimme gekrochen war. *Danke, dass du es mir erzählt hast* hatte sie eigentlich gar nicht sagen wollen. Warum sie es doch getan hatte, konnte sie sich nicht erklären. Sie wusste nur, dass es sie viel Mühe gekostet hatte, ihm nicht zu erzählen, wie sehr … dieser Kerl … sie verletzt hatte. Sie wollte nicht zugeben müssen, dass sie bei einem Mann geblieben war, der sie auf übelste Weise beschimpft hatte. Schön, sie war damals noch viel jünger gewesen und sollte eigentlich darüber hinweg sein. Doch sie trug die Narben dieser Beziehung in der Seele und Treats Blick hatte sie wieder aufgerissen.

Sie hatte ihm jedes Wort geglaubt und sein Geständnis doch mit Füßen getreten. Nicht mehr und nicht weniger. Auf dem Weg zurück zum Wagen hatte er die Schultern hochgezogen und war schneller gegangen als auf dem Hinweg. Das

Schweigen hatte zwischen ihnen gestanden wie eine Barriere. Trotzdem hätte sie es vielleicht noch einmal genauso gemacht, denn auch ihre Seele hatte Risse.

Während sie die Treppen zu ihrer Wohnung hinaufstieg, ging auf ihrem Handy eine Nachricht ein. Auch weil sie hoffte, es sei Treat, schaute sie diesmal sofort aufs Display.

Und? Alles klar?

Kaylie. Eigentlich hatte sie keine Lust zu antworten, aber der Spruch, den sie Chaz immer um die Ohren schlug, galt auch für sie selbst. Also schrieb sie zurück. *Nein. Alles Mist. Gehe jetzt ins Bett. Allein.*

Max war plötzlich doppelt so müde wie noch vor zehn Minuten. Ihr Telefon vibrierte erneut. Sie blieb auf der Treppe stehen und las die Nachricht.

Du Arme. Soll ich rüberkommen?

Sie lächelte. Jetzt wünschte sie, sie hätte die Schokoladentorte behalten. Ein Zuckerkoma hätte vielleicht geholfen. *Danke. Komme schon zurecht*, schrieb sie.

An ihrer Tür hing ein kleiner Geschenkbeutel.

»Das wollte ich gerade holen.«

Max zuckte zusammen. »Du lieber Himmel, Treat. Wegen dir bekomme ich eines Tages einen Herzinfarkt.« Sie presste ihre Hand auf ihre Brust, lehnte sich an die Wand und versuchte, ihren Puls unter Kontrolle zu bekommen.

»Tut mir leid, dass ich dich erschreckt habe. Ich dachte, ich könnte vor dir hier sein.« Er streckte die Hand nach dem Beutel aus.

»Was ist da drin?«

»Nichts. Nur ein blöder Einfall«, antwortete er.

Seine Nähe löste bei ihr noch eine andere Art von Herzrasen aus. Als sie nach dem Beutel griff, streifte sie seine Hand. Er schaute sie an, als hätte er sich nach dieser Berührung gesehnt, und ließ sie den Beutel nehmen.

Sie spähte hinein und nahm zwei kleine Umschläge heraus.

»Ich verschwinde jetzt besser.« Er schaute ihr in die Augen und legte ihr die Hand so sanft an die Wange, dass ihr gleich tausend prickelnde Gedanken durch den Kopf schossen. Gefolgt von einem Gefühl, das überwältigender war als alles, was sie bisher gekannt hatte.

»Leb wohl, Max.«

Sie schaute zu, wie er die Treppe hinunterstieg. Während seine Schritte verhallten, öffnete sie den kleinen Umschlag, auf den er eine Eins gemalt hatte, und nahm ein handgeschriebenes Brieflein heraus.

Liebste Max,

falls ich zu viel Schiss gehabt habe, dir heute Abend zu sagen, warum ich mich in Nassau so idiotisch benommen habe, lies bitte den zweiten Brief. Falls ich es dir erzählt habe, wirf den Beutel weg und küss mich.

Dein Treat

Sie lächelte. Er hatte es ihr erzählt. *Wirf den Beutel weg und küss mich.* Sie schaute in das leere Treppenhaus, dann riss sie schnell den zweiten Umschlag auf. Ihre Hände zitterten. *Los, mach schon!* Ihr Herz drängte sie zur Eile.

Liebste Max,

an Liebe auf den ersten Blick habe ich nie geglaubt. Dann bist du mir begegnet, und meine Gefühle haben mir solche Angst gemacht, dass ich nicht wusste, was ich tun soll. Es tut mir leid, Max. Ich wollte für dich da sein. Aber ich habe dich verletzt, und jetzt lasse ich dich allein, damit du heilen kannst.

In Liebe, Treat

Sie drückte die Briefchen an ihr Herz und schloss ihre Wohnungstür auf. Sie überlegte, ob sie ihm nachlaufen sollte. Aber sie hatte schon einmal einen Fehler gemacht und ihr Herz war noch nicht so weit. Sie musste sich erst ganz sicher sein. Wieder und wieder las sie in den nächsten zwei Stunden die Briefchen. Sie lag in ihrem Bett, ließ die Worte in ihr Bewusstsein sickern und ihre Gedanken tanzten vor Glück. Nach und nach wurde sie ruhiger und ihre Gefühle wurden klarer. Treat hatte sich einiges einfallen lassen, um ihr zu zeigen, was er für sie empfand. Er hatte alle romantischen Register gezogen und sie hatte recht kühl reagiert. Während sich ihr Herz vorsichtig öffnete, überlegte sie, wie sie sich entschuldigen konnte. *Danke, dass du es mir gesagt hast.* Ja, sie war im Restaurant wirklich ziemlich daneben gewesen. Aber er würde sie doch sicher verstehen? Ein Mann, der es schaffte, seine persönlichen Tumulte offenzulegen, hatte doch sicher Verständnis für jemanden, der noch an den Wunden einer früheren Liebe trug.

Mit den Briefen in der Hand schlief Max ein.

Zwölf

Sich von seinem Vater zu verabschieden, würde ihm sehr schwerfallen. Sogar noch schwerer, als zu akzeptieren, dass er Max nie wiedersehen würde.

Sein Vater war noch wach. »Ich habe auf dich gewartet, mein Sohn«, sagte er. »Ich dachte, du willst vielleicht reden.«

Treat erzählte ihm, was passiert war. Er ließ nichts aus. Weder sein unverzeihliches Verhalten in Nassau noch die Augenblicke tiefer Zweisamkeit mit Max, und auch nicht das abrupte Ende ihres gemeinsamen Abends. Er berichtete seinem Vater von der Torte, dem Spaziergang und dem Restaurantbesuch, von den Gefühlen, die ihn so durcheinanderbrachten, und von der Angst, die er insgeheim schon fast sein Leben lang mit sich herumschleppte.

Hal Braden war kein Mann, der um des Redens willen redete. Er wählte seine Worte mit Bedacht und nervte seine Kinder nicht mit ungebetenen Ratschlägen. Schon deshalb hörte Treat sich genau an, was er jetzt sagte.

»Ich habe immer gehofft, dass du eines Tages herausfindest, was dein Herz so hemmt, Treat. Eine Zeit lang hatte ich Angst, ich könnte in deiner Kindheit etwas falsch gemacht haben. Ich habe mich bemüht, euch Vater und Mutter zugleich zu sein.

Aber das ist nicht leicht. Dann dachte ich, dir sei nur noch nicht die richtige Frau über den Weg gelaufen. Aber als ich dir heute in die Augen geschaut habe, habe ich die Angst darin gesehen. Und die Liebe. Da wusste ich, dass meine dumpfe Ahnung tatsächlich begründet war. Mein Sohn, deine Mutter ist nicht wegen unserer Liebe zueinander gestorben. Das ist dir sicher bewusst.«

Treat spürte etwas auf seiner Wange und wischte es weg. *Eine Träne.* Er nickte. Sagen konnte er nichts.

»Das Leben ist kurz, mein Sohn. Bevor wir uns versehen, ist es vorbei. Du bist ein guter Mann. Du bist aufmerksam, liebevoll und großzügig und hast viel mehr zu bieten als dein Geld und ein paar schicke Hotelanlagen. Keine höhere Macht wird dir einen Menschen nehmen, nur weil du dir zugestehst, ihn zu lieben. Und auch du wirst nicht deshalb plötzlich aus dem Leben gerissen werden. Wenn du dir nicht erlaubst, zu lieben und dich ganz in die Liebe eines anderen Menschen zu versenken, wenn du dich nicht traust, dein Ego komplett über Bord zu werfen, dein Herz für einen anderen Menschen schlagen zu lassen und für und durch ihn zu atmen, dann entgeht dir das Schönste und Beste, was es im Leben gibt. Außer deiner Familie und später vielleicht eigenen Kindern ist es das Einzige, was wirklich zählt.«

Sein Vater reichte ihm einen kleinen Samtbeutel. Treat wusste, was sich darin befand. Er spürte den harten Gegenstand zwischen seinen Fingerspitzen.

»Sie wollte, dass du ihn bekommst. Und heute ist für sie der richtige Tag.«

»Dad«, sagte Treat mit einer Mischung aus Ungläubigkeit und Mitgefühl, weil sein Vater noch immer fest daran glaubte, dass seine verstorbene Frau mit ihm sprach.

»Er gehört dir, Sohn. Du kannst damit machen, was du willst. Ich tue nur, was sie mir aufgetragen hat.«

Zum zweiten Mal in weniger als einer Woche überwand sich Treat, seinen Reichtum auszunutzen, und charterte ein kleines Privatflugzeug. Er hatte nicht die geringste Lust, nach Nassau zurückzukehren, und wusste auch nicht, ob sich das noch einmal ändern würde. Er musste an einem Ort, der ihn nicht an Max erinnerte. Gleichzeitig war ihm klar, dass er von jetzt an in jedem Restaurant – ganz gleich wo und wann – Max' schönes Gesicht vor sich sehen würde. Und wenn er je wieder eine andere Frau in den Armen hielt … Wem wollte er eigentlich etwas vormachen? Bis dahin würden Monate, wenn nicht Jahre vergehen. Er fragte sich, wie er es früher fertiggebracht hatte, die Frauen zu wechseln wie Unterwäsche. Wenn er daran dachte, wurde ihm ganz flau.

Bei der Landung haderte er mit seinem Entschluss, sich nicht bei Max zu melden. Aber warum die Dinge für sie unnötig kompliziert machen? Sie hatte eine Beziehung verdient, bei der nicht von Anfang an alles schiefging. Einen Kerl, der so viel Mist baute, dass es sie schmerzte, ihn auch nur anzusehen, brauchte sie mit Sicherheit nicht.

Um diese Uhrzeit einen Mietwagen zu bekommen, war nicht leicht. Aber wo Geld war, war immer auch ein Weg. Der Trubel auf den Straßen überraschte Treat. Der Oktober war nicht unbedingt die touristische Hauptsaison in Neuengland. Als er den Mietwagen über die schmale unbefestigte Straße zur Bucht lenkte, bahnte sich die Sonne einen Weg durch die Wolken. Langsam bog er um die letzte Kurve und fuhr um einen gigantischen Rosenbusch herum. Er musste den Gärtner endlich einmal bitten, ihn zurückzuschneiden. Langsam rollte er an den Blüten vorbei. *Buschrosen. Max' Lieblingsblumen.* Trauer zerrte an seinem Herzen. Einen Augenblick später kam das kleine Haus in Sicht. Treat seufzte erleichtert auf.

Er atmete die salzige Luft ein. Sein letzter Aufenthalt am Cape Cod lag viel zu lange zurück. Er nahm seine Sachen aus dem Kofferraum und machte sich auf den Weg zur Haustür. Smitty, der Verwalter, der sich um das Haus kümmerte, seit Treat es vor acht Jahren gekauft hatte, hatte Treats Mutter gekannt und Treat immer besonders gern gemocht. Treat tat es leid, dass er den Mann so kurzfristig hatte bitten müssen, das Haus für ihn zurechtzumachen. Aber weil er ihn gut bezahlte, hatte er kein allzu schlechtes Gewissen.

Lächelnd betrachtete er die verwitterten Zedernschindeln. Seine Mutter hatte diese Gegend geliebt. Als sie noch hatte reisen können, waren sie ein paarmal hier gewesen, und immer wenn er das kleine Haus sah, freute er sich über dieselben Dinge, über die auch sie sich damals gefreut hatte. In jenen Tagen hatten sie in dem Wochenendhaus, das nun ihm gehörte, Familienurlaub gemacht.

Auf der Schwelle hatte er das Gefühl, ihre schöne Stimme zu hören. *Oh, Treaty, guck mal, die Schindeln. Wie verwittert sie sind. Sind sie nicht wunderschön mit ihrer silbrigen Farbe und der samtig-rauen Oberfläche?* Wie oft hatte sie ihm gesagt, wie wunderbar sie dieses Haus mit seiner Hülle fand, bei der kein Teil dem anderen glich?

Die Vorhänge flatterten in den offenen Flügelfenstern. Auf Smitty war Verlass. Er kannte Treats Wünsche und Vorlieben. Treat fröstelte in der kühlen Luft, aber der Seemannspullover seines Vaters lag griffbereit neben dem Sofa. *Der gute alte*

Smitty. Als Treat sich den Pullover überzog, überkam ihn das merkwürdige Gefühl, nicht allein zu sein. Er schaute sich um. Ein Schauer überlief ihn. Wenn er es nicht besser gewusst hätte, hätte er geglaubt, dass seine Mutter bei ihm war und lächelte, weil er den Pullover trug, den sie seinem Vater vor Jahren gestrickt hatte. Jetzt tat es Treat leid, dass er seinen Vater oft ein wenig belächelte.

Er schob seine wehmütigen Gedanken beiseite und schaltete sein Telefon aus. Mit Fragen aus seinen Resorts wollte er jetzt nicht behelligt werden. Er hatte gute Assistenten, die sich vor Ort um alles kümmern konnten, und dafür fürstlich bezahlt wurden. Auch mit Savannah wollte er jetzt nicht sprechen. Sicher war sie sauer, dass er sich ohne ein Abschiedswort verdrückt hatte. Aber wenn sie erfuhr, weshalb er gegangen war, würde sie sich wieder beruhigen. Leider würde das auch bedeuten, dass er dazu stehen musste, wie er Max behandelt hatte. Das war noch etwas, womit er sich jetzt nicht beschäftigen wollte. Er legte sein Telefon und die Schlüssel in die Tonschale auf dem Esszimmertisch, stapelte ein paar Holzscheite in den Kamin und schichtete die Rinde auf, wie seine Mutter es ihm beigebracht hatte. Als die Flammen emporzüngelten, legte er sich aufs Sofa und dachte an Max. Sie hatte seine Briefe bekommen. Warum war sie ihm nicht gefolgt? Vielleicht hatte sie sie nicht gelesen. Vielleicht würde sie es niemals tun.

Er fragte sich, ob sein Vater je seine Seele vor seiner Mutter ausgebreitet hatte wie er seine vor Max. Und wie seine Mutter wohl reagiert hatte. Doch sich seine Eltern in einer angespannten oder gar verfahrenen Situation vorzustellen, wollte ihm nicht gelingen. Er sah nur die lächelnden Augen seiner Mutter vor sich und spürte die Wärme ihres weit offenen

Herzens. Treat legte die Füße auf die Armlehne des Sofas, spürte die kühle Brise, die zum Fenster hereinwehte, und die warme Luft, die aus dem offenen Kamin aufstieg. Mit den tröstlichen Erinnerungen an seine Mutter im Herzen schlief er ein.

Dreizehn

Max wachte mit einem Lächeln auf den Lippen auf. Treats Briefe lagen neben ihr. Glücklich las sie sie noch einmal. Dann schaltete sie das Radio an, tanzte in die Dusche und sang dabei »My Type of Crazy« von Thompson Square mit. Sie konnte kaum fassen, um wie viel besser sie sich fühlte. Die Kombination aus ein paar Stunden Schlaf und dem, was Treat gesagt und getan hatte, gab ihr Zuversicht und spornte sie an. Sie würde bereinigen, was zwischen ihnen stand. Wer schickte denn einer Frau, die er verletzt hatte, eine riesige Torte? Oder hängte ihr Liebesbriefchen an die Tür?

Treat und sonst keiner.

Es war Sonntag und sie war froh, dass das Festival hinter ihr lag. Jetzt musste sie mit Chaz die aktuellen Zahlen durchgehen. Sie band sich die Haare zu einem Pferdeschwanz zusammen, schlüpfte in Jeans, ein T-Shirt und einen Hoodie, stieg in ihre Sneakers und machte sich auf den Weg. Sie würde ihre Arbeit zügig erledigen, und wenn Treat anrief, was er nach den Liebesbotschaften, die er ihr hinterlassen hatte, ganz sicher tun würde, konnte sie sich mit ihm treffen.

Die Vorstellung, wie glücklich und erleichtert sie sein

würden, beschwingte ihre Schritte.

Chaz war bereits im Büro.

»Hat ihnen die Torte geschmeckt?«, fragte sie.

Er blickte von seinen Tabellen auf. Die dunklen Ringe unter seinen Augen verrieten, wie wenig er in den letzten Nächten geschlafen hatte.

»Schokoladenbärte zum Frühstück«, sagte er lächelnd. »Kaylie bedankt sich herzlich, meint aber, sie wird dich hassen, sobald sie die Torte auf der Hüfte spürt.«

»Ich bitte dich. Die Frau hat Zwillinge zur Welt gebracht und ist immer noch die heißeste Schnitte von ganz Allure.«

»Da ist was dran. Sie sagt, sie ruft dich später an.«

Max setzte sich zu Chaz. Gemeinsam brüteten sie über den Zahlenkolonnen. »Hey, Chaz, tut mir leid, dass ich gestern so müde und so einsilbig war«, sagte Max nach einer Weile.

Chaz schob ein paar Schriftstücke beiseite. »Es war beruhigend zu merken, dass du ein ganz normaler Mensch bist.«

»Soll das ein Kompliment sein?«, fragte sie.

»Jap. Sonst funktionierst du immer wie ein Uhrwerk. Es hat mich gefreut, deine weniger neurotische Seite kennenzulernen.«

»Neurotisch?« Sie zog eine Braue hoch. »Das ist kein Kompliment. Ich bin eine verdammt gute Büro-Ehefrau. Da kannst du deine Frau-Frau fragen.«

»Meine Frau-Frau liebt deine Neurosen genauso sehr wie ich.« Er vertiefte sich wieder in seine Tabellen. Nach ein paar Minuten lehnte er sich zurück und schaute Max beim Arbeiten zu.

»Spuck's schon aus.«

»Was denn?«

»Den Grund, weshalb du mich anschaust wie ein großer Bruder, der etwas weiß, was er nicht wissen sollte.«

Chaz lachte. »Sehe ich so aus?«

Sie musterte ihn ernst. »Falls es das nicht ist, dann ist mir eben auf der Stirn ein drittes Auge gewachsen.«

»Dann lass uns sagen, ich ahne etwas. Das ist nicht schwer. Schließlich hat Kaylie versucht, dich früher hier wegzulotsen, und Treat hat auf dem Parkplatz auf dich gewartet.«

»Das mit dem dritten Auge wäre mir lieber.« Sie vergrub die Nase wieder in den Zahlen.

»Max.«

»Chaz«, sagte sie, ohne den Blick zu heben.

»Sag mir nur eins: Wirst du dich verlieben, heiraten und auf eine tropische Insel ziehen?«

Max lehnte sich zurück, schob sich den Bleistift hinters Ohr und rückte ihre Brille zurecht. »Schaust du mich deshalb so an? Weil du dich fragst, wer sich um die Sponsorenwerbung kümmern soll, wenn ich der Liebe wegen ausfalle?«

»Ehrlich gesagt, nein. Denn ich weiß, dass ich dich überreden kann, die Koordination weiterhin zu machen und zum Festival zu kommen. Dazu musst du nicht in Allure wohnen. Ich will nur wissen, ob ich meine Büro-Frau und, noch wichtiger, eine gute Freundin verlieren werde.«

Max betrachtete die Tabellen. Sie platzte fast vor Freude darüber, dass sie Chaz so wichtig war.

»So schnell wirst du mich nicht los. Und das mit den Hochzeitsglocken dauert wohl noch ein bisschen. Bisher haben wir noch nicht mal das Sieben-gemeinsame-Stunden-ohne-ernsthaften-Zoff-Level erreicht.«

»Seltsam. Treat kommt mir gar nicht streitlustig vor.«

»Ist er auch nicht.« Sie grinste keck.

Zweieinhalb Stunden später hatten sie die wichtigsten Arbeiten erledigt.

»Ich bin froh, dass das Büro am Montag geschlossen ist.« Seit drei Jahren gab Chaz sich und seinen Angestellten am Montag nach dem Festival frei.

»Nach dem knochenharten Wochenende ist das besser so. Ruh dich aus, mach was Nettes«, sagte Chaz.

Max schaute immer wieder auf ihr Telefon. Sie wunderte sich, dass Treat sich nicht meldete. Vermutlich entspannte er sich nach den beiden stressigen Abenden bei seiner Familie. Sie konnte es kaum erwarten, seinen Stress ein wenig abzubauen.

Auf dem Weg zurück zu ihrer Wohnung fiel ihr ein, dass sie Treats Nummer nicht hatte. Sie musste also warten, dass er sie anrief. Oder …

Sie holte sich eine Suchmaschine aufs Handy-Display, gab den Namen von Treats Vater ein, fand seine Adresse und rief die Navi-Funktion auf. Zielstrebig steuerte sie ihren Wagen aus Allure hinaus zu Hal Bradens Ranch. Zum ersten Mal seit Tagen empfand sie echte Zuversicht.

Ein Klopfen an der Haustür riss Treat aus seinem Schlummer. Das Feuer war heruntergebrannt. Fröstelnd tappte er zur Tür.

»TB!«

Sein Kindheitsfreund Charly »Chuck« Holtz stand vor ihm. Chuck hatte inzwischen mehr graue als braune Haare und mehr

Bauch als Muskeln. Aber er strahlte noch immer wie ein kleiner Junge.

»Chuck, wie geht's?« Treat winkte ihn herein.

»Smitty hat mir gesagt, dass er die alte Hütte für dich herrichten musste. Dann habe ich den Wagen draußen stehen sehen und dachte, ich schau mal vorbei. Du hast dich ein ganzes Jahr lang nicht blicken lassen. Was führt dich denn jetzt gerade her?« Chuck zog mit seinem breiten Neuengland-Akzent die Worte in die Länge.

»Ich muss dringend mal durchatmen.«

»Bonnie macht morgen am Strand ein großes Lagerfeuer. Willst du kommen? Hast du Lust?«

Treat dachte kurz nach. Er hatte noch keine Pläne. Vielleicht würde es ihm guttun, ein bisschen unter die Leute zu gehen, und Chuck und Bonnie waren ein nettes Paar. »Klar, gern.«

»Prima. Ich bin gerade auf dem Weg in die Stadt. Bonnie und ich essen im Pearl. Kommst du mit?«

Treat zögerte. Morgen Abend würde er ausgeruht sein und mehr Lust auf freundschaftliche Plaudereien haben. Heute waren seine Gedanken schwer und noch viel zu sehr bei Max. Gott, sie fehlte ihm so.

»Jetzt stell dich nicht so an, TB. Wenn ich dich nicht mitbringe, ist Bonnie stinksauer. Sie erzählt immer allen, dass sie dich kennt. Du weißt ja, wie das ist. Hier bei uns bist du ein ganz großer Fisch in einem sehr kleinen Teich.« Er zwinkerte.

Treat hatte eigentlich keine Lust, sich wie eine Trophäe herumzeigen zu lassen. »Ich bin ziemlich platt. Bin erst vor ein paar Stunden angekommen.«

»Gib dir einen Ruck, TB. Wir bleiben auch nicht ewig.« Chuck strahlte ihn erwartungsvoll an.

»Okay, warum nicht?«

»Prima, dann los.« Chuck winkte.

»So?« Treat schaute an sich hinab. Er musste dringend duschen. Er strich sich übers Kinn. Und sich rasieren.

»Du bist am Cape Cod. Was du anhast, juckt hier keinen. In Jeans und T-Shirt bist du immer richtig angezogen.«

»Okay. Aber gib mir fünf Minuten. Ich will mir wenigstens das Gesicht waschen und die Zähne putzen.« Treat trug seine Sachen hinauf ins Schlafzimmer. »Mach's dir bequem«, rief er nach unten. Er hörte, wie die Kühlschranktür geöffnet wurde und Flaschen klirrten. Der gute alte Smitty.

»Bin schon dabei«, rief Chuck zurück.

Vierzehn

Eigentlich hatte sie es für eine gute Idee gehalten, zu Treats Vater zu fahren. Aber beim Anblick des imposanten Farmhauses und der teuren Wagen in der Einfahrt kamen Max Zweifel. Sie parkte hinter einem großen schwarzen Mercedes und betrachtete ihr Outfit. *Sneakers?* Was hatte sie sich bloß gedacht? Als jemand an ihr Fenster klopfte, blieb ihr fast das Herz stehen. Ihr Versuch, Savannah anzulächeln, scheiterte kläglich. Sie war viel zu nervös.

»Max! Hi!«

Weil sie schlecht den Motor anlassen und rückwärts aus der Einfahrt flüchten konnte, öffnete sie die Tür.

»Hi. Du bist Savannah, richtig?« *Was tue ich hier?*

Vier unfassbar gut aussehende Männer bewegten sich in ihre Richtung. Einer war atemberaubender als der andere. Hinter ihnen ging eine ältere Version von Treat. *Ogottogott.*

»Ja genau, wir sind uns auf dem Festival kurz begegnet.« Savannah winkte den dunkelhaarigen Männern zu.

Ist das eine Ranch oder eine Modelagentur? Oder machen die hier das GQ-Magazin? Max sah ihr Spiegelbild im Wagen-fenster, löste eilig ihren Pferdeschwanz und schüttelte ihr Haar.

»Was führt dich denn her?« Bevor Max antworten konnte,

sagte Savannah zu den Männern: »Das ist Max. Treats Max.«

Einer der Männer trat vor. »Hi, ich bin Dane.«

Dane? Der, der mit Treats Freundin geschlafen hat? Max'
wusste nicht, ob sie ihn leiden konnte.

»Wir sind Treats Brüder«, sagte er.

Du meinst, die ganze Familie hat Modelgene?

»Das sind Rex, Hugh und Josh.« Die Männer traten
nacheinander vor und reichten Max die Hand. Wenn sie lächelten, sahen sie noch umwerfender aus. Aber trotz all ihrer
geballten männlichen Schönheit löste keiner bei ihr auch nur
ansatzweise das Herzklopfen aus, das sie bei Treats Anblick jedes
Mal überkam. *Wo ist er?*

Der ältere Mann trat vor. »Max, ich freue mich, dich
kennenzulernen. Willkommen auf der Braden-Ranch.« Er duzte
sie, als würden sie sich ewig kennen, und umarmte sie.

»Oh, ähm ...« Sie erwiderte die Umarmung und fühlte sich
trotz ihrer Verlegenheit sofort überraschend geborgen.

»Wir grillen gerade. Ich hoffe, du bleibst zum Essen«, sagte
Hal.

Bevor sie ein Wort herausbrachte, legte er ihr den Arm um
die Schultern und schob sie Richtung Garten. Das Grinsen der
Braden-Brüder, die Blicke und ihr Nicken entgingen ihr nicht.
Zu gern hätte sie gewusst, wo Treat war.

»Danke, Sir. Eigentlich wollte ...«

»Hal. Auf der Braden Ranch gibt es keine Sirs. Es sei denn,
du willst uns ärgern.« Lächelnd dirigierte er sie weiter zum
Garten, als wäre sie ein geladener Gast.

»Danke, Hal. Eigentlich wollte ich Treat besuchen. Ist er
da?«

Josh kümmerte sich um das Fleisch auf dem gemauerten
Grill. Dieser Braden war etwas schmaler als die anderen, hatte

kurz geschorenes Haar und trug lässig elegante Hosen und ein Poloshirt. Dane ging zu ihm und half. Er trug Jeans. Seine Augen funkelten und tanzten vor Neugier, während er immer wieder heimlich zu Max schielte.

»Treat musste dringend weg«, sagte Hal.

»Oh. Wissen Sie, wann er wiederkommt? Dann schaue ich später noch mal vorbei.«

Hal war bereits auf dem Weg zu Josh und legte seinem Sohn den Arm über die Schulter. Savannah stellte noch einen Teller auf den Tisch, während Hugh ins Haus ging und gleich darauf mit einem Bier in der Hand wieder herauskam.

»Hast du für unseren Gast auch eins mitgebracht?«, fragte Savannah kopfschüttelnd.

»Nein, wirklich …«, sagte Max. Aber Hugh war bereits wieder auf dem Weg ins Haus.

Er kam mit einem eiskalten Bier zurück. »Zum Wohl, Max.«

»Danke. Aber ich sollte mich jetzt wirklich wieder auf den Weg machen.«

»Quatsch. Wenn du keinen Hunger hast, musst du nicht unbedingt mitessen«, sagte Hal in dem Moment, in dem Max' Magen vernehmlich knurrte. »Aber wenn ich das so höre …«

Warum vergesse ich andauernd zu essen?

Treats Familie war sich anscheinend einig, dass sie bleiben sollte. Max fühlte sich ein bisschen überfordert. Das passierte ihr selten. Eigentlich sollte sie helfen, organisieren, etwas tun. Stattdessen stand sie mit offenem Mund herum und ließ sich hin und her schieben. Verdammt, sie sollte zu ihrem Wagen laufen. Sich einfach im Garten von Treats Vater breitzumachen, das gehörte sich nicht. Schon gar nicht, wenn Treat nicht da war.

Aber bevor ihre Füße und ihr Gehirn so weit im Einklang waren, dass sie den Rückzug antreten konnte, hatte sie schon einen Teller mit Essen vor sich stehen und lachte über einen von Danes Witzen.

»Wie hast du Treat denn kennengelernt?«, fragte Josh.

»Das kann ich dir sagen«, antwortete Dane.

»Lass die Lady sprechen«, beharrte Josh.

Hugh griff über Max' Teller hinweg nach Pfeffer und Salz. Sie lehnte sich zurück und machte ihm Platz. Die Braden-Brüder waren sehr unterschiedlich. Treat hatte vollendete Manieren. Heimliche Blicke wie die von Dane konnte sie sich bei ihm nicht vorstellen.

Savannah fixierte Hugh mit zusammengekniffenen Augen. Nach ein paar Sekunden verstand er den Wink.

»Entschuldigung.« Er zog seinen Arm zurück.

Max staunte, dass Savannah ihren Bruder ermahnte, wie eine Mutter es getan hätte. Die Braden-Familie in Aktion zu erleben, machte Spaß. Hier ging es viel lebhafter zu als bei den stummen Mahlzeiten in ihrer eigenen Familie. »Kein Problem«, sagte sie lächelnd.

»Max?«, fragte Josh noch einmal.

Ihre Beobachtungen hatten sie so abgelenkt, dass sie Joshs Frage fast vergessen hatte. »Oh, sorry. Wir haben uns auf einer Hochzeit kennengelernt.« *Ich sollte mich verdrücken. Einfach aufstehen und zu meinem Wagen laufen.*

»Bei der Hochzeit von Cousin Blake. Ihr wart alle zu beschäftigt und konntet nicht hin.« Dane warf Hugh einen langen Blick zu.

»Was soll das? Ich musste zu einer Preisverleihung.« Hugh hob die Hände. Seine Mimik und Gestik war lebhafter als die der anderen. Er zog die Brauen zusammen, als verstünde er nicht, was er falsch gemacht haben sollte.

»Musst du das nicht andauernd?«, fragte Dane.

»Ich bitte dich. Du wurdest doch dringend in irgendeinem haiverseuchten Gewässer gebraucht und warst auch nicht dabei.« Josh faltete die Serviette in seinem Schoß, schlug ein Bein über das andere und lehnte sich zurück.

»Im Gegensatz zu euch war ich immerhin kurz dort.« Dane feixte.

Max genoss das Gefrotzel. Sie überlegte, wie es wohl sein mochte, so viele Geschwister zu haben, so viele Menschen, die für einen da waren. Dane war schlagfertig, und Hugh schien gar nicht zu merken, dass seine Geschwister ihn für ziemlich selbstverliebt hielten.

»Wir mussten Hugh beklatschen«, erklärte Savannah.

»Weil er mal wieder fünf Minuten im Rampenlicht stand? So wie alle paar Monate? Wie lange habt ihr Blake nicht mehr gesehen? Als wir noch jünger waren, sind wir viel zusammen gehangen, und heiraten tut man nur einmal.« Dane hob das Kinn und sah Hugh herausfordernd an.

»Soweit ich sehe, befindet sich momentan keiner meiner lieben Brüder im Landeanflug zum Traualtar. Weder zum ersten noch zum wiederholten Mal.« Savannah strich Butter auf ein Stück Brot und biss ab.

»Warst du schon mal verheiratet, Max?«, fragte Hugh.

Max wollte gerade ihre Bierflasche an den Mund setzen und hielt mitten in der Bewegung inne.

»Hugh.« Hals Tonfall und sein strenger Blick machten deutlich, dass er die Frage unpassend fand und nicht erwartete, dass Max sie beantwortete.

»Und was ist mit dir? Du bist ständig mit Connor Dean unterwegs.« Josh zog Connors Namen vielsagend in die Länge.

Savannah boxte gegen seinen Arm.

Max grinste. Kein Wunder, dass Treat so gern bei seiner Familie war. Selbst sie hatte bereits das Gefühl dazuzugehören. *Das kann nicht gut sein.*

So viel Spaß wie bei der Grillparty hatte Max schon lange nicht mehr gehabt. Immer wieder fragte sie sich, wie es wohl sein würde, wenn Treat auch da wäre. Wie viele gutmütige Seitenhiebe würde er austeilen? Wie viele würde er einstecken müssen? Wie würde er sich ihr gegenüber verhalten? Würde er seine Gefühle so offen zeigen wie Blake, wenn er mit seiner Frau Danica zusammen war? Oder würde er in der Öffentlichkeit etwas zurückhaltender sein, so wie Chaz gegenüber Kaylie?

Was sind denn das für Überlegungen? Wir sind ja noch nicht mal zusammen. Und warum sind alle Braden-Geschwister unver- heiratet? Sie versuchte, die Alarmlämpchen zu ignorieren, die in ihrem Kopf blinkten.

Von der ganzen Familie umringt ging sie nach dem Essen zu ihrem Wagen. *Machen die eigentlich alles gemeinsam?* Sie dachte daran, wie Treat sich in der Nacht zuvor von ihr verabschiedet hatte. Genau genommen hatten seine Worte etwas Endgültiges gehabt. Und dann die Art, wie er ihre Wange berührt hatte und die Traurigkeit in seinen Augen. Die hatte sie wohl nicht richtig gedeutet. *Leb wohl, Max.* Hatte er gewusst, dass er heute nicht da sein würde? Und was genau bedeutete das – *er musste dringend weg?*

Hal umarmte sie herzlicher, als die meisten ihrer Freunde es getan hätten. Er hielt sie fest, wie ein Vater seine Tochter. Dann legte er ihr die Hände auf die Schultern und sagte: »Treat ist nicht mehr hier. Ich weiß nicht, was zwischen euch beiden vorgefallen ist, aber er hatte es eilig wegzukommen.« Er sah ihr forschend in die Augen, doch sie war zu benommen, um etwas zu sagen.

Er hatte es eilig? Leb wohl, Max. *Er ist gegangen, weil er gehen wollte. Er musste nicht in einer dringenden Angelegenheit weg. Der Abschied war für immer.*

»Ich schlage vor, du gibst ihm etwas Zeit«, setzte Hal hinzu.

»Oh, Dad.« Savannah schob ihren Vater beiseite und umarmte Max. »Hör nicht auf ihn. Wenn Treat abgereist ist, weil es zwischen euch ein Problem gibt, dann bring es in Ordnung.«

»Sie gibt mal wieder Beziehungsratschläge«, sagte Dane laut. »Max, Savannah ist nicht gerade eine Dating-Queen. Hör nicht auf sie.«

»Das sagt der Richtige«, frotzelte Josh.

»Jungs«, knurrte Hal mahnend.

Die Brüder verabschiedeten sich von Max, und als sie in ihren Wagen stieg, war sie verwirrter als zuvor.

Savannah steckte den Kopf durchs Fenster. »Ruf ihn an. Bring es in Ordnung«, sagte sie.

»Ich habe seine Nummer nicht«, murmelte Max. Aber Dane zog Savannah bereits weg.

»Lass das Mädchen in Frieden«, sagte er.

Max wartete noch einen Moment. Sie hoffte, jemand würde ihr Treats Nummer geben. Aber alle waren so damit beschäftigt, sich gegenseitig aufzuziehen, dass sie diese Hoffnung schnell begrub.

Beim Wegfahren warf sie einen Blick in den Rückspiegel. Sie hätte gern gewusst, wohin Treat ohne Abschied verschwunden war. *Er hat sich verabschiedet. Nur war mir das nicht klar.* Sie musste mit ihm reden. Seine Abwesenheit hinterließ eine tiefe Leere in ihr. Sie hatte einen Klumpen im Magen und einen Kloß in der Kehle.

Kurz entschlossen fuhr sie rechts ran und wählte die Nummer von Treats Assistentin. Sie und Scarlet hatten bei der Planung von Chaz' Hochzeit prima zusammengearbeitet. Sicher würde sie ihr helfen, Treat zu finden.

Fünfzehn

Der großartige Ausblick auf Wellfleet Harbor raubte Treat jedes Mal den Atem. Doch obwohl auf der Terrasse des Pearl frische Seeluft wehte und der Mond sich in den sanften Wellen der Bucht spiegelte, konnte er die Schönheit nicht genießen. Er dachte an Max. Tausend Fragen schwirrten ihm durch den Kopf. Was, wenn sie sich über Nacht besonnen hatte? Was, wenn sie seine Briefe doch gelesen hatte? Wie dachte sie darüber? Fand sie die Botschaften kindisch und albern? Oder romantisch und bedeutsam, so wie sie gemeint waren? Hätte er sich noch mehr ins Zeug legen müssen? Er hätte Max noch ein paar Tage lang umwerben können, mit Spaziergängen, Blumen, Gesprächen und Küssen. Oh, wie gern er sie noch einmal küssen wollte.

»Treat?«

Bonnies Stimme holte ihn zurück in die Gegenwart.

»Tut mir leid, Bonnie. Der Flug steckt mir noch in den Knochen. Ich bin ziemlich platt. Wie war noch mal die Frage?«

»Ich wollte wissen, wie lange du bleibst.« Die Augen in Bonnies rundlichem Gesicht blitzten. Sein Vater hätte sie als stattlich oder kräftig bezeichnet. Aber die Tatsache, dass sie sich in ihrer Haut wohlfühlte, machte sie schöner, als die meisten modeldünnen Frauen es je sein würden.

»Ich weiß noch nicht genau. Ein paar Tage? Eine Woche? Mal sehen«, antwortete er.

»Er hat es nicht leicht«, frotzelte Chuck. »Von einem Luxushotel zum anderen zu jetten ist ungeheuer anstrengend.« Zwinkernd griff er nach der Hand seiner Frau. »Selbst ein Mann wie Treat muss hin und wieder ein bisschen Zeit mit ganz normalen Leuten wie uns verbringen.«

Treat nahm kopfschüttelnd einen Schluck von seinem Drink. Der Bourbon glitt warm durch seine Kehle. »Erzähl mir, wie es bei dir läuft, Bonnie.«

»Bei mir? Alles bestens. Ich arbeite nach wie vor im Museum in Provincetown. Und das macht mir nach wie vor einen Riesenspaß. Ich lese noch im selben Bücherclub mit und helfe bei Veranstaltungen in der Gemeinde. Am Dienstag leite ich den Bücherverkauf in der Bibliothek. Warum das direkt nach dem Austernfest sein muss, weiß ich nicht, aber wahrscheinlich hoffen sie, dass noch ein paar Touristen in der Stadt sind und mal vorbeischauen. In diesem Jahr geht das Fest zum ersten Mal bis Montag. Die Geschäfte hier können die Einnahmen gut gebrauchen.« Bonnie redete, fast ohne Luft zu holen. »Wirklich spannend klingt das alles vielleicht nicht, aber was ich tue, macht mir Spaß.«

»Und das ist doch das Wichtigste im Leben«, sage Treat.

»Das und die Menschen, mit denen du es tust.« Chuck zwinkerte erneut.

Bonnie errötete. »Oh, Chuck. Doch nicht hier vor Treat.«

»Das muss dir nicht peinlich sein, Bonnie. Im Gegenteil. Dein Mann liebt dich.« Treat spürte ein Ziehen in der Brust. Er sehnte sich nach Max. Nein, er konnte ihr und sich selbst das nicht antun. Sie hatte ihm deutlich gezeigt, was sie empfand, und er konnte sie verstehen. Er hatte sie tief verletzt, und jetzt ließ er sie los, damit sie ihren eigenen Weg gehen konnte.

»Gibt es jemanden in deinem Leben, Treat?«, fragte Bonnie.

Schön wär's. »Nein. Nein, es gibt niemanden.« Er stürzte den Rest seines Drinks hinunter, hob die Hand und bestellte sich Nachschub.

»Ach, weißt du was? Joanies Schwester Amanda ist gerade zum Austernfest in der Stadt.« Bonnie lächelte kokett.

Treat lächelte zurück. »Danke, Bonnie. Aber ich glaube, ich brauche eine kleine Pause und ein bisschen Ruhe. Das Austernfest hatte ich komplett vergessen. Kein Wunder, dass die Straßen so voll sind.« Der Gedanke, mit einer anderen Frau Smalltalk machen zu müssen, verstärkte seine Sehnsucht nach Max. Mit ihr zu reden fiel ihm leicht. Und er fand es süß, wie sie versuchte, ihre Nervosität zu verbergen. Er dachte an die federleichte Last in seinen Armen, als er sie in ihr Schlafzimmer getragen hatte, und an ihren Blick, kurz bevor sie ihn in den Mund genommen hatte. In diesem Augenblick war die Unschuld des Mädchens von nebenan von ihr abgefallen. Normalerweise warfen Frauen ihm im Bett einen *Jetzt-pass-mal-auf-was-ich-alles-kann*-Blick zu und signalisierten ihm, dass sie alles für ihn tun würden. Aber nicht Max. Sie schaute ihn an, als täte sie etwas, was ihr selbst eine Riesenfreude machte. Und er wagte es kaum zu denken: In ihrem Blick lag dabei so etwas wie Liebe. Die Erinnerung durchzuckte seine Lenden wie ein Stromschlag. Er schloss die Augen und kämpfte das aufkommende Verlangen nieder.

Sicher bildete er sich nur ein, was er glaubte, in ihren Augen gelesen zu haben. Er machte sich Hoffnungen, die sich nicht erfüllen würden. Sein Blick folgte den Lichtern eines Bootes aus dem Hafen hinaus aufs Meer. *Lass sie los. Es ist am besten so.*

»Jedenfalls machen wir uns morgen am Lagerfeuer einen richtig schönen Abend.«

Treat glaubte nicht, dass ihn im Augenblick etwas aufheitern konnte. Aber er wollte Bonnie nicht enttäuschen. »Klingt wunderbar.«

»Treat.« Chuck beugte sich vor, als wollte er ihm ein Geheimnis verraten. »Man kann nie wissen, wann die Richtige plötzlich vor einem steht.«

»Da hast du wohl recht.« *Sie ist mir schon begegnet.*

Als Treat nach dem Abendessen in das kleine Haus zurückkam, war es dort empfindlich kalt. Er schloss die Fenster, zündete ein Feuer an, legte die Füße auf den Couchtisch und zog den Laptop auf seinen Schoß. Dann schaute er seine E-Mails durch. Er arbeitete sämtliche Nachrichten ab, die als dringend markiert waren. Warum die Auswahl neuer Farben für die Lobbyausstattung seines Resorts in Jamaika keinen Aufschub duldete, war ihm allerdings schleierhaft. Trotzdem sah er die Fotos durch und fällte rasch ein paar Entscheidungen. Dann klickte er auf die Mail von Bill Hayden, dem Besitzer des Resorts in Thailand. Nach dem Wochenende, an dem Max in Nassau aufgetaucht war, hatte Treat die Verhandlungen zur Übernahme der Anlage auf Eis gelegt. Seit sechs Monaten war er nicht mehr der zupackende Geschäftsmann, als den er sich kannte.

Bezüglich unserer Absprache wegen Ihres Vorkaufsrechts: Ich habe ein Angebot auf dem Tisch, das acht Wochen gültig ist. Lassen Sie mich bitte im Lauf der kommenden Woche wissen, ob Sie noch Interesse haben. Die Zeit läuft. Grüße, Bill

Noch nie zuvor hatte Treats Privatleben seine beruflichen Entscheidungen beeinflusst. Und jetzt würden seine Geschäfte vielleicht zur einzigen Ablenkung werden, mit der er die Leere in seinem Inneren füllen konnte. Treats Antwort fiel knapp aus.

Bill, Angebot kommt in den nächsten sieben Tagen. Grüße, Treat.

Die nächste Mail ging an seinen Anwalt. Treat beauftragte ihn, ein Angebot auszuarbeiten. Dieser Bill war ein zäher Verhandlungspartner. Treat nahm an, dass sie sich erst nach einigem Hin und Her einigen würden. Solche Rituale gehörten zum Spiel. Er klappte den Laptop zu, verschränkte die Hände hinter dem Kopf und ließ den Adrenalinschub seine Gedanken in eine andere Richtung dirigieren, weit weg von seiner Sehnsucht nach Max. Sich auf die Arbeit zu konzentrieren, war vielleicht die beste Medizin. Sobald er eine Herausforderung witterte, lief er zur Höchstform auf. Und Thailand war eine Herausforderung. Wenn er sich auf das Geschäft einließ, würde er garantiert drei Monate lang vollauf beschäftigt sein. Das war einer der Gründe, weshalb er nach der ersten Begegnung mit Max die Verhandlungen auf Eis gelegt hatte. Damals hatte er abgewogen, ob er lieber sonnige Nachmittage und heiße Nächte in ihren Armen verbringen oder Geschäftsbeziehungen mit ausländischen Lieferanten und Bauunternehmern aufbauen und den Mitarbeiterstab rekrutieren wollte, der nötig war, um das Resort auf Vordermann zu bringen. Die Entscheidung war ihm leichtgefallen.

Aber jetzt waren seine Träume geplatzt. Max hatte ihm deutlich gezeigt, dass sie ihn nicht wollte. Also zwang er sich, wieder strategisch zu denken und seine Geschäfte in den Vordergrund zu stellen.

Er klappte den Laptop noch einmal auf und holte sich die Thailand-Dateien auf den Schirm. Zehn Minuten später war er ganz und gar in Zahlen, Daten und strategische Überlegungen vertieft und bestens abgelenkt.

Sechzehn

Scarlets Rückruf kam am nächsten Nachmittag. »Max! Wie geht es meiner Lieblings-Hochzeitsplanerin?«

»Hi, Scarlet. Tut mir leid, dass ich dich belästigen muss. Aber weißt du, wo und wie ich Treat erreichen kann?«

»Nach Nassau wollte er erst in ein paar Wochen wieder kommen. Wir halten hier so lange die Stellung.«

»Ich muss unbedingt mit ihm sprechen. Kannst du mir seine Handynummer geben?«, fragte Max.

Scarlets Schweigen dauerte ein paar Sekunden zu lang.

»Er war hier in Colorado. Wir haben uns getroffen, und er hat mich gebeten, ihn zurückzurufen. Aber ich finde seine Nummer nicht mehr.« Sie log nur ungern. Aber sie wollte die verdammte Nummer. Sie schob noch ein »Bitte, bitte?« nach und Scarlet lenkte schließlich ein. Max bedankte sich überschwänglich.

Endlich hielt sie die Nummer in ihren verschwitzten Händen, war aber zu nervös, um sie auch zu benutzen.

Als zwei Minuten später ihr Telefon klingelte, sprang ihr fast das Herz aus der Brust.

»Hi, Kaylie.« Sie hörte die Enttäuschung in ihrer eigenen Stimme.

»Hey. Alles klar? Du klingst ein bisschen niedergeschlagen.«

»Ja, alles klar. Was gibt's denn?«

»Sollen wir heute zusammen mittagessen?«

Max knetete den Zettel mit Treats Nummer in ihrer Faust. Treats Verschwinden lähmte sie, und sie fand es furchtbar, dass sie jetzt zu den Mädchen gehörte, die einem Kerl hinterherliefen. Fiel sie gerade in ein Verhaltensmuster zurück, in das sie nie wieder hatte geraten wollen? Missachtete sie die Warnsignale, die sich förmlich aufdrängten? Sich mit Kaylie zum Essen zu treffen, war tausendmal besser, als herumzusitzen und ihre eigenen Gedanken zu zerpflücken.

»Max?«

»Ja, gern.« *Ich muss dringend aus meinem Kopf raus.*

»Super. Dann um zwölf bei Felbys.«

Kaylie winkte von einem Tisch in der Nähe des Tresens. In ihren Skinny-Jeans und einem Pullover mit Carmen-Kragen sah sie wie immer großartig aus.

»Warum meint man immer, du kämst geradewegs von einem Mode-Shooting?« Max schob sich Kaylie gegenüber auf die Bank.

Kaylie tätschelte theatralisch ihr Haar. »Weil die Natur es so gut mit mir meint?«

Sie lachten. Am Nebentisch war eine lebhafte Unterhaltung im Gang, die Stimmung im Restaurant war locker und fröhlich. Max seufzte. Sie war froh, aus ihrer Wohnung entkommen zu sein, wo die Erinnerung an Treat ihr folgte wie ein Gespenst. Wenn sie mit ihrem gebrochenen Herzen allein war, verfiel sie nur allzu leicht in düstere Grübeleien.

»Ich habe uns schon mal Eistee und Salat bestellt. Ist das in Ordnung für dich?«, fragte Kaylie.

»Klar. Mir ist alles recht. Wie geht's Trevor und Lexi? Chaz sagt, sie hätten die Torte verputzt.«

»Ja, und gleich zum Frühstück. Ich bin eine schlechte Mutter.« Kaylie war eine der besten Mütter, die Max kannte. Sie verwöhnte ihre Kinder nicht mit Geschenken, sondern mit Liebe und Aufmerksamkeit. Dabei hätten sie und Chaz ihnen alles kaufen können, was sie sich nur wünschen konnten.

Max hörte Kaylie zu. Aber das Gespräch über die Schokoladentorte ließ ihre Gedanken wieder zu Treat wandern. Die Erinnerung an ihr spätes Abendessen mit ihm kehrte zurück. Plötzlich sehnte sie sich so sehr nach Treat, dass es richtig wehtat.

»Was ist los mit dir? Du siehst aus, als hättest du gerade deine allerbeste Freundin verloren. Dabei sitze ich doch hier bei dir.«

Kaylie schaffte es immer, sie aufzuheitern. »Haha.« Max feixte.

Die Bedienung brachte das Essen. Max trank einen Schluck Eistee und genoss seine Süße. *Wie Treats Küsse. Nicht daran denken.*

»Das …« Kaylie malte mit ihrer Gabel vor Max' Nase einen Kreis in die Luft. »Ist wegen Treat, nicht wahr? Dich hat's böse erwischt. Ich erwarte ein vollständiges Update.«

Max legte eine Hand über ihre Augen und stöhnte. »Oh Gott. Es ist so kompliziert.«

»Pass auf. Ich kenne fast alle denkbaren Komplikationen aus erster Hand. Und die paar, die ich nicht kenne, hatten andere Leute, und ich habe ihnen durchgeholfen.« Kaylie stieß ihre Gabel in den Salat.

»Es ist ziemlich peinlich.«

»Das denkst du nur. Im Vergleich zu dir und meiner Schwester fühle ich mich oft wie ein Freak, weil ich, was Sex oder Beziehungen angeht, nie etwas peinlich finde. Für mich ist einfach alles normal.«

Max schaute in die erwartungsvollen Augen ihrer Freundin. Gespräche übers Daten und über Männer waren nicht ihr Ding. Andere wirklich enge Freundinnen hatte sie nicht. Ihre Probleme machte sie normalerweise mit sich selbst aus. Nur diesmal hatte sie das Gefühl, vor lauter Bäumen den Wald nicht mehr zu sehen. Sie brauchte dringend Kaylies Rat.

»Okay, fangen wir mit den Fakten an. Der Mann hat dir eine Torte geschickt und dann stundenlang im Dunkeln auf dich gewartet. Du musst mir nicht jedes Detail erzählen, aber anscheinend ist irgendwas passiert und irgendwas ist dabei schiefgelaufen.«

»Das kann man wohl sagen.« Max beugte sich über den Tisch und flüsterte. »Wir haben, na ja, du weißt schon. Und ich bin ausgeflippt und habe ihn rausgeschmissen.« Sie lehnte sich zurück und wäre am liebsten im Boden versunken.

»Moment.« Kaylie wedelte wild mit den Händen. »Ihr wart im Bett zugange und du hast ihn mittendrin vor die Tür gesetzt? Warum?«

Die Leute vom Nachbartisch schielten herüber. Max machte sich so klein wie möglich und schirmte mit der Hand ihre Augen ab.

Kaylie bemerkte die neugierigen Blicke. Sie setzte ein ernstes Gesicht auf und drehte sich zu den Gaffern. »Was ist los? Haben Sie so was noch nie gemacht? Pfft.« Mit einer wegwerfenden Geste wandte sie sich ab. Dann griff sie über den Tisch nach Max' Hand. »Tut mir leid. Ich wollte dich nicht in

Verlegenheit bringen. Rutsch rüber.« Sie schlängelte sich aus ihrer Bank und schob sich neben Max.

»Okay«, sage sie leise. »Wo war das Problem? Ist sein kleiner Freund zu klein? Oder war er zu grob? Hat er schlecht gerochen? War er fies zu dir? Gott, ich hasse fiese Kerle.«

Max schüttelte den Kopf. »Nein, das war's nicht. Und sein kleiner Freund ist groß.«

Kaylie hob eine Braue.

»Okay. Wirklich groß.« Max lächelte. »Und er ist unglaublich romantisch. Er sagt Sachen, bei denen ich dahinschmelze wie ein verknallter Teenager. Und er riecht himmlisch, oder vielleicht noch besser. Sein Duft sorgt dafür, dass ich mich an ihn kuscheln und ihn nie wieder loslassen will.« Max legte eine Hand auf ihr Herz. »Er ist so … Oh, Kaylie. Das klingt vielleicht idiotisch, aber wenn ich in seine Augen schaue, dann sehe ich so viel. Es ist wie im Kino, wo der Filmheld seine Angebetete anschaut und sie weiche Knie kriegt und ihm am liebsten die Kleider vom Leib reißen will. Genau so geht es mir. So und nicht anders.«

Kaylie schüttelte den Kopf. »Wow, Max. Wirklich. Wow. Aber warum hast du ihn dann rausgeschmissen? Ist dieser Traumtyp ein schlechter Liebhaber? Das wäre sehr schade.« Kaylie kniff die Augen zusammen und zwirbelte eine Haarsträhne um ihren Finger. Sie betrachtete ihr Glas und zog die Mundwinkel nach unten, als hätte sie gerade von einer Tragödie erfahren.

»Er ist wunderbar«, hauchte Max. *Seit wann habe ich Sprechdurchfall, wenn es um Männer geht?* Sie konnte gar nicht aufhören, über Treat zu reden. Jemandem von den Gefühlen zu erzählen, die von Minute zu Minute stärker wurden, tat gut. »Seine Küsse sind umwerfend und von seinen Berührungen kann ich gar nicht genug kriegen. Und wenn wir … du weißt schon … einfach traumhaft. Soweit ich das beurteilen kann. Ich war nicht mit vielen Männern zusammen.«

»Das habe ich vermutet. Manchmal habe ich mich sogar gefragt, ob du eher auf Frauen stehst, weil du so gut wie nie über Männer redest.«

Max fiel die Kinnlade herunter.

»Sorry!« Kaylie lachte. »Du hast nie auch nur Andeutungen über ein Date gemacht. Was sollte ich also daraus schließen?«

»Dass mein Privatleben sehr privat ist?«

»Ja, vielleicht. Er ist also heiß, gut bestückt und hat Talente in wichtigen Bereichen. Wo ist dann das Problem? Falls du eine von den Frauen bist, die irgendwelche seltsamen Abneigungen haben, gegen Füße oder so, dann kriegst du von mir eine geknallt. Das schwöre ich dir.«

Max lachte. »Der Mann ist perfekt bis zum großen Zeh. Er könnte als Sandalen-Model arbeiten.« Max lehnte sich zurück und atmete tief durch. Zu Kaylie musste und wollte sie ehrlich sein. Nur so kam sie jetzt vielleicht weiter.

»Weißt du noch, in Nassau, als ihr mich morgens am Aufzug in denselben Klamotten gesehen habt, die ich schon am Abend zuvor anhatte?« Max schloss die Augen. Was sie jetzt sagen musste, würde wehtun.

»Dein Outfit der Schande? Natürlich.« Kaylie riss die Augen auf. »Oh mein Gott. Du warst damals mit Treat zusammen?«

»Nein. Das ist ja das Problem. Ich war mit Justin zusammen, genau wie ich euch gesagt habe. Aber zu mehr als einem Gutenachtkuss ist es nicht gekommen.«

»Max, langsam verstehe ich gar nichts mehr.«

»Na ja, ich habe nie etwas gesagt, aber zwischen Treat und mir gab es vom ersten Augenblick an eine Verbindung. Ich weiß nicht, wie ich es nennen soll. Wir haben uns nur angesehen und …«

»Das haben wir doch alle mitbekommen. Liebe auf den ersten Blick. Okay, ich habe damals vielleicht von Lust auf den ersten Blick gesprochen. Aber du kennst ja meine Schwester. Seit sie sich in Blake verguckt hat, schwört sie, dass es Liebe auf den ersten Blick tatsächlich gibt.«

»Ob es Liebe war, weiß ich nicht. Jedenfalls war es ein starkes Gefühl.« *Liebe? Liebe ich Treat? Das kann nicht sein. Man verliebt sich nicht über Nacht. So was passiert nur im Märchen.* »So stark, dass ich mich am liebsten versteckt hätte. Er hat mich immerzu angesehen. Egal, wo ich war, er tauchte immer dort auf und hat mich angeschaut, als wollte er mich am liebsten verschlingen. Nur gesagt hat er nichts. Er hat mich nie um ein Date gebeten, sondern mir immer nur diese Blicke zugeworfen.«

»Du musst blind sein, Max.« Kaylie nahm einen Schluck Eistee. »Der Mann hat deine Hand geküsst und dir in die Augen geschaut. Klingt das nicht wie aus einem Liebesroman? Bei uns anderen Frauen hat er das nicht gemacht. Was gibt es denn da nicht zu verstehen?«

»Ich war zu sehr damit beschäftigt, den Mund wieder zuzukriegen und den Wunsch zu bezähmen, ihm die Kleider vom Leib zu reißen.« Sie dachte an ihre erste Begegnung mit Treat. Kaylie hatte recht. Der Blick aus seinen verführerischen Augen hatte sie durchdrungen. »Ich weiß noch, dass ich mir wie nackt vorkam. So als würde er mehr von mir sehen als alle anderen.«

Kaylie seufzte träumerisch. »Ist das nicht ein großartiges Gefühl? Wenn du merkst, dass jemand mehr in dir sieht? Ich weiß noch, wie es war, als Chaz mich so angeschaut hat.«

»Hey, wir reden gerade über mich. Nicht abschweifen«,

frotzelte Max. »An dem Nachmittag vor dem Probedinner für die Hochzeit bin ich in die Lobby gegangen und habe mich dort eine Weile herumgedrückt. Ich habe gehofft, dass ich Treat dort sehen würde. Als er nicht aufgetaucht ist, bin ich über die Anlage spaziert. Weißt du, dass es dort nicht nur einen Pool gibt, sondern drei? Das Resort ist wunderschön. Unten am Strand ist mir zufällig Justin begegnet, und der hat mich um ein Date gebeten.« Sie trank einen Schluck und stählte sich für das, was sie Kaylie gleich erzählen musste. Es laut auszusprechen, würde wehtun. Aber Mitleid wollte sie nicht. Sie wollte Antworten. Beziehungen waren leider keine logistischen Herausforderungen, sonst hätte sie sie blind gemeistert.

»Treat hat mich am nächsten Morgen gesehen. Ich nehme an, er dachte, ich hätte mit Justin geschlafen. Was ihm wirklich durch den Kopf ging, wusste ich natürlich nicht. Aber er hat mich angeschaut, als wäre ich eine Nutte.«

»Max!« Kaylie schnappte nach Luft. »Nein, du täuschst dich. Du musst dich täuschen. Jeder hat irgendwann mal einen One-Night-Stand, und ich bin sicher, Treat hatte jede Menge.«

»Ich hatte noch nie einen«, murmelte Max.

»Moment mal. Nie? Du meinst nie im Leben?«

Max schüttelte den Kopf. »Nein, nie. Auch nicht in der bewussten Nacht.«

»Darüber reden wir später. Wow. Okay. Erst mal kümmern wir uns um dein Problem. Was hat Treat gesagt?«

»Nichts.«

»Nichts?«

»Nein. Er hat mich nur angesehen, als wäre ich ein Stück Dreck.« Sie senkte die Stimme. »Ein billiges Flittchen. Vielleicht kennst du solche Blicke. Man sieht den Männern dabei genau an, was sie denken.« Max zupfte an ihrem Haar, dann ließ sie die Hände in den Schoß fallen. Schließlich verschränkte sie die Arme, als könnte sie so ihr Herz davor schützen, den Schmerz noch einmal zu durchleben.

»Oh ja, ich weiß, wovon du redest. Aber im Gegensatz zu dir revanchiere ich mich sofort und packe noch einen Spruch obendrauf, bei dem die Kerle in die Knie gehen.«

Max lächelte. »Das kann ich mir vorstellen.«

»Aber das ist meine Art zu reagieren, nicht deine. Ach, Maxy. Das tut mir leid. Und was hast du getan? Bitte sag mir, dass du ihm die Meinung gegeigt hast.«

Max schüttelte den Kopf. »Ich hätte gar nicht gewusst, was ich sagen soll. Ich war völlig perplex. Ich bin bloß rot geworden wie ein kleines Mädchen und habe zu Boden gestarrt. Bei der Arbeit haut mich nichts so leicht um. Im Privatleben ist das anders.«

»Ich will mir gar nicht vorstellen, wie dir zumute gewesen sein muss. Ich weiß, wie taff du sein kannst, wenn es um berufliche Dinge geht. Versteh mich nicht falsch, aber du sorgst schon dafür, dass die Leute nach deiner Pfeife tanzen, und lässt dich nicht so leicht aus der Ruhe bringen. Bei der Arbeit trittst du jeden in den Hintern, im Schlafzimmer bist du die große Verführerin. Aber du hast das Herz eines Kätzchens.« Sie strich Max eine Haarsträhne aus dem Gesicht, die sich aus ihrem Pferdeschwanz gelöst hatte.

»Er muss dir wirklich wichtig sein, Max.«

»Ja, das ist er. Aber so will ich nie wieder von jemandem behandelt werden.« Von dem Ex-Freund, der ihr monatelang Tag für Tag das Gefühl gegeben hatte, unnütz und wertlos zu sein, hatte sie Kaylie nie erzählt. Eines Nachts war es nicht nur bei Beschimpfungen geblieben, und er hatte Dinge getan, an die sie nicht mehr denken wollte. Dabei hatte er sie so fest gepackt, dass sie eine ganze Woche lang blaue Flecken am Handgelenk gehabt hatte. Max hatte ein gutes Verhältnis zu ihrer Mutter. Aber die war immer der Meinung gewesen, dass man über Beziehungsprobleme nicht redete. Deshalb hatte Max sich ihr nie anvertraut, egal ob in guten oder in schlechten Zeiten. An dem Abend, an dem ihr Freund ihr die schrecklichen Dinge angetan hatte, hatte ihre Mutter sie angerufen. Max hatte am Telefon geweint und keinen anständigen Satz zustande gebracht. Trotzdem hatte ihre Mutter nicht gefragt, was los war. Max hatte geglaubt, ihre Mom hätte keinen Schimmer, warum sie weinte. Aber offenbar hatte sie sich getäuscht. Ihre Mutter hatte genau zwei Worte gesagt: *Verlass ihn.* In dieser Nacht hatte Max ihre Sachen gepackt, war durchs halbe Land gefahren und hatte die schwache Ausgabe ihrer selbst und, wie sie geglaubt hatte, das gebrochene Mädchen weit hinter sich gelassen.

Zum Glück fragte Kaylie nicht, ob sie schon einmal so behandelt worden war. Offenbar nahm sie an, Max hätte einzig und allein von Treats Blick gesprochen.

»So was musst du dir nicht gefallen lassen.« Kaylie drückte Max an sich.

Max wischte sich die Tränen aus den Augenwinkeln. »Tut mir leid. Ich bin eine ziemliche Spaßbremse.«

»Jetzt hör aber auf. Eine echte Spaßbremse würde einen Kerl mitten in der Nacht und mitten beim Du-weißt-schon-was vor die Tür setzen.« Kaylie grinste.

»Ach ja, das habe ich dir noch gar nicht erzählt. Bevor wir in meinem Schlafzimmer gelandet sind, hat er versucht, sich zu entschuldigen. Aber ich wollte es nicht hören. Ich hatte Angst, dass ich dann sauer werde, und ich wollte so gern mit ihm zusammen sein. Mehr als alles andere.«

»Das ist Liebe, Mädchen. Es gibt Männer, mit denen schläft

man, und mit anderen macht man Liebe. Hast du dabei überlegt, was du tust, wenn er weg ist?« Kaylie musterte sie ernst.

»Nein. Ich konnte nicht weiter denken als bis zum nächsten Atemzug.«

»Hast du ihn mit anderen Liebhabern verglichen?«

»Die kann ich an den Fingern einer Hand abzählen. Und nein. Ich konnte nicht vergleichen. Und kaum sprechen.« Sie senkte die Stimme. »Ich habe von mir aus Sachen gemacht, auf die ich bei keinem anderen gekommen wäre.«

»Na, dann ist ja alles klar. Hatte er noch Gelegenheit, sich zu entschuldigen? Ich meine, was hat dich denn so wütend gemacht, dass du ihn rausgeschmissen hast? Irgendwie fehlt mir noch ein Teil in diesem Puzzle.«

Max straffte die Schultern und sagte: »Ich konnte die Erinnerung an den Blick nicht abschütteln. Das ist albern, ich weiß. Aber so wollte ich nicht behandelt werden. Und obwohl er alles richtig gemacht und unglaublich prickelnde Dinge gesagt hat, wollte ich das Risiko nicht eingehen. Plötzlich stand eine Mauer zwischen uns. Aus Mörtel und Stein und drei Meter hoch. Da kam er nicht durch.«

»Ganz schön krass, Mädel.« Kaylie schnaubte. »War er sauer?«

Max schüttelte den Kopf. »Er war sehr verständnisvoll. Ich glaube, er wollte wirklich reden und ist nur so schnell mit mir ins Bett gegangen, weil ich ihn gedrängt habe. Und gestern Abend hat er auf dem Parkplatz auf mich gewartet. Aber das weißt du ja.«

»Das war doch eine gute Idee, oder? Ich fand es unglaublich romantisch.«

»War es auch.« Max dachte lächelnd an den Spaziergang

und das gemeinsame Essen. »Er hat mir Dinge erzählt, die er noch nie jemandem erzählt hat.«

»Wenn er wirklich aufrichtig war und nicht nur eine Masche abgezogen hat, um dich noch mal ins Bett zu kriegen, dann kannst du dir ziemlich sicher sein, dass er dasselbe für dich empfindet wie du für ihn.«

»Es war keine Masche.« Max fischte die beiden handgeschriebenen Briefchen von Treat aus ihrer Handtasche. »Ich habe mich total idiotisch benommen und so gut wie gar nicht auf seine Worte reagiert. Ich glaube, ich war zu schockiert. Als ich dann nach Hause kam, hing ein kleiner Beutel an meiner Tür. Den hat er schon vor unserem Abendessen dort befestigt. Hinterher wollte er ihn wieder holen, aber ich war vor ihm da.« Sie zuckte die Achseln. »Er ist gegangen, bevor ich die Briefchen in dem Beutel lesen konnte. Und ich habe nicht kapiert, das Lebwohl tatsächlich Lebwohl heißt.«

Kaylie las die Briefchen. »Oh, Max. Wo ist er denn jetzt?«

»Keine Ahnung. Er ist mitten in der Nacht aus der Stadt verschwunden.«

»Du hast sein kleines Herz gebrochen«, sagte Kaylie. Aber offenbar sah sie Max an, wie sehr sie Treats überhastete Abreise schmerzte. »Wir müssen ihn finden. Du musst zu ihm.«

Max seufzte. »Ja, vielleicht. Ich überlege gerade, ob ich ein paar Tage wegfahre, um mal gründlich über alles nachzudenken. Er hat mir erzählt, sein Lieblingsort sei Cape Cod. Dort war ich noch nie. Deshalb dachte ich, ich sehe mich mal dort um und ...« Sie zuckte die Achseln. »Vielleicht hilft das Schicksal ja ein bisschen mit. Oder eben nicht.« *Schicksal?* Hatte sie tatsächlich *Schicksal* gesagt? Ja, das hatte sie. Und je mehr sie darüber nachdachte, desto eher konnte sie sich vorstellen, dass es das tatsächlich gab. Vielleicht war es an ihrer ersten Begegnung schuld und hatte sie und Treat auch am Hintereingang des Festivals wieder aufeinandertreffen lassen. Womöglich half es ihnen ja noch einmal weiter. Selbst, wenn sie Treat in Cape Cod nicht antraf, würde sie bei der Reise sicher herausfinden, wie es um ihr Herz bestellt war. Sie wusste jetzt, wohin sie wollte, und hoffte insgeheim aus ganzem Herzen, dass das Schicksal ihr wohlgesonnen war.

Kaylie stöhnte. »Hat meine Schwester dich in der Mangel gehabt? Danica glaubt fest an so etwas wie Schicksal und Bestimmung.« Sie verdrehte die Augen. »Ich glaube an Liebe, Lust und daran, das Leben in die Hand zu nehmen. Du musst selbst dafür sorgen, dass die Dinge in Ordnung kommen. Aufs Schicksal kannst du dich nicht verlassen. Sonst erfährst du vielleicht nie, was hätte sein können, und er wird immer derjenige sein, der dir durch die Lappen gegangen ist.«

Max hörte kaum noch zu. Sie schwelgte bereits in romantischen Vorstellungen von Cape Cod. »Glaubst du, Chaz gibt mir für den Rest der Woche frei?«

»Wie bitte? Du willst wirklich fahren? Hast du Treat schon angerufen?«

Dass sie seine Nummer hatte, hatte sie fast vergessen. »Nein. Irgendetwas sagt mir, dass ich das alleine durchziehen muss. Wenn das Schicksal uns nicht weiterhilft, dann soll es eben so sein. Aber wenigstens folge ich diesmal meinem Herzen.«

»Wer bist du und was hast du mit meiner Max angestellt?«, fragte Kaylie.

Max' Augen weiteten sich. »Glaubst du, Chaz lässt mich weg? Es sind nur vier Arbeitstage. Heute ist das Büro ja sowieso geschlossen. Und krank war ich seit … Ich hatte in acht Jahren drei Krankheitstage und Urlaub hatte ich noch so gut wie nie, außer hier und da ein paar Tage, um meine Eltern zu besuchen.« Sie hörte die Hoffnung in ihrer Stimme.

»Du machst dir viel zu viele Gedanken. Chaz ist unglaublich romantisch. Wenn ich ihm sage, weshalb du weg willst, fährt er dich persönlich hin. Ach, warte mal.« Kaylie zog ihre Geldbörse aus der Handtasche und gab Max eine Plastikkarte. »Wenn du über unseren Account buchst, kannst du mit Chaz' gesammelten Meilen praktisch umsonst fliegen.«

Max strahlte. »Du willst mir eure Meilen schenken?«

»Warum nicht? Wir haben sowieso zu viele und kommen nie dazu, sie zu nutzen. Log dich einfach in unseren Account ein, aber pass auf, dass das Ticket auf deinen Namen ausgestellt wird. Falls ich dort anrufen muss, sag Bescheid.«

Max umarmte sie. »Du bist ein Engel! Danke! Ich rufe nach dem Essen gleich Chaz an, damit er es von mir erfährt. Um die freien Tage muss ich ihn selbst bitten. Ich will, dass alles seine Richtigkeit hat.« Sie wartete nicht auf Kaylies Antwort. »Ja, genau. Ich will unbedingt das Richtige tun.« *Und deshalb auf ans Cape Cod nach Wellfleet.*

Sie bezahlten und verließen das Restaurant.

»Kaylie, glaubst du, ich bin ein bisschen bescheuert? Treat besitzt schließlich zig Resorts. Er könnte überall auf der Welt sein.«

»Ein bisschen? Ich denke du bist total plemplem. Aber wenn ich Danica wäre, würde ich vor Begeisterung von einem Bein aufs andere springen und dir versichern, dass die hohen Mächte mit dir sind.« Sie schüttelt den Kopf. »Oder der Kosmos oder irgendwas anderes ähnlich Verrücktes.«

Nachdem Chaz ihren Urlaub genehmigt und damit Kaylies

Aussage bestätigt hatte, dass er für die Liebe alles tun würde, verbrachte Max Stunden mit der Suche nach Anschlussflügen nach Hyannis, Massachusetts. Am Ende blieb ihr nichts anderes übrig, als zu einer völlig unsäglichen Uhrzeit loszufliegen – morgens um drei. Sie packte ihre Sachen. *Hier geht es um das Schicksal und um Liebe. Jetzt wird nicht mehr geplant und gegrübelt. Was andere von meinem Vorhaben halten, ist egal. Ich tue, was ich für richtig halte.* Sie schaltete ihr Handy aus und verstaute es in ihrer Handtasche. Drei Tage. So viel Zeit wollte sie sich geben, um ihrem Herzen auf die Spur zu kommen. Ohne Unterbrechungen und ohne Ablenkungen, auch nicht durch ihr Telefon. Seit er gegangen war, hatte Treat nicht mehr angerufen, und sie wollte sich nicht zusätzlich stressen, indem sie ständig nachsah, ob er sich vielleicht gemeldet hatte. In den nächsten Tagen würden sie und ihr Telefon unerreichbar sein. Wenn das Schicksal ihr nicht unter die Arme griff, dann sollte es auch nicht sein. Nach dieser Entscheidung verbrachte sie den restlichen Nachmittag mit Ausruhen und Lesen und versuchte, nicht den romantischen Träumereien nachzuhängen, in die sie sich einhüllte wie in eine wärmende Decke.

Siebzehn

Seit er am Montagmorgen aufgewacht war, hatte Treat schon tausendmal daran gedacht, Max anzurufen. Aber er hatte sich versprochen, sie nicht zu einer Beziehung zu drängen, und hielt sich an diesen Vorsatz, so schwer ihm das auch fiel.

Beim Frühstück auf der Terrasse rief er Savannah an.

»Ich habe dir mindestens ein Dutzend Nachrichten hinterlassen«, sagte sie zur Begrüßung.

»Es waren fünfzehn«, gab er lächelnd zurück. »Tut mir leid, dass ich nicht früher zurückgerufen habe.«

»Ja, klar.«

»Ich habe ein bisschen Zeit für mich gebraucht, Vanny.« Den Spitznamen seiner Schwester hatte er seit ihren Kindertagen nicht mehr verwendet. Warum er ihm gerade jetzt einfiel, konnte er nicht sagen.

»Alles in Ordnung bei dir? Wo bist du denn?«, fragte sie.

»Ja, alles klar.« Er hörte die Lüge in seiner Stimme. »Ich bin am Cape Cod.«

»Hast du meine Nachrichten abgehört?«

Er hatte es nicht getan, weil ihre Bitten um einen Rückruf nur sein schlechtes Gewissen verstärkt hätten. Aber er wollte sie nicht verletzen. Deshalb flunkerte er. »Klar doch.«

»Hast du nicht.« Ihr Ton war sachlich, nicht ärgerlich. »Willst du wissen, woher ich das weiß?«

»Weil du mich manchmal besser kennst, als ich mich selbst?«

»Ach, Treat. Das sind leere Phrasen.«

Wenn du wüsstest, wie leer ich mich fühle.

»Ich weiß, dass du sie nicht abgehört hast, weil du sonst den ersten Flieger hierher genommen hättest.«

Wie bitte? Plötzlich wurde Treat ganz flau. »Ist etwas passiert? Ist etwas mit Dad?«

»Nein, mit Dad ist nichts, du Spinner. Sonst hätte ich dich persönlich gesucht, anstatt dir Nachrichten zu hinterlassen. Es geht um Max.«

Treat sprang auf. »Ihr ist etwas passiert?« *Nein. Bitte sag, dass das nicht wahr ist.* Wenn ihr etwas zugestoßen war, würde er sich nie verzeihen, dass er einfach verschwunden war.

»Nein, bleib locker. Großer Gott, du bist wirklich ziemlich von der Rolle.«

»Sag mir einfach, was mit Max ist, Savannah.«

»Sie ist zu Dad rausgefahren und wollte dich sehen.«

»Sie – was? Wann? Was hat sie gesagt?« Die nächste Frage war ihm peinlich, aber er musste sie einfach stellen. »War Dane auch da?« Er hasste den ständigen Konkurrenzkampf zwischen ihm und seinem Bruder. Aber die Vorstellung, Dane könnte da gewesen sein und mit Max geflirtet haben, brachte sein Blut zum Kochen.

»Wir waren alle da, und sie wollte zu dir. Was sie von dir wollte, weiß ich natürlich nicht, aber du kennst ja Dad. Er hat sie unter seine Fittiche genommen und sie genötigt, zum Essen zu bleiben.«

Max allein mit seiner Familie? Treat wusste nicht, was er

davon halten sollte. Er stellte sich Max' süßes Gesicht vor, ihr Staunen, wenn sie miterlebte, wie die die Jungs sich benahmen wie Deppen und mit ihr flirteten. Fand sie seine Brüder attraktiver und netter als ihn? *Netter? Herrje. Natürlich findet sie sie netter.* Warum hatte er ihr diesen Blick zuwerfen müssen? Wie hatte ein einziger Blick so viel anrichten können?

»Bist du noch da?«

»Ja, ich bin noch da«, antwortete er. »Sag mir nur eins: Findest du, ich sollte sie mir aus dem Kopf schlagen? Hat einer von den Idioten sie angebaggert?«

»Was du dir wieder einbildest, Treat. Sie war wie ein Reh im Scheinwerferlicht. Und unglaublich süß. Die Jungs waren so, wie sie immer sind. Aber Dad hat dafür gesorgt, dass sie nicht zu viele Fragen stellen und nicht zu neugierig sein konnten.«

»Danke, Savannah. Aber was wollte sie denn? Sie hatte ja noch nicht mal Dads Adresse.«

»Hat sie dich nicht angerufen?«

»Nein. Meine Nummer ist nur für ausgewählte Teilnehmer sichtbar und wir haben nie unsere Telefonnummern ausgetauscht. Oder nein, das ist nicht richtig. Sie hat mir ihre gegeben, ich ihr meine aber nicht.« *Ich bin ein Esel.*

»Wenn das so ist, wollte sie wohl unbedingt mit dir reden und wusste nicht, wie sie dich sonst erreichen soll. Treat, wenn du nur auf ein Abenteuer aus bist, lass die Finger von ihr. Sie hat so eine gewisse Ausstrahlung.«

Nicht zum ersten Mal wünschte sich Treat, er würde die Frauen besser verstehen. »Wie muss ich mir das vorstellen?«

»Ich glaube, sie ist dabei, sich zu verlieben.«

Was Savannah noch sagte, bekam Treat schon nicht mehr mit. »Wenn du sie siehst, gib ihr meine Nummer und sag ihr …

Ach, nein. Vergiss es. Ich rufe sie jetzt sofort an. Hab dich lieb, Savannah. Und danke.«

Dabei, sich zu verlieben? Wie konnte Savannah das wissen? Was, wenn sie sich täuschte? Auch er hatte geglaubt, in Max' Augen einen Funken von Liebe aufglimmen zu sehen. Aber als er sein Innerstes vor ihr ausgebreitet hatte, war sie so unglaublich kühl gewesen. *Danke, dass du es mir erzählt hast.*

Er wählte Max' Nummer und wartete angespannt darauf, dass sie das Gespräch annahm. Doch die Mailbox schaltete sich ein. »Max, hi. Ich bin's, Treat. Savannah hat mich angerufen und mir erzählt, dass du zu Dads Ranch gekommen bist.« *Was rede ich da?* »Max, ich fasele. Bitte ruf mich an. Ich möchte reden. Ich möchte dich sehen.« Er nannte seine Telefonnummer, dann legte er auf und fing an, auf der Terrasse hin und her zu tigern. Er hätte sich noch einmal entschuldigen sollen. Zehn oder zwanzig Mal. Eben so oft wie nötig.

Treat überlegte, ob er sofort nach Allure zurückfliegen sollte. Aber wenn er in der Luft war, würde er ihren Anruf verpassen. Und was, wenn Savannah Max' Absichten völlig verkannt hatte? Warum war bloß alles so kompliziert? *Das habe ich mir selbst zuzuschreiben.* Er konnte nicht einfach herumsitzen und auf ihren Anruf warten. Er musste sich ablenken, also auf zum Austernfest. Er nahm seine Schlüssel und machte sich auf den Weg in die Stadt.

Max starrte ihr Telefon an. Am liebsten hätte sie es angeschaltet. »Ugh.« Sie schob es tief ins Handschuhfach ihres Mietwagens, damit sie nicht in Versuchung geriet, dumme Anrufe zu tätigen. Dann ließ sie sich vom Navi von Hyannis nach Wellfleet dirigieren. Die Route führte in gerader Linie über den Mid-Cape-Highway. Sie war froh, dass sie im Flugzeug geschlafen hatte. Zudem wirkte die kühle Neuengland-Luft belebend. Ein Zimmer hatte sie noch nicht. Außerhalb der Touristensaison war es sicher nicht schwierig, etwas zu finden. Doch direkt nach dem Kreisverkehr in Orleans kam der Verkehr zum Erliegen. Max warf einen Blick auf das Navi. Nur noch zwölf Meilen bis Wellfleet. Sie würde bald dort sein.

Zwanzig Minuten später kroch sie noch immer durch den dichten Verkehr. Inzwischen war sie in Eastham, einer netten Stadt mit hübschen Häusern und Geschäften. Sie sah sich nach einem Hotel um, aber entlang der Hauptstraße gab es nur kleine Pensionen. Und vor jeder stand ein Schild mit der Aufschrift *belegt*. Nach einer weiteren quälenden Viertelstunde im Stau fuhr sie auf den Parkplatz des Four Points Sheraton, obwohl auch dort ein Schild anzeigte, dass keine Betten frei waren. Wie konnte in einer so kleinen Stadt im Oktober so viel los sein?

In der Lobby herrschte Gedränge, die Rezeption war dicht umlagert. Max ging zu einem fülligen Mann und einer zierlichen Blondine.

»Entschuldigung, stehen Sie hier an?«, fragte sie den Mann.

»Nein, Honey. Wir warten auf den Rest unserer Gruppe. Drängeln Sie sich doch einfach zwischen den beiden Frauen dort durch.«

Max schaute zu den beiden rundlichen Ladys, die so nahe beieinander standen, dass sie sich unmöglich zwischen ihnen hindurchschieben konnte. Sie drehte sich zu dem Mann zurück und hob eine Braue.

»Harriet? Kelly? Bitte macht mal Platz für die junge Dame«, sagte er freundlich.

Ohne ihr Gespräch zu unterbrechen, ließen die Frauen sie passieren. Max musste sich noch um zwei Kinder und ein weiteres Paar herumschlängeln, dann stand sie an der Rezeption.

»Ich hätte gern ein Zimmer für heute Nacht.«

Die weißhaarige Frau am Empfang schaute Max an, als wäre sie nicht ganz bei Trost. »Sie werden in der ganzen Stadt kein einziges freies Bett finden, Honey. Es ist Austernfest-Wochenende und in diesem Jahr wurde noch ein Tag angehängt. Wir sind seit Monaten ausgebucht.«

»Glauben Sie, ich kriege in Wellfleet noch was?«, fragte Max.

»Hier in der Region sind wir das einzige Hotel. Alle Motels, B&Bs und Ferienwohnungen im Umkreis sind komplett belegt. Ganz sicher. Während des Festwochenendes kommen um die fünfundzwanzigtausend Gäste in die Gegend.«

Eine korpulente Frau drängte sich neben Max und fragte die Empfangsdame nach dem Shuttle zum Fest.

»Im Ernst? Es ist absolut nichts frei?« Max wurde flau. Wo zum Teufel war das Schicksal, wenn man es brauchte?

»Über so was mache ich keine Späße, Honey«, sagte die Frau.

Ein Mann schob sich vor Max. Max wich einen Schritt zurück und überlegte, was sie jetzt tun sollte. Sie nahm einen Austernfest-Flyer mit einer Straßenkarte von Cape Cod und Umgebung von einem Tischchen in der Lobby, ging zurück zu ihrem Wagen und schüttelte den Kopf über den Kriechverkehr.

»Diesen Kurztrip hatte ich mir eigentlich romantischer vorgestellt«, murmelte sie. Aber sie würde sich die Laune nicht verderben lassen. Schlimmstenfalls musste sie die Nacht in ihrem Wagen verbringen. Sie hatte das Gefühl, genau am richtigen Ort zu sein, und würde auf keinen Fall aufgeben.

Im Wagen betrachtete sie die Karte auf dem Festivalflyer und las die Informationen über die Veranstaltung. Schnell war ihr klar, dass sie keine Chance hatte, mit dem Auto in die Nähe des Fests zu kommen. Doch laut Karte befand sie sich in der Nähe des White Crest Beach, von wo sie mit einem Shuttle zum Veranstaltungsort fahren konnte. *Wenn ich schon hier bin, kann ich mir das Fest auch mal ansehen.*

Eine Stunde später stieg Max im Zentrum von Wellfleet aus dem Shuttle. Menschen schoben sich durch die schmalen Straßen von einem Verkaufsstand zum anderen. Ohne es zu merken, hielt Max nach dunkelhaarigen Männern Ausschau, die die anderen Festbesucher überragten. Die Wahrscheinlichkeit, hier auf Treat zu stoßen, war etwa so hoch, wie im Lotto zu gewinnen. Das war ihr klar. Doch ihr Herz ließ sich davon nicht entmutigen.

Auf einem Parkplatz waren große weiße Zelte aufgebaut. Max staunte über die Besuchermenge, die sich wie ein Sardinen-schwarm durch die Gänge bewegte. Gelächter und Gesprächs-fetzen wehten durch die Luft des sonnigen Tages. *Wenn ich schon riskiere, hier eine riesige Enttäuschung zu erleben, kann ich vorher wenigstens ein bisschen Spaß haben.* Sie ging über die Straße ins erste Zelt, wo auf langen Tischen handgeflochtene Körbe und mit Strandszenen, Booten und Möwenmotiven bemaltes Treibholz zum Verkauf auslagen.

Max driftete von einem Zelt zum anderen, probierte die unterschiedlichsten Austerngerichte, unterhielt sich mit den Kunsthandwerkern über ihre Waren und das Fest und hörte irgendwann auf, unablässig nach Treat zu suchen.

»Schlürfen erwünscht!« Ein Verkäufer hielt ihr eine Auster hin.

»Danke, aber ich platze fast. Ich hatte schon so viele.«

Der Mann beugte sich über den Tisch und raunte verschwörerisch: »Da wird Ihr Gatte sich aber freuen.« Es dauerte eine Sekunde, bis Max den Scherz begriffen hatte, aber dann flogen ihre Gedanken sofort zurück zu Treat.

Wenn sie mit ihm zusammen war, sprudelten ihre Hormone. Austern brauchte sie dazu nicht. *Mein Hormonhaushalt ist sowieso schon auf Speed.* Sie grinste in sich hinein.

Der Nachmittag verging wie im Flug. Gegen Abend spazierte Max zurück zum Shuttlebus. Sie hatte immer noch keine Unterkunft, und langsam kroch die Enttäuschung in ihr hoch, weil sie Treat nirgends gesehen hatte. Die Realität verpasste ihrem Optimismus einen ordentlichen Dämpfer. Obwohl sie nicht glaubte, dass ihr Herz sich getäuscht hatte, fühlte sie sich zunehmend wie eins der dummen Mädchen, die unerfüllbaren Träumen nachliefen. Wenn das Schicksal sich nicht erbarmte, hatte sie Chaz umsonst die ganze Woche mit der Arbeit sitzenlassen. *Und ich hocke dann wieder allein in Allure, mit einem gebrochenen Herzen, das niemals heilen wird.*

Treat wollte seinen Augen nicht trauen. Er stand mitten in einer Menschentraube auf der Hauptstraße. Ein Stück entfernt war eine Frau auf dem Weg zu den Shuttlebussen. Sie trug Jeans und sah genau aus wie Max. Sie ging mit zurückgenommenen Schultern und einem sanften Schwung in den schmalen Hüften. Sie musste es sein. Treats Puls jagte, aber seine Füße klebten am Boden, während sein Blick dem wippenden Pferdeschwanz der weiblichen Gestalt folgte. *Dreh dich um. Bitte, dreh dich um. Bitte ...*

Sie änderte leicht die Richtung. Er konnte sie nicht mehr gut sehen, klammerte sich aber an die Hoffnung, die in ihm aufkeimte. *Max.* Ihre Silhouette und ihren schlanken Hals würde er überall erkennen. Endlich setzte sein Hirn seine Beine in Bewegung. Atemlos schlängelte er sich durch die Menge. Großer *Gott, sie ist so schön.* Sie war tatsächlich hier. Hier an seinem Lieblingsort.

Ein Shuttlebus hielt am Straßenrand und blockierte die Sicht. Er fing an zu laufen.

»Treat? Treat!«

Bonnie. Er fuhr herum. Bonnie steuerte mit einer hochgewachsenen blonden Frau im Schlepp auf ihn zu. Treats Herz strebte zu Max, aber sein Kopf sagte ihm, es müsse sich um einer Verwechslung handeln. Sie konnte unmöglich hier sein. Als er sich noch einmal nach ihr umdrehte, fuhr das Shuttle gerade los, und er sah sie nicht mehr.

»Treat, das ist Amanda. Amanda, *das* ist Treat.«

Die attraktive Blonde beugte sich vor und küsste ihn auf die Wange, als wären sie alte Bekannte. In diesem Augenblick fuhr das Shuttle vorbei. Treat blickte auf. Sein Herz fing an zu stolpern. *Max.* Sie war hier. Im Shuttle. Das konnte nur sie sein. Mitten in seine Freude hinein hörte er Amandas Stimme am Ohr.

»Bonnie hat nicht übertrieben«, flüsterte sie.

Achtzehn

Nein, nein, nein, nein. Auf gar keinen Fall hatte sie gerade Treat eine blonde Frau küssen sehen. Völlig unmöglich. So grausam konnte das Leben nicht sein. Max warf einen weiteren Blick aus dem Fenster. Die Zuversicht der letzten Stunden verabschiedete sich in den Sinkflug.

Ich bin eine Idiotin. Eine dumme Gans. Sie rutschte tief in den Sitz und versuchte die Schluchzer hinunterzuschlucken, die aus ihrer Kehle brechen wollten. Hilflos drückte sie den Ärmel ihres Sweatshirts an die Augen. *Nicht weinen. Nicht weinen. Nicht weinen. Er hat mir nie gehört. Ich habe ihn nicht verloren.*

»Alles in Ordnung?«, fragte der ältere Herr neben ihr besorgt.

Max hoffte, dass er ihr zitterndes Kinn nicht bemerkte, und nickte.

»Sicher? Sie sehen aus, als ginge es Ihnen nicht gut.«

Warum war er so nett zu ihr? Sie hatte ihn nicht um Hilfe gebeten. Und wenn sie in seine alten, grauen Augen schaute, war ihr gleich noch mehr zum Weinen zumute.

»Es läuft gerade nicht so gut für mich«, gab sie zu.

»Das dachte ich mir. Aber ein so schönes Mädchen wie Sie sollte den Kopf nicht hängen lassen. Wollen Sie darüber sprechen?«

Max lächelte. »Nein, danke. Das wäre mir peinlich.«

Der alte Mann kratzte sich am Kopf. »Okay, dann nicht. Wie fanden Sie das Fest?«

»Es war schön.« Das Shuttle schob sich langsam durch den Verkehr.

»Sind Sie aus der Gegend?«, fragte er. »Nein, warten Sie.« Er ließ Max einen bekannten Zungenbrecher nachsprechen, und sie bemühte sich redlich, einen Neuengland-Akzent nachzuahmen.

»Sie sind ja tatsächlich von hier«, lachte er und zwinkerte dabei.

»Ich bin aus Colorado. Zumindest wohne ich jetzt dort.«

Der Mann erzählte ihr von den Anfängen des Austernfestes und wie es sich im Lauf der Jahre entwickelt hatte, aber Max war zu sehr in ihrem Kummer gefangen, um sich die Einzelheiten zu merken. Sie lauschte einfach dem beruhigenden Tonfall seiner Stimme. Als das Shuttle in White Crest Beach ankam, waren ihre Tränen versiegt. Sie drückte dem Mann die Hand und bedankte sich dafür, dass er sie aufgeheitert hatte.

»Wenn Sie heute erst angekommen sind, haben Sie sicher noch keine Pläne fürs Abendessen«, sagte er. »Wenn Sie möchten, dann essen Sie doch mit meiner besseren Hälfte und mir. Vicky freut sich sicher. Und es gibt auch garantiert keine Austern.«

Max überlegte kurz. Bei so vielen Touristen überall würde sie kaum einen Platz in einem Lokal finden, und ein Fastfood-Restaurant hatte sie bisher nirgends gesehen. Allerdings war sie nach all den Austern auch nicht sehr hungrig. Viel wichtiger als etwas zu essen, war jetzt eine Unterkunft.

»Da ist sie ja.« Ein alter Pick-up hielt neben ihnen an.

»Belästigst du die junge Dame, Chris?«, fragte die Fahrerin.

»Nein, er war sehr nett und hilfsbereit«, sagte Max. Die Frau trug ihr langes, graues Haar wie Max zu einem Pferdeschwanz gebunden. Ihre blauen Augen lächelten.

»Sie ist heute erst angekommen und ich habe sie zum Abendessen eingeladen«, sagte der Mann.

»Prima Idee! Ich habe genügend Lachs und Hühnchen. Dazu gibt es Mais und hinterher Pudding«, sagte die Frau. »Ich bin übrigens Chris' bessere Hälfte Vicky Smith. Seine Manieren müssten dringend mal auf Vordermann gebracht werden.«

»Danke, das ist nett von Ihnen, aber …«, sagte Max. In ihr regte sich die Stimme der Vernunft und fragte, ob sie diesen wildfremden Leuten tatsächlich vertrauen sollte. Nett schienen sie zu sein, aber … In diesem Augenblick hielt ein Wagen mit einem weiteren älteren Paar.

»Hey, Vicky. Kommt ihr heute auch zum Lagerfeuer?«, fragte der Fahrer durchs offene Fenster.

»Hundertprozentig«, antwortete Vicky. »Hey, Marge.« Sie winkte einer vorbeigehenden Frau zu. »Bist du heute Abend auch am Strand?«

»Auf jeden Fall!« Die Frau ging weiter.

Max hatte aufmerksam zugehört. Falls sie nicht gerade in ein Stephen-King-Paralleluniversum gestolpert war, in dem eine ganze Stadt bandenmäßig Touristinnen zerstückelte, hatte sie es mit herzlichen, gastfreundlichen Menschen zu tun. Warum nicht den Abend mit ihnen verbringen? Falls sie auf wundersame Weise doch noch ein Zimmer fand, würde sie dort nur allein herumsitzen und zuhören, wie ihr Herz bei jedem Gedanken an Treat noch einen weiteren Sprung bekam.

Max half Vicky mit dem Geschirr, während Chris Decken und Klappstühle für das Lagerfeuer ins Auto packte. Max war hungriger gewesen, als sie gedacht hatte, und das Essen hatte köstlich geschmeckt. Sie war froh, dass sie die großzügige Einladung angenommen hatte. Aber jetzt, wo das Gespräch ins Stocken kam, kehrten ihre Gedanken zu Treat zurück. Die Trauer legte sich schwer auf ihr Herz.

»Bist du nur wegen des Austernfests hier?«, fragte Vicky. Sie reichte Max einen Teller zum Abtrocknen. Das Siezen hatten sie schnell aufgegeben. Vicky erinnerte Max an ihre Großmutter, die vor zehn Jahren gestorben war. Sie war genauso offen und schlagfertig gewesen und hatte ihren Großvater genauso aufgezogen, wie Vicky ihren Chris aufzog.

»Nein.« *Ich bin auf der Suche nach einem Mann, der erstaunlicher Weise tatsächlich hier ist. Allerdings mit einer anderen Frau.*

»Bist du geschäftlich in der Stadt?« Vicky ließ nicht locker.

»Nein.« Max trocknete einen weiteren Teller ab.

»Der Liebe wegen?«

Max schwieg.

Vicky stellte die Schüssel beiseite, die sie gerade spülte. »Ich sage dir jetzt etwas, was mir vor langer Zeit meine Mutter gesagt hat. ›Manche Männer sind wie Unkraut, sie überwuchern dich und nehmen dir die Luft zum Atmen. Andere sind wie Gärtner, sie düngen deine Beete und lassen dich wachsen.‹ Dann hat sie gezwinkert und hinzugefügt: ›Wenn er wie Unkraut ist, bring dich in Sicherheit. Wenn er ein Gärtner ist, bring mir Enkel.‹ Sie hatte recht. Du musst deinen Gärtner finden, Max.«

»Erzählt sie wieder Ammenmärchen?« Chris kam in die Küche. Er hatte bereits seine Jacke an.

»Bist du fertig? Alle Sachen im Wagen?« Vicky trocknete

sich die Hände ab.

»Alles drin. Seid ihr denn fertig? Können wir los?«

»Wir haben nur auf dich gewartet«, gab Vicky zurück.

»Hast du eine Jacke, Max? Es wird trotz des Feuers ziemlich frisch. Hol ihr doch eine von meinen, Chris.«

»Kommen wir an meinem Auto vorbei?«, fragte Max dazwischen.

»Ja.«

»Ich habe eine Jacke im Wagen.« Max war plötzlich froh, etwas vorzuhaben. Ihre alberne Vorstellung, das Schicksal würde ihr unter die Arme greifen, war mächtig nach hinten losgegangen. Das Abendessen hatte sie abgelenkt und aufgeheitert. Und wenn sie jetzt endlich das Bild von Treat mit der anderen Frau aus dem Kopf kriegen konnte, würden ihre Beine vielleicht loslaufen und Chris und Vicky zum Wagen folgen.

Neunzehn

Treat zog sich einen dicken Pullover über. Er checkte seine Mailbox und fluchte leise vor sich hin, weil er keine Nachricht von Max darauf fand. Im Lauf des Nachmittags hatte er sie mehrmals angerufen, war aber immer sofort auf der Mailbox gelandet. Sogar zur Endstation des Shuttles war er gefahren, aber dort war sie nicht gewesen. Er war verdammt sicher, sie im Bus gesehen zu haben, konnte sich aber keinen Reim darauf machen. *Was zum Teufel machte sie in Wellfleet?* Er musste sich getäuscht haben. Seine Augen spielten ihm Streiche. Wenn nur Bonnie nicht nach ihm gerufen hätte. Dann hätte Max vielleicht in seinen Armen gelegen, anstatt zu sehen, wie Amanda ihn küsste.

Auf ein Date mit einer Frau wie Amanda hatte er nicht die geringste Lust. Als Juristin in einem großen Maklerbüro war sie sicher nicht auf den Kopf gefallen. Doch er fand sie zu forsch, und sie gab ihm das Gefühl, irgendwie schmutzig zu sein. Nicht prickelnd schmutzig, sondern wirklich schmutzig. Welche Frau flüsterte einem Mann bei der allerersten Begegnung etwas so Eindeutiges ins Ohr? Bonnie war fröhlich und unbekümmert wie immer gewesen und hatte offenbar nicht gemerkt, wie Amanda ihn mit den Augen ausgezogen hatte. Er wusste sehr gut, worauf Frauen wie sie aus waren. Wenn sie Treat ansah, leuchteten Dollarzeichen in ihren Augen auf. Als Trophäe taugte er mit seinem guten Aussehen wohl auch. Max hingegen sah nicht die bedeutungslose Fassade, sondern den Mann, der sich dahinter verbarg. *Aber sie sieht auch den Fehler, den ich gemacht habe.* Seine Muskeln krampften sich zusammen.

Er hatte zugesagt, zu dem verdammten Lagerfeuer zu kommen, und wollte seine Freunde nicht enttäuschen. Aber er würde die Gelegenheit nutzen, Chuck und vor allem Bonnie zu bitten, keine weiteren Versuche zu machen, ihn mit einer Frau zu verkuppeln. Jetzt nicht und auch nicht in Zukunft.

Noch ein weiteres Mal wählte er erfolglos Max' Nummer. Dann fuhr er nach White Crest hinaus.

Der Wind frischte auf und verwandelte Treats Haar in bewegte dunkle Wellen. Er stand auf dem Kamm einer Düne und schaute hinunter zum Strand. Die Stadt Wellfleet genehmigte vier Feuer pro Strandabschnitt. Er überlegte, an welchem er Chuck und Bonnie finden würde. Menschentrauben scharten sich um jedes Feuer, und einem Moment lang überlegte Treat, ob er in sein Haus zurückfahren sollte. Möglicherweise merkten seine Freunde gar nicht, wenn er nicht kam.

Kann dieser grauenhafte Tag überhaupt ein gutes Ende nehmen?

Treat gab sich einen Ruck. Chuck und Bonnie kannte er seit Ewigkeiten und sie trafen sich viel zu selten. Er streifte die Schuhe ab und ging barfuß die steile Düne hinunter zum Strand. Freundschaften musste man pflegen. Es war gut, dass er gekommen war. Bei jedem Schritt sanken seine Füße in den tiefen, kühlen Sand. Bevor er sich unter die Menschen mischte und nach seinen Freunden Ausschau hielt, blieb er kurz stehen und lauschte den Wellen. Der Mond hing über dem Wasser wie ein Leuchtfeuer. Kinder spielten lachend Ball und warfen sich dabei in den Sand.

Die salzige Luft strich über seine Wangen. Er liebte dieses Gefühl. Es erinnerte ihn daran, wie er als Kind am Wellensaum gespielt hatte, während seine Eltern vom Strand aus zugesehen hatten. Er krempelte seine Hosenbeine hoch und schaute zu, wie Teenager mit Wunderkerzen Figuren in die Luft malten, wie auch er und seine Geschwister es früher getan hatten. Dann setzte er sich in den Sand, dachte an das helle Lachen seiner Mutter und daran, wie sie mit ihm herumgealbert, ihn gekitzelt und durch den Sand gekullert hatte, bevor sie dafür zu schwach geworden war. Meist ließ er diese Erinnerungen nicht zu. Aber jetzt, wo er sich nach Max sehnte und sich in seiner Haut nicht recht wohlfühlte, brauchte er solche erwärmenden Gedanken.

»Geht schon voraus. Ich komme gleich nach!«, hörte er jemanden sagen. Er blinzelte die Erinnerung weg, stand auf und ging auf das erste Feuer zu. *Am besten, ich bringe es rasch hinter mich.*

Ein paar Minuten später rief hinter ihm jemand seinen Namen. Er dachte, es wäre Chuck und wandte sich um. Stattdessen stand Smitty mit einem Armvoll Decken an der Stelle, an der er eben noch gesessen hatte. Treat stapfte durch den tiefen Sand zurück und nahm Smitty die Decken ab.

»Smitty!« Treat legte seinem alten Freund den freien Arm um die Schultern. »Du bist auch hier? So eine Überraschung.«

»Du kennst doch Vicky. Wenn irgendwo gefeiert wird, kann sie nicht fehlen.« Smittys weißes Haar schimmerte im Mondlicht silbern. »Bist du an unserem Feuer?«

»Keine Ahnung. Ich suche nach Chuck und Bonnie Holtz.«

Smitty schüttelte den Kopf. »Die sind bei einer anderen Gruppe.« Er schaute sich um. »Sind sie das nicht?« Er zeigte auf ein Paar, das am nächstgelegenen Feuer Marshmallows röstete.

»Deine Augen sind besser als meine. Ich glaube, du hast recht.«

»Treat!«

Amanda. Treat stöhnte. Wie sollte er diesen Abend bloß überstehen?

»Sieht aus, als hätte die junge Dame auf dich gewartet. Gib mir die Decken und geh zu deiner Gruppe.« Smitty streckte die Hände aus.

»Nein, lass nur. Ich bringe dich zu eurem Feuer.« *Nichts wie weg von Amanda.*

Smitty riss ihm die Decken förmlich aus den Armen und deutete mit dem Kinn auf die Frau, die mit entschlossenen Schritten zu ihnen stapfte. »Die junge Dame weiß, was sie will. Wir sind am letzten Feuer links. Komm später mal vorbei. Wenn du möchtest, kannst du deine Freundin gern mitbringen.«

Zwanzig

Max steckte ein geröstetes Marshmallow in den Mund und leckte sich die klebrigen Finger ab. Dass sie die süßen Dinger gegrillt hatte, war Ewigkeiten her. Sie plauderte mit Vicky und ihren Freunden. Genau das brauchte sie jetzt. Ein bisschen Zeit zum Entschleunigen und ein bisschen Ruhe, und ihre Gedanken zu sortieren. *Und um über Treats neueste Flamme wegzukommen.*

»Rate mal, wen ich gerade gesehen habe?« Chris stieß mit einem Stapel Decken in den Armen zu ihnen.

»Den lieben Gott?«, frotzelte Vicky.

»Nahe dran. Treat Braden.«

Max verschluckte sich an ihrem Marshmallow. *Treat? Hat er gerade Treat Braden gesagt? Ja, hat er. Den Namen gibt es nicht so oft.*

Vicky klopfte ihr auf den Rücken. »Hol ihr was zu trinken. Schnell, Chris.«

Chris drückte Max eine Weinflasche in die Hand. Sie trank einen Schluck und noch einen, und setzte die Flasche auch dann nicht ab, als sie längst nicht mehr husten musste.

»Durstig, Max?« Vicky lächelte.

»Entschuldigt bitte. Danke, Chris. Darf ich die behalten?«

Sie zeigte auf die Flasche. *Treat. Du lieber Himmel Er ist überall.*

»Aber klar doch.«

Max trank gleich noch ein paar Schlucke. Mit einem lauten Ahhh, setzte sie die Flasche schließlich ab und wischte sich einen Tropfen Wein vom Kinn.

»Hast du gerade Treat Braden gesagt?«, fragte sie Chris.

»Ja. Kennst du ihn?«

»Ja.« Max schaute den Strand entlang und trank weiter. »Groß und gut aussehend?« Sie schüttete den letzten Schluck Wein in sich hinein und ließ sich auf einen Klappstuhl fallen. *Gebt mir bitte den Gnadenschuss. Nein, Moment. Gebt mir erst noch eine Flasche Wein.* Der Alkohol verstärkte den Schmerz und den Zorn, die ihr Fleisch kürzlich nachts zu Eis hatten werden lassen.

»Er hat hier in Wellfleet ein Haus. Seine Familie kenne ich schon seit Jahren.« Chris lachte. »Er nennt mich immer noch Smitty wie früher sein Dad. Diesen Spitznamen hatte ich als junger Mann.«

»Vor sehr langer Zeit.« Vicky grinste.

»Hast du Treat hier kennengelernt?«, fragte Chris.

Max schüttelte den Kopf. *Ich kenne ihn schon länger, es gab ein paar prickelnde Begegnungen und habe mich in ihn verliebt. Und, ach ja, er bricht mir ab und zu das Herz.*

Vicky setzte sich in den Stuhl neben Max. »Ich bin eine weise alte Frau.«

Max starte ins Feuer. Der Alkohol machte die Mauern durchlässiger, die sie um sich errichtet hatte, und spülte ihre Hemmungen weg.

»Wenn ich die leere Flasche richtig deute, ist Treat wohl der Grund, dass du hier bist.«

Max schaute sie an und stemmte sich wortlos hoch. Sie

schwankte, aber Vicky hielt sie am Arm fest, bis sie ein wenig sicherer auf den Beinen stand. »Ich will nur zur Toilette. Die ist auf dem Parkplatz, oder?«

»Ich komme mit«, sagte Vicky.

»Nein, danke. Ich schaffe das schon.« Nach ein paar Schritten in Richtung Dünen drehte Max sich noch einmal um. »Du bist wirklich unglaublich nett, Vicky.«

Max stolperte zu den Dünen. Dabei brabbelte sie etwas von blonden Frauen und hochgewachsenen Männern vor sich hin. Über eine sandige Rampe wankte sie auf den Parkplatz, wo ein kleines Toilettenhaus stand. Drinnen schaltete sie das Licht an und betrachtete im Spiegel ihre betrunkenen, glasigen Augen. *Warum tue ich mir das an? Weshalb bin ich quer übers halbe Land geflogen, um einen Mann zu suchen, der mich nicht will?*

Sie löste ihren Pferdeschwanz, ließ das Haar über ihre Schultern fließen und betrachtete sich im Spiegel. Dann drehte sie ihr Gesicht hin und her, kniff die Augen zusammen und riss sie dann weit auf. *Ich bin ein hübsches Mädchen. Für hübsche Mädchen gibt es immer ein Happy End. Kaylie hat ihrs und Danica hat ihrs. Warum kriegt die Blonde dann meins?*

Sie ging aufs Klo, wusch sich die Hände und marschierte wieder Richtung Strand. Vom Dünenkamm aus suchte sie mit den Augen nach Treat und hatte ihn schnell entdeckt. Durch seine Größe stach er aus der Menge hervor. Ihre Hand flog zu ihrer Brust. *Sieh ihn dir an.* Sie spürte einen Stich im Herzen und biss sich auf die Unterlippe. Die Blonde stand neben ihm und legte ihm immer wieder die Hand auf die Schulter. »Finger weg!«, fauchte Max.

Sie wankte den steilen Dünenpfad hinunter, kam ins Rutschen und plumpste auf den Hintern in den harten, festgetretenen Sand. Ihr Blick wanderte zu Vickys und Chris'

Feuer, wo freundliche Menschen plauderten und lachten. Dann schaute sie zu der Feuerstelle, an der Treat stand. *Noch mehr gottverdammt glückliche Leute.* Max hielt es kaum noch aus. Endlich hatte sie sich auf einen Mann eingelassen, aber nicht mal das kriegte sie ordentlich hin. Mutterseelenallein und fröstelnd saß sie im kalten Sand. Die Tränen, die sie seit zwei Tagen unterdrückte, brachen sich Bahn. Sie wischte sie nicht weg und schlug auch die Hände nicht vors Gesicht. Es war ihr egal, wer sie sah. Sie ließ die Trauer und den Schmerz zu, das Gefühl, ihr Herz sei zerschlagen und weggeworfen, von Straßenkötern durchgekaut und mit Füßen getreten worden.

Einundzwanzig

Treat musste unbedingt weg von Amanda. Sie war aufdringlich und raffiniert, stellte ihm allerhand schmutzige Vergnügungen in Aussicht und ließ seine freundliche Ablehnung nicht gelten. Bei so viel Hartnäckigkeit wartete er nur noch auf den Hinweis: *Und das alles für gerade mal fünfhundert Dollar.* Er war kurz davor, ihr zu sagen: *Ich werde nie mit dir ins Bett gehen, nie.* So deutlich hatte er noch nie werden müssen, aber er war auch noch nie in eine Frau so verliebt gewesen, dass er eine andere verschmäht hatte.

Max. Er musste sie finden. Bei dem Gedanken, sie könnte ihn mit Amanda sehen, wurde ihm flau. Seine einzige Hoffnung war, dass sie sich nicht in Wellfleet aufhielt, sondern sicher zu Hause in Colorado saß.

»Pass auf.« Amanda nahm einen Schluck von ihrem Bier. »Wenn du einen Spaziergang mit mir machst, nur einen Spaziergang …« Sie beugte sich so nahe zu ihm, dass ihr Atem sein Ohr streifte, und flüsterte: »Dann wirst du diesen Abend nie vergessen. Versprochen.«

Treat schloss die Augen. Er war verärgert und ziemlich genervt. Er konnte diese Frau einfach nehmen. Gleich hier am Strand oder in seinem Haus. Wo, war egal. Wenn er wollte, konnte er sich reihenweise namenlose, gesichtslose Frauen ins Bett holen. *Dieser Teil meines Lebens ist vorbei. Abgehakt und erledigt.* Er wusste jetzt, wie es sich anfühlte, wenn man mehr als nur Verlangen spürte. Wenn man jemandem in die Augen schaute und viel mehr wollte als nur prickelnden Sex. Wenn man sich nach einem Lächeln und Händchenhalten sehnte, danach, gemeinsam zu frühstücken, und, ja, auch nach langen, heißen Nächten voller glühender Leidenschaft. Als er die Augen wieder öffnete, wusste er, was er zu tun hatte. Er hatte endgültig genug. Am Rand der Dünen entdeckte er Chuck und Bonnie.

»Entschuldige mich«, sagte er und ging zu seinen alten Freunden hinüber. »Chuck, das war ein netter Abend. Danke für die Einladung, aber ich muss jetzt wirklich los. Ich muss mich dringend mal wieder ausschlafen.«

Chuck zwinkerte. »Zusammen mit Amanda?«

»Nein. Und Bonnie, du weißt, wie gern ich dich habe. Aber eine Frau wie Amanda ist nichts für mich. Tut mir leid, aber sie ist ziemlich aufdringlich.«

Bonnies Wangen röteten sich. »Oh je. Entschuldige bitte. Ich dachte wohl, ein Mann wie du sei daran gewöhnt, dass Frauen sich ihm an den Hals werfen, und Amanda wäre vielleicht dein Typ.«

Es überraschte ihn, dass Bonnie ihn so einschätzte und glaubte, er würde sich keine Gelegenheit zu einem Abenteuer entgehen lassen. »Ich kriege tatsächlich öfter eindeutige Angebote. Aber hast du mich je zusammen mit einer Frau gesehen?«

»Nein, nie«, gab Bonnie zu.

Er küsste sie auf die Wange. »Bonnie, bitte unterschätz mich nicht.« Er tätschelte Chucks Schulter. »Danke, Kumpel. Bis zum nächsten Mal.«

»Reist du schon wieder ab?«, fragte Chuck.

»Ich überlege, ob ich noch mal in Colorado vorbeischaue.«
Treat machte sich auf den Weg zu Smittys Lagerfeuer. Wenn
Max nicht in dem Shuttle gesessen hatte, würde er dafür sorgen,
dass sie ihm doch noch eine Chance gab. Er wollte nie wieder in
eine Situation geraten, die missverstanden werden konnte.
Verdammt, er wollte nie wieder von ihr getrennt sein.

»Treat!«

Treat blieb stehen. Amanda eilte auf ihn zu. Er gab sich
Mühe, nicht aus der Haut zu fahren. Ein Stück weit entfernt
war Vicky auf dem Weg zum Parkplatz. Sie setzte sich neben
eine Person, die die Knie an die Brust gezogen und den Kopf in
den Armen vergraben hatte. *Anscheinend haben noch andere
Leute einen schlechten Abend.*

Amanda berührte ihn an der Schulter. »Ich konnte dir nicht
mal einen Abschiedskuss geben.« Sie beugte sich vor, er wich
zurück. Vicky half der Person auf die Füße. *Max.* In dem
Moment, in dem er sich zu Max drehte, drückte Amanda ihm
einen Kuss auf die Wange, und Max rannte den Weg zum
Parkplatz hinauf.

»Max, warte!«, rief Vicky.

Max. Max! »Max!«, schrie er.

»Treat!« Amanda stürzte hinter ihm her.

Treat wandte sich zu ihr um. »Du bist ganz sicher eine
wunderbare Frau. Aber ich bin nicht an dir interessiert und
werde es nie sein.« Wie laut er geworden war, merkte er erst, als
er schon auf der steilen Rampe zum Parkplatz war und sich an
Vicky vorbeidrängte.

»Das wurde auch Zeit, Treat. Diese Frau hat einen recht
zweifelhaften Ruf«, sagte Vicky. »Und jetzt lauf der Richtigen
hinterher!«

Max stand neben einem kleinen, weißen Wagen und tastete

nach ihren Schlüsseln.

»Max!«, rief er.

Sie drehte ihm den Rücken zu.

»Max«, sagte er leise, als er sie erreichte. »Max, es ist nicht so, wie du denkst.«

»Genau wie in Nassau? Als du mir den Blick zugeworfen hast? Großer Gott, nach diesem Blick habe ich mich gefühlt wie Dreck, und jetzt sieh dich an. Du gestehst mir deine Liebe und ein paar Stunden später knutschst du in den Straßen von Wellfleet mit einer Blondine. Kein Wunder, dass du so gerne hier bist. Wahrscheinlich wartet in jedem Hafen eine andere auf dich.« Mit fahrigen Bewegungen schloss sie die Wagentür auf. »Ich hätte es wissen müssen.«

»Max?«, sagte Vicky.

Max drehte sich mit hochrotem Kopf um und schaute zwischen den beiden hin und her.

»Max, ich kenne Treat, seit er ein kleiner Junge war«, fuhr Vicky fort.

»Unfassbar, dass du jemanden wie Chris und Vicky kennst«, spuckte Max Treat vor die Füße.

»Chris? Ach, du meinst Smitty.« Treats Blick flog von Max zu Vicky.

»Ja, Smitty«, bestätigte Vicky. »Max, wir sehen Treat immer, wenn er hier ist. Wir kennen seine Familie. Er ist nicht derjenige, für den du ihn hältst«, sagte Vicky.

»Siehst du? Sogar Vicky weiß, was du für einer bist«, zischte Max.

»Was? Nein, Max.« Treat konnte sie nicht gehen lassen. Nicht noch einmal. Nie wieder.

»Nein, Max. Er ist nicht derjenige, für den *du* ihn hältst. Aber eigentlich geht mich das alles nichts an. Ich bin gleich weg und lasse euch beide die Sache alleine klären, aber …« Vicky wandte sich an Treat. »Lass sie auf keinen Fall fahren. Eine so liebe, nette Frau habe ich schon lange nicht mehr getroffen.«

»Versprochen«, sagte Treat leise.

»Max«, fuhr Vicky fort. »Treat laufen die Frauen in Scharen hinterher. Das ist nicht verwunderlich. Sieh ihn dir nur an. Bei seinem guten Aussehen könnte er an jedem Finger zwei haben. Aber er ist ein echter Gentleman. Er hat kein Mädchen in diesem Hafen. In den vielen Jahren, die er schon herkommt, hat er nie eine Frau mitgebracht, und er datet hier auch niemanden.« Vicky nahm Max die Autoschlüssel aus der Hand. »Max, er ist dein Gärtner.« Sie nickte. »Glaub mir, Max, glaub mir.«

Vicky gab Treat die Schlüssel und küsste ihn auf die Wange. »Wenn du ihr Herz brichst, bringe ich dich um«, flüsterte sie. »Und bei der Hochzeit reservierst du mir einen Platz in der ersten Reihe.«

Treat war vor Verwirrung wie erstarrt. Sein Herz schwamm in Dankbarkeit über Vickys Worte. Auf keinen Fall würde er ihr Vertrauen enttäuschen. Keine Frau war ihm wichtiger als Max, außer vielleicht Savannah. Doch im Augenblick musste selbst Savannah zurückstehen. Er machte einen Schritt auf Max zu und schaute in ihre traurigen Augen. Dann berührte er ihren Arm und merkte, dass sie zitterte.

»Du frierst.«

Max war betrunken, verwirrt und traurig. Aber sie hatte zu viel Wein intus, um die Kälte zu spüren. »Ich friere nicht«, presste sie hervor.

»Das warst du in dem Shuttle, nicht wahr?«, fragte er.

Sie nickte. Der Kuss, den sie mitangesehen hatte, hatte sich durch ihre Augen direkt in ihren Magen gebrannt.

»Max«, flüsterte er. »Ich habe sie nicht geküsst. Kein einziges Mal. Ich kenne sie nicht mal. Sie ist eine von Bonnies Freundinnen. Oder eher die Freundin einer Freundin.«

»Ich habe gehört, was du zu ihr gesagt hast. So wie vermutlich jeder hier am Strand.« Max schaute ihn an. Der Schmerz in seinen Augen schlängelte sich durch einen Riss in der Mauer um ihr Herz.

»Ich will niemanden außer dir, Max. Nur dich. Für immer.«

Max schaute beiseite und spürte, wie die Mauer weiter bröckelte. Diese verdammte Aufrichtigkeit in seiner Stimme. Sie war nach Wellfleet gekommen, weil sie gespürt hatte, dass sie sich in ihn verliebte. Sie hatte gehört, wie er die schöne Blondine abserviert hatte, und dennoch war sie wütend. Wütend auf sich selbst, weil sie so schwach war und einem irren Traum nachjagte, wütend, weil Vickys Worte ihre Wut aushöhlen wollten. *Er ist dein Gärtner.*

Ihre Brust zog sich zusammen. Erst stahl sich nur eine einzige Träne über ihre Wange. Dann ging ihr Atem schneller und sie begann zu schluchzen. Sie vergrub das Gesicht in den Händen und lehnte sich an den Wagen.

»Warum?«, schrie sie. »Warum willst du ausgerechnet mich?«

»Weil du liebenswert und offen bist, Max. Du bist warmherzig und schön. Weil mein Herz, als ich dich zum ersten Mal gesehen habe, ins Trudeln geraten ist und noch immer nicht wieder in seine Bahn zurückgefunden hat. Dass ich dir wehgetan habe, tut mir sehr leid, Max. Aber du bist die Frau, mit der ich zusammensein will.« Ehrlichkeit sprach aus seiner Stimme. Sie wandte sich davon ab. Von ihm.

Er legte die Arme um sie. Sie wand sich, zappelte und versuchte, sich aus seinem viel zu festen Griff zu befreien. Aber er war so stark und so warm. Sein Herz jagte unter ihrer Wange. Es schlug im Rhythmus ihres Schluchzens. Er hielt sie fest, bis sie nicht mehr zitterte und ihr Schluchzen einem stummen Tränenstrom wich.

Sie spürte, wie sein Arm sich hinab zu ihren Kniekehlen schob. Dann hob er sie hoch und küsste sie auf die Stirn. In ihrem Kopf leuchteten Alarmlämpchen auf. Trotzdem fühlte sie sich sicher und geborgen. Sie musste sich mit dem Tumult in ihrem Inneren auseinandersetzen, betrunken oder nicht. Sie mussten das, was zwischen ihnen stand, bereinigen oder einen Weg hindurch finden. *Er ist dein Gärtner.*

»Ich fahre dich zu deinem Hotel.« Treat setzte sie auf den Beifahrersitz seines Wagens und schnallte sie an.

»Die Hotels waren alle ausgebucht«, sagte sie.

»Du wohnst in einer Pension?«

Sie schüttelte den Kopf.

»Wo denn dann?«

Wieder fing sie an zu schluchzen. Dann stammelte sie: »Ich bin hergekommen … weil … weil ich gehofft habe … dass ich dich hier finde. Mir ein Zimmer zu reservieren … habe ich vergessen. Es ist alles belegt.« Sie wandte sich ab.

»Die effiziente Max hat nicht an eine Reservierung gedacht?«

Sie hörte das Grinsen in seiner Stimme. »Das ist nicht lustig!«, fauchte sie.

»Stimmt. Aber manche würden es wohl Schicksal nennen.«

Schicksal. Schicksal?

»Du weißt, was das bedeutet, oder?«

Max schüttelte den Kopf. *Ich bin völlig durcheinander. Ich weiß gar nichts mehr. Immer wenn wir zusammen sind, bist du so lieb zu mir, und ich bin zu kaputt, um es zuzulassen.*

»Du hast mit deinem Herzen gedacht.«

Zweiundzwanzig

Er trug sie in sein Haus und legte sie auf die Couch. Dann zog er ihr die Schuhe aus und deckte sie mit der weichsten Decke zu, in die Max je im Leben eingehüllt worden war. Er machte ein Feuer im Kamin. Max war völlig ausgelaugt. Sie konnte nur daliegen und ihm zusehen.

Der Raum war nicht viel größer als ihr Apartment. Aber viel schöner. Er reichte über zwei Stockwerke bis unters Dach und wurde von dem offenen Kamin beheizt. Außer der Couch gab es nur noch den Couchtisch und ein paar Regale. Alle Möbel sahen aus wie handgefertigt und bestanden aus weiß angestrichenem Holz. Sie war froh, dass in den Regalen nicht nur Bücher standen, sondern auch Krimskrams und Kerzen, so wie bei ihr zu Hause. Eine Tür führte zu einer netten kleinen Küche. Dort stand in einer Nische ein Esstisch mit vier Plätzen. Durch eine Glastür gelangte man auf eine Terrasse. Zwischen dem Wohnzimmer und der Küche gab es eine Treppe. Max vermutete, dass sie hinauf zum Schlafzimmer führte.

Fast unwillkürlich wanderten ihre Gedanken dorthin. Sie dachte daran, wie es sich angefühlt hatte, von Treat berührt zu werden und unter ihm zu liegen. Einen Moment lang schloss sie die Augen. Dann spürte sie, wie das Polster der Couch sich senkte. Treat saß bei ihr.

»Ist dir warm genug?«, fragte er.

Sie nickte.

»Ich lasse dir ein Bad ein.«

Die Vorstellung im warmen Wasser zu liegen, tat gut. Sie mussten reden und ein paar Dinge in Ordnung bringen. Aber das konnte warten. Sie wollte ihre Zweifel und Bedenken nicht wieder mit Leidenschaft überdecken. Auch wenn sie sich eingestehen musste, dass sie Treat seit dem Abend in ihrer Wohnung noch mehr begehrte als zuvor.

Sie berührte seine Hand. Selbst diese unschuldige Geste steigerte ihr Verlangen nach ihm. »Danke«, sagte sie.

Er legte seine andere Hand auf ihre und grinste schief. »Keine Sorge. Ich werde nicht versuchen, dich zu verführen.« Seine Augen wurden ernst, seine Stimme tiefer. »Ich möchte mich nur um dich kümmern, Max, und das ist keine Masche, um dich ins Bett zu kriegen. Wenn du dich ausgeruht hast, können wir reden. Aber eins muss ich unbedingt sofort loswerden. Was ich angerichtet habe, lässt sich nicht mit ein paar bedauernden Worten aus der Welt schaffen. Ich werde für den Rest meines Lebens bereuen, dass ich dich verletzt habe, aber es ist mir auch eine Lehre. So etwas soll nie wieder geschehen.«

Max' Kehle wurde eng. Sie brachte keinen Ton heraus. Als er ihr sanft eine Haarsträhne aus dem Gesicht strich und sie hinter ihr Ohr schob, prägte sie sich die zärtliche Geste ein.

Treat ging hinauf in den oberen Stock. Max schloss die Augen. Ich bin eine Idiotin. *Ständig laufe ich vor ihm weg, dabei ist er so lieb zu mir.*

Ein paar Minuten später war er wieder da, nahm sie erneut in die Arme, hob sie hoch und trug sie aus dem Zimmer. Die

Rolle des hilflosen Weibchens, das einen starken männlichen Retter brauchte, lag ihr normalerweise nicht. Trotzdem schmiegte sie sich an ihn und genoss seine Wärme und das Gefühl von Geborgenheit.

Vanilleduft durchzog das geräumige, von Kerzenlicht erhellte Badezimmer. Als Treat sie absetzte, sehnte sie sich sofort zurück in seine Arme. Unten im Wohnzimmer hatte die Vorstellung von einem warmen Bad traumhaft geklungen, aber jetzt, wo sie mit Treat im Badezimmer stand, reagierte ihr Körper ungeahnt heftig auf die romantische Stimmung, die er geschaffen hatte. Sie konnte keinen klaren Gedanken fassen und ihre Nervenenden prickelten. Im Spiegel sah sie, wie Treat sie anschaute. Sein eindringlicher Blick hatte eine ernüchternde Wirkung. Er sah sie an, als könnte er den Gedanken an ein Leben ohne sie nicht ertragen, und spiegelte damit genau die Gefühle wieder, die sie zu unterdrücken versuchte. Sie musste ihm die Wahrheit sagen, die ganze Wahrheit. Dass er seine Ängste vor ihr ausgebreitet hatte, während sie ihre vor ihm verbarg, war nicht fair.

»Wenn du etwas brauchst, ich bin draußen, meine Süße.« Er machte einen Schritt Richtung Tür.

Meine Süße. Ein wohliger Schauer überlief sie. »Geh nicht«, flüsterte sie.

Er drehte sich wieder zu ihr. Er schien erleichtert, denn er ließ die angespannten Schultern fallen, und seine Lippen kräuselten sich leicht.

»Bist du sicher? Ich möchte nicht, dass du dich bedrängt fühlst. Du sollst dich entspannen, selbst wenn das bedeutet, dass ich eine Weile nicht in deiner Nähe sein kann.«

Seine Stimme klang aufrichtig. Sie holte Luft, um ihm ihr Geheimnis zu verraten. Doch dann schüttelte sie den Kopf. Auf keinen Fall wollte sie das Gefühl von Sicherheit und Geborgenheit zerstören, das sie empfand. »Ich möchte gern, dass du hier bleibst. Bei mir.« Wie konnte sie sich bei dem Mann, wegen dem sie in den letzten zwei Tagen eine emotionale Achterbahnfahrt erlebt hatte, bloß so gut aufgehoben fühlen? Wenn sie ihm jetzt in die Augen sah, waren alle Ängste, war ihre Wut ganz weit weg.

»Bitte?«

»Alles, was du willst, meine Süße. Alles.«

Sie legte die Hände auf seine harten Bauchmuskeln, schmiegte die Wange an seine Brust und schloss die Augen.

»Ich bin bei dir.« Er legte seine Wange auf ihren Kopf. Mehr wollte sie gar nicht hören.

Treat zog ihr das Sweatshirt aus und legte es sorgsam neben ein Körbchen mit Seife und Lotionen. Dass er so ordentlich und wohlorganisiert war, gefiel Max. *Genau wie ich.*

Sie hob die Arme, damit er ihr das Shirt ausziehen konnte.

»Im Kerzenlicht bist du sogar noch schöner«, flüsterte er, knöpfte sein Hemd auf und zog seine Hose aus.

Max' Hormone gerieten in Aufruhr. Sie musste die Augen schließen und ihr Verlangen niederkämpfen. Treat streifte ihr die Jeans ab. Sanft hob er nacheinander ihre Waden an, half ihr aus der Hose und zog ihr dann die Panties aus.

Sie öffnete die Augen. Sein Blick war ruhig und zärtlich.

Treat nahm ihr die Brille ab und legte sie auf den Waschtisch. »Max«, flüsterte er.

Er legte eine Hand an ihre Wange. Sie spürte seine Anspannung und senkte den Blick. Seine deutlich sichtbare Erregung versetzte ihren Körper in Schwingungen. Sie wollte seine Haut an ihrer spüren. Doch bevor sie die Hand nach ihm ausstrecken konnte, schob er sie sanft zur Wanne und hob sie hinein. Er setzte sich hinter sie und zog sie an sich. Mit geschlossenen Augen genoss sie, wie er ihre Arme mit einem warmen, seifigen Lappen wusch. Er hob ihr Haar an und legte es ihr über eine Schulter. Nie zuvor hatte Max sich so angenommen und geschätzt gefühlt wie jetzt in dem Augenblick, in dem er mit dem Lappen langsam und liebevoll über ihren Hals und ihre Schulter rieb. Sie seufzte vor Wohlbehagen auf.

Er nahm ihre Hände in seine, wusch ihre Finger, ihre Handflächen und Handgelenke.

»Entspann dich«, flüsterte er, als sie sich vorbeugte. Sanft zog er sie zurück an seine Brust.

»Ruh dich aus.« Er tauchte den Lappen ins Wasser und wusch ihre Beine.

Zärtlich massierte er mit dem Lappen ihre Schenkel, dann ihre Hüften und schließlich ihre Knie. Mit der freien Hand streichelte er ihren Bauch, ihre Hüfte und die Innenseite ihrer Oberschenkel. Max schloss die Augen und ließ ihre Beine gegen seine fallen.

Seine Schenkel rahmten sie ein, seine muskulösen Arme hielten sie fest. Sie war eine willige Gefangene. Treats Körper war ein liebevoller Kokon, in dem sie sich klein und weiblich fühlte, glücklich und gleichzeitig voller Lust.

Er schlang die Arme um sie und legte seine Wange an ihre. Sein Atem wärmte ihre feuchten Schultern und Max wollte einfach so sitzen bleiben und für immer sein Herz an ihrem Rücken schlagen spüren.

Dreiundzwanzig

Nie war Treat glücklicher gewesen als in der letzten Stunde, in der er sich um Max gekümmert hatte. Er spürte, wie sie sich mit jedem Atemzug mehr entspannte. Ihre Lider sanken herab. Gelöst driftete sie im Halbschlaf dahin. Wut und Anspannung waren von ihr abgefallen. Alles an Max war wunderbar, und so sehr sein Körper sich auch nach ihr sehnte, an Sex dachte er jetzt nicht. Ihr nahe zu sein, reichte ihm vollkommen aus. Und selbst wenn heute Nacht nichts weiter passierte, würde er voll und ganz befriedigt sein.

Der Schaum sank in sich zusammen, das Wasser wurde kühler. Max schmiegte sich dichter an ihn und suchte seine Wärme. So ungern er die Wanne verließ, sie sollte nicht frieren, sondern sich in seinem warmen Bett ausruhen.

»Lass mich dich abtrocknen, meine Süße.«

Sie bewegte sich wie eine Schlafwandlerin. Als er aufstand, streckte sie die schlanken Arme nach ihm aus. Treat half ihr aus der Wanne und wickelte ein flauschiges Handtuch um sie. Mit einem zweiten Handtuch trocknete er sie zärtlich ab. Von ihrem Hals aus arbeitete er sich über ihre Schultern zu ihren Armen und dachte daran, wie sich sein Herz zusammengezogen hatte, als er Max zum ersten Mal gesehen hatte. Dieses ganz und gar unbekannte Gefühl hatte ihm Angst gemacht. Jetzt verstand er es besser und fürchtete nur noch, er könnte nicht der Mann sein, den Max gerne haben wollte. Der Mann, den sie verdiente. Um das zu werden, musste er mehr über den Ursprung ihrer Ängste erfahren und über ihre Träume.

Treat war durch und durch ein Alpha-Typ, von seiner Größe und Stärke bis hin zu seinem ausgeprägten Beschützerinstinkt. Bislang hatte vor allem seine Familie diesen Instinkt in ihm geweckt. Aber dann war ihm Max begegnet. Anfangs hatten seine Empfindungen für sie ihn zutiefst verunsichert. Jetzt, wo er vor ihr kniete und sie sanft abtrocknete, wusste er, was er zu tun hatte. Er musste seine Gefühle zulassen. Mit vielen kleinen Liebesbeweisen würde er Max' verletzliches Herz erobern und beschützen. Das Einzige, was ihn noch davon abhielt, sich ihr vollends zu öffnen, sie zu lieben und sich von ihr lieben zu lassen, war der Kummer über den frühen Tod seiner Mutter. Aber daran arbeitete er bereits. Die Worte seines Vaters halfen ihm dabei. *Deine Mutter ist nicht wegen unserer Liebe zueinander gestorben.*

Dass Max die Arme um seinen Hals schlang, um sich von ihm zum Schlafzimmer tragen zu lassen, überraschte ihn. Eigentlich hatte er nicht damit gerechnet, dass sie sich je von ihm irgendwohin tragen lassen würde. Sie war eine starke, unabhängige Frau und stolz darauf, es zu sein. Die Max, die er jetzt zu seinem Bett brachte, überraschte ihn immer wieder aufs Neue. Auch dass sie sich mitten in der tiefsten Leidenschaft von einer Sekunde zur nächsten von anderen Gefühlen leiten lassen und zurückziehen konnte, verriet, wie stark sie tatsächlich war. Die meisten Frauen hätten das Liebesspiel niemals abgebrochen, sondern lieber halbherzig zu Ende gebracht. Normalerweise hatten Frauen viel zu viel Angst davor, einen Mann aus ihrem

Leben zu vertreiben. Aber Max war nicht wie andere Frauen.

Mit einer Hand schlug er die Bettdecke zurück und legte Max auf das Laken. Dann nahm er eines seiner sauberen T-Shirts von der Kommode.

»Zieh das an, Süße.« Er zog ihr das Shirt über den Kopf und strich es glatt. Es reichte ihr bis fast zu den Knien. Verdammt, sie sah zum Anbeißen aus.

Treat zog sich ein Paar Boxershorts über, dann holte er die Kerzen aus dem Badezimmer und stellte sie auf die steinerne Umrandung des offenen Kamins. Auf einen Ellbogen gestützt legte er sich neben Max.

»Warum bist du so lieb zu mir?«, fragte sie.

»Weil du es verdienst.«

»Ich bin ziemlich betrunken«, gab sie zu.

»Kein Problem. Ich bin nüchtern und passe auf dich auf.« Er strich sanft über ihre Stirn und sie schloss die Augen.

»Hmmm. Das fühlt sich gut an.«

»Schön«, flüsterte er. Auf keinen Fall wollte er die vertrauensvolle Atmosphäre zerstören. Unzählige Male hatte er sich vorgestellt, wie es sein würde, sie in seinem Bett liegen zu haben. Aber sie mussten vor allem reden. Wenn er jetzt über seine übereilte Abreise aus Allure sprach, würde er Max an ihren Schmerz erinnern, und sie würde vielleicht flüchten oder sich zurückziehen. Aber Schweigen war keine Option. Das war schon einmal gründlich in die Hose gegangen.

»Meine Süße, können wir reden?«

»Zu müde«, nuschelte sie.

»Ich weiß. Aber ich möchte nicht um zwei Uhr morgens aufwachen und feststellen, dass du wieder wütend auf mich bist. Wir sollten uns aussprechen, uns klarmachen, wo wir stehen.«

Sie rollte sich in seiner Armbeuge zusammen. »Ich will nicht stehen. Ich will liegenbleiben. Für immer.«

Für immer. Das war genau das, was er auch wollte. Aber ohne offene Fragen und mit einem guten Gewissen. Er musste für Klarheit sorgen.

»Max, ich bin aus Allure abgereist, damit du dein Leben ohne mich leben kannst. Du solltest dich durch meine Anwesenheit nicht unter Druck gesetzt fühlen.« *Und nicht an deinen Schmerz erinnert werden.* »Ich habe mir fest vorgenommen, dich nicht anzurufen. Dich in Ruhe zu lassen.«

Sie schlang die Arme um seine Mitte und schmiegte sich noch enger an ihn. Sein Herz wollte überfließen. Er musste die Augen schließen, um den Mut zu finden, trotzdem weiterzureden.

»Aber als ich dich dann hier auf der Straße gesehen habe, wusste ich, dass ich nicht vor dir weglaufen kann.«

»Treat?«, flüsterte sie.

»Ja?«

»Ich bin dir nachgeflogen. Was sagt dir das? Ich wusste ja nicht mal, ob du wirklich hier bist. Aber du hattest mir erzählt, Wellfleet sei dein Lieblingsort, und ich habe einfach gehofft, dass du dort sein würdest. Auch ich konnte mich nicht einfach umdrehen, weggehen und weitermachen, als sei nichts gewesen.«

Sie schaute ihn an. Ihre grünen Augen schimmerten im Kerzenlicht. Treat spürte, wie sein Verlangen nach ihr wuchs.

»Ich glaube dir.« Sie strich mit dem Finger am Bund seiner Boxershorts entlang. »Ich habe gehört, was du zu der blonden Frau gesagt hast«, wiederholte sie. »Ich habe gehört, was du mir bei unserem Abendessen in dem kleinen Restaurant gesagt hast. Und deine Briefe habe ich hundertmal gelesen.« Sie legte die Hand an seine Wange. Ein Schauer durchrieselte ihn. »An dem

Abend in meiner Wohnung, bevor wir ... als wir noch im Wohnzimmer waren ... da wolltest du dich bei mir entschuldigen. Das habe ich dir angesehen, aber ich war noch nicht so weit und wollte es noch nicht hören.« Seufzend bettete sie den Kopf auf seine Brust.

Er zog sie an sich. *Sie weiß es.* Seine Spannung ebbte ein wenig ab.

»Ich muss dir auch etwas sagen.«

»Psst. Das musst du nur, wenn du es auch wirklich willst.« Er streichelte ihr Haar.

»Ich möchte offen und ehrlich sein. Es gibt etwas, was du wissen solltest.« Sie stützte sich auf den Ellbogen und schaute ihn an.

»Egal, was es ist. Sag es mir nur, wenn du es wirklich möchtest. Ich bin eigentlich kein besitzergreifender Mensch. Was in Nassau über mich gekommen ist, weiß ich nicht. Ich weiß nur, dass ich sehr verunsichert war, meine Süße. Also bitte, fühl dich nicht ...«

Sie legte ihren Zeigefinger an seine Lippen. »Pssst. Ich will es dir sagen, weil zwischen uns beiden gerade etwas passiert, was größer ist, als alles, was wir bisher kannten. Uns zu öffnen, fällt uns beiden nicht leicht, aber ich hätte es dir schon an dem Abend sagen sollen, an dem du mir von deiner Mutter erzählt hast. Leider konnte ich es da noch nicht.«

Treat setzte sich auf, lehnte sich an die Kopfstütze des Betts und schaute sie an. Sie sah unglaublich süß aus und wirkte in seinem T-Shirt so klein. Aber ihre Augen blickten ernst. »Okay. Ich bin ganz Ohr.«

Als sie nach seiner Hand griff, wurde ihm flau.

»Sag mir erst noch, was ich da eigentlich anhabe. Wofür steht PASG?« Sie zog das T-Shirt von sich weg und betrachtete die Buchstaben. »Ich hoffe, die Abkürzung bedeutet nichts Unanständiges.«

Treat nahm an, dass sie nur Zeit gewinnen und die Stimmung ein wenig auflockern wollte. Er sah ihr tapferes Lächeln und die Schatten in ihren Augen und ahnte, wie sehr sie mit sich rang. Ihr Gesichtsausdruck veränderte sich laufend, er lernte immer mehr über sie. Das war gut, denn dann konnte er sie in Zukunft besser unterstützen, wenn sie wieder etwas auf dem Herzen hatte.

Er lächelte. »Nein. PASG steht für Provincetown Aids Support Group. Das ist eine Aids-Hilfe-Gruppe, die ich unterstütze.«

»Oh, das ist schön von dir. Ich hoffe, ich sehe nicht zu albern aus in dem viel zu großen Shirt.«

»Du könntest niemals albern aussehen. Bitte sag mir, was du mir anvertrauen wolltest. Ich will es gerne hören.«

Ihre Augen wurden dunkler, er drückte ihre Hand. »Im letzten Collegejahr hatte ich einen Freund. Er sah blendend aus, war intelligent, lustig und sehr beliebt. Eine Zeit lang lief es prima zwischen uns. Aber kurz vor dem Abschluss sind wir zusammengezogen und er hat sich bald völlig verändert. Warum es so gekommen ist, weiß ich bis heute nicht. Aber er hat sich immer mehr zurückgezogen und er hat mich beschimpft.«

Treats Beschützerinstinkt erwachte. Er hatte Mühe, ruhig zu bleiben. »Sprich weiter«, sagte er. *Wenn er sich an dir vergriffen hat, bringe ich ihn um.*

»Nach und nach wurde das zum Alltag. Er hat mich angeschrien, mich als nutzlos bezeichnet und mit unflätigen Ausdrücken überschüttet. Und ehrlich gesagt, ich war schwach.« Sie schaute ihm forschend in die Augen. »Du siehst aus, als würdest du gleich explodieren. Vielleicht sollte ich lieber nichts mehr sagen.«

»Nein, bitte. Erzähl weiter.« Was er hörte, ließ ihn rot sehen. Er spürte, wie eine rasende Wut in ihm aufstieg.

»Also, wie ich schon sagte, ich war schwach. Meine Eltern sind wunderbare Menschen, aber über Beziehungen haben meine Mom und ich nie gesprochen.« Max schüttelte den Kopf. »Meine Großmutter hat mir mal gesagt, das Geheimnis einer guten Beziehung sei, stets offen auszusprechen, was man auf dem Herzen hat. Meine Mom hingegen hat mir eingeimpft, alles stumm zu ertragen und nie zu versuchen, irgendetwas zu ändern.« Sie runzelte die Stirn. »Ich glaube, meine Großmutter hat mir ihren Rat gegeben, weil die Ehe meiner Eltern so war, wie sie war. Mein Vater war zwar nicht grausam oder gewalttätig, aber meine Mom hat immer zurückgesteckt und nie ihre Meinung gesagt.«

Treat legte den Arm um ihre Taille und zog sie an sich.

»Jedenfalls hat mein Freund mich eines Abends am Arm gepackt und ... Treat, du zitterst ja.«

Treats Kiefer mahlten. Mühsam presste er hervor: »Ich möchte dir keine Angst machen, aber ich würde dieses Arschloch gern umbringen.«

»Die Geschichte geht noch weiter, aber ich höre lieber auf, wenn ...«

»Du kannst beruhigt sein, Max. Ich werde ihn nicht jagen und zur Strecke bringen, als wäre er ein Tier.« *Obwohl ich nichts lieber täte.* »Aber ich gebe zu, ich bin stinkwütend und würde es gern tun. Das sage ich nur, weil ich immer ehrlich zu dir sein möchte.« Sein Zorn und die Sorge um Max wollten Treat innerlich verbrennen. Er atmete tief durch. Zu gern hätte er gewusst, warum er so heftig reagierte. Die einzige Erklärung war, dass er Max liebte.

Sie berührte seine Brust. Der Hautkontakt beruhigte ihn ein wenig. *Sie ist hier bei mir. Ihr kann nichts geschehen.*

»Der Übergriff an diesem Abend war der erste und einzige. Ich habe noch geweint, als er schon im Bett war. Zufällig hat an dem Abend meine Mutter angerufen und ich musste gar nichts sagen. Ich konnte nichts sagen. Das war das einzige Mal, dass sie Stellung bezogen hat. ›Verlass ihn‹, hat sie gesagt. Diese beiden Worte haben mein Leben verändert.«

»Du bist gegangen?«

»Ja. Ich habe meine Sachen in meinen Wagen gepackt und bin den ganzen Weg bis Colorado gefahren, ohne mich noch einmal umzudrehen. Mit dem Vorfall begann meine Veränderung. Ich war noch längst nicht die Frau, die für Chaz hätte arbeiten und mit verbundenen Augen ein Festival mit über dreißigtausend Besuchern über die Bühne hätte bringen können. Ich war schwach. Geradezu unterwürfig. Vielleicht hatte ich mir unbewusst meine Mutter zum Vorbild genommen. Aber an dem Abend habe ich den Mut gefunden, einen Schlussstrich zu ziehen. Ich wusste, dass es so nicht weitergehen konnte. Ich habe jede Menge Beziehungsratgeber gelesen und Mauern um mein Herz errichtet. Hohe, dicke, undurchdringliche Mauern.«

»Oh, Max. Das tut mir so leid.«

»Das muss es nicht. Ich bin daran gewachsen, bin stark und unabhängig geworden. So wie ich es immer sein wollte. Aber dann kam die Hochzeit, die ich zusammen mit Scarlet über Monate hinweg geplant hatte. Ich bin neugierig auf dich geworden und habe mir ausgemalt, wie du wohl sein würdest. Als wir uns dann tatsächlich begegnet sind, haben meine Mauern Risse bekommen, und mein Gehirn lief nur noch im Notbetrieb. Ich konnte weder reden noch denken und wurde direkt in die unselige Zeit mit meinem Ex zurückkatapultiert.«

»Du bist nicht schwach und dein Gehirn ist völlig intakt. Neben Savannah bist du die stärkste Frau, die ich kenne, und auch Savannah hat ihre Geschichte. Vor dem Tod unserer Mutter war sie viel weicher.«

Max legte die Hand auf ihr Herz. »Ich kann mir gar nicht vorstellen, was deine Familie durchgemacht haben muss. Aber mich haben die Gefühle erschreckt, die wieder in mir hochgekommen sind. Ich hatte Angst, wieder das schwache, unterwürfige Mädchen zu werden. Ich wollte weglaufen, aber meine Füße haben mir nicht gehorcht. Meine weichere Seite ist plötzlich wieder zum Leben erwacht. Sie wollte die Mauern um mein Herz abbauen, wollte, dass du dich um mich kümmerst und mich beschützt. Dabei hatte ich die Hosen gestrichen voll. Ich hatte Angst, noch einmal verletzt zu werden. Und außerdem: Wie kann man sich von einem Mann nach einem einzigen Kuss auf die Hand all diese Ding wünschen?

Mein Herz hat mich geleitet, und mein Herz wollte dich. An dem Nachmittag in Nassau habe ich dich gesucht und dabei zufällig Justin getroffen. Ich habe nicht mit ihm geschlafen. Außer einem Gutenachtkuss ist gar nichts passiert. Wir waren nicht zusammen im Bett. Noch nicht einmal anfassen habe ich mich von ihm lassen. Er hat nur ein paar Stunden lang die Lücke gefüllt, die du in mir gerissen hattest, Treat.«

Treat zog sie an sich und hielt sie fest. Schon der Gedanke an Max' und Justins ineinander verschlungene Glieder machte ihn krank. Er war froh, dass sie nicht miteinander geschlafen hatten. Aber noch mehr freute ihn das, was Max gerade gesagt hatte. *Er hat die Lücke gefüllt, die du gerissen hattest.*

Max machte sich von ihm los. »Ich möchte dir gern auch den Rest erzählen, bevor mich der Mut verlässt.« Sie atmete tief durch. »Das ist der schwierigste Teil. Du hast mir einen Blick zugeworfen, nicht mehr und nicht weniger. Aber er hat eine völlig unverhältnismäßige Bedeutung erhalten.«

»Ich hätte dich niemals so ansehen dürfen.«

»Stimmt.« Sie lächelte. »Aber es war nur ein Blick zwischen Fremden. Wir waren kein Liebespaar, wir waren noch nicht mal Freunde. Okay, wir hatten ein- oder zweimal miteinander telefoniert. Aber meistens hatte ich mit Scarlet zu tun und du warst kaum mehr als eine Stimme und ein Name für mich. Ich gebe zu, ich habe darüber nachgedacht, wie du wohl aussiehst und wie es wohl sein würde, den intelligenten, großzügigen Mann hinter der wunderbar tiefen Stimme kennenzulernen. Den vernichtenden Blick hast du mir ein paar Stunden nach unserer ersten Begegnung zugeworfen, und ich habe völlig überreagiert. Aber dieser Blick hat alte Wunden aufgerissen. Ich hatte Angst, mich auf dich einzulassen, denn ich wollte nicht in derselben Falle landen wie damals nach dem College. Nie wieder will ich so hilflos sein.«

»So etwas würde ich dir nie antun.«

»Inzwischen weiß ich das. Das will ich dir ja gerade erklären. Du hast mir mit so vielen liebevollen Gesten gezeigt, dass du mich niemals so behandeln würdest. Du bist kein Mann, der so etwas macht. Aber ich gerate noch immer leicht in Alarmstimmung. Außerdem bin ich stur und kann, wenn es darauf ankommt, sehr stark sein. Wenn ich also mal wieder Angst bekomme und panikartig Mauern um mich errichte, wirst du mich dann trotzdem lieben? Kannst du das? Wirst du das tun?«

»Ich werde dich durch Mauern und alle anderen Hindernisse hindurch lieben, Max.« Treat setzte sich auf und sah ihr in die Augen. »Ich werde dich in guten und in schlechten Zeiten lieben. Und wenn wir uns streiten und …« Er schob eine Hand unter ihr Shirt und schlang seinen Arm um ihre Taille. »Und in den wilden, heißen Nächten. Ich möchte, dass du stark bist und mir, wenn nötig, ordentlich die Meinung sagst. Wenn ich mich daneben benehme, musst du mir den Kopf waschen. Ich bin siebenunddreißig Jahre alt, Max. Und ich wurde von einem echten Gentleman aufgezogen. Ich möchte, dass er stolz auf mich sein kann.«

Max errötete. »Ich habe ihn bereits kennengelernt.«

Treat strich ihr das Haar von der Schulter. »Ich weiß.« Er wollte eigentlich nicht fragen, aber er konnte es sich nicht verkneifen. »Hat Da…«

Max lachte. »Schhh. Er war sehr höflich. Und außerdem: Deine Brüder sind nett, aber keiner ist wie du.«

Sie küsste ihn zart auf die Lippen. Er zog sie an sich, spürte, wie ihre Muskeln sich lockerten und wie sie sich ihm öffnete. Seine Zunge fand den Weg in ihren Mund und sie schmeckte so süß, dass er sie immer weiterküssen wollte. Max schob sich auf ihn und drückte ihn ans Bett. Es kostete ihn viel Überwindung, sie ein wenig von sich wegzuschieben.

»Nein, Max. Nicht.«

»Ich hoffe, du meinst das nicht so, wie es sich anhört. Denn sonst müsste ich glauben, du willst mich nicht.«

Er strich ihr über die Wange. »Oh, ich will dich mit Haut und Haaren und allem, was du hast und bist. Aber nicht heute Nacht. Nicht nach allem, was hinter uns liegt. Schlaf dich aus, und wenn du morgen noch so fühlst und denkst wie jetzt, dann werde ich die Lust, die sich in den letzten sechs Monaten aufgestaut hat, nicht länger im Zaum halten. Im Moment fürchte ich mich noch zu sehr davor, dass du doch nicht wagst, mir zu vertrauen, und dich wieder zurückziehst. Wenn wir dann gerade miteinander geschlafen hätten, wäre das zu schmerzhaft.«

Sie zog die Brauen zusammen und grinste schief. »Du bist ein Mann. Heißt es nicht, Männer wollen immer und überall?«

»Ich bin ein Mann. Aber mit dir will ich nicht nur schlafen, mit dir will ich Liebe machen.« Er nahm sie in die Arme, schloss die Augen und verbot seinen Händen, an all die verborgenen Stellen zu wandern, nach denen sie sich sehnten.

Vierundzwanzig

Beim Aufwachen stieg Max Kaffeeduft in die Nase. Im Badezimmer stellte sie überrascht fest, dass ihre Toilettenartikel in einem Körbchen neben dem Waschbecken lagen. Ihr Shampoo und ihr Conditioner standen bereits in der Dusche. Treat war so unglaublich fürsorglich. Sie fragte sich, ob das alles nur ein wunderbarer Traum war, ob es die vergangene Nacht tatsächlich gegeben hatte.

Sie putzte sich die Zähne und folgte dem Kaffeearoma hinunter in die Küche, wo bereits warme Croissants, frisches Obst und gekochte Eier bereitstanden, dazu zwei Sorten Marmelade und Butter. Eine große Vase voller Buschrosen stand in der Mitte des Tisches. Max legte eine Hand auf ihr Herz. Auf der Arbeitsplatte quoll eine weitere Vase beinahe über von ihren Lieblingsblumen.

»Treat?«

»Guten Morgen, meine Süße.« Treat hatte bereits geduscht und sich angezogen.

Großer Gott, er sah gut aus in seinen Jeans, dem T-Shirt und dem dicken Seemannspullover über den Schultern. Sie folgte dem Blumenduft ins Wohnzimmer. Dort stand ein antiker Metallkübel voller Buschrosen. *Du bist unglaublich romantisch, Treat.*

»Das alles hast du heute Morgen schon vorbereitet?«, fragte Max. Treat reichte ihr eine duftende Tasse Kaffee.

»Das war nicht schwer. Ich dachte, du hast vielleicht Hunger. Vicky hat angerufen. Sie hat gefragt, ob es dir gut geht. Aber ich glaube, in Wahrheit wollte sie wissen, ob ich auch nett zu dir war.«

Sein Lächeln zog sie magisch an. Max ging zu ihm. »Danke.« Sie stellte sich auf die Zehenspitzen und küsste ihn. »Die Rosen sind umwerfend.«

»Sie wachsen direkt in der Einfahrt. Schicksal?«, fragte er mit einem Achselzucken.

Es muss Schicksal sein. Sie setzte sich an den Tisch, freute sich, dass er sich so liebevoll um sie kümmerte, und sog den süßen Rosenduft ein. Dann schaute sie durchs Fenster hinunter zur Bucht. Der strahlend blaue Himmel spiegelte Max' Gefühle wieder. Es war, als hätte Treat dafür gesorgt, dass die Nebel um sie sich aufgelöst hatten und zwischen ihnen nur noch Schönheit war.

»Danke, dass du meine Sachen reingeholt hast«, sagte sie.

»Ich habe deine Kleider in die Kommode gelegt.«

»Treat! Ich ziehe nicht bei dir ein.« Warum hatte sie das Gefühl, eine Grenze ziehen zu müssen?

Er setzte sich neben sie und küsste sie auf die Wange. »Noch nicht«, sagte er. »Siehst du? Deshalb wollte ich heute Nacht nicht zu weit gehen. Frauen sind sehr wankelmütig«, frotzelte er. Sie schlug mit ihrer Serviette nach ihm.

»Wenn du noch keine anderen Pläne hast, würde ich dir gern die Gegend zeigen.«

»Und wie soll das gehen, bei den Blechlawinen, die sich hier durch die Straßen wälzen?« Sie steckte sich ein Stück Croissant in den Mund.

»Gegen elf sind die meisten Leute weg. Sie kommen erst im nächsten Mai zurück. Das Austernfest ist so was wie der Saisonabschluss.«

»Wie spät ist es denn?«

»Halb elf.«

»Halb elf? Warum hast du mich nicht geweckt?« Sie schlug die Hände vors Gesicht. »Gott, wie peinlich.«

Er zog ihre Hände weg. »Du warst müde. Und wenn man bedingungslos liebt, achtet man auch auf die körperlichen Bedürfnisse des anderen. Dein körperliches Bedürfnis war Schlaf.«

Ein Gedanke schoss Max durch den Kopf. *Wie es wohl wäre, mit dir verheiratet zu sein? Jeden Morgen neben dir aufzuwachen und abends in deinen Armen einzuschlafen?* Sie konnte sich nicht erinnern, schon einmal so gut geschlafen zu haben wie in der vergangenen Nacht.

Vickys Worte fielen ihr ein. *Du musst deinen Gärtner finden, Max.* Und dann später: *Er ist dein Gärtner, Max. Glaub mir.*

Er ist dein Gärtner.

Max trug nur sein T-Shirt und ihre Panties und sah zum Anbeißen aus. Ihr Haar war noch vom Schlaf zerzaust und ihre Lider schwer vor Verlangen. Treat legte die Lippen an ihre, schloss die Augen und genoss ihren zärtlichen Kuss. *Gott, du hast mir gefehlt.* Sie drückte ihr Becken an ihn und heizte damit sein Verlangen weiter an. Er lehnte sich zurück und nahm ihr Gesicht zwischen seine großen, starken Hände. Liebe und Lust verschmolzen in ihm, als er in ihren Augen sah, wie sehr sie ihn wollte. Nur mühsam bezähmte er seine Leidenschaft.

»Max«, flüsterte er.

Ihre Lippen öffneten sich, aber sie brachte keinen Ton heraus.

»Ich weiß nicht, wie ich ohne dich lieben soll, Max«, sagte er. Er suchte in ihren Augen nach einem Anflug von Zögern. Die letzten Tage waren nicht leicht für sie gewesen, und er wollte sich ihr auf keinen Fall aufzwingen, auch wenn jede Faser seines Körpers nach ihr schrie. In ihrem Blick sah er Lust und vielleicht so etwas wie Liebe. Das spornte ihn an. Er zwang sich, nichts zu überstürzen. Aber der Anblick ihrer Brüste, die sich unter dem dünnen Shirt hoben und senkten, während ihre frechen Brustwarzen ihn lockten, war fast zu viel. Er musste die Zähne zusammenbeißen, um sie nicht auf den Küchentisch zu werfen und zu lieben, bis sie ihren Namen vergaß.

Max schob die Hände unter sein Shirt und ließ die Finger über seine Bauchmuskeln gleiten. Die Berührung setzte ihn unter Strom. Sie nestelte am Knopf seiner Jeans und stellte sich auf die Zehenspitzen. Trotzdem blieb ein Größenunterschied. Er zog sie an sich und legte erneut seine Lippen auf ihre. *Verdammt, du schmeckst gut.* Ihre Zunge huschte über seine, dann erforschte sie seinen Mund mit tiefen, schnellen Bewegungen. Als er Max hochhob, schlang sie die Beine um seine Taille. Sie presste sich an ihn und drückte ihren Mund an seinen. Wie ein Vorhang fiel ihr Haar über ihre Gesichter. Max roch wie frisch gewaschenes Leinen. Sie fühlte sich verdammt gut an. Ihre Küsse waren hart und fordernd. Doch die Verwirrung der letzten Tage kehrte zurück. Sie in Allure zurückzulassen hatte wehgetan. Er musste diesen Schmerz begraben, die Erinnerung daran aus seinem Körper verbannen. Max' Hände strichen über seinen Bizeps und klammerten sich an seinen harten Muskeln fest. Er setzte sie auf den Tisch und schob sich zwischen ihre Schenkel. Gleichzeitig zog er sie an sich. Seine Härte drängte sich gegen den Reißverschluss seiner Jeans. Nur ein dünnes Stück Stoff trennte ihn von ihr.

»Willst du das hier immer noch?«, fragte Treat schwer atmend.

»Ja. Oh Gott, ja, Treat.« Die Worte brachen als heißer Atemzug aus ihr heraus. Er zog ihr das Shirt über den Kopf. Ihre Brüste waren perfekt. So fest und rund. Treat riss sich sein Shirt herunter. Der Anblick seiner breiten Schultern und seiner muskulösen Brust ließen Max' Herz schneller schlagen. Er küsste sie fordernd und spürte die Lust in Schockwellen durch seinen Körper jagen. Bevor Max Atem schöpfen konnte, hatte er ihn ihr bereits wieder genommen. Sie stöhnte an seinem Mund und raubte ihm damit fast den Verstand. Sein Verlangen nach ihr schüttelte ihn wie eine gigantische Faust. Jeder Muskel in seinem Körper spannte sich. Seine Zähne streiften ihre Lippen, ihr Kinn und ihren Hals. Seine Hände rieben die Unterseite ihrer Brüste.

»Ja«, hauchte sie.

Treats Zunge streichelte ihre Haut, fand den Weg zur Rundung ihrer Brüste. Gierig nahm er eine in den Mund. Max schnappte nach Luft, vergrub die Hände in seinem Haar und zog ihn noch fester an sich. Flach atmend wölbte sie sich ihm entgegen, während er von einer Brust zur anderen wechselte und ihre Haut der kühlen Morgenluft preisgab. Sie nestelte am Knopf seiner Jeans. Aber bald gab sie auf und rieb ihn durch den groben Jeansstoff hindurch. Treat hielt ihre Hand fest. Er wollte mehr von ihr. Seine Liebe wurde von Sekunde zu Sekunde tiefer, und jeder leidenschaftliche Kuss, jede Berührung, heizte sein Verlangen weiter an. Er musste sie haben. Er wich einen Schritt zurück. Sein heißer, hungriger Blick nagelte Max an den Tisch. Schwer atmend und nur mit ihrem Höschen bekleidet lag sie vor ihm. Ihre Beine waren geöffnet, ihr Körper wollte ihn. Großer Gott, sie war so schön. Er wünschte sich, sie wären oben im Schlafzimmer oder drüben auf der Couch. An irgendeinem passenderen, stilvolleren Ort. Aber er hielt es keine Minute länger aus. Mit dem nächsten Atemzug ließ er seinen Körper das Kommando übernehmen. Er drückte sie auf die Tischplatte, strich mit den Händen über ihre Brüste, ihre Seiten und ihre Hüften. Dann zog er sie zur Tischkante. Durch ihr winziges Höschen hindurch rieb er sie und spürte die Leidenschaft wie Glut in seinen Venen. Er schob einen Finger unter das winzige Stück Stoff und streichelte ihre feuchte, seidige Haut. Sie war spürbar erregt und ihm wurde gleich noch viel heißer. Max drückte sich mit geschlossenen Augen an seine Hand, während er sich vorbeugte und die Innenseiten ihrer Oberschenkel küsste. Behutsam forschten seine Finger, dann streifte er ihr das Höschen endlich ab. Bei der ersten Berührung seiner Zunge erschauerte sie unter seinen Händen. Er leckte sanft an ihrer pochenden Mitte, aber das war nicht genug. Sie war zu süß, um nur vorsichtig von ihr zu naschen. Er erhöhte den Druck, fand mit den Fingerspitzen ihre empfindlichste Stelle und rieb sie, bis sie anschwoll und Max sich auf der harten Tischplatte wand. Er legte die Lippen um ihre Mitte und knabberte an ihrem kleinen Knubbel.

»Ja. Bitte, Treat«, stöhnte Max. Wieder vergrub sie die Hände in seinem Haar, und wölbte sich gegen seinen Mund, während er sie mit schnellen, harten Zungenschlägen fast um den Verstand brachte. Ihr Atem ging in sinnlichen, kurzen Stößen. Er spürte, wie ihre Oberschenkelmuskeln sich spannten. Ihre Hände krallten sich fester in sein Haar. Er wollte ihr geben, wonach es sie verlangte, sie so lieben, wie sie es verdiente. Er leckte schneller und ließ einen Finger in sie hineingleiten. Max warf den Kopf hin und her. Sie ließ sein Haar los und klammerte sich an die Tischkante, während ihr Körper um seine Zungenspitze pulsierte. Ihr Aufschrei klang wie eine Bitte um mehr.

Treat legte die Hände auf ihren Bauch und leckte weiter, bis das Pulsieren verebbte. Max' Körper hob und senkte sich mit jedem tiefen Atemzug. Treat riss seine Hose auf und streifte sie ab. Seine Erektion bekam endlich den Platz, den sie brauchte. Er schnappte seine Geldbörse von der Arbeitsplatte, nahm ein Kondom heraus und riss mit den Zähnen die Verpackung auf. Dann rollte er es über seine pochende Härte. Mit dem nächsten Atemzug zog er Max' Becken zu sich und stieß in sie hinein. Max schnappte nach Luft und klammerte sich an seine Schultern, während er eine ihrer Brustwarzen in den Mund nahm, sich noch tiefer in ihr vergrub und wieder und wieder in sie stieß. Er schlang seinen starken Arm um sie und zog sie zur Tischkante, damit er noch fester zustoßen konnte. Seine Nerven standen in Flammen. Jeder Stoß weckte den Drang nach mehr, nach einer noch stärkeren, tieferen Verbindung. Seine Gedanken rissen ab. Die anschwellende Leidenschaft benebelte seinen Blick.

»Max«, stöhnte er durch seine zusammengebissenen Zähne hindurch. Er legte die Hände an ihre Wangen und schaute ihr in die Augen. Sie erwiderte seinen Blick wie in Trance.

Dann schüttelte sie seine Hände ab und fuhr mit den Zähnen über seine Brustmuskeln. Sanft biss sie in seine Brustwarzen. Treat schnappte nach Luft und packte ihre Hüften. Er drängte sie zu einem schnelleren Rhythmus. Sie wölbte den Rücken auf, öffnete die Lippen und schloss flatternd die Lider. Ein neuer Orgasmus ließ sie erbeben. Während sie sich um ihn zusammenzog, jagte auch er seinem Höhepunkt entgegen. Atemlos bettete er hinterher den Kopf zwischen ihre Brüste. Er spürte ihr Herz an seiner Wange schlagen und schloss einen Moment lang die Augen. Dann legte er die Arme um Max und hob sie hoch. Mit dem Gefühl, erst durch Max zu einem vollständigen Menschen zu werden, trug er sie die Treppe hinauf. Er stellte die Dusche an, die vor vielen Jahren auch seine Mutter benutzt hatte, und fragte sich, wie ein Herz so voll sein konnte.

Fünfundzwanzig

Treat hatte recht gehabt. Im Vergleich zum Vortag wirkten die Straßen von Wellfleet jetzt geradezu verlassen. Nachdem sie Max' Mietwagen geholt und am Wochenendhaus abgestellt hatten, machten sie sich auf den Weg in die Stadt. Hand in Hand schlenderten sie durch die Geschäfte und Max kaufte Spielsachen für Trevor und Lexi. Ihr letzter Stadtbummel mit einem Mann war ewig her. Sie genoss das Gefühl ihrer kleinen Hand in seiner großen. Als er einen Schal entdeckte, der seiner Meinung nach Max' Augen betonte, drückte er ihre Hand wie selbstverständlich fester. Max freute sich über die kleinen Gesten, die signalisierten, dass sie wie durch Zauberhand über Nacht zu einem Paar geworden waren.

In einem kleinen Restaurant teilten sie sich eine Muschelsuppe und ein Sandwich, und Max spürte, wie ihr Herz sich ihm noch weiter öffnete. Gemeinsam von einem Teller zu essen fühlte sich gut und ganz selbstverständlich an. So als hätten sie es schon immer so gehalten. Und gleichzeitig war es ganz neu. Beim Essen und beim Bummeln ließ Treat ihr alle Zeit der Welt. In einer kleinen Straße voller Galerien zeigte er ihr, welche Kunstwerke ihm gefielen, und wollte wissen, welche sie begeisterten.

Als sie das Ende der Straße erreichten, schlich sich eine leise Angst in Max' Herz. Sie hatten noch viel zu wenig Zeit zusammen verbracht. *Würden sie je genügend Zeit zusammen haben?* Sie wollte nicht in den Alltag zurückkehren. Sie wusste nicht einmal mehr, wo sie zu Hause war.

»Meine Süße, ich habe eine Idee.« Treat nahm ihre Hände zwischen seine und strahlte sie an. »Wenn du nicht zu müde bist, können wir nach Provincetown fahren, dort etwas essen und vielleicht ins Kino gehen. Oder wir fahren ins Wochenendhaus zurück, schauen uns einen Film an und ruhen uns aus. Wie du willst.«

Ich muss es wissen. »Treat.«

»Oh nein. Was ist das für ein Blick? Bin ich zu weit vorgeprescht? Wolltest du dir lieber ein Hotelzimmer suchen und eine Weile allein sein?« Er rieb sich die Stirn. »Wie dumm von mir. Ich habe dich nicht mal gefragt, wann du wieder arbeiten musst.«

Sie lachte über seine aufgeregten Fragen. Sonst war er immer so gelassen, aber sie hatte ihn eindeutig aus dem Konzept gebracht. »Ich bin bloß neugierig. Wo wohnst du eigentlich?«

Sein herzhaftes, tiefes Lachen ließ ihr Herz schmelzen.

»Wo ich wohne? Du meinst, wo ich meine Sachen aufbewahre?«

»Du weißt schon. Welchen Ort nennst du dein Zuhause?«

Er legte die Hände an ihre Wangen und sagte: »Das ist nicht wichtig, denn sobald du mir dein Okay gibst, ist mein Zuhause, wo immer du bist.« Er küsste sie und sie hob sich auf die Zehenspitzen. Seine seidigen Lippen auf ihren, sein männlich herber und doch süßer Duft – alles an ihm zog sie magisch an.

»Wow«, sagte sie, als sie beide Luft holen mussten.

»Wow?«

»Dich zu küssen haut einen glatt um.«

Er legte die Hände an ihre Taille und seine Augen verrieten ihr, dass er gerne noch ganz andere Dinge tun würde. Gleich hier, mitten in der Stadt, genau wie sie. Sie wollte die Arme um seinen Hals legen und sich von ihm hochheben lassen, damit sie einander um den Verstand küssen konnten. *Aber Moment mal.* Vielleicht dachte er ja an etwas ganz anderes. Warum schlug er die Hand vor den Mund und schaute zur Seite?

»Habe ich etwas Falsches gesagt?«, fragte Max verunsichert.

Er schüttelte den Kopf. »Nein, aber das Küssen bringt mich auf Gedanken, die im Augenblick schwer in die Tat umzusetzen sind.« Er schaute an sich hinunter. Max gluckste über die Beule in seiner Hose.

»Du lachst? Darüber? So was geht doch nicht, Max. Ich bin kein Teenager mehr. Ich bin ein erwachsener Mann und sollte in der Lage sein, dich zu küssen, ohne dass gleich die ganze Welt sehen kann, dass ich dabei am liebsten …« Er senkte die Stimme. »In dir wäre.«

Max lachte, bis sie sich die Seite halten musste.

»Du bist unmöglich.« Er nahm sie in die Arme und wirbelte sie herum. »Das ist nicht fair.« Treat zog sie hinter zwei riesige Hortensien und küsste sie, bis ihre Knie zu Pudding wurden und ihr das Lachen verging. Sie sanken zu Boden, seine Küsse wurden tiefer. Er schob die Hand unter ihr Hoodie und streichelte durch ihren Spitzen-BH hindurch ihre Brust. Sie drängte das Becken an ihn, und er küsste sich über ihr Kinn und ihren Hals bis in den V-Ausschnitt ihres Shirts.

»Treat«, stöhnte sie.

Mit dem Daumen rieb er ihre Brustwarzen, bis sie hart wurden und sie seinen Kopf zu sich zog, um ihn fester küssen zu können. Jede Faser ihres Körpers verlangte nach ihm. Sie zog seine Hand zwischen ihre Beine. Er rieb sie durch die Jeans hindurch und brachte sie damit um jeden klaren Gedanken.

»Max«, flüsterte er.

Ihr Gehirn konnte ihren Mund nicht zu einer Antwort bewegen. Schwer atmend lag sie neben ihm und wollte mehr als nur seine Zunge, die die Kuhle über ihrem Schlüsselbein leckte. *Was tust du da? Was hast du vor?* Sie schlug die Augen auf. Er stand auf und grinste ihr keck ins Gesicht.

»Bleib hier.« Sie klopfte neben sich ins Gras.

Treat verschränkte die Arme. »Jetzt weißt du, wie mir zumute ist.«

Max stöhnte. »Du bist gemein!« Sie streckte ihm die Hand hin, damit er ihr aufhelfen konnte.

Er zog sie so schwungvoll hoch, dass sie gegen ihn prallte. Sein nächster Kuss war so zärtlich, dass sie ihn nur noch mehr wollte. Als sie aufstöhnte, schob er sie ein kleines Stück von sich weg und lächelte triumphierend.

»Provincetown?«, fragte er.

Provincetown lag an einem hübschen Küstenstreifen und war voller kleiner Geschäfte, Galerien und Straßenkünstler. Treat und Max sahen sich eine Comedy-Show an. Max lachte, bis ihr die Tränen über die Wangen liefen, und Treat war selig. Er liebte das Blitzen in ihren Augen, und schwor sich, dass er alles tun würde, damit sie immer so glücklich war wie jetzt.

Nach der Vorstellung traten sie in die kühle Abendluft hinaus. Aus den Geschäften fiel noch Licht auf die Straßen.

»Treat! Hey, mein Freund. Wie geht es der heißesten Schnitte weit und breit?« Ein Mann in Frauenkleidern, High

Heels und mit jeder Menge Make-up im Gesicht küsste Treat auf beide Wangen.

»Markus!« Treats Augen strahlten beim Anblick seines alten Freundes.

»Heute Abend Maxine«, der Mann klimperte neckisch mit den Wimpern.

»Du siehst toll aus, Maxine.« Treat betonte den Namen Maxine. »Das ist …« Er wusste nicht, wie er Max vorstellen sollte. *Eine Freundin? Meine Freundin?*

Max streckte dem Mann die Hand hin. »Ich bin Max. Treats Wochenendmäuschen.« Sie lachte.

»Oh-oh, Honey. Wochenendmäuschen gibt es nicht bei meinem Treat. Du musst schon jemand ganz Besonderes sein, wenn er zusammen mit dir hier ist.« Maxine beugte sich näher zu ihr. »Und ich kann ihn verstehen. Du bist umwerfend. Ich bin schon ganz verliebt in deine rote Brille. Und in deinen Namen.«

»Danke.« Max rückte ihre Brille zurecht.

Wochenendmäuschen? »Alles gut bei dir? Wie geht's Howie?«

»Ach, Süßer. Er ist wie üblich kaum auszuhalten. Der Mann hat mehr Stimmungsschwankungen als eine ganze Horde Frauen mit PMS. Aber du weißt ja, ich bete ihn an.«

Treat legte den Arm um Maxine und senkte die Stimme. »Und der Krebs?«

Eine Sekunde lang verrutschte Maxines aufgekratzte Fassade. Dann setzte sie wieder ihr Lächeln auf. »Er ist ein Kämpfer. Er ist sehr dankbar, wir sind alle sehr dankbar, dass du mit den Leuten im Krankenhaus gesprochen hast.« Tränen stiegen ihr in die Augen. Sie wischte sie weg und fächelte sich Luft zu. »Oh je. Lass uns jetzt lieber nicht darüber reden, Süßer. Ich habe gleich noch einen Auftritt.«

Treat umarmte sie fest. »Ich bin da, okay? Du kannst mich jederzeit anrufen. Das weißt du. Richte Howie bitte liebe Grüße aus.«

»Klar. Da wird er sich freuen.« Maxine streckte die Arme nach Max aus und zog sie an sich. »Dieser Mann ist ein Heiliger«, flüsterte sie ihr ins Ohr.

Max und Treat gingen weiter. In der Nähe posierte ein dick mit Goldfarbe bemalter junger Künstler als Statue. Einige Touristen warfen Geld in den Hut vor seinen Füßen und fotografierten sich gegenseitig mit ihm. Treat spürte, dass Max tausend Fragen über Marcus und Howie auf der Zunge lagen. Er wartete, doch sie blieb stumm. Schließlich stillte er ihre unausgesprochene Neugier.

»Howie ist vor einer Weile aus seiner Versicherung geflogen. Deshalb habe ich seine Krankenhausrechnungen bezahlt und mit der Verwaltung abgesprochen, dass ich die Kosten übernehme, falls weitere Behandlungen anstehen.« Er zuckte die Achseln, aber jetzt hatte auch er eine Frage. »Du bist also mein Wochenendmäuschen?« Sie betraten ein Geschäft voller Retro-Klamotten.

»Mir war, als wüsstest du nicht, als was du mich bezeichnen sollst.« Jetzt zuckte auch Max die Achseln.

Sie schaute sich ein paar Kleider an. Treat drehte sie an den Schultern zu sich und sah ihr erst ins Gesicht. »Du weißt, dass du für mich alles andere als ein Zeitvertreib bist, nicht wahr?«

Das wusste sie. Aber es war schön, es aus seinem Mund zu hören. Sie lächelte. »Wer ist Marcus … Maxine?«

»Ein Freund. Ich war früher oft hier und kenne viele Leute.«

»Die meisten Kerle hätten Probleme damit, einen Mann in Frauenkleidern zu umarmen. Aber du hast keine Sekunde gezögert.«

»Hätte es dir etwas ausgemacht?«, fragte Treat.

»Nein. Aber viele Männer kommen mit so was nicht klar. Keine Ahnung. Vielleicht täusche ich mich ja.«

»Ich bin anders.«

»Ja, ich weiß. Mit der Umarmung hast du gleich noch ein Stück von meinem Herzen erobert«, sagte sie.

»Das muss ich mir für die Zukunft merken«, frotzelte er. Sie schlenderten weiter durch das Geschäft. »Frauenkleider trägt er nur bei seinen Auftritten. Das ist sein Beruf.«

»Ach. Ich habe angenommen, dass er immer so herumläuft.«

»Nein, im Alltag ist er viel unauffälliger. Aber er ist ein toller Entertainer. Wenn du Lust hast, schauen wir uns mal eine seiner Shows an.« Sie blieben vor einem Regal mit T-Shirts stehen.

Max schob sich zwischen ihn und das Regal. »Sehr gerne! Das Leben ist zu kurz, um sich vorschreiben zu lassen, wen man lieben soll. Liebe ist schön. Man sollte sie nicht in Schubladen stecken, sondern genießen.« Sie berührte seinen Bauch und drückte das Becken an ihn.

»Je mehr ich über dich erfahre, desto mehr liebe ich dich.« Das Wort *Liebe* kam ihm ganz leicht über die Lippen. Das fühlte sich gut an. Er suchte in ihren Augen nach einer Reaktion und rechnete fast damit, dass sie sich zurückziehen würde. Als sie es nicht tat, legte er die Lippen auf ihre. Er wollte sie nur ganz kurz zärtlich küssen. Aber dann schmeckte er sie und vergaß diesen Plan. Die Art, wie Max sich an ihn schmiegte, weckte in ihm das Verlangen, sie gleich hier im Geschäft auf den Boden zu legen. Er zwang sich, den Kopf zu heben, sah ihre Zungenspitze über ihre Lippen huschen und wusste, dass er Abstand von ihren Hüften und ihren kecken Brüsten halten musste, wenn er nicht für den Rest des Abends mit einer Beule in der Hose herumlaufen wollte. Er fuhr sich durchs Haar und wich einen Schritt zurück. Max flocht die Finger in seine und grinste ihn an.

»Willst du mal einen Blick ins nächste Stockwerk werfen?«

»Was gibt es denn da?«

Er schaute sich um, dann flüsterte er: »Spielzeug für Erwachsene.« Er sah, wie Max' Lächeln einem besorgten Stirnrunzeln wich. Jetzt zog sie sich tatsächlich zurück. Schnell sagte er: »Wir müssen das nicht machen.«

»Ähm.«

Treat sah, wie ihr Blick durch das Geschäft huschte, als suchte sie eine Fluchtmöglichkeit. »Komm.« Er nahm sie an der Hand und ging mit ihr ins Freie, führte sie die Straße entlang und dann durch eine schmale Gasse.

»Wohin gehen wir denn?« Max hielt nur mit Mühe Schritt.

Eine Minute später erreichten sie einen Sandstrand mit einem langen Pier. Treat stieg vom Straßenrand hinunter in den Sand und reichte ihr die Hand. Max sprang zu ihm auf den Strand.

»Treat? Wo bringst du mich hin?«

»Wir sind schon da.« Er zog sie unter den Pier. Dort war es dunkel und still. Die Lichter und Geräusche der Geschäfte drangen nicht bis hierher. Nur die Wellen plätscherten leise. Treat zeigte auf eine ebene Stelle. »Komm, setz dich«, sagte er.

Sie sank in den Sand. Er ließ sich neben ihr nieder und nahm ihre Hand in seine.

»Warum sind wir hier?«, fragte Max. »Sollen wir im Dunkeln knutschen wie Teenager?« Ihre Augen tanzten nicht mehr und das Unbehagen in ihrer Stimme gab Treat einen Stich ins Herz.

»Ich wollte mit dir an einen sicheren, dunklen Ort. Und

weil wir uns unter dem Pier nicht allzu gut sehen können, kannst du mir alles sagen. Ich verspreche dir, dass dein Geheimnis hier sicher ist und ich anderswo keine weiteren Fragen stellen werde, wenn du das nicht willst. Niemals.«

Sie lehnte den Kopf an seine Schulter. »Du bist unglaublich.«

»Ich habe in dem Geschäft dein Gesicht gesehen. Du warst angeekelt und hattest Angst.« Er zog sie an sich. Er wollte verstehen, was er gesehen hatte. Er kam ganz gut ohne Sexspielzeug klar und hatte eigentlich gar keines kaufen wollen. Aber falls Max darauf stand, hatte er nichts dagegen. Für diese Frau würde er so gut wie alles tun. Doch erst einmal wollte er wissen, was in dem Geschäft in ihr vorgegangen war, damit er in Zukunft vorsichtiger sein konnte und ihr nicht unabsichtlich wehtat.

»Ich habe nicht viel Erfahrung mit Männern, Treat.«

Darüber war er eigentlich ganz froh. Doch ihm war klar, dass diesem Satz ein Aber folgen musste.

Sie spielte mit dem Saum ihres Hoodies. »Ich habe dir doch von dem Kerl erzählt.«

»Ja.« *Von dem, den ich am liebsten windelweich prügeln würde.*

»Bist du sicher, dass du noch mehr hören willst? Vermutlich macht dich das nur noch wütender.«

»Schau mich an, Max.« Er nahm ihr Gesicht zwischen die Hände und zog sie zu sich. Er wollte, dass sie ihm genau zuhörte. »Ich möchte wissen, was dir in dem Geschäft durch den Kopf geschossen ist. Du musst es mir nicht sagen, aber es würde mir helfen, denn ich möchte, dass du dich bei mir sicher und gut aufgehoben fühlst.«

Sie holte tief Luft. »Es ist nicht leicht, darüber zu

sprechen …«

»Das ist oft so bei wichtigen Dingen.« Treat atmete ebenfalls tief durch und wappnete sich für das, was er vielleicht gleich hören würde. Wenn er an Spielzeug für Erwachsene und die Angst in ihren Augen dachte, gelangte er zu allerlei unguten Schlüssen. Er nahm sich fest vor, ganz ruhig zu bleiben, und biss die Zähne zusammen.

»Als ich mit ihm zusammen war, wollte er unbedingt mal *so was* ausprobieren.« Sie errötete und schaute weg.

»Keine Sorge, Max. Ich bin kein Moralapostel.«

Sie schluckte. »Ich war jung. Und mit dem Typen zusammen, den alle haben wollten. Also dachte ich …« Sie zuckte die Achseln. »So schlimm wird es schon nicht sein.«

Treat wollte nicht hören, was dieses Arschloch ihr angetan hatte, aber Max' Wunden sollten heilen können. Sie sollte frei sein von dem Schmerz, den sie um den Hals trug wie eine Schlinge. Ihm hatte das Gespräch mit seinem Vater sehr geholfen. Deshalb glaubte er, es wäre auch für Max gut, jemandem ihr Herz ausschütten zu können.

Sie schloss die Augen und sprach mit monotoner Stimme weiter. »Es war in der Nacht, in der er mich gepackt hat. Wir waren im Schlafzimmer, er hatte mich ausgezogen. Aber er hatte noch seine Hose an.«

Treat spürte, wie sie zitterte. »Ich bin bei dir, ich lasse dich nicht allein. Du musst nicht weitersprechen, wenn du nicht willst, Max.«

»Ich will es dir sagen.« Sie öffnete die Augen und schaute ihn an. »Er hat dieses Ding benutzt, und am Anfang war es ganz in Ordnung. Er war vorsichtig.« Sie schüttelte den Kopf. »Aber ich weiß nicht, was plötzlich in ihn gefahren ist. Seine Augen haben sich von einer Sekunde zur anderen verändert. So als ob ein Fremder die Kontrolle über ihn übernommen hätte.«

Eine Träne rann über ihre Wange.

Treat wischte sie mit dem Daumen weg und versuchte, seine Nerven im Zaum zu halten. Der Schmerz in ihren Augen und die Vorstellung, was sie hatte erdulden müssen, brachten ihn fast um.

Max fuhr mit tonloser Stimme fort. »Plötzlich hat er das Ding ganz fest in mich hineingestoßen und er hat schreckliche Dinge gesagt. Er hat mich angeschrien und mich beschimpft. Irgendwie ist es mir gelungen, von ihm wegzukommen und meine Kleider zu schnappen. Ich bin zur Tür geflüchtet. Das war der Moment, in dem er mich am Arm gepackt hat.« Jetzt rannen ihr die Tränen in Strömen übers Gesicht.

Treat zog sie an seine Brust. »Schschsch.« Er rieb ihren Rücken und versuchte, seine rasende Wut zu bezähmen. Er wollte jedes Detail über dieses Arschloch herausfinden und den Kerl in Stücke reißen.

Unwirsch richtete sie sich auf und setzte sich zurecht. »Das ist noch nicht alles. Als ich an mir hinuntergeschaut habe, habe ich Blut an meinen Beinen hinunterrinnen sehen. Hellrotes Blut. Was danach noch alles war, weiß ich nicht mehr genau. Nur dass mein Arm höllisch wehgetan hat und dass er Bier getrunken hat, bis er völlig weggetreten war. Dann hat meine Mom angerufen und ich bin abgehauen.«

»Er hatte kein Recht, so etwas mit dir zu machen.« Treat bebte vor Wut. Er wollte diesen Widerling zu Brei schlagen, aber vor allem wollte er Max beistehen. »Komm, Baby.« Er drückte sie an sich und ließ sie sich ausweinen. »Lass alles raus, meine Süße. Lass es raus, damit es dich nicht mehr zerreißen kann. Es war nicht deine Schuld, und ich werde nicht zulassen, dass so etwas je wieder passiert.«

Lange blieben sie unter dem Pier sitzen. Die Schritte über ihnen verstummten, Mondlicht schimmerte auf dem Wasser.

Auf dem Weg zurück zum Wochenendhaus starrte sie aus dem Fenster. Treat ging das Bild einer verängstigten, blutenden Max nicht aus dem Kopf. Nur eine Bestie konnte einer Frau so etwas antun. Er dachte daran, wie Max ihn berührt, wie sie in ihrer Wohnung die Initiative ergriffen hatte. Jetzt ahnte er, wie viel Überwindung es sie gekostet haben musste, ihm sich auf diese Art zu öffnen und ihn in den Mund zu nehmen. Gleichzeitig verstand er, dass der Blick, den er ihr in Nassau zugeworfen hatte, für sie ein Zeichen von versteckter Aggression gewesen sein musste. Unwillkürlich fragte er sich, ob sie manches, was sie mit ihm gemacht hatte, aus purer Angst getan hatte.

»Meine Süße, als wir zusammen waren, als du mich in deiner Wohnung in den Mund genommen hast – warum hast du das getan? Du musst so etwas nicht machen, Max. Nie. Ich kann mein ganzes Leben mit dir verbringen, und es würde mir reichen, dich nur küssen und berühren zu dürfen. Du sollst nie das Gefühl haben, zu etwas verpflichtet zu sein. Du sollst nichts machen, von dem du annimmst, dass andere Frauen es tun oder dass ein Mann so etwas erwartet. Ich bin nicht wie andere Männer und du bist etwas ganz Besonderes.«

Sie drehte sich zu ihm. Ihr Gesicht gab ihm die Antwort, bevor sie etwas sagen konnte. »Ich wollte das. Ich bin bisher nur mit zwei anderen Männern zusammen gewesen. Mit dem, von dem ich dir erzählt habe, und gegen Ende der Highschool mit einem anderen. Ich hatte geglaubt, ich würde ihn lieben, und wir würden für immer zusammen sein. Aber du weißt ja, wie das ist. Was hat man mit achtzehn schon für Vorstellungen vom Leben? Wir sind auf unterschiedliche Colleges gegangen und einen Monat später kam der unvermeidliche Brief.«

»Ich wünschte, ich hätte dich damals schon gekannt. Ich hätte dich für immer geliebt«, sagte er, und er meinte es so sehr, dass sein Herz sich zusammenzog.

»Nein, das hättest du nicht. Ich habe dir ja gesagt, ich war schwach. Ich war nicht die, die ich heute bin. Es ist besser, dass wir uns erst jetzt begegnet sind. Außerdem glaube ich nicht, dass ich es ertragen hätte, sämtliche Mädchen an der Highschool um deine Aufmerksamkeit kämpfen zu sehen. So stark war ich nie.«

»So viele waren es gar nicht.« Er stellte den Wagen ab.

»Pffft. Überall, wo wir auftauchen, ziehst du alle Blicke auf dich. Das ist in Ordnung. Es ist gut. Es macht mich stolz darauf, die Frau an deiner Seite zu sein. Aber leicht ist es nicht. Ich bin unsicher. Habe Hemmungen. Und dein gutes Aussehen macht die Sache für mich nicht einfacher. Ich muss noch lernen, diese Unsicherheiten abzulegen.«

Er ging um den Wagen und öffnete ihr die Tür, nahm ihre Hand und half ihr heraus.

»Ich kann dir versprechen, dass ich nie auf die Avancen irgendwelcher Frauen eingehen werde. Und ganz sicher käme es mir nicht in den Sinn, dir irgendwie wehzutun. Schon gar nicht im Bett. Spürst du nicht, wie wichtig du mir bist, Max? Ich hätte nie gedacht, dass mir jemand einmal genauso viel bedeuten würde wie meine Familie. Aber meine Gefühle für dich sind sogar noch viel stärker.«

Sechsundzwanzig

Sie saßen vor dem Feuer auf der Couch. Max' Beine lagen in Treats Schoß. Er massierte ihre Füße.

»Du hast keine Ahnung, wie gut sich das anfühlt.« Max schloss genießerisch die Augen.

»Doch, ich glaube schon.«

Sie öffnete ein Auge. »Ach ja?«

»Zärtliche Berührungen tun immer gut«, raunte er.

Warum macht mich deine Stimme bloß so an? Sie setzte sich auf und zog die Füße unter ihren Hintern.

»Jetzt mache ich es mal mit dir«, sagte sie.

»Wie bitte? Ich werde gleich rot.«

Sie schlug spielerisch gegen seine Brust. »Ich spreche von deinen Füßen. Ich massiere, du genießt.«

Er zuckte mit den Augenbrauen. »Du schlimmes Mädchen.«

Treat stand auf, holte eine Bettdecke aus einem Schrank in einer Nische und breitete sie vor dem Kamin aus. Als er sich das Shirt über den Kopf zog, stockte Max der Atem. Der Mann, den sie mit jeder Faser ihrer Seele liebte, hatte einen wunderbaren Körper.

Er zog seine Hose aus und legte sich in seinen Boxershorts auf die Decke.

»Das könnte gefährlicher werden als gedacht.« Das meinte sie nur halb im Scherz. Glaubte er wirklich, sie könnte ihn anfassen, ohne ihn gleich verschlingen zu wollen?

Er öffnete seine Hand und hielt ihr ein kleines Ölfläschchen hin.

»War die zusammen mit der Decke in einem Geheimfach? Was bezahlst du den Leuten hier, damit alle sagen, du würdest niemals Frauen mit herbringen?« Max überlegte, ob sie es mit einer Verschwörung zu tun hatte.

Treat zog sie neben sich auf die Decke. »Das war die reine Wahrheit, Max. Außer Savannah ist nie eine Frau mit mir in diesem Haus gewesen. Und als sie hier war, habe ich auf der Couch geschlafen. Deshalb war die Decke im Schrank. Und das Öl hat sie vergessen.«

Max kniete sich neben ihn und hätte gern die Eifersucht verscheucht, die sich in ihr Herz schlich. »Ich soll dir den alten *Nur-meine-Schwester*-Spruch tatsächlich abkaufen?«

In der nächsten Sekunde war Treat auf den Beinen und auf dem Weg in die Küche, wo er sein Telefon hatte liegenlassen. Er drückte eine Taste. Einen Augenblick später sagte er: »Vanny? Rede mit Max.«

Max sprang auf. »Oh mein Gott. Das ist nicht dein Ernst.« *Was macht er da?* Verlegenheit war ein zu milder Begriff für das, was sie in diesem Augenblick empfand.

Er hielt ihr grinsend das Telefon hin. »Los, ich habe nichts zu verbergen. Das sollst du wissen und mir glauben.« Er wedelte mit dem Handy.

Ihr blieb nichts anderes übrig, als es zu nehmen. »Ha… Hallo?« Ihre Stimme klang dünn und unsicher.

»Max! Hey, Mädel! Du hast ihn gefunden! Hat er dich angerufen?«

Max staunte über Savannahs Begeisterung. »Nein. Ich bin in Wellfleet. Er hat mir mal erzählt, das sei sein Lieblingsort. Deshalb bin ich das Risiko eingegangen herzukommen, und er war da.«

»Das war Schicksal«, lachte Savannah. »Als ich das letzte Mal in Wellfleet war, musste er auf dem Sofa schlafen. Hey, frag ihn mal, ob er mein Aprikosendingens gefunden hat.«

»Aprikosen was?«

»Er weiß schon, was ich meine. Mein Aprikosenkernöl.« *Das glaube ich nicht.* Max zog die Augenbrauen zusammen und ließ das Telefon sinken. »Savannah will wissen, ob du ihr Aprikosenkernöl gefunden hast.«

Er schwenkte grinsend das Fläschchen.

Max streckte ihm die Zunge heraus und legte ihre freie Hand über ihre Augen.

»Ja. Er hat es.«

»Prima. Man kann es gut für Aromatherapien verwenden. Ihr solltet es ausprobieren. Es duftet wunderbar und hinterlässt keinen Fettfilm auf der Haut.«

Als Max nicht gleich antwortete, füllte Savannah die Stille.

»Vielleicht habe ich ein bisschen zu weit gedacht, Max. Aber ich finde, ein Mädchen muss schon ziemlich verrückt nach einem Kerl sein, wenn es dessen Vater ausfindig macht und hinfährt. Und dass Treat verrückt nach dir ist, weiß ich. Deshalb ...«

»Danke, Savannah. Mit dem Öl fällt uns sicher was ein.« Sie schaute zu, wie Treat sich mit einem triumphierenden Lächeln wieder auf die Decke setzte.

»Worüber wolltest du eigentlich mit mir reden?«, fragte Savannah.

Oh Mist! Max sagte das Erstbeste, was ihr einfiel. »Ähm, oh.

Ich habe Treat nach seinem Lieblingsdessert gefragt. Er will es mir nicht verraten, meint aber, du wüsstest es.«

»Sag ihm, er ist ein Dödel. Tiramisu. Hey, ich muss Schluss machen. Ich bin mit Connor unterwegs.«

»Mit Connor Dean? Du arbeitest noch? Um diese Zeit?«, fragte Max. Treat streckte sich genüsslich vor dem Feuer aus.

»Könnte man sagen. Ich bin froh, dass du meinen Bruder gefunden hast. Er ist er beste Mann der Welt. Ehrlich, Max. Auf ihn kannst du dich immer verlassen. Zu hundert Prozent. Also macht's gut ihr Hübschen. Ich muss jetzt.«

Die Verbindung brach ab und Max ließ sich neben Treat nieder. Sie fühlt sich wie ein Volltrottel.

»Du kannst mich alles fragen, was du willst, Max. Und ich werde dir ehrlich antworten. Dass es dir gelegentlich mal schwerfällt, mir zu glauben, kann ich verstehen. Viele Leute lügen. Aber ich sage nur Dinge, zu denen ich auch stehen kann.«

Was sollte sie darauf antworten? Alles, was er ihr bisher über sich erzählt hatte, hatte sich im Nachhinein als zutreffend erwiesen. *Er hat seine Schwester angerufen!* Sie träufelte Öl auf seinen Rücken und sagte schließlich: »Tut mir leid, dass ich Zweifel hatte. Aber du musst zugeben, ein bisschen fischig hat das alles schon geklungen.« Sie genoss das Gefühl seines öligen Körpers unter ihren Händen.

»Woher weißt du, dass ich mich nicht mit Savannah abgesprochen habe?«

Max' Handflächen blieben still auf seinem Rücken liegen. Sie dachte kurz über Treats Worte nach, dann grinste sie. »Weil sie so was nicht machen würde. Sie mag mich.«

»Wie wär's mit: Ich würde so was nicht machen, weil ich dich mag?«

Was für ein Mann! Sie küsste ihn auf die Wange. »Auch gut.«

Max strich mit den Händen über die Haut zu beiden Seiten seiner Wirbelsäule, dann knetete sie von innen nach außen die Anspannung aus seinen Muskeln. Sie ließ sich Zeit, bearbeitete jeden Quadratzentimeter seines Rückens und jeden einzelnen Muskelstrang. Seine wohligen Seufzer spornten sie an. Jeder Handgriff machte ihr Lust auf den nächsten. Sie arbeitete sich zu seinen Armen hinauf und massierte mit langsamen, regelmäßigen Bewegungen seine Schultern. Ihre Fingerspitzen zeichneten seine Muskeln nach.

Er seufzte auf und sie machte weiter. Der Duft des Öls breitete sich aus und steigerte ihre Erregung. Seine Haut wärmte sich unter ihren Händen. Sie spürte, wie ihr Pulsschlag sich beschleunigte, und wünschte sich, sie wäre nackt und könnte ihren Körper über seinen gleiten lassen.

Halt, halt, halt. Sie schloss die Augen, bis sie sich wieder im Griff hatte. Dann träufelte sie Öl auf seine Oberschenkel und massierte die Spannung aus den mächtigen Muskeln, die unter ihren Handflächen zuckten.

»Du hast Zauberhände«, murmelte Treat.

Max versuchte, das Pulsieren zwischen ihren Beinen zu ignorieren.

»Mmm-hmm.« Sie schob die Hände zwischen seine Schenkel und strich mit langen, festen Bewegungen über seine Haut. Dann drückte sie seine Beine ein wenig auseinander, sodass sie jedes mit beiden Händen bearbeiten konnte.

Ein Gefühl großer Nähe und Vertrautheit breitete sich in ihr aus. Das Atmen fiel ihr schwer. *Wie kann er erwarten, dass ich ihn nur ganz harmlos massiere, wenn er so appetitlich vor mir liegt?* Treats Augen waren geschlossen. Er sah aus, als würde er schlafen. Durch den dünnen Baumwollstoff seiner Boxershorts hindurch knetete Max nacheinander seine Hinterbacken. Sie biss sich auf die Unterlippe. Jede dieser erotischen Berührungen macht ihr Lust auf mehr. Sie war schon ganz kribbelig, dabei hatte er sie noch nicht mal angefasst. Unglaublich, dass sie solche wunderbaren Momente noch nie zuvor erlebt hatte. Es war schön, Genuss zu schenken und zu empfangen.

Ohne groß darüber nachzudenken, zog Max sich aus und legte ihre Kleider ordentlich gefaltet auf den Tisch. Dann schmiegte sie sich an Treat und ließ sich vom Kaminfeuer wärmen. Sie zog den Bund seiner Boxershorts ein wenig nach unten und leckte die zarte Haut, die darunter zum Vorschein kam.

Als er aufstöhnte, schob sie sich an seinem öligen Körper nach oben.

»Max«, flüsterte er.

»Schschhh.« Sie küsste seinen Nacken, leckte sein salziges Fleisch, dann küsste sie seine Schulter und schließlich die Stelle unter seinem Ohrläppchen.

Wieder ein leises Stöhnen. Sie küsste ihn fester und saugte an seiner Haut. Dann klammerte sie sich an seinem Bizeps fest und presste das Becken an ihn. Seine Muskeln spannten sich, sie glitt an ihm nach unten und setzte sich mit dem Gesicht zu seinen Füßen rittlings auf ihn. Als er sich unter ihr umdrehte und sie an den Hüften packte, lief ihr eine Gänsehaut über die Beine. Sie schloss die Augen. Im Moment war ihr sein Vergnügen viel wichtiger als ihres. Sie beugte sich vor und massierte die Spannung aus seinen Waden, seinen Knöcheln und seinen Füßen, die genauso schön waren, wie sie vermutet hatte.

Mit einer schnellen Bewegung zog er sie zu sich und leckte

sie durch ihre Panties hindurch. Max schnappte nach Luft und unterdrückte ein Stöhnen. Treat schob den feinen Spitzenstoff beiseite und leckte ihre empfindlichsten Stellen. Mit geschlossenen Augen wölbte sie sich ihm entgegen. Er zog sie fester an sich und ließ zwei Finger in sie gleiten.

Sie konnte kaum denken und fast nicht atmen. Ihre Mitte pulsierte um seine Finger und seine unfassbare Zunge. Was Treat mit ihr anstellte, war beinahe unerträglich schön. Bebend ließ sie sich von ihrem Orgasmus mitreißen wie von einer gewaltigen Welle, während Treat sie leckte und rieb und höher fliegen ließ als je zuvor in ihrem Leben.

Wortlos legte sie sich an seine Seite. Sie brachte keinen einzigen Ton heraus. Die Wärme des Feuers und die Ekstase, die sie gerade erlebt hatte, legten sich rosig auf ihre Wangen. Treat wollte sie an sich ziehen, doch sie schüttelte den Kopf. Ihre Augen hingen gebannt an seiner Härte, die noch in seinen Boxershorts gefangen war. Sie wollte gar nicht wissen, warum sie sich plötzlich so stark fühlte und kein bisschen verlegen war. Sie ließ ihr wildes Verlangen einfach zu und wollte es noch steigern, indem sie mit ihm spielte.

»Max.« Wieder versuchte er, sie an sich ziehen, doch sie wich zurück.

Sie rieb die empfindliche Haut an seinen Hüften. Er schnappte nach Luft und stöhnte leise auf. Langsam und fest strich Max mit den Händen über seine Brust, dann umkreiste sie mit der Zunge eine seiner Brustwarzen.

Er packte ihren Kopf mit den Händen.

»Uh-uh.« Sie zog seine Hände weg. »Jetzt darf ich bestimmen«, sagte sie.

Wieder stöhnte er auf und sie küsste seinen Hals. Ihre Brüste streiften die Löckchen auf seiner Brust. Die exquisite

Berührung ließ sie beide erschauern. Sie leckte seine Unterlippe, hörte, wie sein Stöhnen hungriger wurde und seufzte leise auf. »Ist das schön?«, fragte sie unschuldig.

Dann presste sie sich an ihn. Diesmal ließ sie sich von ihm festhalten und küssen, bis ihr eigener Geschmack verschwunden war und seine Stoppeln die zarte Haut um ihre Lippen wundrieben.

»Du bringst mich um den Verstand«, raunte er.

»Zärtliche Berührungen tun immer gut. Hast du das nicht eben gesagt?«, frotzelte sie.

Das Verlangen in seinen Augen war greifbar. Er nahm ihr Gesicht zwischen die Hände und küsste sie fordernd. Dann wechselte er zu weicheren, zärtlicheren Küssen, deren provozierende Langsamkeit sie vor Lust fast vergehen ließ.

»Ich könnte dich nicht mehr lieben, Max.«

»Wie schade. Ich hatte mich schon so darauf gefreut, dass deine Gefühle jeden Tag noch ein bisschen stärker werden würden.«

Seine Nerven standen in Flammen, und was zwischen seinen Beinen vorging, ließ kein Blut übrig für sein Gehirn. Er streichelte ihre Hüfte, doch plötzlich ließ ihn der Gedanke, wie sehr ihr einmal wehgetan worden war, erstarren. Er zog sie fest an sich und spürte ihr Herz an seinem schlagen. Das süße Herz, das er beschützen und lieben wollte.

Sie drückte das Becken an ihn, er strich ihr das Haar von der Stirn, küsste sie über beide Augen und sah das Verlangen in ihrem Blick. Die süße, liebevoll provokative Frau in seinen Armen sollte dieselbe sein, die dieser Mistkerl gequält und fast gebrochen hatte? Treat wollte dieses Stück Dreck umbringen, und das tiefe Bedürfnis, Max' Wunden für immer zu heilen, war stärker als seine Lust.

»Treat.« Max wischte ihm eine Träne aus dem Augenwinkel. »Was ist?«

Er vergrub das Gesicht an ihrem Hals, atmete den Duft ihrer Erregung ein und spürte ihre seidige Haut an seiner. Er musste sich zusammenreißen. Erwachsene Männer verloren doch nicht die Fassung wegen etwas, was vor so langer Zeit geschehen war. Aber verdammt, Max die Bürde ihrer Vergangenheit von den Schultern zu nehmen, war wichtiger, als mit ihr zu schlafen.

»Die Vorstellung, wie weh er dir getan hat …« Treat schüttelte den Kopf.

»Das ist lange her.« Sie strich ihm durchs Haar.

Die liebevolle Geste ließ sein Herz schneller schlagen.

»Ich will dir niemals wehtun, Max. An Sex wollte ich heute Nacht eigentlich gar nicht denken.«

»Es ist viel mehr als Sex«, sagte sie ruhig. »Es ist Liebe. Das weiß ich. Und ich will mit dir zusammen sein.«

»Und ich will dir helfen zu heilen.«

»Das tust du. Du hast bereits damit angefangen. Dich in mein Leben zu lassen und dir zu vertrauen war ein wichtiger erster Schritt für mich. Ich muss heilen und du musst es auch.«

Er küsste sie auf die Wange und legte den Kopf an ihre Schulter.

»Als du mir gesagt hast, du hättest Angst zu lieben, Angst vor dem hier, vor uns, habe ich gut zugehört. Auch du hast eine Bürde, die du loswerden musst«, sagte sie.

Sie küsste ihn zärtlich, dann streifte sie ihre Panties ab und lag eine Sekunde später unter ihm. Sie wölbte das Becken auf und er glitt in sie. Max schloss die Augen. Ihr sinnliches Lächeln durchbohrte beinahe sein Herz. Seine Stöße waren langsam und zärtlich. Mit jeder gleitenden Bewegung in ihre heiße Mitte jagten Blitze durch seinen Körper. Er biss die Zähne zusammen und umfasste ihre Schultern, so dass er sie mit jedem Stoß ganz ausfüllen konnte. Sie zog sich um ihn zusammen, hielt sich an seinem Rücken fest und wollte mehr. Dann zog sie die Knie an, damit er noch tiefer in sie dringen konnte. Doch plötzlich wich er hastig zurück. *Verdammt.*

Max riss die Augen auf. »Was ist?«

»Kondom.« Treat sprang auf. »Tut mir leid.« Er rannte die Treppe hinauf.

»Mach schnell«, rief sie hinter ihm her.

Er nahm immer zwei Stufen auf einmal, schnappte sich ein Kondom vom Nachttisch und eilte wieder nach unten. Dann kniete er sich zwischen ihre Beine, riss die Verpackung auf und zog sich die Hülle über.

Max unterdrückte ein Kichern. »Sorry. Es sah nur so lustig aus, als du eben nackt die Treppe hochgerannt bist.«

»Für meine Männlichkeit ist das nicht sehr hilfreich«, frotzelte er.

Sie lachte auf und sah dabei so verdammt süß aus, dass er ebenfalls lachen musste.

Plötzlich wurde sie ernst. Sie streckte die Hand nach ihm aus und umfasste seine Hoden. Die Berührung kam völlig unerwartet. Sie streichelte ihn mit sanften Fingern, bis er glaubte, explodieren zu müssen. Dann wölbte sie sich ihm entgegen.

»Lieb' mich«, sagte sie.

Er nahm sie mit einem hungrigen Aufstöhnen. Sie fühlte sich so gut an. Durch die dünne, schützende Hülle spürte er ihre Hitze.

»Schneller«, hauchte sie. Jeden seiner harten Stöße beantwortete sie mit einem Aufwölben ihrer Hüfte.

»Ja. Ja. Oh Gott …«, rief sie. Ihr Inneres pulsierte. Sie schrie seinen Namen. Sie steigerten sich in einen rasenden Rhythmus, bis sie nach Luft ringen mussten und ihre Körper bei ihrem gemeinsamen Höhepunkt bebend aneinanderprallten. Hinterher schliefen sie engumschlungen ein. Und selbst als das Feuer ausgegangen war, hielt die Glut ihrer Körper sie warm.

Siebenundzwanzig

Als Max aus der Dusche kam, saß Treat mit seinem Telefon draußen auf der Terrasse. Auf der Arbeitsplatte standen ein Becher Kaffee und ein Teller Waffeln. Ringsum hatte Treat Erdbeeren gelegt. Max schaute vom offenen Fenster aus zu, wie die einsetzende Ebbe das Wasser ablaufen ließ. Sie liebte das kleine Wochenendhaus, und je länger sie hier war, desto wohler fühlte sie sich.

Eigentlich wollte sie Treats Telefonat nicht belauschen, doch sie hörte, wie frustriert er klang.

»Stimmt, ich habe gesagt, ich schicke ein Angebot. Aber die Sache hat sich erledigt.«

Ihr wurde klar, dass er ihr auf die Frage, wo er wohnte, nie eine richtige Antwort gegeben hatte. Sie rätselte, ob er tatsächlich ein Zuhause hatte oder ob er seiner Geschäfte wegen ständig auf Reisen war. Es sah ganz danach aus. Als er aufsprang und sein Stuhl geräuschvoll über die Terrasse rutschte, schreckte sie zusammen.

»Nein, ich möchte nicht weiter verhandeln. An Zukäufen habe ich kein Interesse.«

Starr lauschte Max jedem einzelnen Wort.

»Mein verdammtes Geld reicht jetzt schon für zwei Leben.

Der Deal ist nicht mehr wichtig.« Er ging auf und ab. »Es ist nur ein Resort. Ja, ich weiß. Und es sind nur drei Monate. Aber im Augenblick kann ich mich unmöglich drei Monate lang freimachen.« Er hielt inne und hörte sich offenbar an, was sein Gesprächspartner am anderen Ende der Leitung sagte. »Wer nach dieser Sache keine Geschäfte mehr mit mir machen möchte, interessiert mich nicht die Bohne.«

Was immer da gerade ablief, es versetzte ihn in Hochspannung. Max nahm an, dass ihr Auftauchen seine Pläne über den Haufen geworfen hatte.

»Das ist klar«, fuhr Treat fort. »Ja, ich weiß, es ist Thailand, und ich weiß auch, was das für meine internationalen Geschäfte bedeutet.«

Thailand? Max fiel ein, dass er damals in Nassau gerade mit den Kaufverhandlungen für ein Resort in Thailand begonnen und wegen ihr seinen Flug dorthin verpasst hatte. *Oh nein.* Er hatte so lange auf dieses Ziel hingearbeitet. Sie wollte nicht, dass er es aufgab.

Er fuhr sich durchs Haar und ging rastlos auf und ab.

»Von nun an werden sich ein paar Dinge ändern. Ich werde nicht mehr andauernd auf Reisen sein. Keine Zukäufe mehr, um die ich mich kümmern muss.«

Max wusste, dass sie sich eigentlich geschmeichelt fühlen sollte. Aber sie war hin- und hergerissen. Treat hatte ihr gesagt, wie wichtig ihm seine Arbeit war und wie viel Freude sie ihm machte. Als er ins Haus kam, atmete sie tief durch.

»Hey, meine Süße. Da bist du ja.« Er küsste sie auf die Wange, schenkte sich Kaffee nach und setzte sich an den Tisch, als hätte es das Telefongespräch nie gegeben.

Doch Max sah die Schatten in seinen Augen. »Alles in Ordnung?«

»In Ordnung? Warum?«

»Nichts. Ich dachte nur … Ach, ist ja auch egal.« Sie hatte ein flaues Gefühl im Magen. Sie hatte gelauscht. Deshalb konnte sie ihm schlecht Fragen zu dem Gespräch stellen, das sie an dem Weg zweifeln ließ, den ihr Herz eingeschlagen hatte.

Er griff über den Tisch und nahm ihre Hand. »Wie viel Zeit haben wir noch? Wann musst du wieder zurück an die Arbeit?«

Bitte ändere dein Leben nicht für mich. Bitte tu es. Max schob ihre verworrenen Gedanken beiseite und versuchte, sich zu erinnern, welcher Wochentag gerade war. *Mittwoch.* »Ich muss am Samstagnachmittag zurück sein. Also in dreieinhalb Tagen. Treat, wenn du arbeiten musst, ist das völlig in Ordnung. Lass dich von mir nicht davon abhalten. Ich kann auch früher nach Hause fliegen.«

Er schüttelte den Kopf. »Ich wollte nur wissen, wie viel Zeit wir noch gemeinsam verbringen können.«

Max hätte schwören können, dass sich hinter seinem Lächeln etwas verbarg. Sie erwog, es ihm leichter zu machen, indem sie sich eine Ausrede einfallen ließ und früher verschwand. Das würde zwar wehtun, aber sie wusste, dass Paare, die zu viel füreinander aufgaben, sich das später oft gegenseitig vorwarfen. Manchmal fragte sie sich, ob das der Grund für die Probleme mit ihrem Ex-Freund gewesen war. Er hatte Hotelmanagement studiert und so gut wie überall arbeiten können. Deshalb hatte er eingewilligt, dorthin zu ziehen, wo Max einen Job im Marketingbereich bekam. Ihr zuliebe war er bereit gewesen, seine eigenen Karrierepläne zurückzustellen. *Und dann hat er mich dafür gehasst.*

Am Nachmittag wurde es wärmer und sie spazierten am Strand entlang.

»Ich war nie ein Händchenhalter.« Treat hob ihre ineinander verflochtenen Finger in die Höhe.

Max lächelte. »Sieht aus, als gäbe es für uns beide jede Menge erste Male. Denn ich habe bisher weder jemanden massiert noch je eine Fußmassage bekommen.«

»Keine Fußmassage? Im Ernst? Das wird sich von jetzt an ändern, meine Süße.«

Sie erreichten eine kurze Mole aus Felsblöcken. Die Flut setzte gerade ein, und sie schauten vom Ende der Mole aus zu, wie das Wasser zurückkehrte und an den gigantischen Felsbrocken emporstieg.

Treat blickte mit zusammengezogenen Brauen auf die See hinaus. Max hatte im Lauf des Morgens beobachtet, wie er immer nachdenklicher geworden war, und wollte ihn zu gern nach Thailand fragen. Doch sie ahnte, wie seine Antwort ausfallen würde: Er würde sagen, dass er für sie jederzeit sein Leben ändern würde, ohne mit der Wimper zu zucken. Sie war fast sicher, dass er den Thailand-Deal wegen ihrer Beziehung absagen wollte. Die Vorstellung, dass er seine geschäftlichen Aktivitäten zurückfuhr, obwohl sein Beruf ihm so viel bedeutete, ängstigte sie zu Tode. Der Auslöser für eine so tiefgreifende Veränderung zu sein war schon einmal ungut ausgegangen. *Irgendwann langweilt er sich und gibt mir dann die Schuld für alles, was er nicht erreicht hat.*

Max kam aus dem Grübeln nicht mehr heraus. Sie aßen in einem gemütlichen Restaurant im Hafen zu Abend. Trotz der behaglichen Umgebung hatte Max keinen Appetit.

»Alles in Ordnung?«, fragte Treat.

»Ich bin bloß müde.« Sie setzte ein Lächeln auf.

»Das ist meine Schuld, weil ich dich in den letzten beiden Nächten zu lange wachgehalten habe. Heute lasse ich dich schlafen.«

Warum musste er immer so nett zu ihr sein? Sie griff nach seiner Hand und wollte ihn nach dem Telefongespräch fragen. Doch noch bevor sie sich ein Herz fassen konnte, sagte er: »Max, ich finde, wir sollten darüber reden, wie es nach dieser Woche mit uns weitergeht.«

Sie schluckte gegen den bohrenden Schmerz in ihrem Magen an. Das war ihre Chance, ihm einen geordneten Rückzug zu ermöglichen. »Ich werde unglaublich viel zu tun haben und du vermutlich auch.«

»Aber nicht so viel, dass für dich keine Zeit bleibt«, sagte er.

Endlich hatte sie sich zugestanden, ihn zu lieben, und jetzt stellte sich heraus, dass das ein Fehler war. An nur einem Ort und mit einer Frau wie ihr würde er niemals glücklich sein können. Er brauchte den Nervenkitzel, musste neue Märkte erschließen und sich durch harte Verhandlungen ackern. Er war ein Macher, ein Kämpfer und Vagabund und sie eine Stubenhockerin. Vielleicht konnte sie mit ihm durch die Welt ziehen. Ihm dorthin folgen, wo seine Geschäfte ihn hinführten. Chaz hatte ihr bereits angeboten, per Telefon und Internet für ihn zu arbeiten. Aber würde sie es Treat vorwerfen, wenn sie sich darauf einließ?

»Max, was fange ich da für Schwingungen auf?«

Schwingungen? Ich dachte, Männer hassen es, über Gefühle zu reden. Warum muss gerade ich an einen geraten, der so verdammt perfekt ist?

»Ich bin wirklich nur müde«, log sie.

Treat bezahlte die Rechnung, dann fuhren sie zurück zum Wochenendhaus. Max schwieg, obwohl Treat sie anschaute wie ein Welpe, der wissen wollte, was er falsch gemacht hatte.

Zusammen saßen sie unter wärmenden Decken auf der Terrasse und betrachteten den Nachthimmel über der Bucht. Max wünschte, sie könnte die Zeit anhalten und müsste nie wieder eine Entscheidung treffen.

»Bist du schon so weit, mit mir zu reden?«, fragte Treat.

Max' Kopf lag an seiner Brust. Zu gerne hätte sie nein gesagt. Sie wollte nicht reden. Sie würden ihren gewohnten Alltag wieder aufnehmen und irgendwie würde es mit ihnen weitergehen – oder eben nicht. Sie wollte ihm sagen, er solle das Thailandgeschäft weiterverfolgen und sein Leben nicht wegen ihr in den Stand-by-Modus versetzen. Gleichzeitig wollte sie sich an ihn klammern und ihn nie wieder loslassen. Schließlich sagte sie: »Es gibt nicht viel zu reden.«

»Habe ich irgendetwas getan, was dich traurig macht?«

Sie berührte seine Wange. »Nein. Du bist unheimlich lieb zu mir.«

Er blickte ernst hinaus aufs Wasser. »Hast du Angst, dass irgendwas passiert, wenn wir nicht zusammen sind? Dass ich etwas anstelle?«

»Nein. Überhaupt nicht.« Das war eine ehrliche Antwort. Sie hatte keine Angst, dass Treat nach anderen Frauen Ausschau halten würde. Um die blonde Schönheit ins Bett zu bekommen, hätte er nicht mal mit den Fingern schnippen müssen. Aber er hatte ihr eine Abfuhr erteilt. Dass Treat fremdflirten könnte, war ihre kleinste Sorge, und mangelndes Vertrauen wäre leichter zu kurieren gewesen als das, was jetzt wie eine Gewitterwolke über ihrem Kopf hing. Der Grund dafür sein, dass er aufgab, was er liebte? Oder ihn nie wieder loslassen? Dieses innere Tauziehen war nicht zu gewinnen.

Er zog sie an sich und sie schloss die Augen. Ein paar

Sekunden lang erlaubte sie sich, noch einmal davon zu träumen, von jetzt an jede einzelne Nacht mit ihm zu verbringen oder da zu sein, wenn er von der Arbeit nach Hause kam. *Arbeit.* Was machte jemand wie er eigentlich genau?

»Erzähl' mir etwas über deinen Job. Ich weiß, dass du mehrere Resorts besitzt. Aber was bedeutet das konkret?«

»Ich will dich nicht langweilen«, antwortete er. »Es klingt glamouröser, als es ist.«

Sie setzte sich auf. »Nein, im Ernst. Ich weiß tatsächlich nicht, was du machst, und würde es gern verstehen.«

Er seufzte, dann lächelte er. Seine Augen blitzten wie beim letzten Mal, als er von seiner Arbeit gesprochen hatte. »Jeder Tag ist anders. Um die Abläufe vor Ort kümmern sich die Resort-Manager. Ich bin eher dafür zuständig, wie es immer weiter geht.«

»Und wie geht es weiter?«

»Mit Zukäufen, Fusionen und Übernahmen. Ich suche neue Standorte und dort dann die Lieferanten. Ich plane, analysiere und entwickle Strategien.« Er beugte sich vor. Aus seiner Stimme sprach Begeisterung. »Ich mache das jetzt seit zwölf Jahren und hatte noch keine Minute Langeweile. Es gibt ständig neue Herausforderungen. Umbauten, Renovierungen, Events. Ich muss jede Menge Kontakte pflegen. Mein Kalender ist also proppenvoll. Es ist ein verrücktes, aber fantastisches Leben. Ein Traum. Aber ein richtig guter.«

Offenbar bemerkte er die Besorgnis in Max' Blick, denn als er sich wieder zurücklehnte, verflog seine Begeisterung. »Es hat Spaß gemacht, aber ich denke, ich bin inzwischen hervorragend aufgestellt und muss mein Unternehmen nicht mehr ständig vergrößern. So, wie ich es eben beschrieben habe, war mein Leben, bevor ich dich gefunden habe, Max.« Seine Stimme wurde ernst. »Ich habe meine Tage mit Arbeit und meine Nächte mit allem Möglichen gefüllt, so lange es nur nicht von Dauer war. Ich habe mein Leben nicht gelebt, Max. Ich bin davor weggerannt.« Er legte seine Hand auf ihren Schenkel und drückte ihn. »Was ich bisher getan habe, war spannend und erfüllend. Aber jetzt, wo ich mein Leben wirklich leben will und dich an meiner Seite habe, reicht mir das nicht mehr. Ich möchte ein Heim, dich als meine Frau und eines Tages vielleicht Kinder. Jetzt will ich den Traum leben, vor dem ich jahrelang auf der Flucht war.«

Nach den Worten: *Es ist ein verrücktes, aber fantastisches Leben. Ein Traum. Aber ein richtig guter,* hörte Max nichts mehr. Sie wusste, was sie zu tun hatte.

Dass mit Max etwas nicht stimmte, spürte Treat in dem Augenblick, als er sie am Küchentisch mit ihrem Essen spielen sah. Ihre Anspannung zu verbergen, gelang ihr nicht. Sie wirkte, als würde ihr Leben um sie zerbröckeln. Den ganzen Tag über waren die Schatten nicht aus ihren Augen gewichen. Jetzt, wo sie an ihm lehnte, nahm der die Spannung in ihrem Körper deutlich wahr. Sie atmete kurz und gepresst.

Bei der Frage nach seiner Arbeit war eine Veränderung in ihr vorgegangen. Er hatte sich kaum getraut, ihr eine ehrliche Antwort zu geben, denn ihm war klar, dass seine Begeisterung geradezu einschüchternd wirken konnte. Doch er hatte ihr versprochen, immer ehrlich zu sein. Also war er es auch. Leider wirkte sie jetzt ernster und nachdenklicher als je zuvor.

Treat wollte sie in die Arme nehmen und ihr die Welt versprechen, die er ihr zu Füßen legen konnte. Aber er ahnte, dass auch sein innerer Tumult für Max spürbar war. Er stand wegen des Thailandgeschäfts unter Strom. Um dieses Resort zu bekommen, hatte er Himmel und Hölle in Bewegung gesetzt. Er war zwar bereit, alles aufzugeben, damit er mit Max zusammen sein konnte. Aber ein letzter erfolgreicher Abschluss wäre das Sahnehäubchen gewesen, bevor er endgültig kürzer trat. Allerdings hätte das drei sehr hektische Monate voller Termine und Geschäftsreisen bedeutet. Von Max konnte er unmöglich verlangen, alles stehen- und liegenzulassen und mitzukommen. Er wollte nicht, dass sie ihm das später einmal vorwarf. Jemanden um so etwas zu bitten war nicht fair.

Selbst jetzt, wo sie aneinandergeschmiegt auf der Terrasse saßen, wälzte er diese Gedanken hin und her. Max war gerade erst wieder in sein Leben zurückgekehrt, und die letzten paar Tage waren nicht genug. Er wollte sein Leben mit ihr verbringen. Er wollte all das, was er ihr gerade gesagt hatte. Und wenn er dafür ein Geschäft in den Wind schreiben musste, würde er es tun.

»Was hast du für Vorstellungen, Max?«

Max spielte mit dem Bund seines Pullovers.

»Max? Was ist mit dir? Willst du das alles auch?«

Max zuckte mit einer Schulter. Diese kleine Bewegung riss mindestens ebenso sehr an seinem Herzen wie ihr Anblick damals an dem Morgen, an dem er geglaubt hatte, sie sei mit Justin zusammengewesen.

»Max?« Seine Brust zog sich zusammen. Er war verletzt, aber langsam stiegen völlig ungebeten noch andere Gefühle in ihm auf. Wenn sie sich nicht dasselbe wünschte wie er, warum saßen sie dann zusammen hier? Warum hatten sie einander tiefe Einblicke in ihre Seelen gewährt?

Sie schaute ihn an und er fragte noch einmal. »Wie stellst du dir das mit uns beiden vor? Wo siehst du uns in der Zukunft?«

Max richtete sich auf. »Ich glaube, im Moment geht alles ein bisschen schnell.«

Ihre Worte waren wie ein Tritt in seine Magengrube. »Ein bisschen schnell? Ich dachte, du fühlst dieselbe tiefe Verbundenheit zwischen uns beiden wie ich. Ich dachte, du willst das hier genauso sehr.«

»Das … das ist auch so. Aber …«

»Aber? Max, wir können uns Zeit lassen. Ich wollte dich nie zu etwas drängen. Sag mir einfach, was du willst. Ich richte mich ganz nach dir.« *Das darf doch nicht wahr sein.* War er tatsächlich so blind, dass er sich in eine Frau verliebt hatte, die seine Liebe nicht erwidern konnte? Sicher nicht. Er spürte ihre Liebe in allem, was sie tat und sagte. Und sogar jetzt sagten ihre Augen etwas anderes als ihr Mund.

»Es ist kalt. Können wir reingehen?« Max nahm ihre Decke und flüchtete ins Haus.

Meine Entscheidung ist richtig. Absolut. Ich muss es tun. Was sie vorhatte, fühlte sich jetzt schon an, als würde ihr das Herz aus der Brust gerissen.

Treat folgte ihr ins Haus. War sie verrückt? Ganz eindeutig. Sie hasste sich für ihren Plan. Sie war dabei, ihrer beider Herzen zu brechen, damit er glücklich sein konnte.

»Sprich mit mir, meine Süße. Bitte. Sperr mich nicht aus deinen Gedanken aus.«

Es ist fast, als wäre ich schizophren. Ich bereite uns beiden eine emotionale Achterbahnfahrt, die nur in der Hölle enden kann. »Was zwischen uns ist, ist großartig. Mehr als großartig. Aber wir kennen uns noch kaum.« *Sag ihm einfach die Wahrheit.*

»Ich weiß alles über dich, was ich wissen muss. Und alles andere erfahre ich mit der Zeit.«

»Treat, du bist ein kluger Mann. Dir ist sicher klar, dass zu einer Beziehung mehr gehört, als das, was wir im Augenblick haben.«

»Stimmt, ich bin nicht dumm. Und ich weiß, dass es eine Liebe wie unsere nur einmal im Leben gibt. Selbst, wenn wir ein paar Gänge zurückschalten müssen, selbst wenn wir die nächsten Schritte erst in zehn Jahren angehen können, ist das genug für mich.«

Der Schmerz und die Wut in seinen Augen rüttelten an ihrem Entschluss. Aber sie musste stark sein. Er wollte alles für sie aufgeben. Doch ganz gleich, wie sehr sie ihn liebte, ihre Liebe würde niemals die Leere füllen, die entstand, wenn er nicht mehr das tun konnte, was sein Lebenselixier war. Das war das Todesurteil für jede Beziehung.

»Wovor hast du Angst, Max? Sag es mir bitte. Was immer es ist, ich schaffe es aus der Welt. Wir schaffen es aus der Welt. Wir können daran arbeiten. Ich bin zu allem bereit.«

»Das weiß ich, und das ist ja das Problem.« Max ließ sich auf die Couch fallen und verschränkte die Arme, damit sie nicht zitterte.

Treat setzte sich seufzend zu ihr. Er legte eine Hand auf ihren Oberschenkel und strich ihr mit der anderen zärtlich über die Wange. Sie erstarrte unter seiner Berührung, versuchte verzweifelt, die Mauern wieder zu errichten, hinter denen sie so lange sicher gewesen war. *Verdammt, warum ist das so schwer?*

»Soll das heißen, ich gebe dir zu viel? Ich verstehe das nicht ganz. Erdrücke ich dich?«

Max schüttelte den Kopf. Wenn sie jetzt den Mund aufmachte, würde sie in Tränen ausbrechen.

»Meine Süße«, flüsterte er. »Wenn du es möchtest, höre ich auf zu geben und verwandle mich in einen miesepetrigen Geizhals.«

Sie musste lächeln, obwohl sie das Gefühl hatte, ihr Herz würde von gigantischen Händen zusammengepresst.

»Du kannst nicht alles für mich aufgeben. Das will ich nicht.« Sie schloss die Augen.

»Max, schau mich an, bitte.«

Sie drehte sich zu ihm. Noch einmal strich er über ihre Wange. Sie schmiegte sich an seine Hand und saugte diese tröstliche Geste auf. Warum hatte sie überhaupt etwas gesagt und nicht einfach alles auf sich zukommen lassen? Sie konnte nach Colorado zurück und er konnte sich wieder an die Arbeit machen, wo immer das sein mochte. Sie konnten dem Leben seinen Lauf lassen. Warum musste sie alles abklären und einordnen?

»Wenn wir …«% Er wandte sich ab.

Ein Mann wie Treat war Max noch nie begegnet. Seine Augen waren feucht geworden wie in der Nacht zuvor, als er daran gedacht hatte, wie der andere ihr wehgetan hatte. Ein so einfühlsamer und liebevoller Mann wie Treat war ihr noch nie zuvor begegnet.

»Ich kann nicht mal *wenn* sagen«, fuhr er schließlich fort. »Keiner von uns muss etwas aufgeben, wenn wir zusammen sind. Meine Geschäfte laufen auch, ohne dass ich ständig vor Ort bin. Und wenn du gern weiter arbeiten willst, dann wohne ich, dann wohnen wir da, wo du wohnen willst. Wenn du möchtest, können wir auch mehrere Häuser an verschiedenen Orten haben. Wo sie sein sollen, kannst du dir gerne aussuchen.«

Max flüchtete vor so viel Entgegenkommen an den Kamin und fing an, auf und ab zu gehen. »Materielle Dinge sind mir nicht wichtig. Du musst mir keine Häuser kaufen.«

»Das weiß ich, und so ist es auch nicht gemeint.«

»Ich möchte nur nicht, dass du alles für mich aufgibst, denn irgendwann wirst du mich dafür hassen.«

Er kam zu ihr und zog sie an sich. Max versuchte, sich loszumachen, doch er hielt sie fest. Seine starken Arme ließen sie nicht gehen, und einen Moment lang überlegte sie, ob sie ihre Zweifel vielleicht doch begraben sollte.

»Die Familie geht über alles. Das ist das Motto meines Vaters. Und ich hoffe, du wirst eines Tages meine Familie sein. Ich könnte dich niemals hassen und würde alles für dich tun.« Er strich ihr übers Haar.

Oh Gott. Seine Familie würde mir nie verzeihen, wenn ich ihren erfolgreichen Ferienimmobilien-Mogul in einen braven Ein-Haus-und-eine-Familie-Mann verwandle.

Max hatte nicht die Kraft weiterzukämpfen. Sie wollte nur die Augen schließen und die Anspannung abschütteln, die über diesem Abend lag. Deshalb war sie froh, als Treat sie an der Hand nahm und nach oben führte.

Er versuchte nicht, mit ihr zu schlafen. Er ließ ihr ein warmes Bad ein, damit sie sich entspannen konnte, während er im Schlafzimmer las. Zwanzig Minuten später rollte sie sich neben ihm zusammen und kurz darauf war er eingeschlafen.

Max' Herz fand keine Ruhe. Sobald sie die Augen schloss, sah sie seine vor sich, wie sie vor Begeisterung blitzten, wenn er von seiner Arbeit sprach. Wenn er ihr sagte, dass er sich ein normales Familienleben wünschte, sah er glücklich aus. Aber wie lange würde es dauern, bis ihm aufging, dass er einen Fehler gemacht hatte? Damals nach dem College hatte sie die

Anzeichen übersehen. Ihr Freund hatte plötzlich mehr getrunken, hatte sich öfter und länger in Bars herumgetrieben. Er hatte keine Lust mehr gehabt, sich mit ihr zu unterhalten. Nie wieder würde sie so blind sein. Aber sie wollte solche Veränderungen nicht an Treat entdecken und feststellen müssen, dass sie der Grund dafür war.

Was sie tun musste, würde ihm das Herz brechen. So wie er ihres gebrochen hatte, als er nach dem Filmfestival aus der Stadt verschwunden war. Aber hatte sie denn eine Wahl? Konnte sie das Glück des Mannes, den sie liebte, aufs Spiel setzen, nur um bei ihm zu sein? Und wenn sie jetzt einfach aufstand? *Oh Gott. Treat verlassen?* Wenn sie ihre Sachen zusammensuchte und zum Flugplatz fuhr? Allein bei dem Gedanken stiegen ihr Tränen in die Augen. Sollte sie ihm eine Nachricht hinterlassen? *Was soll ich ihm schreiben?* Würde sie ihm tatsächlich ein Leben voller Frustration ersparen oder würde sie sein Herz zermalmen?

Leise schob Max sich aus dem Bett. Sie ging zum Fenster und betrachtete das Spiegelbild des Mondes auf dem Wasser. Sie brauchte einen Wegweiser durch ihr Gefühlslabyrinth oder eine Mutter, die ihr sagte, wie man sich in einer solchen Situation verhielt. Beides hatte sie nicht. Sie musste ihre Entscheidung alleine treffen. War es egoistisch, wenn sie einfach nur mit Treat zusammensein wollte? Ganz gleich, was er dafür aufgeben musste?

Max kam sich vor wie ein Dieb, als sie ihre Sachen packte und lautlos in die Nacht verschwand.

Achtundzwanzig

Treats Arm fiel auf ein leeres Laken. Er öffnete die Augen und lauschte nach Max. Das Haus war zu still. Er ging zum Fenster und schaute hinunter auf die Terrasse. Auch da war sie nicht. Treat ging ins Badezimmer. Vielleicht machte sie ja einen Spaziergang. Als er nach der Zahnpasta griff, sah er, dass ihre Sachen weg waren.

»Max?«, rief er. Mit jagendem Herzen rannte er die Treppe hinunter und versuchte nicht zu spüren, wie seine Eingeweide sich zusammenzogen. *Sie kann nicht weg sein. Das kann sie mir nicht antun. Uns nicht antun.* Er riss die Haustür auf und rannte dorthin, wo ihr Wagen gestanden hatte.

»Nein!«, schrie er in die kühle Morgenluft hinaus.

Treat stolperte zurück ins Haus. *Sie kann nicht weg sein.*

Er griff nach seinem Telefon. Da sah er den Brief und sein Herz wollte stehenbleiben. Mit zitternden Fingern griff er danach.

Lieber Treat,

als ich die Briefe gelesen habe, die du an meine Wohnungstür gehängt hast, wusste ich, wie sehr du mich liebst. Und mir ist klargeworden, wie sehr ich dich liebe.

Die letzten Tage mit dir haben mir weitere Klarheit über meine Gefühle gebracht. Im Kopf und im Herzen. Aber an diesem Punkt war ich schon einmal. Eine Person musste der Beziehung zuliebe etwas aufgeben und Liebe hat sich in Abneigung verwandelt. Wenn die Schmetterlingsphase vorbei ist und der Alltag mit seinem Zeitdruck, seinen Anforderungen und Überstunden wieder beginnt, wenn man nach der Arbeit nur noch seine Ruhe haben will, dann verschwinden die Gefühle, die einen einst zusammengeführt haben.

Ich wollte dein Telefongespräch nicht belauschen. Aber ich habe mitbekommen, dass du auf einen Zukauf verzichten möchtest. Dabei sind solche Geschäfte dein Lebenselixier. Ich will nicht der Grund für solche Veränderungen sein, aber ich weiß auch nicht, ob ich auf der ganzen Welt herumreisen kann, so wie du. Ich reise gerne und ich liebe dich. Aber ein so unstetes Leben würde meinen Hang zur Ordnung und zur Organisation noch verstärken und dich würde das mit der Zeit sicher wahnsinnig machen.

Ich liebe dich, Treat, und will nicht, dass unsere unterschiedlichen Lebensstile uns auseinanderbringen. Wenn ich jetzt gehe, bleiben uns immer die letzten paar Tage. Dass das nicht genug ist, weiß ich. Aber es ist besser, als irgendwann als Fremde aufzuwachen, die sich in einer Beziehung gefangen fühlen. Das stehe ich nicht noch einmal durch. Es tut mir leid, aber ich glaube, ich bin immer noch schwach, obwohl deine Liebe mir Kraft gibt.

Und noch etwas. Ich hätte nie geglaubt, dass ich das einmal jemandem anvertraue, aber vielleicht liebe ich nie wieder jemanden so wie dich. Deshalb sollst du es wissen.

Ich habe gelesen, man könnte erst eine ehrliche, glückliche Beziehung zu einem anderen Menschen haben, wenn man eine ehrliche, glückliche Beziehung zu sich selbst hat. In mir gibt es noch immer ein paar Dämonen, die ich erst loswerden muss, damit ich eine gute Partnerin sein kann. Vor allem für einen Mann wie dich. Du verdienst nur das Allerbeste.

Ich weiß, wie wichtig Thailand für dich ist. Zieh es durch. Tu, was du so gut kannst, und was du so leidenschaftlich gerne machst. Ich werde dich immer lieben und weiß, dass auch du mich immer lieben wirst.

Mein Herz wird dir immer gehören. Aber bitte folge mir nicht. Lass uns los, damit du weiter wachsen kannst.

Im Herzen, deine Süße. Max

Der Klumpen in seiner Kehle dämpfte nicht die Wut, die in seiner Brust tobte.

»Nein.« Er knallte den Brief auf den Tisch. »Nein. Ich werde dich nicht noch einmal verlieren.« Sein Telefon klingelte. Ohne auf die Nummer zu achten, riss er es vom Tisch.

»Max?«

»Ähm, nein. Ich bin's, Savannah.«

»Entschuldige.« Treats Gedanken jagten. Er musste Max anrufen und ihr den größten Fehler in ihrer beider Leben ausreden.

»Ich dachte, Max sei bei dir.«

Treat atmete tief durch, damit er Savannah nicht anblaffte. »Das war sie.«

»Sturm im Paradies?«

»Savannah, nicht jetzt. Was willst du?« Er überlegte, wie viel Zeit er brauchte, um von Wellfleet bis zu Max' Wohnung zu gelangen und ein paar Dinge zu klären.

»Tut mir leid. Aber Dad ist krank und ich mache mir große Sorgen um ihn.«

»Ich war doch erst da und er war stark wie ein Ochse.« *Ich muss Max davon überzeugen, dass Zukäufe mir nicht mehr so wichtig sind. Wie mache ich das? Ich beauftrage jemanden damit. Wenn es sein muss, bezahle ich meinem Anwalt das Doppelte.* Treat hatte sein Imperium auf der Basis seines Verhandlungsgeschicks errichtet. Dazu gehörte auch, dass er sich um die meisten Transaktionen persönlich kümmerte. Er war ein Macher und ließ sich nur von einem Juristen und einem Finanzexperten unterstützen. Aber inzwischen sah er auch die Schattenseiten dieses Systems. Er hatte sich vor dem Leben versteckt, vor festen Bindungen und vor der Liebe. Und jetzt war ihm zum ersten Mal jemand so wichtig, dass er sich nicht mehr verstecken wollte. *Es muss eine Möglichkeit geben.*

»Treat? Hörst du mir eigentlich zu?«

Savannahs genervter Tonfall riss ihn aus seinen Gedankengängen. »Entschuldige. Bitte sag das noch mal.«

»Treat, du musst nach Hause kommen.«

»Bin schon unterwegs.« Er legte auf, rief sein Reisebüro an und ließ sich einen Platz in der nächsten Maschine reservieren, die Provincetown verließ.

Auf der Fahrt zum Flughafen rief er Max an, erreichte aber nur die Mailbox. Jetzt fiel ihm auf, dass Max in den letzten Tagen keinen einzigen Blick auf ihr Telefon geworfen hatte. Genau genommen hatte er ihr Telefon gar nicht gesehen. Er fragte sich, ob sie seine Nachricht überhaupt bekommen würde. Aber versuchen musste er es. »Max, bitte tu das nicht. Ich liebe dich und wir kriegen das hin. Mein Dad ist krank. Ich bin auf dem Weg zu ihm. Ich melde mich, sobald ich weiß, was los ist.«

Gegen Mittag kam Max fix und fertig zu Hause an. Im Flugzeug hatte sie so viel geweint, dass die Flugbegleiterin sie gefragt hatte, ob sie einen Arzt bräuchte. *Nur wenn er ein gebrochenes Herz reparieren kann.* Sie ließ ihre Taschen fallen und plumpste ins Bett.

Neun Stunden später wachte sie auf und fühlte sich wie ein nasser Spüllappen. Im Vergleich zu ihrem wehen Herzen waren die Kopfschmerzen ein Klacks. Aber sie hatte das Richtige getan. Man konnte einen zupackenden, erfolgreichen Mann nicht aus seinem Element reißen. Das war, als würde man einen Bären in einen Käfig sperren. Irgendwann würde der Bär verstehen, dass die Gitterstäbe ihn festhielten, und sie einreißen. Auch wenn das bedeutete, dass er dabei die Person verletzte, die ihm am nächsten war, sich jahrelang um ihn gekümmert und ihn geliebt hatte.

Benommen und wie verkatert schleppte sie sich ins Wohnzimmer. Ihr Blick fiel auf die Couch. Die Erinnerung, wie Treat dort neben ihr gesessen hatte, war fast nicht zu ertragen. *Das hast du dir selbst zuzuschreiben. Er wollte sein Leben mit dir verbringen.* Eine unfassbare Leere breitete sich in ihr aus. Sie öffnete die Kühlschranktür. *Bäh.* Sie hatte keinen Appetit. Irgendetwas musste sie essen, aber kein Snack und keine Speise würden ihr geben, was sie wirklich brauchte.

Eine Weile wanderte sie ratlos durch ihre Wohnung. Dann legte sie sich mit einem Buch ins Bett und war bereits nach der ersten Seite wieder eingeschlafen.

Als sie am nächsten Morgen aufwachte, fing sie sofort wieder an zu grübeln. Was hatte sie getan? Ihr fehlte die Kraft, ihr warmes

Bett zu verlassen. Hunger hatte sie nicht. Und die Motivation zu arbeiten, war ihr über Nacht abhandengekommen. Sie schloss die Augen und döste bis zum späten Nachmittag immer wieder ein.

Schließlich stemmte sie sich hoch und ging auf ihren kleinen, verglasten Balkon. Dort drückte sie die Hände an die kalte Scheibe und dachte an Treat. Wenn sie die Augen schloss, spürte sie die Meeresbrise auf ihrer Haut und roch die salzige Luft. Sie spürte Treats Hand auf ihrem Bein. Unwirsch öffnete sie die Augen.

»Du bist komplett gaga«, sagte sie zu ihrem Spiegelbild. »Du bist selbst schuld. Du hast ihn verlassen, und jetzt komm' damit klar.« Mit Tränen in den Augen wandte sie sich ab. *Na prima. Jetzt bin ich eine Verrückte, die den ganzen Tag schläft und danach Selbstgespräche führt.*

Verdrossen stellte sie sich unter die Dusche. Während das Wasser auf sie niederprasselte, dachte sie daran, wie sehr sie Treat schon jetzt vermisste und wie sie in der Nacht in ihrer Wohnung im Bett ausgeflippt war. Ihr Ex-Freund hatte sie ganz schön verbogen. Gott, sie hasste den Kerl. *Was zum Teufel habe ich getan? Wie konnte diese eine Beziehung in meiner Collegezeit mich so kaputtmachen?* Sie drehte das Wasser heißer, bis die Glastüren der Duschkabine beschlugen und sie nicht mehr hinaussehen konnte. Bis die Erinnerungen an ihren Ex sich von denen an Treat abspalteten und bis die Tränen, die ihr unbemerkt übers Gesicht liefen, sich mit dem Duschwasser mischten.

Eine Stunde später – ihr Haar war trocken und zu einem Pferdeschwanz zusammengebunden, sie trug saubere Jeans und ein frisches T-Shirt – machte sie sich auf den Weg zu ihrem Wagen. Auf dem Parkplatz musste sie daran denken, wie sie genau hier die Beine um Treats Taille geschlungen hatte. *Herrje. So kann das nicht weitergehen. Ich habe mich entschieden, ihn freizugeben. Weil es so am besten ist.*

Sie fuhr ziellos durch die Stadt, nur um nicht allein in ihrer Wohnung sitzen zu müssen und in Erinnerungen zu schwelgen, die sie in den Wahnsinn trieben. Irgendwann stand sie auf dem dunklen Parkplatz des Büros. Aber sie war zu müde und es war ohnehin zu spät, um wirklich etwas zu arbeiten. Schließlich fuhr sie ins Village, wo hübsche Lämpchen in den Bäumen ihr ein Lächeln ins Gesicht zauberten. *Treat würde es hier gefallen.* Sie verbannte den Gedanken aus ihrem Kopf.

Max ging an einer Reihe von Geschäften vorbei, bog um eine Ecke in eine schmale Gasse und stieg dann ein paar Stufen hinunter. Sie zog die schwere Tür zu Taylor's Cove auf und winkte dem Barmann und Besitzer Joe Taylor zu.

»Was darf's sein, Max?«

Joes Großvater hatte den Pub vor Jahren als Biker- und Arbeiterkneipe eröffnet, und Joe führte die Tradition fort. Seine Gäste mochten harte Kerle sein, aber Joe hatte den Laden im Griff. Wer Ärger machte, flog raus. Das hatte sich herumgesprochen. Deshalb ging es in der Kneipe jetzt ruhiger zu und man konnte gut seinen Gedanken nachhängen.

Max schob sich auf einen Barhocker und wedelte mit der Hand. »Egal. Hauptsache stark und lecker.«

»Du siehst ziemlich erledigt aus, Max. Ist alles in Ordnung?«

»Ja. Ich bin bloß müde von einem langen Flug. Aber mir fehlt nichts.« Ohne zu fragen, was Joe ihr hingestellt hatte, stürzte Max den pappsüßen, hochprozentigen Drink hinunter, leckte den letzten Tropfen von ihren Lippen und knallte das leere Glas auf den Tresen.

»Wow, das war gut!«

»Du kennst meine Regel, Max.« Joe wischte den Tresen ab und nahm das Glas weg.

Max verdrehte die Augen. »Ja. Nachschub frühestens nach einer Minute.« Sie spürte bereits die Wirkung des Alkohols. Die Spannung in ihrem Nacken löste sich. Max kreiste mit den Schultern. *Treat würde die Verspannungen wegmassieren. Oh mein Gott! Schluss damit!* »Ist die Minute schon um?«

»Beinahe.« Joe stützte sich auf den Tresen.

Max ließ den Blick durch die Kneipe schweifen. Der Fernseher lief, aber der interessierte sie nicht. An dem Tisch in der Ecke saßen zwei ältere Männer. Ein jüngerer saß an einem Tisch weiter rechts. *Was tue ich hier?*

Max wühlte in ihrer Handtasche nach ihrem Telefon. Anscheinend hatte sie es zu Hause liegenlassen. *Verdammt.* Sie versuchte, sich zu erinnern, wann sie es zuletzt benutzt hatte, kam aber nicht darauf. Im Augenblick wollte sie vor allem noch einen Drink. Zum Glück stellte Joe gerade einen vor sie hin.

»Danke.« Sie lächelte. Diesmal trank sie langsamer, aber je mehr ihr der Alkohol zu Kopf stieg, desto größer wurden ihre Zweifel. Vielleicht hätte sie bleiben und Treat selbst merken lassen sollen, wie sehr ihm die Dinge fehlten, die er für sie aufgeben wollte. Klammheimlich zu verschwinden und nur einen Brief zu hinterlassen, war womöglich doch nicht die netteste Art, ihm seine Freiheit zurückzugeben. Vielleicht hätte sie die Sache mit ihm ausdiskutieren sollen. Sie trank aus und hielt ihr Glas in die Höhe.

»Fünf Minuten, Max.«

»Wenn's unbedingt sein muss.« Sofort waren ihre Gedanken wieder bei Treat. Hatte sie ihn nicht gebeten, sie trotz ihrer Unsicherheiten und durch alle Mauern hindurch zu lieben? Es war alles seine Schuld. Jawohl. Er hätte sie niemals gehen lassen dürfen, sondern ihr eine Liebeserklärung machen müssen. *Moment mal.* Hatte er das? Ja, doch. Das hatte er getan.

Max stand auf. Der Weg zur Toilette war erstaunlich weit. Und warum schwankte der Boden unter ihr?

Als sie wieder zurück am Tresen war und sich den dritten Drink bestellen wollte, schüttelte Joe den Kopf.

»Ich bin fast dreißig, Joe. Willst du meinen Ausweis sehen?« Joe hatte immer auf sie aufgepasst. Schon seit sie damals als zweiundzwanzigjähriges rehäugiges Mädchen zum ersten Mal in den Pub gestolpert war.

»Ich weiß. Aber wenn du bisher alle Jubeljahre mal hier aufgetaucht bist, hast du nie so gebechert wie heute. Dass du es jetzt tust, kann eigentlich nur zwei Gründe haben.« Er beugte sich zu ihr und Max rückte näher. Ihre bleierne Müdigkeit und der Alkohol machten es ihr schwer, dabei nicht zu schwanken.

»Du hast Liebeskummer oder du bist gefeuert worden. Und weil Chaz mir gerade versichert hat, du würdest noch für ihn arbeiten, tippe ich auf Ersteres.«

»Du hast Chaz angerufen?«

Joe ignorierte ihre Frage. »Weil ich auf Ersteres tippe, aber keinen Wert darauf lege, dass ein Kerl mit einem Baseballschläger hier reinprescht, weil ich dich habe zu viel trinken lassen und du verletzt im Krankenhaus oder tot im Straßengraben liegst, sage ich jetzt basta.«

Max musste lächeln. Joe war schon lange in diesem Geschäft und hatte alles Mögliche gesehen und erlebt.

»Ist hier noch frei?« Kaylie schob sich auf den Hocker neben ihr.

»Oh mein Gott.« Max versteckte stöhnend das Gesicht hinter ihren Händen. »Tut mir leid, dass er dich angerufen hat, Kaylie.« Sie warf Joe einen bösen Blick zu, doch er lächelte nachsichtig.

»Danke, Joe«, sagte Kaylie. »Willst du drüber reden?«, fragte sie Max.

»Um Gottes Willen. Nein.« Sie spürte die Wirkung des Alkohols. Vielleicht war es ganz gut, dass Joe ihr keinen dritten Drink eingeschenkt hatte.

»Du warst am Cape Cod in Massachusetts, er nicht. Und wenn schon. Habe ich dir nicht gesagt, dass das Schicksal Quatsch mit Soße ist?«

Eigentlich ... »Joe? Jetzt, wo ich eine Fahrerin habe, kann ich doch noch einen Drink kriegen, oder?«

Joe stellte ihr einen halben hin.

»Danke, Daddy«, frotzelte Max. Sie legte den Kopf in den Nacken und kippte die süße, hochprozentige Mixtur in sich hinein. »Ahhhh. Okay. Jetzt kann ich reden.«

»Da bin ich mal gespannt.« Kaylie rieb sich die Hände.

»Die Geschichte ist kurz: Er war da. Das Schicksal hat getan, was es konnte.«

Kaylie berührte ihren Arm. »Wahnsinn. Und?«

»Und jetzt bin ich hier und er ist dort und ...«

»Und?«, fragte Kaylie.

Max hob die Hände. »Er ist ein absoluter Traum. Er ist ... Oh Gott. Womit soll ich anfangen?«

»Mit den Details. Die sind immer am interessantesten.«

Max rückte näher und flüsterte: »Er ist liebevoll, romantisch und, Kaylie, oh mein Gott. Ich hätte nie gedacht, dass ich mal solche Gefühle haben könnte.«

Kaylie legte Max ihre Hand auf die Schulter. »Das hast du schon gesagt, bevor du ihm nachgeflogen bist. Also, wovon reden wir genau?«

Im selben Moment, in dem Kaylie sagte: »Von Serienorgasmen?«, sagte Max: »Definitiv von Liebe.«

»Moment mal. Was?«, fragte Kaylie.

Max errötete. »Und von dem anderen auch«, raunte sie.

»Max!«

Max blickte auf und sah in Joes grinsendes Gesicht. Sie vergrub den Kopf in den Händen. »Na prima. Jetzt bin ich ein sexverrücktes Betthäschen.«

»Ach, hör schon auf. Das würde Joe nie von dir denken.« Kaylie zwinkerte Joe zu. »Das warst du schon, bevor dir Treat begegnet ist.«

Max schlug nach ihrem Arm.

Joe beugte sich zu ihnen. »Ich habe dich noch nie mit einem Kerl gesehen, Maxy. Nur hin und wieder mit ihrem Ehemann.« Er nickte Kaylie zu. »Für mich bist du eine Lady. Egal, was sie sagt.«

»Danke, Joe.« Weil der Raum sich um Max drehte, hielt sie sich am Tresen fest.

»Jetzt will ich aber auch den Rest hören. Warum in aller Welt bist du jetzt hier? Chaz hat dir die ganze Woche freigegeben.«

Max stand auf. »Ich bin mitten in der Nacht abgehauen. Hab ihm einen Brief dagelassen.«

Kaylie nahm ihren Arm und stützte sie. »Du kommst heute mit mir nach Hause.« Sie bezahlte Max' Rechnung und bedankte sich bei Joe. Dann schob sie Max aus dem Pub.

»Er wollte Thailand für mich aufgeben«, nuschelte sie. »Das konnte ich nicht zulassen.«

»Thailand?«

»Und Zu… Zukäufe. Alles, was ihm so wichtig ist. *Pufff.* Einfach weg. Wegen mir.«

Inzwischen standen sie vor Kaylies Wagen. Kaylie lehnte

Max dagegen, öffnete die Tür und half ihr hinein. »Wenn dir schlecht wird, mach das Fenster auf«, sagte sie.

»Ich konnte doch nicht zulassen, dass … puffff! Nur wegen mir.«

»Ich verstehe kein Wort, Max.« Kaylie fuhr aus der Stadt und zu ihrem Haus. »Dir gefällt alles an ihm, aber es gibt irgendwas, was er nicht aufgeben soll? Thailand?«

Max schloss die Augen.

»Schläfst du?«, fragte Kaylie leise.

»Nein, wie denn? Dafür bin ich zu betrunken.« Max öffnete die Augen und blinzelte in das grelle Licht der Straßenlaternen. »Okay, er hat von *für immer* geredet. *Für immer.* Verstehst du? So wie bei dir und Chaz, nur dass Chaz dafür nicht Thailand aufgegeben hat und auch nicht all die anderen Sachen, die ihm wichtig sind. Aber Treat will das tun. Was ist das überhaupt für ein Name? Ach, habe ich dir schon gesagt, wie gut er schmeckt?«

Kaylie lachte. »Du bist wirklich betrunken, Max. Bis vor Kurzem hast du nie über irgendeinen Mann gesprochen und plötzlich redest du wie ein Wasserfall. Ich nehme mal an, Treat würde alle anderen Frauen für dich aufgeben, und Thailand ist eine besonders exotische Schönheit?«

»Thailand ist ein Land.« Sie hatte geglaubt, ihre Entscheidung sei richtig. Aber sie vermisste Treat so sehr. Ihre Lenden schmerzten schon, wenn sie nur über ihn sprach.

»Er hat also Frauen in exotischen Ländern und will sie aufgeben? Nun, das sollte er auch, wenn er für immer mit dir zusammen sein will. Eigentlich hat er gar nicht diesen Eindruck auf mich gemacht. Aber so kann man sich täuschen. Er ist ja auch wirklich heiß.«

»Hey, er gehört mir.«

»Hast du nicht eben gesagt, du hättest ihn verlassen? Dann ist er jetzt wieder auf dem Markt und verfügbar.«

»Verdammt.« Max fuhr zu Kaylie herum. »Was habe ich bloß angestellt?«

Kaylie parkte den Wagen vor ihrem Haus. »Darum kümmern wir uns morgen, wenn du wieder nüchtern und klar im Kopf bist. Und ganz ehrlich, ich verstehe immer noch nicht, worum es überhaupt geht. Jeder, der heiratet, gibt etwas auf.«

»Ja, schon. Aber ich glaube, ich habe alles richtig gemacht. Jetzt kann er mir keine Vorträge … Vor… Vorhersagen. Moment.« Max drückte die Hände ans Gesicht, dann hob sie einen Finger und sagte: »Vorhaltungen machen.«

»Okay. Schon gut. Und jetzt ab ins Bett.«

Neunundzwanzig

Zwei Dinge wurden Treat endgültig klar, während er im Krankenhaus am Bett seines Vaters saß: Er wollte nach Hause zurückkehren und sesshaft werden. Mit Max. Er hatte sie noch ein paarmal angerufen, aber entweder sie hörte ihre Nachrichten nicht ab oder sie wollte nicht mit ihm sprechen. Mit jeder Sekunde ohne eine Antwort von ihr sank er tiefer einen den Abgrund aus Einsamkeit.

»Willst du zur Ranch fahren und ein bisschen schlafen?«, fragte Savannah. Treat hatte sie im Krankenhaus angetroffen. Ihr Vater hatte über Schwindelgefühle und Schmerzen in der Brust geklagt. Als er dann auch noch Atemnot bekommen hatte, hatte Savannah ihn in die Klinik gefahren.

»Ich bleibe hier.« Rex hatte recht gehabt. Sein Dad brauchte ihn. Treat griff nach der Hand seines Vaters.

»Rex kommt her, sobald er mit der Morgenarbeit auf der Ranch fertig ist. Ihr könnt euch gegenseitig ablösen.«

»Ich gehe nicht weg, Savannah.« Eigentlich wollte er nicht so barsch klingen. Aber seinen Vater in einem Krankenhausbett vorzufinden, weckte Erinnerungen an die Leidenszeit seiner Mutter. In ihren letzten Monaten war sie unzählige Male im Krankenhaus gewesen und hatte unter den sterilen Krankenhauslaken ausgesehen wie jetzt sein Dad: klein und schwach.

»Okay, schon gut. Dane hat meine Nachrichten endlich bekommen. Er ist in Australien und nimmt den nächsten Flug nach Hause.«

»Hast du Hugh erreicht?« Treats Backenzähne mahlten. Wenn Hugh sich irgendeine lahme Ausrede ausdachte, warum er nicht kommen konnte, würde er ihn umbringen.

»Er ist schon unterwegs. Und bevor du fragst, Josh auch. Er musste noch ein paar Termine verlegen, bevor er loskonnte«, sagte Savannah. Sie rückte näher an Treat heran. »Willst du reden?«

»Nein. Ich will, dass die Ärzte die verdammten Untersuchungen auswerten und uns sagen, was ihm fehlt.«

Sein Vater bewegte sich.

»Dad?« Treat stand auf. Sein Vater blinzelte benommen.

»Treat? Was machst du hier?« Verwirrt schaute Hal sich um. »Was zum …« Er bemerkte sein Krankenhaushemd. »Ach verdammt. Im Ernst?« Stirnrunzelnd schaute er Savannah an.

Treat atmete erleichtert durch. Er war froh, dass sein Vater seinen Kampfgeist nicht verloren hatte. Das war ein gutes Zeichen.

»Du hattest Atemnot, Dad. Was hätte ich denn tun sollen? Zuschauen, wie du stirbst?«, fragte Savannah.

»Moment mal, Savannah. Warum warst du überhaupt da? Ich dachte, du wärst in New York.«

Die tiefe Stimme seines Vaters antwortete ihm. »Connor Dean ist offenbar mehr als nur ein Mandant, und deine Schwester scheint Zoff mit dem Mann zu haben, der nicht gut genug ist, um der Familie vorgestellt zu werden, aber immerhin so gut, dass sie mit ihm um die ganze Welt jettet.«

Treat schaute Savannah fragend an.

Savannah zuckte leicht mit den Achseln und wandte sich ab. Das war ihre Art zu sagen: *Kein Kommentar. Wir reden später.*

Über Savannah und Connor wollte Treat im Augenblick nicht nachdenken. Er tätschelte die Schulter seines Vaters. »Wir müssen abwarten, Dad. Die haben alle möglichen Tests gemacht und werten sie gerade aus. Aber sie vermuten, es ist dein Herz.«

»Pfft. Ich habe nur mal wieder eure Mutter gesehen. Das war alles. Deine Schwester hat überreagiert.«

Savannah und Treat tauschten einen besorgten Blick aus. Treat dachte an seine Ankunft im Wochenendhaus. Er hätte schwören können, dass seine Mutter dort gewesen war, selbst wenn er sich inzwischen fragte, ob er sich das eingebildet hatte.

Sein Vater ließ den Kopfteil des Bettes hochfahren, damit er aufrecht sitzen konnte. »Glaubt nicht, dass mir dieser Blick gerade entgangen ist, ihr beiden.«

»Dad«, sagte Savannah. »Wir machen uns eben Sorgen um dich.«

»Wie wär's, wenn du dich mal ein wenig um dich selbst sorgen würdest? Und du.« Er zeigte auf Treat. »Deine Mutter macht sich Gedanken wegen dir. Was zum Teufel willst du wegen Max unternehmen? Sie ist ein süßes Mädchen.«

Diesmal ging ein verärgerter Blick zwischen Treat und Savannah hin und her.

Bevor sie noch mehr über ihre Mutter zu hören bekamen, trat zum Glück ein Arzt ins Zimmer. Früher war ihr Vater immer zu Dr. Mason Carpenter gegangen. Als der sich vor zwei Jahren zur Ruhe gesetzt hatte, hatte sein Sohn und Praxispartner, Dr. Ben Carpenter, Hal Braden als Patienten übernommen.

Ben und Treat waren zusammen aufgewachsen und alte

Freunde. Treat hatte großes Vertrauen in Ben als Mediziner. Die Männer schüttelten einander die Hand, umarmten sich und klopften einander auf den Rücken.

»Treat, schön, dich zu sehen.« Bens Blick flog zu Savannah.

Vor vielen Jahren war Ben bis über beide Ohren in sie verknallt gewesen. Treat erinnerte sich noch gut an den Sommer nach Savannahs neuntem Schuljahr. Er und Ben waren vom College nach Hause gekommen. Savannah hatte gerade ihre brandneuen weiblichen Rundungen entdeckt, und setzte diese zu Treats Missfallen in Szene. Ben hatte die Augen nicht von ihr lassen können. Und offenbar hatte sich daran wenig geändert.

»Du bist ja immer noch da, Savannah.«

»So schnell gehe ich hier auch nicht weg.« Sie verschränkte die Arme und funkelte Ben aus zusammengekniffenen Augen an.

Treat schüttelte den Kopf. Ihr Vater hatte ihnen eigentlich bessere Manieren beigebracht. Warum war sie so garstig?

»Sie meint es nicht so, Ben. Sie war die ganze Nacht wach«, sagte Treat.

»Wann komme ich hier wieder raus, Benjamin?«, fragte Hal.

Ben drückte ihm lächelnd das Handgelenk. »Erst mal würde ich Ihnen gern ein paar Fragen stellen, Mr. Braden. Womit waren Sie beschäftigt, als die Symptome eingesetzt haben? Savannah wusste es nicht genau. Haben Sie etwas Anstrengendes gemacht?«

»Ich habe doch gesagt, dass ich ihn im Stall gefunden …«

»Soweit ich weiß, Liebes, hat er mit Mr. Braden mich gemeint. Im Zweifelsfall vielleicht noch Treat. Der gute Benjamin hat immerhin Medizin studiert, und so wie er dich anschaut, hält er dich ganz sicher nicht für einen Mister.«

Ben errötete.

Savannah sah aus, als wollte sie platzen.

Treat unterdrückte ein Lachen. *Jap, Dad. Du kommst wieder auf die Beine.*

»Um deine Frage zu beantworten: Ich war im Stall bei Hope«, antwortete sein Vater. »Und, Ben, nenn' mich bitte Hal. Seit wie vielen Jahren sage ich dir das schon?«

»Haben Sie das Pferd gestriegelt? Die Box ausgemistet? Was genau haben Sie getan?«

Treat musste grinsen, weil Ben die Bitte seines Vaters einfach ignorierte. Ben hatte Hal Braden schon oft erklärt, dass er zu viel Respekt vor ihm hätte, um ihn beim Vornamen zu nennen, aber Hal ließ nicht locker.

Er kniff die Lippen zusammen und verschränkte die Arme. Treat sah, dass sich der Bizeps seines Vaters im selben Rhythmus spannte wie seine Kiefermuskeln. Er saß kerzengerade im Bett und schien innerlich zu brodeln. Trotz des Krankenhaushemdes wirkte er jetzt nicht mehr klein und schwach, sondern so, als würde er seinen Hintern umgehend aus der Klinik schwingen und sich wieder an die Arbeit machen.

Das ist der Dad, den ich kenne und liebe. Danke, lieber Gott.

»Mr. Braden?«, beharrte Ben.

Hal schüttelte den Kopf. Dann knurrte er: »Ist ja gut. Aber keine dummen Sprüche. Verstanden, Benjamin?«

»Ja, Sir. Keine dummen Sprüche.« Ben warf Treat ein wissendes Lächeln zu.

Ben hatte Hal Braden schon in allen möglichen Stimmungslagen erlebt. Früher war Ben oft mit seinen Eltern zum Grillen auf die Ranch gekommen, obwohl Savannah kaum Notiz von ihm genommen hatte.

»Ich habe mit Adriana gesprochen.« Hal schaute erst seinen

Kindern ins Gesicht, dann seinem Arzt.

Treat sah das Mitleid in Savannahs und Bens Gesichtern. Auch seinem Dad würde das wohl nicht entgehen. Deshalb bemühte er sich um einen neutralen Ausdruck.

»Schaut mich nicht so an. Was ihr denkt, ist mir egal. Adriana war da und hat sich mit mir um Hope gekümmert.« Er zeigte mit dem Finger auf Treat. »Und du, denk daran, was ich dir gesagt habe. Sie macht sich Sorgen, dass du in der Welt deiner schicken Resorts festsitzt und darüber all das vergisst, was wirklich zählt.« Hal klopfte mit seiner starken Hand auf sein Herz.

Ben zog die Brauen zusammen und Treat hob die Hände, als wollte er sagen: *Dad, wie er leibt und lebt.* Aber Treat konnte sich nichts vormachen. Die Worte seines Vaters trafen ihn ins Innerste. Sein Herz hatte ihm die ganze Nacht über dieselbe Botschaft geschickt. *Geh zu Max.*

»Ich zweifle weder daran, dass Sie Ihre Frau gesehen haben, noch daran, dass Sie regelmäßig mit ihr sprechen, Mr. Braden.«

»Großer Gott, Ben.« Savannah schnaubte.

Treat berührte ihren Arm und nickte zu einem Stuhl hin. Sie setzte sich, verschränkte die Arme, schlug die Beine übereinander und wippte ungeduldig mit einem Fuß.

»Ich bin noch nicht fertig, Savannah«, fuhr Ben fort. »Euer Vater hatte die Symptome eines Herzinfarkts. Aber zum Glück ...« Er betonte die Worte *zum Glück.* »... haben wir es nur mit den Auswirkungen des Broken-Heart-Syndroms zu tun.«

»Okay, wisst ihr was?« Savannah stand auf und ging zur Tür. »Diesen Quatsch höre ich mir nicht länger an. Treat, hol mich wieder rein, wenn ... Hol mich später wieder rein.«

Treat trat ans Bett seines Vaters. »Tut mir leid, Ben. Sie hat gerade ziemlich viel um die Ohren. Bitte sprich weiter.« *Ich glaube, dieses Broken-Heart-Syndrom habe ich auch.*

»Die Symptome ähneln denen eines Herzinfarkts, von Atemnot über Brustschmerzen und niedrigen Blutdruck bis hin zur Herzmuskelschwäche.«

»Das klingt tatsächlich wie bei einem Infarkt. Worin liegt der Unterschied?« Treat griff nach dem Handgelenk seines Vaters. Seinen Puls zu spüren, beruhigte ihn.

»Man bezeichnet das BHS auch als Stress-Kardiomyopathie, weil es meist durch starken emotionalen Stress, extreme Angst, Wut oder eine große Überraschung ausgelöst wird. Aber es gibt grundlegende Unterschiede zu einem Herzinfarkt. Der wird nämlich vorwiegend durch Verengungen der Herzkranzgefäße und Blutgerinnsel ausgelöst. Wenn durch so etwas die Durchblutung des Herzens für längere Zeit unterbrochen wird, sterben Muskelzellen ab. Es kommt zu dauerhaften und irreversiblen Schädigungen. Beim BHS hingegen haben die Patienten relativ normale Herzkranzgefäße, so wie dein Vater. Es gibt weder gefährliche Verengungen noch Gerinnsel.«

Treat drückte das Handgelenk seines Vaters. *Keine Verengungen. Keine Gerinnsel. Gute Arterien.*

Ben fuhr fort. »Ein weiterer Unterschied liegt darin, dass die Herzzellen bei einer Stress-Kardiomyopathie durch Adrenalin und andere Stresshormone vorübergehend lahmgelegt werden. Aber sie sterben nicht ab wie bei einem Herzinfarkt. Normalerweise erholen sich die Patienten recht schnell. Oft schon innerhalb weniger Tage. So wird es sicher auch bei deinem Vater ablaufen. Selbst wenn ein Patient im akuten Zustand eine Herzmuskelschwäche erleidet, ist diese normalerweise nach ein paar Wochen überwunden, und es bleiben keine Schädigungen zurück.«

»Und du glaubst, Dad leidet unter diesem Syndrom?« *Das war's. Von jetzt an bin ich definitiv öfter zu Hause.*

»Ja, genau. Die Erfahrung mit BHS zeigt, dass es meist bei einem Vorfall bleibt. Wiederholungen sind selten.«

»Soll das heißen, ich war zu emotional und hatte eine Art Schein-Infarkt, der den Herzmuskel geschwächt hat, aber es kommt alles wieder in Ordnung?«, fragte Hal.

»Ja, Sir. Die Muskelschädigung ist minimal. Sie müssten also bald wieder ganz auf dem Damm sein.«

Hal schlug die Bettdecke zurück. »Dann kann ich ja jetzt nach Hause. Die Arbeit wartet.«

Ben legte seine Hand auf Hals Arm. »Ein bisschen müssen Sie sich noch gedulden. Wir möchten Sie gern ein paar Stunden beobachten. Wir haben Ihnen Medikamente gegeben, um Ihr Herz erst mal zu entlasten, und vor der Entlassung besprechen wir, wie Sie sich in nächster Zeit verhalten sollten.«

»Dann müssen wir uns also keine großen Sorgen machen?«, fragte Treat.

»Nein, aber ...« Ben schaute Hal an. »Sie können nicht so weitermachen, wie Sie es gewohnt sind, Mr. Braden. In den nächsten vier Wochen sollten Sie sich schonen und keine anstrengenden Arbeiten verrichten. Treat, kannst du dafür sorgen, dass dein Vater sich daran hält?« Hals Stöhnen und seinen ungehaltenen Blick ließ Ben an sich abprallen.

»Selbstverständlich«, antwortete Treat.

»Was soll der Quatsch? Treat muss sich um seinen eigenen Kram kümmern, Benjamin«, knurrte Hal. »Ich bin ein großer Junge und brauche keinen Babysitter.«

»Sicher Mr. Braden? Wollen Sie nach Hause gehen und sich genauso strikt an meine Anweisungen halten, wie Sie es bei meinem Vater immer getan haben?« Ben hüstelte. »Wie war das damals mit dem gebrochenen Arm?«

Treat grinste. Vor einigen Jahren hatte sein Vater sich den Arm angebrochen und war gegen den Rat seines Arztes am selben Nachmittag wieder in den Sattel eines Lieblingspferdes gestiegen. Zwei Stunden später hatte er erneut beim Arzt gesessen, weil aus dem Anbruch ein Durchbruch geworden war, der eingegipst werden musste.

»Danke für alles, Ben.« Treat schüttelte dem Arzt die Hand.

»Soll ich Savannah wieder reinschicken, falls ich sie sehe?«, fragte Ben.

»Nicht nötig. Ich bin schon hier und habe das meiste mitbekommen.« Savannah spazierte mit dem Telefon in der Hand und verdächtigen roten Flecken um die Augen ins Zimmer.

Treat wusste sofort, dass sie geweint hatte. Um ihr zu zeigen, dass er immer für sie da war, legte er ihr die Hand ins Kreuz.

»Tut mir leid, falls ich dir irgendwie zu nahe getreten bin, Savannah«, sagte Ben.

Sie nickte und nahm die Hand ihres Vaters. »Zusammenfassend kann man also sagen, Dad soll aufhören, mit Mom zu reden und sich Sorgen um uns zu machen?«

Ben lächelte. »Das wäre wohl zu viel verlangt. Aber er sollte öfter über seinen Kummer reden, statt alles in sich hineinzufressen.«

»Falls das heißen soll, ich soll zu einem Therapeuten gehen – das kannst du dir abschminken. Auf so eine Schnapsidee wäre dein Dad nie gekommen«, polterte Hal.

»Du tust, was er dir sagt«, erwiderte Savannah.

»Nein, Mr. Braden. Zu einem Therapeuten würde ich Sie nie schicken. Schließlich weiß ich von meinem Vater, wie die

Bradens ticken. Aber wenn Sie oder Ihre Frau sich Sorgen machen ...« Savannahs Augenrollen übersah Ben geflissentlich. »... sollten Sie mit Ihren Kindern darüber sprechen. Machen Sie nicht alles mit sich selbst aus. Und wenn es Probleme mit der Ranch gibt, dann gehen Sie damit zu Rex.«

»Oder zu mir«, fügte Treat hinzu.

»Habe ich gerade meinen Namen gehört?« Rex trat durch die Tür. Er schaute erst seinen Vater an, dann Treat. »Was soll er mit mir besprechen?«

»Ich habe eurem Vater gerade gesagt, wie wichtig es ist, über seine Sorgen und Probleme zu reden. Und wenn es auf der Ranch mal nicht rund läuft, soll er das mit dir besprechen. Oder mit Treat«, sagte Ben.

»Treat ist kaum da«, gab Savannah zu bedenken.

»Klar, Dad.« Rex schaute seinem Vater in die Augen. »Du kannst immer auf mich zählen. Und Savannah hat recht. Treat ist eigentlich nie hier.«

»Das wird sich von jetzt an ändern«, gab Treat zurück. *Verdammt noch mal, Rex.*

Dreißig

Alkohol gehört verboten. Max griff sich an den pochenden Schädel. Dank der Kombination aus den Fotos an den Wänden und den fröhlichen Kinderstimmen draußen vor der Tür war ihr immerhin nach ein paar Sekunden klar, dass sie sich in Chaz' und Kaylies Gästezimmer befand.

»Nicht Tante Max aufwecken«, hörte sie Kaylie sagen.

Max setzte sich stöhnend auf. Bruchstückhaft kehrte die Erinnerung an Taylor's Cove zurück. Sie versuchte, die Einzelteile zusammenzusetzen. Beim Aufstehen musste sie sich an der Kommode festhalten, denn einen Moment lang drehte sich das Zimmer um sie. Dann kam es endlich zur Ruhe. Sie machte das Bett und rückte den Läufer zurecht, den sie offenbar am Vorabend in eine Ecke geschoben hatte.

Ihre Kleider hatte sie noch an. Sie schleppte sie sich durch den Flur ins Badezimmer, wusch sich das Gesicht und spülte ihren Mund aus.

Beim Aufwachen hatte sie Treats Herzschlag und seine starken Arme vermisst. »Verdammt«, murmelte sie. Sie schaute in den Spiegel und richtete ihren Pferdeschwanz. Ihr verquollenes Gesicht quittierte sie mit einem missbilligenden *Tss*. »Genug damit. Du hast dich entschieden und deine Entscheidung war richtig. Und jetzt Kopf hoch und an die Arbeit. Tu etwas Sinnvolles.« *Du könntest zum Beispiel deinen Wagen holen.* Sie stöhnte. Sie hatte Kaylie riesige Umstände bereitet. Wie peinlich. Mit einem weiteren entnervten *Tss* machte sie sich auf die Suche nach ihrer Freundin.

Auf Socken ging sie durch den Flur. Zwei aufgekratzte Kleinkinder stürzten auf sie zu.

»Tante Max!« Lexie warf sich in Max' Arme.

»Tante Ma… Ma… Max.«

Max hob die beiden hoch und stellte fest, dass sie in den letzten Wochen schwerer geworden waren. Oder war sie einfach noch zu schlapp? Sie setzte die Kinder wieder ab, küsste sie auf die Wangen und gab ihnen einen liebevollen Klapps auf den Hintern.

»Tante Max braucht jetzt einen Kaffee«, sagte sie und hielt sich den Kopf.

»Unser Betthäschen hüpft ja schon wieder«, frotzelte Kaylie. »Bitteschön. Ich habe dich im Bad gehört und bin vorbereitet.« Sie reichte Max einen Kaffeebecher, was dazu führte, dass Max Treat gleich noch mehr vermisste. In die freie Hand drückte Kaylie ihr zwei Aspirin. Jetzt liebte Max ihre Freundin fast so sehr wie Treat.

Die Kinder rannten in ihr Spielzimmer, Max und Kaylie ließen sich im Wohnzimmer nieder.

»Wie peinlich war ich gestern Nacht?«, fragte Max.

»Kommt ganz drauf an. Du hast meinem Mann gestanden, du hättest mal geglaubt, du wärest in ihn verliebt. Aber dann hättest du festgestellt, dass du ihn liebst wie einen Bruder. Ich fand das nicht peinlich, sondern süß. Dass Chaz mal sprachlos ist, kommt selten vor.« Kaylie lachte.

Max verbarg das Gesicht hinter ihren Händen. »Oh mein

Gott. Es tut mir so leid, Kaylie.«

»Was denn?«

»Dass ich das gesagt habe. Dass Joe dich angerufen hat, damit du mich abholst. Du lieber Gott, sicher hasst Chaz mich jetzt.« *Meinen Job kann ich mir an den Hut stecken.*

»Ach was. Er trägt es mit Fassung. Ich glaube, er war sogar ganz froh. Er macht sich immer Sorgen, dass du nur die Arbeit im Kopf hast und sonst nichts. Als du nach Wellfleet geflogen bist, hat er sich gefreut. ›Ich hoffe, sie findet ihn und schwebt mit ihm auf Wolke sieben. Sie verdient einen tollen Kerl‹ hat er gesagt.«

Max linste zwischen ihren Fingern hindurch. »Das ist wirklich lieb von ihm. Aber, auweia, ich bin ganz verlegen.«

»Ach, hör schon auf. Deine schlimmste betrunkene Nacht war zehnmal harmloser als meine bravste.«

»Danke«, sagte Max. »Ob das wirklich wahr ist, will ich gar nicht wissen. Können wir bitte meinen Wagen holen?«

»Das haben wir bereits erledigt«, sagte Kaylie.

»Wer ist wir?«

»Chaz und ich. Die Kids waren schon um halb sechs wach, also haben wir sie in die Kindersitze geschnallt und sind los. Das war besser, als wenn sie dich geweckt hätten, und außerdem fahren sie unheimlich gerne Auto.«

»Du bist ein Engel, Kaylie.«

»Was soll ich dazu sagen?« Kaylie schob theatralisch ihr Haar zurecht. »Aber als Gegenleistung musst du mir jetzt die ganze Treat-Geschichte erzählen. Gestern Abend hast du ständig was von anderen Frauen aus Tahiti oder Thailand oder sonst wo gebrabbelt. Außer dass du mitten in der Nacht aus Wellfleet verschwunden bist, habe ich fast nichts kapiert. Und verzeih mir, wenn ich das sage, aber das war so ziemlich das

Dümmste, was du tun konntest.«

»Es ging nicht anders. Jemand wie Treat kann nicht für jemanden wie mich alles aufgeben, was ihm wichtig ist. Und ich kann mir einfach nicht vorstellen, ständig zu Meetings und Bussi-Bussi-Veranstaltungen um die ganze Welt zu jetten und in Luxus-Resorts aus dem Koffer zu leben. Treat gibt das einen Kick und wenn er darauf verzichten würde, würde er mir das früher oder später vorwerfen.« *Meine Entscheidung war richtig, auch wenn mir bei dem Gedanken, nicht mehr in seinen Armen liegen zu können, fast die Luft wegbleibt.*

»Aber du hast doch selbst erlebt, wie weh es tut, wenn sich jemand einfach davonmacht, Max.« Kaylie schüttelte den Kopf.

Max kam sich vor wie damals in der Grundschule, als sie ihrer Lehrerin die Zunge herausgestreckt hatte. Nach diesem Vorfall hatte ihr Vater sie ähnlich fassungslos angesehen.

»Als Treat verschwunden ist, warst du völlig von der Rolle. Oder hast du das vergessen und wiegst dich noch immer in irgendwelchen Träumen von der einen wahren, großen Liebe, die völlig problemlos einfach über einen kommt?« Kaylie nahm kein Blatt vor den Mund.

»Du bist ganz schön streng mit mir«, sagte Max.

»Nein, gar nicht. Ich finde nur, man muss niemandem wehtun, um ihm zu zeigen, wie sehr man ihn liebt.«

Max setzte sich auf. »Ich bin nicht deshalb gegangen.«

»Komm schon, Max. Überleg mal, mit wem du redest. Liebe erkenne ich zehn Meilen gegen den Wind. Und dein Grund, vor Treat wegzulaufen, wird sich nicht sehr von dem Grund unterscheiden, aus dem er vor dir weggelaufen ist.« Kaylie machte sich mit Max' leerem Kaffeebecher auf den Weg in die Küche. »Bleibt die Frage, wie du das von hier aus wieder in Ordnung bringen kannst.«

Max folgte ihr. »Wie meinst du das? Es ist alles in Ordnung. Ich lasse nicht zu, dass er für mich das aufgibt, was ihm am allerwichtigsten ist. Aus. Ende. Basta.«

»Ah ja.« Kaylie verdrehte die Augen.

»Ich muss nach Hause, duschen und mich umziehen. Sicher kann Chaz bei der Arbeit Hilfe gebrauchen. Außerdem muss ich mein Telefon finden.«

»Hetz dich nicht ab. Es ist fast eins und er ist sowieso nur noch ein paar Stunden im Büro. Hast du dein Handy verloren?«

»Fast eins? Oh Kaylie, das tut mir leid. Du hättest mich wecken sollen.« *Habe ich denn gar nichts mehr auf der Reihe? Ich muss mich zusammenreißen, sonst kann ich neben meinem Traummann auch bald meinen Job und meine Freunde auf die Verlustliste setzen.*

»Sei nicht albern. Soll ich dein Telefon anrufen?«, fragte Kaylie.

»Nein. In meiner Handtasche ist es nicht. Vermutlich steckt es irgendwo in den Taschen in meiner Wohnung. Danke für alles, Kaylie. Wirklich, du hast mir sehr geholfen. Ich bin dir was schuldig.«

»Ach was. Dazu sind Freunde doch da. Aber verrate mir bitte noch eins. Hat Treat in Thailand viele Freudinnen?«

Max lachte. »Nicht dass ich wüsste. Ich glaube, er wollte dort ein Resort kaufen und hat wegen mir die Verhandlungen abgebrochen.«

»Dieser Mann weiß, wie man zu einem Vermögen kommt.«

»Das kann man wohl sagen.« Max klang unbeeindruckt. »Aber du weißt, dass ich mir aus Geld nicht viel mache.«

»Ja, aber welches zu haben, ist ganz angenehm«, sagte Kaylie lächelnd. »Finanzielle Sicherheit hat schon was, Max. Es ist hilfreich, wenn man nicht jeden Dollar zweimal umdrehen muss und bei jeder Rechnung Schweißausbrüche bekommt.«

Max schnappte sich ihre Handtasche und ihre Schlüssel. »Im Augenblick sieht es nicht so aus, als müsste ich mir über sein Geld Gedanken machen. Ich werde alleine weiterschwitzen.« Sie umarmte Kaylie. »Das Bett habe ich gemacht und den Läufer wieder davor gelegt.«

»Das war nicht nötig. Den habe ich gestern Abend weggenommen, weil ich Angst hatte, dass du ihn vollkotzt.«

»Oh mein Gott, Kaylie. Gibt es sonst noch was, was ich wissen sollte?« *Konnte dieser Tag noch schlimmer werden?* Max brauchte dringend eine Dusche, eine Zahnbürste, fünf Liter Wasser und etwa dreißig Stunden Schlaf.

»Nein. Mehr gibt es über deine Ausschweifungen nicht zu berichten. Halte mich wegen Treat auf dem Laufenden. Und wenn du jetzt, wo du wieder nüchtern bist, reden willst, melde dich. Aber erst nach dem Zähneputzen.«

Max lächelte. »Du bist die allerbeste Freundin, die ich je hatte. Weißt du das?«

»Ja.«

Treat und Savannah saßen zusammen auf der Couch ihres Vaters. Sie hatten ihn um neun Uhr abends nach Hause gebracht. Seit zehn Uhr schlief er. Inzwischen war es fast Mitternacht, und Treat war, als hätte er in den letzten zwölf Stunden einen Unterwassermarathon gelaufen. Max hatte sich nicht gemeldet. Aber er hatte ihr so viele Nachrichten hinterlassen, dass sie sie inzwischen sicher abgehört hatte.

Rex kam vom Stall zurück ins Haus. »Wo ist Josh?«

»Er duscht. Willst du ein Bier?«, fragte Treat.

»Nein, danke. Ich glaube, wir müssen Familienrat halten.« Rex setzte sich in den Sessel neben dem Lieblingssessel seines Vaters.

Kurz darauf stieß Josh zu ihnen. »Soll ich dir was zu trinken holen, Savannah?«

»Ja. Ein Glas Rotwein wäre schön.«

»Ich hole es dir«, sagte Treat. Er machte sich auf den Weg zur Küche. Der Anblick des leeren Platzes, auf dem sonst sein Vater saß, war kaum zu ertragen.

In der Küche zog er Josh beiseite. »Hast du was von Hugh gehört?« Die Frage hatte er vor den anderen nicht stellen wollen, damit es nicht zu einem Lästerfest kam. Selbst wenn Hugh das vielleicht verdient hatte. Treat hatte im Moment andere Probleme im Kopf.

»Ja, er ist bald hier. Er hatte seinen Anschlussflug verpasst.«

Treat legte den Arm um Josh. »Und wie geht es dir?« Treat wollte dem empfindsamsten unter seinen Brüdern signalisieren, dass er jederzeit für ihn da war.

»Ich habe einen Riesenschreck bekommen«, antwortete Josh. »Daran, dass Dad einmal krank werden könnte, habe ich nie gedacht.«

»So geht es mir auch.« Treat nahm einen Schluck Bier. »Ich mache mir Sorgen, aber ich bin sicher, Ben weiß, wovon er redet. Wenn er glauben würde, dass mehr dahintersteckt als eine Stress-Kardiomyopathie, würde er es uns sagen.«

»Meinst du, dieses Broken-Heart-Syndrom gibt es tatsächlich?«

Und ob ich das meine. Wenn es so weitergeht, bin ich der Nächste, der in der Klinik landet. »Keine Ahnung. Aber fest steht, dass Dad Mom noch immer sieht und mit ihr spricht. Deshalb könnte ich es mir vorstellen.«

»Ja«, sagte Josh. »Ich mir auch.«

»Wein, bitte!«, rief Savannah aus dem Wohnzimmer.

Eine Weile saßen sie dort schweigend beisammen und schauten in ihre Gläser. Treat war von einigen der Menschen umgeben, die er am allerliebsten hatte. Aber jetzt, wo er sich Gedanken um die Gesundheit seines Vaters machte, wünschte er sich auch die anderen her. Seinen Vater, Dane, Hugh und Max. Er brauchte Max' Unterstützung, wollte, dass sie seine Hand hielt. Ohne sie fühlte er sich nur wie ein halber Mensch. Seine leeren Handflächen sehnten sich nach ihr wie verlorene Seelen.

Die Tür ging auf. Alle fuhren herum und machten gleichzeitig *Pssst*.

»Dad schläft.« Savannah stand auf und umarmte ihren jüngsten Bruder. »Aber es geht ihm gut«, sagte sie.

Treat umarmte Hugh als nächster. »Alles klar bei dir? Wie war die Reise?« Er klopfte seinem Bruder auf den Rücken. Hugh war acht Jahre jünger als er, wirkte aber mit seinem zerzausten, schwarzen Haar und in der Lederjacke, den Levis und Sneakers noch deutlich jünger.

»Viel zu lang. Aber jetzt bin ich hier.« Hugh umarmte seine beiden anderen Brüder, dann ging er in die Küche, um sich etwas zu trinken zu holen. »Soll ich dir etwas zu essen machen?«, fragte Savannah.

»Nö. Ich habe mir unterwegs ein Sandwich besorgt.« Eine Minute später setzte Hugh sich neben Savannah auf die Couch. »Dad geht's also gut? Und dieses BHS, was ist das?«

Treat erzählte ihm, was er von Ben darüber wusste.

»Klingt, als müsste man es eher Bullshit-Syndrom nennen.« Hugh schaute grinsend von einem zum anderen.

»Hugh.« Treat schlug denselben Ton an wie damals, als

seine Brüder noch wilde Teenager gewesen waren. Das half nicht immer, aber im Augenblick schien seine mahnende Stimme zu wirken.

»Ich will damit nur sagen, dass ich den Namen seltsam finde. Warum sagen die nicht einfach Stress-Kardiomyopathie. Warum muss sich immer alles um Gefühle drehen?«

Treat beugte sich vor und Savannah legte Hugh die Hand auf den Oberschenkel. »Lass stecken, Hugh. Ist doch egal, wie man es nennt. Viel wichtiger ist, dass Dad sich eine Zeit lang schont.«

»Genau darüber wollte ich reden«, sagte Rex. »Ich denke, wir sollten noch ein, zwei Leute für die Ranch einstellen. Ich habe jede Menge Arbeit und …«

»Nicht nötig«, sagte Treat. »Ich bleibe eine Weile hier.«

»Aber du musst dich doch um dein eigenes Unternehmen kümmern«, gab Josh zu bedenken.

»Ja, Treat. Du hast zu hart gearbeitet, um die Brocken hinzuschmeißen«, fügte Savannah hinzu.

»Ich schmeiße nicht hin. Ich habe mir das gut überlegt. Rex, du hattest recht. Ich hätte früher heimkommen müssen. Für meine Auslandsgeschäfte und die Verhandlungen stelle ich jemanden ein. Dann muss ich nur noch ein paarmal im Monat reisen.« Diesen Plan laut auszusprechen tat gut. Treat deutete die Krankheit seines Vaters als Zeichen. Vielleicht war Hugh ja nicht der einzige Egoist in der Familie. Er selbst hätte mehr für seine Angehörigen tun sollen. Stattdessen war er vor seinen Dämonen weggelaufen. Es war Zeit, sich ihnen zu stellen.

»Das musst du nicht, Treat. Ich komme schon klar. Ich heuere die Leute erst mal nur zur Aushilfe an, dann sehen wir weiter«, sagte Rex. Sein Bizeps spannte und lockerte sich abwechselnd, genauso wie bei ihrem Vater, wenn er nervös oder aufgebracht war.

»Das ist mir klar, Rex«, sagte Treat. »Es geht nicht um einen Konkurrenzkampf zwischen dir und mir.«

»Tust du es wegen deinem Mädchen? Wegen Max?« Joshs Frage hatte nicht den provokanten Unterton, den sie aus Rex' Mund vermutlich gehabt hätte.

Bis zu dem Gespräch mit Ben hatte Treat Höllenängste um seinen Vater ausgestanden und in diesen langen, quälenden Stunden immer wieder über Max' Brief nachgedacht. Jetzt, wo er in die Augen seiner Geschwister schaute, wusste er, dass er seine Dämonen nicht länger ihr Unwesen treiben lassen durfte. Seiner Familie gegenüber musste er ehrlich sein. Und wenn er Max zurückerobern wollte, musste er den Ballast aus seiner Vergangenheit von seinen Schultern werfen.

Treat holte tief Luft, dachte an Max' Lächeln und begann. »Ich möchte nicht behaupten, es hätte nichts mit Max zu tun. Das wäre gelogen. Ich liebe sie. Ich liebe sie wirklich. Aber mir ist klar geworden, dass ich keine Beziehung haben kann, so lange ich noch so viel mit mir herumschleppe. Um die Frage zu beantworten: Es geht um Max und mich, aber es geht auch um euch. Rex, du stichelst schon seit Jahren, und ich habe all deine Seitenhiebe abgewehrt. Nicht, weil sie ungerechtfertigt sind, sondern im Gegenteil. Du liegst genau richtig. Es war nur zu schmerzhaft, das zuzugeben.« Das einzugestehen fiel ihm schwerer als erwartet. Er senkte den Blick und nahm seinen Mut zusammen. *Man kann erst eine ehrliche, glückliche Beziehung zu einem anderen Menschen haben, wenn man eine ehrliche, glückliche Beziehung zu sich selbst hat.* Max' Worte schenkten ihm die nötige Kraft. »Nach Moms Tod habe ich euch im Stich gelassen. Euch alle.«

»Wovon redest du? Herrje, Treat. Du hast dich immer um

uns gekümmert«, widersprach Josh.

»Trotzdem. Ich habe nie so viel getan, wie ich hätte tun müssen. Und als es Zeit fürs College wurde, war ich froh, endlich von hier wegzukönnen. Ich will, dass ihr das wisst. Die Ranch hat mich immer an all das erinnert, was ich nicht getan habe. Was ich nicht tun konnte. Für meine Familie, für jeden von euch.« Treat blinzelte die Zornestränen weg, die ihm in die Augen stiegen.

»Treat.« Savannah streckte die Hand nach ihm aus.

»Lass ihn ausreden.« Alle drehten sich zu Rex. »Er versucht, uns etwas zu sagen. Lasst es ihn loswerden.«

»Danke, Rex.« Treat hatte keine Ahnung, ob Rex nur gebannt darauf wartete, dass er irgendeine Art von Versagen eingestand, oder ob er ihm helfen wollte. Trotzdem war er seinem Bruder dankbar. »Wie dem auch sei. Ich habe mir den Arsch aufgerissen, um mir und der Welt zu beweisen, dass ich etwas tauge. Aber heute ist mir klargeworden, dass ich Dad nicht mal im Ansatz das Wasser reichen kann.« Er zeigte zum Schlafzimmer seines Vaters. »Der Mann da drin ist ein ganzer Kerl, und ich bin nur irgendein Typ, der sich niemals mit ihm vergleichen könnte.« Er hatte laut gesprochen. Jetzt wartete er auf Bemerkungen wie *Ich hab's immer gesagt* oder *Wurde auch Zeit.*

Doch eine Sekunde später spürte er Savannahs Arme um den Hals und ihren Atem an seinem Ohr. »Du hast mich nie im Stich gelassen, Treat. Du bist alles für mich und du bist genau wie Dad.«

»Junge, du hast mich in deinem Bett schlafen lassen, verdammt. Das hätte Dad niemals getan«, sagte Hugh kopfschüttelnd. »Du bist kein Feigling und kein Drückeberger. Du hast mich gerettet.«

»Mich auch«, sagte Josh leise. »Du warst immer da, wenn ich dich gebraucht habe, Treat. Du hast abends gewartet, bis ich nach Hause gekommen bin, und du hast mich beschützt. Wenn ich Angst gehabt habe, durfte ich zu dir ins Bett, und du hast dir wochenlang mein Geschluchze angehört. Und du hast mir Geld für Schulausflüge gegeben.«

»Das hatte ich ganz vergessen«, sagte Treat lächelnd. *Mist.* Es wäre klüger gewesen zu warten, bis Dane auch da war. Dann hätte er alles nur einmal sagen müssen. Aber jetzt hatte er schon mal angefangen und konnte es auch zu Ende bringen. Wenn Dane ankam, würde er allein mit ihm reden müssen.

Treat wartete, ob Rex ebenfalls etwas sagen würde. Aber Rex saß nur mit den Ellbogen auf den Knien im Sessel, ließ seine Fingergelenke knacken und schaute ihn stoisch an. Der altvertraute Braden-Bizepstanz war in vollem Gang.

»Ich sage das alles nicht, weil ich Trost oder Widerspruch erwarte. Ich sage es, weil es mich seit Jahren belastet und ich so nicht mehr weiterleben will. Ich will endlich irgendwo Wurzeln schlagen können. Aber das geht nur, wenn ich reinen Tisch mache. Rex, es tut mir leid. Du machst mir Vorwürfe, und das völlig zurecht.«

Rex stand auf und ging zur Hintertür.

»Lass ihn gehen.«

Dad. Treat fuhr herum. Sein Vater lehnte an der Treppe. »Dad, du solltest im Bett sein.«

»Ich gehe ins Bett, wenn ich es für richtig halte«, gab Hal zurück.

»Wie viel hast du mitbekommen?«, fragte Treat.

»So ziemlich alles, würde ich sagen. Auf jeden Fall das Wichtigste.«

Savannah und Treat wollten ihn an den Armen nehmen

und stützen, als er jetzt ins Wohnzimmer kam. Aber er schüttelte sie ab. Er ließ sich in seinem Lieblingssessel nieder und schaute seinem ältesten Sohn lange und eindringlich ins Gesicht.

Noch nie hatte Treat sich so geschämt. Seinen Geschwistern seine Schwächen zu gestehen war eine Sache. Aber dem Mann, der ihn aufgezogen, der sein Herz und seine Seele für ihn gegeben hatte, zu sagen, dass er ein Versager und ein Blender war? Das war etwas ganz anderes. Wenn sein Vater ihm jetzt die Leviten las, dann hatte er das verdient. Ohne den Blickkontakt abreißen zu lassen, setzte er sich. Mit der zittrigen Stimme, die dem Elfjährigen zu gehören schien, der irgendwo tief in ihm verborgen war, sagte er: »Es tut mir leid, Dad. Du hast dir alle Mühe gegeben, mich zu einem aufrechten Mann zu erziehen. Und ich wollte, dass du stolz auf mich bist. Aber ich weiß, wie ich wirklich bin. Ich habe mich zu sehr geschämt, zu Hause zu bleiben und zusammen mit dir die Ranch zu führen.«

Hal und Rex Braden waren einander in vielem sehr ähnlich, und einen Moment lang befürchtete Treat, auch sein Vater könnte genau wie Rex den Raum verlassen. Doch sein Dad griff nach seiner Hand und drückte sie fest. Als Treat Tränen in den Augen seines Vaters glitzern sah, wurden auch seine Augen feucht.

»Mein Sohn, du warst und bist alles, was ich mir nur wünschen konnte. Als deine Mutter gestorben ist, warst du gerade mal elf Jahre alt, und als sie krank geworden ist erst neun.« Er machte keine Anstalten die Tränen wegzuwischen, die ihm jetzt über die Wangen liefen.

Treat spürte einen schmerzhaften Druck in der Brust. Das Atmen fiel ihm schwer. »Dad.« Er schüttelte den Kopf.

»Nein, mein Sohn. Du warst deiner Familie eine große

Stütze, und es gab nie eine Zeit, in der das anderes war.« Er tätschelte Treats Hand und hielt sie dann zwischen seinen Händen fest. »Siehst du, wie deine Schwester und deine Brüder dich ansehen? Siehst du die Liebe in ihren Augen? Was aus ihnen geworden ist, haben sie vor allem dir zu verdanken. Du hast ihnen Kraft gegeben und ihnen gezeigt, wie wichtig die Familie ist. Auch was Liebe ist, haben sie von dir gelernt. Nicht zuletzt, weil du deine verzweifelten, ratlosen kleinen Brüder in deinem Bett hast schlafen lassen. Und glaub nicht, ich hätte das nicht mitbekommen.« Er schaute erst Josh an, dann Hugh. »Du Treat, und du allein, hast ihnen gegeben, was ich ihnen nicht geben konnte. Denn als eure Mutter gestorben ist, hat sie einen Teil von mir mit ins Grab genommen. Ich habe getan, was ich konnte. Ich habe mir die größte Mühe gegeben. Aber ich bin eben nur ein Mann. So wie du und Rex, wie Dane, Hugh und Josh. Wir sind, wie wir sind, und wir sind die Bradens. Bradens geben immer ihr Bestes. Keins meiner Kinder hat mich je enttäuscht.« Er schaute Hugh an, der geflissentlich zu Boden sah. »Auch nicht Hugh, als er nicht zur ersten Auktion der Ranch erschienen ist.« Er schaute Savannah an. »Auch nicht unser hübsches Mädchen, als sie sich mit fünfzehn aus dem Haus geschlichen hat und du, Treat, ihren Hintern wieder herschleifen musstest, und mir nie ein Wort davon verraten hast.«

Savannah riss die Augen auf. »Du hast das gewusst?«

Hal lächelte nur, dann drehte er sich zu Josh, der aufmerksam zugehört hatte. »Und auch nicht euer Bruder Josh, als er sich entschieden hat, seinen Lebensunterhalt mit dem Entwerfen von Kleidern zu bestreiten.«

Treat sah seinen Bruder unter dem stolzen Blick seines Vaters förmlich wachsen. Er wusste, dass Josh sein Leben lang auf diese Worte gewartet hatte.

»Was ich damit sagen will, Treat, ist folgendes: Du wolltest deine Seele befreien, damit du ein Leben ohne den Gorilla beginnen kannst, den du auf deinem Rücken herumgeschleppt hast. Aber es war *dein* Gorilla. Das solltest du wissen. Vermutlich hat er als kleines Äffchen im Kopf eines verängstigten Jungen begonnen und ist irgendwann zu einem Riesenvieh herangewachsen, das dich erdrücken wollte. Aber du hast dagegen angekämpft, und es konnte dir nichts anhaben, denn es lebt nur in deinem Kopf. Ich bin stolz auf dich, mein Sohn. Du hast es geschafft, den Gorilla loszuwerden.« Hal tippte an seine Schläfe.

Treat nahm seinen Vater in den Arm und drückte ihn fester und länger als je zuvor. Er wusste nicht, ob sein Dad recht hatte. Aber er freute sich über jedes seiner Worte. Nie wieder würde er diesen Mann im Stich lassen.

»Denkst du tatsächlich daran, dich irgendwo niederzulassen?«, fragte Hal, nach der Umarmung.

»Ich denke nicht bloß daran, ich bin schon dabei«, sagte Treat mit einem Blick zur Hintertür.

»Der Gorilla, den der Junge da draußen mit sich herumschleppt, ist noch viel größer als deiner. Gib ihm ein bisschen Zeit«, sagte sein Vater.

»Ich weiß ehrlich gesagt nicht, womit ich ihn so gegen mich aufgebracht habe«, sagte Treat.

»Er wird damit herausrücken, wenn er soweit ist«, antwortete Hal. »Genau wie du es getan hast.«

Einunddreißig

Am Samstagnachmittag fühlte Max sich endlich ausgeschlafen und wieder wie sie selbst. Mit einem gebrochenen Herzen. Ihr Telefon hatte sie nicht finden können, deshalb hatte sie erst bei der Fluggesellschaft und dann bei der Mietwagenfirma angerufen. Ein Angestellter hatte das Handy im Handschuhfach ihres Mietwagens entdeckt. Man wollte es ihr per Expresspost schicken. Spätestens am Montagnachmittag würde sie es wiederhaben.

Sie schaltete ihren Computer ein, um ihre geschäftlichen Mails zu lesen. Nach wenigen Sekunden ging eine Benachrichtigung von Facebook ein. Max mochte Facebook nicht besonders. Zu posten, was sie den lieben langen Tag so machte, betrachtete sie als absolute Zeitverschwendung. Genau wie Twittern oder eine Maniküre. Obwohl – vielleicht wäre eine Maniküre hier und da ganz nett gewesen. Sie klickte sich zu Facebook, löschte eine Spam-Nachricht über eine großartige neue Diät und tippte dann *Ryan Cobain, Texas A & M* ins Suchfeld. Im Nu hatte sie ein Foto von ihrem Ex auf dem Bildschirm. Max hatte ihn seit Jahren nicht gesehen, weder in natura noch virtuell. Sie schaute sich sein Profil an. Sein ehemals langes braunes Haar war jetzt kurzgeschnitten, sein

Gesicht wirkte schmaler. Wenn sie ihn nicht gekannt hätte, hätte sie ihn für einen gut aussehenden, unbeschwerten jungen Mann gehalten. Aber sie wusste es besser. In seinen grünen Augen sah sie dasselbe wilde Feuer und dasselbe Chaos wie an dem Tag, an dem sie ihn verlassen hatte. *Kill endlich deine Dämonen.*

Mit zittrigen Fingern klickte sie auf das Messenger-Icon. Antworten würde er sicher nicht. Aber sie wollte endlich die Geister der Vergangenheit abschütteln, die ihr mit jedem Tag ohne Treat die Luft noch ein wenig mehr abschnürten.

Hey. Wollte nur mal sehen, wie es dir geht. Max, tippte sie in das Nachrichtenfeld. Dann drückte sie die Return-Taste und starrte auf den Monitor, als müsste er jede Sekunde zum Leben erwachen. Ihr Körper schaltete zwischen Flucht- und Angriffsmodus hin und her. Sie wartete eine Minute. Dann noch eine.

»Das war idiotisch«, sagte sie laut und ging in die Küche. Kurz darauf hörte sie den Signalton für Facebook-Nachrichten.

Max erstarrte.

Sie machte zwei Schritte auf den Computer zu, dann blieb sie stehen. *Ich will das nicht. Doch, ich will es.* Sie machte noch einen Schritt, blieb wieder stehen. *Nein. Nein. Ich will das nicht.*

Ein zweiter Ton.

Verdammt. Sie biss die Zähne zusammen und ging zum Computer. »Er kann mich ja nicht sehen.«

Sie klickte auf die Messenger-Box und fand tatsächlich eine Nachricht von Ryan.

Hey, Max. Wie geht es dir?

Ihre Finger schwebten über der Tastatur. Sie biss sich auf die Unterlippe und tippte. *Gut.*

Eine Sekunde später war seine Antwort da. *Freut mich.*

Was will ich ihm eigentlich sagen? Sie schüttelte ihre Hände aus und überlegte. Dann schrieb sie: *Wo wohnst du jetzt?*

Die Antwort kam prompt. *Cheyenne, Wyoming. Und du?*

Er war gerade mal eineinhalb Stunden entfernt. Max' Finger lagen starr auf den Tasten. Was machte sie da? Wo sie wohnte, wollte sie ihm nicht verraten, aber in ihrem Kopf entwickelte sich ein Plan.

Bin morgen geschäftlich in deiner Gegend. Würde gern vorbeikommen und ein bisschen reden, tippte sie.

Die Antwort kam nach dreißig Sekunden. *Arbeite den ganzen Tag.*

Wo?

Er schrieb: *Cheyenne Crowne Inn. Nähe Central Avenue.*

Kann ich vorbeikommen?

Er antwortete: *Hätte nicht gedacht, dass du noch mal mit mir sprichst. Ja, würde mich freuen. Möchte dir gern ein paar Dinge erklären.*

Okay. Um eins?

Er stimmte zu und Max klappte den Laptop zu. Ihre Geschäftsmails waren vergessen. Sie ging in ihrer Wohnung auf und ab und dachte an den nächsten Tag. Ihr Herz raste, ihre Gedanken drehten sich im Kreis. Sie überlegte, ob sie Kaylie bitten sollte mitzukommen. Aber Kaylie würde womöglich versuchen, ihr die Sache auszureden. Doch sie musste das durchziehen. Sie hatte Treat gesagt, sie müsste ihre Dämonen besiegen, und verdammt noch mal, genau das würde sie tun. Sie war Max Armstrong. Sie hatte Ryan verlassen, schleppte aber die Erinnerung an ihn wie einen nicht enden wollenden Albtraum mit sich herum. Er war noch immer ein Raubtier, das sie belauerte. Sie hoffte, dass sie sich nach dem morgigen Tag nie mehr wie seine Beute fühlen würde.

Zweiunddreißig

Rex steckte mit einem triumphierenden Lächeln den Kopf durch Treats Schlafzimmertür. Das Lächeln erlosch, als Treat ihn fix und fertig angezogen in Jeans und T-Shirt begrüßte. Es war fünf Uhr dreißig am Sonntagmorgen. »Stehst du endlich auch auf?« Treat nahm sein Flanellhemd von der Stuhllehne, klappte seinen Laptop zu, klopfte Rex auf die Schulter und ging an ihm vorbei nach unten.

Sie gossen sich Kaffee ein und traten mit ihren Thermosbechern hinaus in die kühle Morgenluft.

»Du musst mir erklären, was ich tun soll«, sagte Treat.

»Die Angestellten melken und treiben das Vieh raus. Wir beide reparieren Zäune. Auf der hinteren Weide ist ein ziemlich langes Stück umgedrückt worden.«

Treat schob sich auf den Beifahrersitz des Pick-ups. »Wie ist das passiert?«

Rex zuckte die Achseln und fuhr los. »Ist das jetzt wichtig?«

Na prima. Zickereien vor sechs Uhr morgens.

Während der Truck über die Wiesen schaukelte, wartete Treat, dass Rex ihm sagte, warum er am Vorabend hinausgegangen war. Das Schweigen zwischen ihnen war nicht wirklich unangenehm. Aber Treat dauerte es ein wenig zu lang. Er versuchte, das Eis zu brechen.

»Ich habe nach Dad gesehen. Ich glaube, es geht ihm ganz gut«, sagte er.

»Schön. Savannah bleibt heute bei ihm und Josh hat gesagt, er achtet darauf, dass Dad seine Medikamente nimmt.« Rex hatte sich den Cowboyhut tief ins Gesicht gezogen. Er schaute stur geradeaus.

»Macht es dir was aus, wenn ich eine Weile bleibe?«, fragte Treat.

Rex zuckte die Achseln. Er parkte den Pick-up, dann luden sie Holz, Draht und das Werkzeug ab.

»Du kannst alles da rüber bringen.« Rex zeigte auf eine grasbewachsene Stelle auf der anderen Seite des beschädigten Zauns. »Die Sägeböcke stellen wir hier auf. Und da kommen die kaputten Teile hin.«

Treat erledigte den Auftrag. Dann schaute er zu, wie sein Bruder Holzpfosten hochhob und sie über die Schulter warf wie Zahnstocher. Treat war alles andere als ein Spargel, aber Rex hatte eindeutig mehr Muskelmasse aufzuweisen.

Treat war nicht neidisch auf seinen kraftstrotzenden Bruder, der ganz offenbar sauer auf ihn war. Treat war stolz auf Rex. Seit vielen Jahren kümmerte der sich um die Ranch der Familie und um ihren Vater. Treat hatte dafür die Kraft gefehlt. Inzwischen konnte er sich das eingestehen, ohne vor Scham im Boden zu versinken.

»Hilfst du mir oder schaust du nur zu?«, fragte Rex.

Treat schnappte sich einen Hammer und befolgte die knappen Anweisungen seines Bruders so genau wie möglich. Auch Treat hatte schon als Junge auf der Ranch mit angepackt. Melken konnte er genauso gut, wie die Wand eines Schuppens ausbessern. Er war zwar ein wenig aus der Übung, aber er arbeitete sich schnell wieder ein. Jeder Hammerschlag weckte Erinnerungen daran, wie er früher seinem Vater geholfen hatte.

Mit Rex zusammenzuarbeiten, stachelte zudem Treats Ehrgeiz an. Bald brauchte er keine Anweisungen mehr. Er sägte das Holz auf die passende Länge, schlug Pfähle in den Boden und befestigte den Draht.

Als sie gegen Mittag zum Haus fuhren, fühlten Treats Arme sich an, als hätte er sich geprügelt. Aber er biss die Zähne zusammen und ließ sich nichts anmerken.

»Alles klar?«, fragte Rex.

»Alles bestens.« Rex trug die Nase ziemlich hoch. Aber Treat war jetzt hier und würde ihn auffangen, falls er dabei einmal stolperte.

Treat hatte geglaubt, nach einem Morgen voller harter körperlicher Arbeit würde er sich nach seinem eng getakteten Tag als Resort-Besitzer sehnen. Nach seinem schönen, bequemen Büro und seinem Job, in dem gute Arbeit gleichbedeutend mit einem erfolgreichen Geschäftsabschluss war. Zumindest mit einigen Zweifeln hatte er gerechnet. Schließlich war er dabei, sein Leben umzukrempeln. Aber als sie vor dem Haus hielten und er über den Vorschlag seines Anwalts nachdachte, jemanden für die Verhandlungen einzustellen, merkte er, dass er keinerlei Verlangen spürte, sein Imperium noch zu erweitern. Er wollte nur mit Max zusammen sein. Diese Entscheidung fühlte sich gut und richtig an.

»Sieht aus, als wäre Dane auch endlich da.« Rex zeigte auf den dunkelgrünen Land Rover in der Einfahrt.

Na prima.

»Hey! Ich habe euch was zu essen gemacht«, rief Savannah aus der Küche.

Sie streiften ihre Arbeitsstiefel ab. Im Flur kam ihnen Dane entgegen.

»Du hast es tatsächlich noch geschafft.« Treat umarmte ihn. Er hatte die halbe Nacht darüber nachgedacht, wie er Dane sagen sollte, was er seinen anderen Geschwistern bereits offenbart hatte. Sicher hatte Dane alles schon mindestens dreimal von ihnen gehört. Aber ganz gleich, wie schwer ihm das fiel, Treat wollte es ihm noch einmal persönlich sagen. Warum es nicht gleich hinter sich bringen?

»Das ist ein Witz, oder? Habe ich schon jemals ein großes Familienereignis verpasst?«, fragte Dane.

»Klar war das ein Witz. Komm.« Treat ging voran auf die Veranda und Dane folgte ihm. Sie setzten sich in zwei Sessel mit Blick auf die Weiden.

»Wie ich höre, bleibst du eine Weile«, sagte Dane.

»Ja, es ist Zeit.«

»Und was wird aus deinen Resorts?«

»Da wird sich nicht viel ändern. Ich werde nur deutlich weniger reisen und das Unternehmen nicht mehr ständig erweitern.« Er schaute seinen Bruder an. Dane saß entspannt auf seinem Stuhl. Seine Haut war gebräunt, seine Augen strahlten. Er war ein gut aussehender Mann. Treat konnte kaum glauben, dass er selbst auf die vierzig zuging und sein Bruder nicht viel jünger war. *Wo sind bloß die Jahre hin?* Eines Tages würden sie zur Beerdigung ihres Vaters zusammenkommen und es würde ihnen allen viel zu früh erscheinen. Ihr Vater war stark, aber niemand war unsterblich.

»Wir haben Max kennengelernt. Hat sie dir davon erzählt?«, fragte Dane.

»Ja.« Treat lächelte, dann schüttelte er den Kopf. Er konnte noch immer nicht glauben, dass sie die Adresse seines Vaters herausgefunden hatte und tatsächlich auf der Ranch aufgetaucht war. Und kurz danach in Wellfleet. Aber jetzt war sie weg. *Eins nach dem anderen.*

»Hübsch, und ziemlich klug. Ein bisschen schüchtern vielleicht. Aber ich kann sehen, was du an ihr findest.«

Treat erstarrte. *Sie gehört mir.* Er warf Dane einen warnenden Blick zu.

»Du magst sie sehr, nicht wahr?«, fragte Dane.

»Ich liebe sie, Dane.«

Dane nickte. »Von dir höre ich diese Worte zum ersten Mal.«

»Weil ich zum ersten Mal so etwas fühle«, sagte Treat. Die Wahrheit schmeckte fast so süß wie Max' Küsse.

»Hör mal, Dane …«

»Bevor du weitersprichst – kann ich dir bitte etwas sagen, was ich dir schon lange mal sagen wollte?«

»Klar.« Treat wappnete sich für die bittere Wahrheit. *Ich war kein guter Bruder.*

»Es geht um Mary Jane.«

Treat kniff die Augen zusammen.

»Also, pass auf.« Dane holte tief Luft. »In der Nacht damals war ich nicht so besoffen, wie ich behauptet habe. Ich habe genau gewusst, was ich tat.«

»Warum, zum Teufel, erzählst du mir das jetzt?« Treats Hand ballte sich unwillkürlich zur Faust.

»Weil die anderen mir verraten haben, was du gestern Abend gesagt hast. Ich habe mit ihr geschlafen, Treat, weil ich mich endlich mal so gut fühlen wollte wie du. Wie glaubst du, hat es sich angefühlt, in deinem gigantischen Schatten aufzuwachsen?« Dane beugte sich vor und schüttelte den Kopf.

»So groß ist mein Schatten doch gar nicht, Dane.«

»Du hast keine Ahnung. Aber es hat sowieso nicht funktioniert. Hinterher habe ich mich nur noch kleiner gefühlt. Und ich weiß, dass ich unser Verhältnis zueinander damit für alle Zeiten schwer belastet habe.« Dane blickte auf. »Es tut mir leid. Ich habe es seither jeden Tag bereut.«

Mit einem Geständnis dieser Art hatte Treat nicht gerechnet. Einen Moment lang war er sprachlos.

»Ich wollte dir das sagen, weil ich weiß, dass du mir, wenn es um Frauen geht, nicht über den Weg traust. Aber du musst dir keine Sorgen machen. Ich bin kein dummer Junge mehr. Etwas so unfassbar Niederträchtiges und Gemeines würde ich weder dir noch mir noch einmal antun. Und auch keiner Frau. Mary Jane war für mich nur Mittel zum Zweck.«

»Für mich war sie das nie.« Treats Brust zog sich bei der Erinnerung zusammen.

Dane starrte zu Boden. »Ich weiß. Und mir tut das alles sehr leid.«

Treat hörte den Ernst in Danes Stimme und wusste, wie sehr ihn seine Jugendsünde bedrückte. Dass Dane den Mut gefunden hatte, sich diesen Drachen aus seiner Vergangenheit vorzuknöpfen, sprach für ihn. Um die Stimmung etwas aufzulockern, setzte Treat ein Grinsen auf. »Willst du damit sagen, dass du mit deinem Riesenspeer keine Jagd auf Max machen wirst?«

»Mit keinem einzigen Zentimeter davon.« Dane lachte. »Aber im Ernst. So einen Fehler mache ich nicht noch mal. Außerdem gibt es eine gewisse Person, die mir seit Monaten nicht mehr aus dem Kopf geht. Möglicherweise bin ich nicht mehr allzu lange auf dem Markt.«

»Ach ja?«, fragte Treat.

»Ja.« Dane lehnte sich zurück und schaute zu den Berggipfeln in der Ferne. »Ja.«

»Sie haben dir also schon alles erzählt?« Treat nickte Richtung Haus.

»Der dritte Anruf kam nachts um drei.« Dane lächelte. *Die Braden-Hotline.* »Wer hat dich nicht angerufen?«

»Was glaubst du?« Dane nickte zu Rex' Pick-up.

»Aus Rex werde ich nicht schlau. Aber ich werde mich an Dads Rat halten und ihn in Ruhe lassen. Er wird schon reden, wenn er so weit ist.«

Dane stand auf und wollte hineingehen, aber Treat hielt ihn zurück. Seine Beichte durch seine Geschwister übermitteln zu lassen, erschien ihm feige. Wenn er seine Dämonen ein für alle Mal loswerden wollte, musste er selbst den Mund aufmachen.

Nach dem Tod ihrer Mutter hatten seine anderen Geschwister viel geweint und sich eine Zeit lang sehr zurückgezogen. Aber Dane war ausgerastet. Aus dem netten, ausgeglichenen Kerl, der er auch jetzt wieder war, war über Nacht ein trotziger, wütender Junge geworden. Treat hatte versucht, mit ihm zu reden und ihn zu beruhigen. Doch hin und wieder hatte er Dane seine Wut viel zu laut hinausschreien lassen und sich dann immer gewünscht, er wäre eingeschritten.

»Es tut mir leid, Dane. Ich war der Älteste und hätte mehr für dich da sein müssen. Wenn du deine Wutanfälle hattest, hätte ich etwas tun sollen.«

»Ich war ziemlich von der Rolle, nicht wahr?«, sagte Dane traurig.

»Ich glaube, das waren wir alle. Du weißt, wie lieb ich dich habe, oder?« In der Braden-Familie scheute man sich nicht, seine Gefühle auszusprechen.

»Daran habe ich nie gezweifelt.« Dane umarmte seinen Bruder, dann ließ er ihn mit den Tränen allein, die ihm aus den Augenwinkeln gequollen waren.

Treat ließ den Blick über die Weiden schweifen und stellte sich vor, wie seine Mutter ihm vom Rücken eines Pferdes aus zuwinkte. *Treaty!* Er hoffte, dass sie trotz all seiner Fehler stolz auf ihn war. Die vielen Krankenhausaufenthalte in den letzten Monaten ihres Lebens überschatteten seine Erinnerungen an sie. Gott, er hatte diese Zeit gehasst. Er dachte an den Tag ihrer letzten Heimkehr aus einer Klinik. Plötzlich hatte er gewusst, dass sie nicht mehr lange durchhalten würde. Sie war so zerbrechlich geworden. Ihre farblosen Wangen hatten gewirkt wie ausgehöhlt. Die lange Bettruhe hatte ihre Arme und Beine kraftlos gemacht. Während sie immer weiter aus dem Leben geglitten war, hatte er oft an ihrer Tür gestanden, zugesehen, wie sie schlief, und versucht, sich ihre Züge einzuprägen. An einem Nachmittag, sein Vater war draußen auf den Weiden gewesen und seine Geschwister hatten hinter dem Haus gespielt, hatte sie die Hand nach ihm ausgestreckt. Er hatte nicht einmal gewusst, dass sie wach war. Noch immer spürte er die rauen Holzdielen unter seinen nackten Füßen, wie damals auf dem Weg zu ihrem Bett. Das Gefühl ihrer Hand in seiner hatte ihn erschreckt. Er hatte jeden zarten Knochen unter ihrer fast transparenten Haut ertasten können. Sie hatte die Augen geöffnet und ihn angelächelt. In diesem Moment hatte er noch einmal die Mutter gesehen, die sie immer gewesen war: lebhaft, liebevoll und schön. Vor Schwäche hatte sie nicht einmal die Augen offenhalten können und ihre Lider hatten sich flatternd geschlossen. Er hatte ihre Hand noch festgehalten, als sie längst schlaff geworden war. Irgendwann hatten die starken Hände seines Vaters ihn an den Schultern genommen und weggezogen.

Mom! Komm zurück! Bitte! Ich werde immer artig sein. Ich helfe dir mehr mit meinen Geschwistern! Und ich helfe Dad auf der Ranch! Er hatte gegen den festen Griff seines Vaters gekämpft, bis er schließlich erschöpft in seine Arme gesunken war. Nach dem Aufwachen am nächsten Morgen war er zum Schlafzimmer seiner Eltern gerannt. *Es war nur ein Traum!* Er hatte die schwere Tür geöffnet. Noch heute erinnerte er sich an ihr Quietschen. Und an das leere Bett seiner Mutter.

Dreiunddreißig

Max hatte die ganze Nacht wachgelegen. Sie hatte gehofft und gebetet, dass sie ihren Plan in die Tat umsetzen konnte und sich mit Zweifeln an der Klugheit ihres Vorhabens herumgeschlagen. Zweimal hatte sie sich zum Computer geschleppt, die Finger auf die Tastatur gelegt und das Treffen abblasen wollen. Aber ihr war klar, dass sie diese Sache jetzt durchziehen musste. Sie musste mit dem Erlebten abschließen. Sonst hatte sie vielleicht nie eine Chance, eine dauerhafte und glückliche Beziehung zu führen.

Lange betrachtete sie ihre Kleider und überlegte, was sie anziehen sollte. Ihr Outfit sollte sagen: *Ich bin stark, ich habe alles im Griff.* Bald sah ihr Schlafzimmer aus wie nach einem Wirbelsturm, der Jeans, andere Hosen, Röcke und Shirts über das Bett und den Fußboden verstreut hatte. Zwei Stunden lang zog sie sich immer wieder um und vergoss sogar ein paar Tränen. Schließlich fiel ihr ein, was sie anziehen konnte. Sie zog Treats T-Shirt mit dem Aufdruck des Freundeskreises der Aidshilfe in Provincetown aus der Seitentasche ihres Koffers. Das Shirt hatte sie heimlich mitgenommen. Sie drückte es ans Gesicht und sog den Duft des Mannes ein, den sie liebte, aber leider loslassen musste. Dann zog sie es sich über den Kopf. Es in ihre Jeans zu stopfen, war eine Herausforderung, denn es hing ihr bis fast zu den Knien. Schließlich gab sie auf und verknotete es in der Taille, wie sie es in Filmen aus den Achtzigern gesehen hatte. Sie stieg in ihre bequemsten Jeans und warf sich eine Kapuzenjacke über die Schultern. Dann inspizierte sie ihre Auswahl an Schuhen.

Sneakers. Falls ich in Panik gerate und wegrennen muss.

Das Cheyenne Crowne Pointe Inn war auf einem topfebenen Stück Land erbaut. Umgeben von Parkplätzen und Rasenflächen stand es am Stadtrand. *Hier gibt es nirgendwo ein Versteck.* Erst einmal fuhr Max an dem Komplex vorbei und schaute ihn sich genauer an. Hier würde sie sich also ihren Dämonen stellen. Das Gebäude wirkte wie ein ganz gewöhnliches Hotel, war ein paar Stockwerke hoch und hatte große Fenster mit Gardinen. Die Einfahrt führte zu einem überdachen Eingangsbereich.

Weshalb bin ich hier?

Max wendete und fuhr noch einmal um das Hotel herum. Sie überlegte, ob sie sich gleich wieder auf den Heimweg machen sollte. Nach zwei weiteren Runden um das Gebäude war sie fast sicher, dass demnächst die Polizei auftauchen und sie wegen Stalking verhaften würde. *Bei meinem Glück.* Sie sah sich auf dem Parkplatz um. Das Hotel lag viel zu weit abseits. Hier würde sie kein Mensch sehen.

Oh nein!

Vielleicht war das ja Ryans Plan. Er hatte sie an diesen einsamen Ort gelotst, um ihr etwas Schreckliches anzutun. Er hatte gesagt, er wollte ihr etwas erzählen. Vielleicht war das eine

List gewesen. *Moment mal.* Die Kontaktaufnahme war doch von ihr ausgegangen. Diese albernen Mutmaßungen konnte sie sich sparen. Zudem war dies ein öffentlicher Ort. Ihr konnte nichts passieren. Hoffentlich.

Max stellte ihr Auto in der entferntesten Ecke des Parkplatzes ab, damit sie auf dem langen Weg zum Hotel viel Zeit hatte, es sich anders zu überlegen und umzukehren. Sie hielt sich am Saum von Treats T-Shirt fest. Vor dem Hoteleingang versuchte sie, ihren rasenden Puls unter Kontrolle zu bringen. Sie öffnete den Reißverschluss ihrer Kapuzenjacke, damit sie Treats Shirt sehen konnte. Dann rief sie sich in Erinnerung, wie liebevoll er sich immer um sie kümmerte. Genau das wünschte sie sich. Jemanden, der ihr beistand und ihr half zu heilen. Aber dazu musste sie jetzt dieses Gebäude betreten und sich von den Schatten der Vergangenheit befreien, die sie ständig belauerten und ihr den Weg in die Zukunft verbauten.

Max atmete tief durch und trat durch die Glastür. Die junge, dunkelhaarige Frau hinter dem Empfangstisch lächelte sie an.

»Willkommen im Crowne Point Inn!«

Ihr unerbittlich fröhlicher Ton schnitt durch Max' Anspannung wie ein Messer. Stocksteif blieb sie mitten in der Lobby stehen. *Geh weiter. Lauf weg. Mach irgendwas!* In ihrem Inneren stritten sich Stimmen. Hatte sie den Verstand verloren? Hierherzukommen war die dümmste Idee, die sie je gehabt hatte.

Schließlich wandte sie sich um und ging einen Schritt auf den Ausgang zu.

»Max?«

Beim Klang von Ryans Stimme stellten sich die Härchen in ihrem Nacken auf. Mit geballten Fäusten kämpfte sie die Angst nieder, die sofort wie eine Welle über sie hinwegschwappte. *Ich schaffe das.* Max zwang sich, sich wieder umzudrehen, und setzte ein Lächeln auf. Aber ihre Zähne mahlten, und sie war nicht sicher, ob ihr Lächeln gelang.

Da stand er. Warum sahen seine grünen Augen sie so freundlich an? So hatte er sie in den letzten Wochen ihrer Beziehung nie angeschaut. Damals hatte seine Aggressivität sie fast erstickt. Jetzt lächelte er, als freute er sich, sie zu sehen.

Er machte einen Schritt auf sie zu. Sie hatte keinerlei Kontrolle über ihre Beine, die wie von selbst einen Schritt zurückwichen.

»Max?« Er trug einen dunkelblauen Anzug. Auf dem goldenen Namensschild über der Brusttasche stand *Ryan Cobain, Manager.* Er kam direkt auf sie zu.

Sie zwang sich, die Schultern zu straffen, und diesmal gehorchte ihr Körper. Sie schaute auf Treats Shirt. Jetzt wünschte sie sich, sie hätte sich schicker angezogen. In seinem eleganten Anzug und hier in seinem Territorium war Ryan eindeutig im Vorteil. *Moment mal. Was soll das? Nicht er steuert dieses Treffen, sondern ich. Reiß dich zusammen, Max. Stell dir vor, er wäre ein Sponsor. Nein, ein Lieferant. Genau. Er ist ein Lieferant, der mit dir ins Geschäft kommen will. Du musst stark sein. Dich behaupten.*

Max hob das Kinn. Sie spürte die Kraft, die sie in ihrem Berufsleben so oft freisetzte. Das Gefühl begann in ihrem Bauch und breitete sich in ihrem ganzen Körper aus. Max machte einen Schritt auf Ryan zu, dann einen zweiten und streckte die Hand aus. *Ich kann das.*

»Ryan«, sagte sie frostig.

Er nahm ihre Hand zwischen seine.

Sie wappnete sich gegen die aufkommende Panik und ließ

zu, dass er seine Begrüßung zu Ende brachte.

»Schön, dich zu sehen, Max. Du siehst großartig aus.«

»Danke.«

Er zeigte auf eine Tür neben dem Empfangstisch. »Sollen wir in mein Büro gehen und reden?«

Bleib an einem öffentlichen Ort. Irgendwo, wo man dich sehen kann. »Ich würde gern einen Kaffee trinken. Gibt es hier ein Restaurant?«

»Klar.«

Sie ging neben ihm her durch einen breiten Flur und schaute ihn verstohlen von der Seite an. Er wirkte nicht nervös und benahm sich völlig unauffällig. Im Grunde kam er ihr vor wie der alte Ryan. Entspannt und selbstbewusst. Er brachte sie in ein kleines, dezent beleuchtetes Restaurant. Dort setzten sie sich in einer ruhigen Ecke an einen Tisch.

»Ich war überrascht, von dir zu hören.« Ryan rief die Bedienung, damit Max sich einen Kaffee bestellen konnte. Ihm brachte die Frau ein Glas Wasser.

Max beobachtete ihn genau. Er erinnerte sie an den Jungen, der er zu Anfang ihrer Beziehung gewesen war. Die unruhigen Augen und die fahrigen Bewegungen aus ihren letzten gemeinsamen Monaten waren verschwunden. *Das ist alles nur Fassade, ganz sicher. Er spielt noch immer dasselbe Spiel, nur besser.*

Was er sagte, zog an ihr vorbei. Sie war zu sehr in den Erinnerungen an seine Veränderung während ihrer Beziehung gefangen. Hatte sie ihn vor diesen Veränderungen gemocht? Vermutlich. Wenn sie ihn gesehen hatte, hatte sie Schmetterlinge im Bauch gehabt, und als sie zusammengezogen waren, waren sie Freunde gewesen. Ja, tatsächlich. Damals hatte sie ihn gemocht.

»Entschuldige. Was hast du gesagt?«, fragte sie.

»Ich hätte nicht geglaubt, dass ich noch mal etwas von dir höre. Nach allem, was ...«

Max starrte auf die Tischplatte. So konnte das nicht weiterlaufen. Das hier war ihre Show. Sie hatte die Idee zu dem Treffen gehabt, sie hielt die Zügel in der Hand.

»Ich war selbst überrascht. Aber ich wollte ... Ich muss endlich damit abschließen.« Max hatte sich alle möglichen Strategien ausgedacht, entschied sich aber letztendlich für die einfachste und wirkungsvollste: Ehrlichkeit.

»Ich habe damals wochenlang versucht, dich zu erreichen, Max. Deine Eltern haben nie auf meine Anrufe reagiert. Und du hast weder meine E-Mails beantwortet noch zurückgerufen, wenn ich dir Nachrichten hinterlassen habe.«

Sie würde sich auf keinen Fall bei ihm entschuldigen. Für gar nichts.

»Irgendwann habe ich dich in Colorado ausfindig gemacht.«

Du hast mir hinterherspioniert? Ihre Beinmuskeln spannten sich zur Flucht.

»Erst hattest du eine Stelle in einem kleinen Filmstudio, dann bei einer Eventfirma. Über die Jahre habe ich dir dutzende Briefe und E-Mails geschrieben, aber nie den Mut gefunden, sie auch abzuschicken.«

Du hast mich gestalkt. Was, wenn er in Allure aufgetaucht wäre? Was hätte ich getan?

»Irgendwann bin ich zu dem Schluss gekommen, dass es nicht fair wäre, mich noch einmal bei dir zu melden«, sagte er.

Ryan hielt den Blickkontakt aufrecht. Einerseits machte Max das nervös, andererseits fand sie es beruhigend. Wer etwas zu verbergen hatte, schaute sein Gegenüber nicht an. Kaum vorstellbar, dass dieser Mann ihr etwas so Scheußliches angetan hatte, dass sie hinterher keine echte Beziehung mehr hatte eingehen können. *Mistkerl.*

»Wenn ich geahnt hätte, dass du weißt, wo ich bin, wäre ich geflüchtet.« Max hob das Kinn.

»Das hätte ich verstehen können.« Er schaute beiseite.

Wurde auch Zeit. Zeigte Ryan jetzt tatsächlich so etwas wie Reue?

»Max, ich schulde dir eine Erklärung und eine Entschuldigung. Obwohl ich damit niemals gutmachen kann, was ich getan habe.«

»Die Entschuldigung kannst du dir sparen. Für das, was ich wegen dir durchgemacht habe, gibt es schlichtweg keine.« *Aber was will ich dann?* Zornestränen brannten in ihren Augen, doch sie hielt sie eisern zurück. Eigentlich hatte sie ruhig bleiben wollen, doch jetzt hob sie die Stimme. »Du hast mir etwas genommen, was ich nie zurückbekommen werde. Du hast mir meine Würde gestohlen und die Fähigkeit, Vertrauen zu schenken.«

»Das ist mir bewusst, und ich habe es an jedem Tag meines Lebens bereut.«

Max hörte ihn kaum. Sie war zu sehr damit beschäftigt, ihren nächsten Vorwurf in Worte zu fassen. »Seit damals habe ich Angst, Beziehungen einzugehen. Du hast mich zu einer Person gemacht, die …« Was redete sie da? Sie war nicht gekommen, um ihm zu sagen, was er erreicht hatte. Sie wollte ihm zeigen, dass es ihr gut ging, obwohl er sich alle Mühe gegeben hatte, sie zu zerstören.

»Max.«

»Nein, Ryan. Ich habe wirklich keine Lust auf Entschuldigungen. Die helfen mir nicht weiter.«

»Max, ich war krank, okay? Und das ist keine Ausrede.«

Max straffte die Schultern. Mit Lügen hatte sie gerechnet.

»Ach ja? Ich war täglich mit dir zusammen und du warst nicht krank. Du hast dich bloß verändert. Du hast mit niemandem mehr geredet, auch nicht mit mir. Manchmal hast du mich nur eiskalt angestarrt, und es war, als hättest du deine Gemeinheit und deinen Hass auf mich nur ein paar Monate lang verborgen, um dann plötzlich dein wahres Gesicht zu zeigen.«

»Max ...«

»Ich bin nicht dumm. Irgendwann hab ich's kapiert. Leider eine Nacht zu spät. Inzwischen weiß ich, dass es etwas mit deiner Bereitschaft zu tun hatte, hinzuziehen, wo immer ich einen Job kriegen konnte. Du hast deine Interessen meinen untergeordnet. Das ist mir irgendwann klargeworden ...«

»Max!« Laut und tief unterbrach seine Stimme ihren Redeschwall.

»Max, ich bin schizophren. Nur wusste ich das damals noch nicht. Als du weg warst, habe ich komplett die Kontrolle verloren. Manchmal war es so schlimm, dass ich mich nicht mal mehr nach Hause getraut habe.«

»Schizophren?« Nie wäre sie auf diesen Gedanken gekommen. Forschend sah sie ihm ins Gesicht und suchte nach Anzeichen, dass er sie belog.

»Überleg doch mal, Max. Mein Verhalten hat sich verändert. Im Nachhinein ist alles ziemlich klar. In der Nacht, in der ich dir so wehgetan habe, habe ich nicht dich gesehen und angeschrien. Ich wurde als Kind sexuell missbraucht, hatte das aber ausgeblendet und verdrängt. Und ich hatte Wahnvorstellungen. In meiner kranken Wahrnehmung habe ich nicht dir wehgetan, sondern der Frau, die sich an mir vergangen hat.«

»Oh Ryan.« Diese Offenbarung nahm ihr den Wind aus den Segeln. »Wie hast du herausgefunden, dass du krank bist?«

»Eines nachts habe ich mich an einer weiteren Frau

vergriffen. Es war eine wirklich schlimme Sache. Sie ist nicht zur Polizei gegangen, obwohl sie es hätte tun können.« Er zog die Brauen zusammen. »Eigentlich hätte sie es tun sollen. Von da an war mir klar, dass mit mir etwas ganz und gar nicht stimmt. Ich bin zu meinen Eltern gegangen und habe ihnen gesagt, ich würde das Haus nicht mehr verlassen, weil ich Angst davor hätte, was ich sonst anrichten könnte.«

Max tat Ryans stille, freundliche Mutter leid. Was ihr Sohn seiner festen Freundin und einer weiteren Frau angetan hatte, hatte sie sicher fast umgebracht. Max hatte damals überlegt, ob sie zur Polizei gehen sollte. Aber sie hatte sich zu sehr geschämt, denn schließlich hatte er das Ding zunächst mit ihrem Einverständnis benutzt. Vielleicht hätte sie der anderen Frau viel ersparen können, wenn sie damals doch Anzeige erstattet hätte.

»Du hast noch jemanden misshandelt?«

Ryan erzählte stockend, wie er ein paar Nächte, nachdem Max ihn verlassen hatte, mit einer Studentin in ihre Wohnung gegangen war. Im Bett hatte sie sich recht dominant verhalten und damit in Ryan lange verschüttete Erinnerungen geweckt. Er hatte sie in einer Art Blackout-Situation geschlagen und angeschrienen. Als er langsam wieder zu sich gekommen war, hatte sich die übel zugerichtete junge Frau bereits im Badezimmer eingeschlossen gehabt. Sie hatte ihm zugerufen, wenn er sofort ginge, würde sie nicht zur Polizei gehen.

»Nach zwei Wochen bei meinen Eltern haben sie meine Veränderung bemerkt oder besser gesagt, akzeptiert. Mein Vater hat mich zu allen möglichen Psychologen und Psychiatern geschleppt. Jeder hat dieselbe Diagnose gestellt, aber mein Vater wollte es nicht wahrhaben. Genauso wenig wie ich. Doch ich wollte kein Mensch sein, der anderen wehtut.«

»Hätte ich etwas merken müssen? Habe ich eindeutige Hinweise übersehen? Wurde die Krankheit durch unseren Umzug ausgelöst?«, fragte Max. *All die Jahre habe ich geglaubt, deine Wut sei gegen mich persönlich gerichtet gewesen. Welche falschen Schlüsse habe ich noch gezogen?*

»Nein, damit hatte es nichts zu tun. Warum die Krankheit gerade zu dieser Zeit durchgebrochen ist, ist nach wie vor ungeklärt. Aber ich war in stationärer Behandlung, wurde untersucht, getestet, behandelt und wieder untersucht. Jahrelang war ich in Therapie. Es hat ewig gedauert, bis ich medikamentös richtig eingestellt war. Aber seit einigen Jahren läuft es ganz gut.« Er zuckte die Achseln. »Inzwischen habe ich akzeptiert, dass die Krankheit zu mir und meinem Leben gehört. So lange ich meine Medikamente nehme, bin ich nicht gewalttätig und habe keine Wahnvorstellungen. Ich lebe ein ziemlich normales Leben, auch wenn die ganze Sache immer als dunkle Wolke über mir hängt.« Er nahm einen Schluck Wasser. »Ich erzähle dir das nicht, weil ich dein Mitleid will. Und auch die Verantwortung für meine Taten will ich nicht abstreiten. Aber ich bin froh, dass du dich gemeldet hast. Ich wollte dir schon lange erklären, was damals mit mir los war, und mich bei dir entschuldigen. Ich weiß, wie du bist, Max, und habe vermutet, dass du die Schuld bei dir suchst. Du bist sehr sensibel. Das habe ich immer an dir geliebt. Sicher hat dich die Erinnerung an die eine Nacht verfolgt und schwer belastet. Das tut mir unendlich leid. Ich wünschte, ich könnte dir diese Last nehmen und alles ungeschehen machen.«

Es lag nicht an mir. Es lag nicht daran, dass er wegen mir seine Pläne aufgeben wollte. Sie dachte an Ryan, den Jungen, den sie einst gekannt hatte, und an Ryan, den Mann, der jetzt vor ihr saß und den Mut gefunden hatte, ihr seine Geschichte zu erzählen.

»Du musst schreckliche Angst gehabt haben.« *Genau wie ich damals in der Nacht.*

»Ich war wie gelähmt. Stell dir vor, dass du nicht mehr in deiner eigenen Haut leben willst. So hat es sich angefühlt. Mein grässliches Verhalten in den letzten Monaten unserer Beziehung, die Übergriffe gegen dich und die andere Frau – die Erinnerung daran bringt mich fast um. Ich wünschte das alles wäre nie geschehen.«

Sie sah die Ehrlichkeit und die Qual in seinem Blick. Und sie entdeckte etwas Unerwartetes in seinen Augen – den jungen Mann, der einst ihr Freund gewesen war.

»Ich verzeihe dir, Ryan.« Hätte sie am Vortag jemand gefragt, ob sie Ryan Cobain je vergeben könnte, so hätte sie ohne zu zögern *niemals* gesagt. Doch jetzt saß er ihr gegenüber, versteckte sich nicht hinter seiner Krankheit, sondern übernahm die Verantwortung für seine Entgleisungen und breitete sein Leben vor ihr aus wie ein offenes Buch. Der Zorn wich aus ihrem Körper. Er löste sich auf in den Worten, die ihr über die Lippen kamen. »Wirklich, Ryan. Ich verzeihe dir.«

Er schaute auf seine Hände, dann hob er den Kopf. Einen Moment lang fürchtete Max, er würde sie wieder mit kalten, toten Augen ansehen. Aber das tat er nicht. Er war noch derselbe warmherzige Mann, der sich vor wenigen Augenblicken bei ihr entschuldigt hatte. Sein Blick war aufrichtig und voller Mitgefühl. Er hatte Tränen in den Augen.

»Du ahnst nicht, wie viel mir das bedeutet«, sagte er gepresst. »Eigentlich wollte ich nicht so emotional werden.«

»Wie sollte denn das gehen? Die ganze Situation ist hoch emotional. Die letzten Jahre waren es. Und weißt du noch, damals, als wir uns kennengelernt haben? Wir waren wie high von unseren Gefühlen.« Sie lächelte, weil die Erinnerung an glücklichere Tage nun endlich wieder Platz in ihrem Kopf fand.

»Ja, das weiß ich noch gut.« Er runzelte die Stirn. »Erlaubst du mir eine Frage, Max? Warum hast du dich nach all den Jahren ausgerechnet gestern bei mir gemeldet?«

Max zupfte an ihrem Shirt. *Treat.*

»Du musst es mir nicht sagen«, fügte er hinzu. »Eigentlich geht mich das nichts an. Ich bin nur neugierig.«

»Schon gut. Ich sage es dir gern. Ich habe jemanden kennengelernt. Und, na ja, ich bin nicht mehr die, die ich damals war. Ich bin jetzt stärker und stehe auf eigenen Füßen.« *Aber die Angst ist geblieben.*

»Wie bitte? Bringst du den Müll etwa selber runter?«, er zwinkerte.

»Jap.« Sie grinste. Damals hatte sie das als Jungs-Job bezeichnet.

»Und du putzt das Klo?« Jetzt grinste auch er.

Sie nickte.

»Unfassbar. Und sag bloß, du fragst inzwischen das Verkaufspersonal, wenn du in einem Geschäft etwas nicht findest.«

»Immer. Herrje, ich hatte ganz vergessen, wie schüchtern ich mal war. Und wie unsicher.« Sie schüttelte den Kopf.

»Du warst ein unglaublich süßes Mädchen, Max. Trotzdem habe ich immer gewusst, wie stark und mutig du bist. Es war klar, dass du alles schaffen würdest, was du dir in den Kopf setzt. Aber sag mal, dieser Typ? Behandelt er dich anständig?«

Max dachte an Treat. *Er ist die Erfüllung meiner kühnsten Träume.* »Im Augenblick sind wir nicht zusammen ... Ich ... ich habe Schluss gemacht. Es ist eine lange Geschichte. Er hat etwas in mir geweckt, ich wollte von ihm umsorgt und

beschützt werden. Und das hat mir eine Heidenangst eingejagt.«
Mit dem alten Ryan zu sprechen, fiel ihr leicht. Ja, es tat ihr
sogar gut. Wenn sie nur schon vor Jahren gewusst hätte, was sie
jetzt erfahren hatte. Wie anderes hätte ihr Leben dann verlaufen
können? Sie war unendlich froh, dass sie den Mut gefunden
hatte, sich ihren Dämonen zu stellen. Nicht auszudenken, wenn
sie kehrtgemacht hätte und unverrichteter Dinge nach Hause
gefahren wäre.

»Dir ist schon klar, dass es okay ist, wenn ein Mann etwas
für dich tut, oder? Das bedeutet nicht automatisch, dass er dir
wehtun wird. Eine Krankheit wie meine ist ziemlich selten, und
ich war damals gerade in dem Alter, in dem sie oft ans Licht
kommt. Inzwischen sind wir ein paar Jahre älter, und du
brauchst dir keine großen Sorgen machen, dass sich wieder ein
Kerl von einer Sekunde zur anderen aufführt wie ein
Wahnsinniger.« Ryan zog sie nicht auf. Er war aufrichtig und
völlig ernst.

»Das ist wohl wahr. Aber ich habe jahrelang geglaubt, du
wärest so grausam gewesen, weil du für mich etwas aufgegeben
hast. Ich dachte, du würdest mir insgeheim vorwerfen, dass du
bereit warst hinzuziehen, wo meine Arbeit mich hinführen
würde. Ich war mir so sicher, und das hat sich auf all meine
Beziehungen ausgewirkt. Oder besser gesagt, es hat dafür
gesorgt, dass ich gar keine hatte.«

»Max, für dich wäre ich überallhin gezogen. Beziehungen
bestehen aus Geben und Nehmen. Man macht Kompromisse,
das ist wichtig.« Eine zierliche rothaarige Frau kam zu ihnen an
den Tisch. Ryan streckte die Hand nach ihr aus. »Rachelle, das
ist Max.« Die Art, wie die beiden sich ansahen, verriet Max, wie
viel sie einander bedeuteten.

Max lächelte die hübsche Frau an. »Hi.«

Rachelle legte ihre Hand auf Ryans Schulter. »Ich bin froh, dass du dich bei Ryan gemeldet hast, Max. Er hat mir viel von dir erzählt. Ich weiß, wie viel du ihm bedeutet hast, und er hat sich jahrelang große Sorgen um dich gemacht.«

Er hat von mir erzählt? »Na ja.« Max wusste nicht recht, was sie darauf antworten sollte. »Das habe ich auch.« Wieder einmal siegte die Ehrlichkeit.

»Rachelle und ich haben uns während meiner stationären Therapie kennengelernt. Sie war damals noch Schwesternhelferin. Jetzt arbeitet sie als Krankenschwester hier in der städtischen Klinik.« Er lächelte seine Freundin voller Stolz an.

Wenn Ryan Rachelle ansah, lag Liebe in seinem Blick. Unwillkürlich musste Max daran denken, wie Treat sie anschaute, sie berührte und dafür sorgte, dass sie auf wunderbare Art zu einem ganzen, vollständigen Menschen wurde. *Ich muss zu Treat.*

Vierunddreißig

Gegen Abend konnte Treat sich kaum noch auf den Beinen halten. Seinem Vater ging es bereits viel besser. Seine Kinder mussten ihn fast festbinden, damit er die ärztliche Anweisung befolgte, sich zu schonen. Sobald sie ihm den Rücken zukehrten, versuchte er, zum Stall zu entwischen. Josh gelang es schließlich, ihn im Haus zu halten, indem er sich mit ihm im Fernsehen ein Rodeo anschaute. Treat sah derweil von der Veranda aus zu, wie Rex den Traktor in den Schuppen fuhr. Sie hatten von Sonnenaufgang bis Sonnenuntergang geschuftet, und auch jetzt am Abend gab es noch einiges zu tun. Treat konnte Rex nur bewundern. Der lief noch immer auf Hochtouren, während er versuchte, mithilfe von Kaffee noch einmal neue Kraft zu tanken.

Hinter ihm öffnete sich die Fliegentür. »Hast du den Tag überlebt?« Savannah setzte sich neben ihn auf die oberste Stufe.

»Ja, aber nur knapp. Ich hatte vergessen, wie viel Arbeit die Ranch macht. Wie Rex das alles bewältigt, ist mir schleierhaft.«

»Ja, er ist ein echtes Kraftpaket. Genau wie du. Nur dass jeder seine Stärken in unterschiedlichen Bereichen hat.«

»Weise Worte.« Treat vermisste das Blitzen in Savannahs Augen. Vielleicht sorgte sie sich um ihren Vater. Oder es gab einen anderen Grund. »Alles in Ordnung mit dir? Was war das, was Dad über dich und Connor gesagt hat? Muss ich mir den Kerl mal vorknöpfen? Oder ist es besser, wenn wir Rex zu ihm schicken?«

Savannah schlang den Arm durch seinen und legte den Kopf an seine Schulter. »Für diese Aufgabe ist keiner besser geeignet als du. Du warst schon immer mein Beschützer.«

Savannahs Kopf an seiner Schulter erinnerte ihn an Max. Er hatte sie noch zweimal angerufen und überlegte gerade, ob er zu ihrer Wohnung fahren sollte. Aber er war nicht sicher, ob es gut war, ihr zu sehr auf die Pelle zu rücken.

»Willst du mir nicht sagen, was los ist, Vanny?«

Sie seufzte. »Es ist kompliziert.«

»Ist das nicht immer so?« Die Stunden vor Max' Verschwinden liefen als Endlosschleife immer wieder in Treats Kopf ab. Er hatte keine Ahnung, wovor sie solche Angst hatte. Kompromisse gehörten doch zu jeder Beziehung. Er machte sein Unternehmen schließlich nicht dicht. Er wollte es nur nicht weiter vergrößern und seine Geschäfte in Zukunft anders führen.

»Weißt du noch, wie es zwischen Mom und Dad früher war? Bevor Mom krank geworden ist? Ich war damals noch zu jung. Nur an die Krankenhausbesuche erinnere ich mich, und dass wir mucksmäuschenstill waren, wenn sie sich ausruhen musste, und uns gefreut haben, wenn es ihr besser ging. Leider war das nach ein paar Tagen oder spätestens einer Woche immer schon wieder vorbei. Dann mussten wir wieder ganz still sein.«

Treat hatte sich oft gefragt, wie gut seine jüngeren Geschwister sich an ihre Mutter erinnerten. Hugh war damals noch sehr klein gewesen und auch Josh hatte sicher noch nicht viel mitbekommen. Savannah war vier gewesen, als ihre Mutter krank geworden war. Um sie nicht traurig zu machen, hatte er mit ihr nie viel über ihre Mutter gesprochen.

»Sie war die schönste Frau der Welt, Vanny. Und sie hatte dieses innere Leuchten, das man nur schwer beschreiben kann. Sie war immer gut gelaunt und hat mit Dad geschimpft, wenn er dich zur Härte erziehen wollte.« Treat sprach mit einer höheren Stimme. »Hal, sie ist ein Mädchen. M-ä-d-c-h-e-n. Sie muss weder lernen, wie man auf ein Dach klettert, noch wie man einen Nagel in die Wand schlägt. Für so etwas gibt es Männer.« Er lachte.

»Im Ernst?«

»Im Ernst. Mom hat dich immer wie ein Mädchen behandelt. Sie hat dich in rosa Kleidchen gesteckt und dir die Haare schön gemacht. Dad hat ihr vorgeworfen, sie würde dich zur Prinzessin erziehen.«

Savannah richtete sich auf und zog die Nase kraus. »Rosa Kleidchen? Das kann ich mir gar nicht vorstellen. In meiner Erinnerung war ich ein Wildfang und ich war es gerne. Ich hatte immer das Gefühl, dass Dad seine Sache prima gemacht hat.«

»Hat er auch. Genau wie Mom. Sie hat uns geliebt, als wären wir alle etwas ganz Besonderes, auch wenn wir nicht immer artig waren. Sie konnte uns ordentlich den Kopf waschen und eine Sekunde später schon wieder lachen und scherzen, als wären wir Engel und könnten kein Wässerchen trüben.«

»Tatsächlich?«

»Ja. Das Grillen im Garten war auch ihre Idee.« Treat sah Rex zum Haus gehen. Die Jeans saßen straff auf seinen gewalti-gen Oberschenkelmuskeln. Den Hut trug er wie immer tief ins

Gesicht gezogen. So wie ihn stellte man sich einen Cowboy vor.

»Und ich habe geglaubt, das sei einfach schon immer so gewesen.«

»Mom hat diese Tradition begründet.«

Rex stieg die Stufen der Veranda hinauf und setzte sich neben Savannah. »Was hat Mom gemacht?«

»Sie hat mit dem Grillen im Garten begonnen«, antwortete Savannah.

Rex nahm den Hut ab und fuhr sich durch sein dichtes, etwas zu langes, schwarzes Haar. Dann setzte er den Hut wieder auf und rieb sich mit der Hand übers Gesicht. »Ja, stimmt. Sie hat immer gesagt, drinnen im Haus würde nur der Körper satt. Aber draußen zu essen sei Nahrung für die Seele.«

Rex wirkte plötzlich viel weicher und einen Augenblick lang sah Treat den süßen kleinen Jungen, der Rex bis zur Krankheit ihrer Mutter gewesen war. »Denn dafür sind die Sonne, der Wind, der Schnee und der Regen da«, fügte Treat im Tonfall seiner Mutter hinzu.

»Ich wünschte, ich hätte sie besser kennenlernen können. Manchmal beneide ich euch.« Savannah kniff die Lippen zusammen.

»Du bist ihr sehr ähnlich.« Rex berührte die Schulter seiner Schwester. Dann ging er zur Tür. »Machst du später noch die Abendrunde mit mir?«

»Auf jeden Fall«, antwortete Treat.

Als die Tür sich hinter Rex geschlossen hatte, saßen Treat und Savannah noch eine Weile allein auf der Veranda. Treat fand es schön, mit seiner Familie zusammen zu sein. Hier musste er keinen Anzug und keine Krawatte tragen und nicht jede Minute das Ruder in der Hand halten. Geschäftlich gab es noch einiges zu regeln, aber wenigstens hatte er seine Resorts von Anfang an so organisiert, dass das Tagesgeschäft auch ohne ihn lief. Um sein Unternehmen machte er sich keine Sorgen. *Wenn ich nur wüsste, wie es mit Max weitergehen soll.*

»Warum ist Max gegangen?«, fragte Savannah unvermittelt.

Treat hob einen Stein von der unteren Stufe auf und warf ihn ins Gras. War er so leicht zu durchschauen, dass Savannah jetzt schon seine Gedanken lesen konnte? »Das wüsste ich selber gern.« Er wischte sich die Hände an den Jeans ab und wünschte sich, er könnte mit Max reden.

»Ich dachte, sie wäre *die Eine*. Du weißt schon. Immerhin ist sie hierhergekommen und dann zu dir an die Küste geflogen.« Savannah rückte wieder näher. »So eine Frau wünsche ich dir nämlich. Eine, die dich anbetet und überall mit dir hingehen würde.«

»Genau das wünsche ich mir auch. Und ich möchte, dass Max diese eine ist. Ich will keine andere, nur sie.«

»Warum gehst du dann nicht zu ihr und sagst es ihr?«

Treat wusste, dass Savannah zu gern diejenige sein wollte, die ihn dazu brachte, das Glück bei den Hörnern zu packen. Lächelnd gab er ihr einen Nasenstüber, als wäre sie noch ein kleines Mädchen. Die Abendbrise wehte ihr das lange rotbraune Haar aus dem Gesicht und einen Moment lang sah sie aus wie das Abbild ihrer Mutter.

»Sie wollte etwas Abstand. Ich kann mich ihr nicht ständig aufdrängen.«

»Du bist ein Trottel, Treat. So wie alle Männer. Ganz gleich, was wir Mädels sagen, wir wünschen uns einen Ritter in einer strahlenden Rüstung. Wir wollen, dass Richard Gere bei uns vorfährt. In einer weißen Limousine. Und wir wollen, dass Leonardo di Caprio sagt, er würde uns nie gehen lassen.«

Treat hatte das Gefühl, dass sie vor allem über sich selbst

redete und nicht unbedingt über Frauen im Allgemeinen oder Max im Besonderen.

»Nicht, wenn sie uns sehr deutlich gesagt haben, was sie wollen. Ich dachte immer, Frauen erwarten, dass man ihre Wünsche respektiert und ihnen ausreichend Zeit und Raum für ihre eigenen Entscheidungen lässt.« Doch Savannahs Worte machten ihn nachdenklich. Vielleicht sollte er wirklich zu Max fahren.

»Quatsch. Wir wollen, dass ihr zwischen den Zeilen lest.«

»Zwischen den Zeilen? Viel Interpretationsspielraum hat sie mir nicht gelassen.« Treat hatte jedes Wort zerpflückt, das Max gesagt hatte. Aber was er tun sollte, wusste er noch immer nicht.

»Vertrau mir, großer Bruder. Jede Frau wünscht sich, dass ihr Kerl das tut. Deshalb lässt sie ja hier und da kleine Hinweise fallen wie Brotkrümel. Ihr müsst nur der Spur folgen.«

»Und du wünschst dir, dass Connor Dean deiner Spur folgt?«

Savannahs Blick wurde düster. »Ich weiß nicht. Manchmal denke ich das. Aber manchmal glaube ich, das kann nur schiefgehen und er wird mir wehtun.«

»Bitte sag mir, dass du nicht von körperlicher Misshandlung sprichst. Ich wäre ungern der Mann, der als Mörder von Connor Dean in der Zeitung steht.«

»Er ist eher ein Schmetterling. Kein Kerl, der die Fäuste fliegen lässt.« Savannah nahm ihr Haar zusammen und legte es sich über eine Schulter.

»Savannah, du bist eine Frau, die weiß, was sie will. Was erwartest du? Soll er um dich kämpfen?«

»Er soll vor allem mal seine Terminplanung auf die Reihe kriegen.« Savannah nahm seine Hand. »Lass uns lieber über dich und Max reden. Wo genau liegt das Problem? Was hat

Max gesagt? Ich weiß, dass du genau zugehört hast. Du bist der beste Zuhörer, den ich kenne. Außer Josh. Der ist der allerbeste.«

Treat boxte gegen ihren Arm. »Sie meint, ich würde ihr irgendwann Vorwürfe machen, wenn ich wegen ihr geschäftlich kürzer trete.«

»Und du hast ihr gesagt, sie hätte nichts zu befürchten, aber sie glaubt dir nicht.« Savannah stand auf. »Mein lieber Bruder.« Sie zog ihn an den Händen hoch. »Du musst genau hinsehen. Sie hat eindeutig eine Spur für dich gelegt. Du musst sie nur finden und ihr folgen.«

»Ich bin ein sehr weiser und wohlhabender Mann«, frotzelte er auf dem Weg ins Haus. »Wenn es eine Spur gäbe, würde ich sie ganz sicher sehen. Vielleicht hätte ich sie schon entdeckt, bevor sie überhaupt hinterlassen wurde.«

Savannah öffnete den Kühlschrank und holte die Zutaten für das Abendessen heraus. »Mach dir nichts vor. Weise bist du vor allem, wenn es ums Geschäft geht. Aber über die mysteriösen Gedankengänge von Frauen musst du noch einiges lernen.«

Fünfunddreißig

»Ich brauche dich, Kaylie.« Kurz vor Allure wusste Max endlich, was sie tun würde.

»Stehst du seit Neuestem auf Blondinen?«, scherzte Kaylie.

»Das ist kein Spaß. Ich brauche Hilfe, und zwar sofort. Ich weiß, ich bin in letzter Zeit ziemlich nervig, und Chaz wird sich sicher nicht freuen, aber du musst mir beistehen, Kaylie.«

»Oh mein Gott, du meinst es wirklich ernst.« Kaylies Stimme wurde weicher. »Was ist passiert?«

»Nichts. Oder doch. Etwas Großes. Aber das kann ich dir jetzt nicht erklären. Können wir uns im Einkaufszentrum treffen?«

»Du hasst Shoppen.«

»Was du nicht sagst. Deshalb brauche ich dich ja. Bitte, Kaylie? Ich fürchte, ich klinge wie eine verzweifelte Klette. Und das bin ich heute auch. Komm schnell, bevor ich es mir anders überlege.«

Das Treffen mit Ryan war völlig anders verlaufen, als Max es erwartet hatte. Aber während der Heimfahrt war ihr klargeworden, dass es für sie nicht besser hätte ausgehen können. Langsam fügte sich das Puzzle zu einem klareren Bild zusammen. Offenbar hatte sie völlig falsche Schlüsse gezogen. In der Nacht, in der Ryan sie misshandelt hatte, war er im wahrsten Sinne des Wortes nicht er selbst gewesen. Er hatte ihr nicht mit Absicht oder gar nach reiflicher Planung wehgetan, und was passiert war, tat ihm furchtbar leid. Weil sie jetzt wusste, dass seine Krankheit der Grund für sein aggressives Verhalten war, konnte sie ihm verzeihen.

Jahrelang hatte sie die Schuld für seine Veränderung bei sich gesucht. Dabei waren die Kompromisse, die er für ihre Beziehung gemacht hatte, nicht der Grund für seine Gemeinheiten und seine Gewalttätigkeit gewesen. Sie war weder für Ryans Taten verantwortlich noch dafür, dass Treat seine Geschäfte anders organisieren wollte, damit sie zusammen sein konnten.

Sie hatte ein riesiges Schlamassel angerichtet und war fest entschlossen, alles wieder ins Lot zu bringen.

»Ich bin in einer Viertelstunde da«, sagte Kaylie.

»Ich warte bei Victoria's Secret auf dich.«

»Wer bist du und was hast du mit Max angestellt?« Kaylie schaute erst rechts, dann links an Max vorbei. Sie legte die Hand wie ein Sonnenschild über die Augen und drehte sich um die eigene Achse. Dann hob sie Max' Arme und spähte darunter. »Max? Wo bist du?«

»Hör' auf, sonst kriege ich Angst vor meiner eigenen Courage.« Max hatte noch nie einen Fuß in ein Dessous-Geschäft gesetzt. Dass Frauen zum Sexobjekt degradiert wurden, passte ihr nicht. Aber jetzt, umgeben von einer Überdosis Pink, mitten in dem freundlich beleuchteten Geschäft voller Schaufensterpuppen in hauchfeiner Wäsche, sah sie das plötzlich anders. Es ging nicht darum, Frauen zu Objekten zu machen. Es ging darum, seine Sexualität anzunehmen, auszuleben und zu genießen.

Max war fest entschlossen, sich eine gnadenlos verführerische Grundausstattung zuzulegen, die eines Mannes wie Treat würdig war.

»Du machst mir Angst, Max«, frotzelte Kaylie.

»Ich hole mir Treat zurück und will eine Garderobe, die ihn anmacht. Für drüber und für drunter.« Sie schaute Kaylie ernst ins Gesicht. »Mach mich sexy, Kaylie.«

»Du bist schon sexy, wenn du so was nur sagst, Liebste.« Kaylie zog sie in den hinteren Teil des Geschäfts, holte Corsagen und Hemdchen aus den Regalen und hielt Spitzen-BHs und transparente Strings in die Höhe. »Wovon sprechen wir?«, fragte sie. »Von ein paar Nächten? Einem langen Wochenende? Oder von längerfristigen Vergnügungen?«

Max wedelte mit ihrer Kreditkarte. »Von allem, was ich brauche. Ich möchte tragen, was du auch tragen würdest. Und anschließend kaufen wir Klamotten, unter denen ich die frechen Sachen verstecken kann.«

»Max, das kann teuer werden. Bist du sicher?«

Max verdrehte die Augen. »Absolut. Ich laufe seit Jahren in denselben Jeans und Shirts herum. Das Geld auf meinem Sparkonto habe ich nie angerührt. Aber für Treat tue ich das gerne.«

»Du kannst ein paar Sachen kaufen und sie immer wieder anziehen.«

»Ich will aber auf Dauer sexy sein. Jeans und T-Shirts werde ich natürlich auch weiterhin tragen. Aber ich will wissen, dass das, was ich darunter anhabe, ihn um den Verstand bringen wird. Und zwar sieben Tage die Woche. Ich möchte meine

Schranktür aufmachen und etwas sehen, was mich dazu bewegt, die effiziente, arbeitsame Max abzustreifen und mich in eine Verführerin zu verwandeln. Ich brauche Auswahl.«

Mehr musste Kaylie nicht hören. Sie war bereits voll in Fahrt und reichte Max so viele Sachen in die Kabine, dass ihr vom Anprobieren schwindelig wurde. Bald stand sie in einem pinkfarbenen Baby-Doll-Nachthemdchen vor dem Spiegel. »Wow«, sagte sie und drehte sich zur Seite. »Schau dir meinen Hintern an. Und diese beiden Hübschen.« Sie umfasste ihre Brüste und hob sie an. »Die sehen tatsächlich ganz schön heiß aus.«

»Brandheiß.« Kaylie löste Max' Pferdeschwanz. Das Haar floss ihr auf die Schultern. »Jetzt siehst du zum Anbeißen aus. Er wird weder die Augen noch die Finger von dir lassen können.«

»Das konnte er auch bisher schon nicht.« Max lächelte kokett.

Mit ein paar dicken Einkaufstüten voller neckischer Wäsche für alle Anlässe verließen sie das Geschäft. Kaylie zog Max zu Hot Allure, einem hippen Laden voller modischer Klamotten. Zusammen schleppten sie bergeweise Kleider zur Anprobe in die Kabine.

»Herrlich, so ein Makeover«, seufzte Kaylie.

»Ich komme mir vor wie Julia Roberts in *Pretty Woman*. Danke für deine Hilfe. Die Hälfte dieser Sachen hätte ich mir selbst niemals ausgesucht, und von einigen kann ich mir kaum vorstellen, dass ich da irgendwie reinpasse.« Max hielt ein rotes Stretchkleid in die Höhe, das aussah, als wäre es schon für einen ihrer Schenkel zu eng.

»Der Stoff ist unglaublich dehnbar. Glaub mir«, sagte Kaylie. »Ich weiß, wie man seine Figur am besten zur Geltung bringt, und deine werden wir in wunderbare Sachen packen.«

»Hört sich an, als wäre Kleiderkaufen wie Speed für dich«, lachte Max.

Eineinhalb Stunden später sanken sie mit unzähligen Taschen und Tüten voller Kleider, Hosen, sexy Skinny-Jeans, Highheels und sogar Accessoires auf eine Bank im Einkaufszentrum.

»Treat wird ganz aus dem Häuschen sein. In jeder einzelnen Nacht der Woche«, kicherte Kaylie.

»Auweia, Kaylie.«

»Was ist denn? Warum guckst du so erschrocken? Hast du mehr Geld ausgegeben als geplant? Das kann passieren. Sollen wir alles wieder zurückbringen? Aber das Baby-Doll-Nachthemd behältst du. So eins muss jedes Mädchen im Schrank haben.«

Max schüttelte den Kopf. »Ich weiß nicht mal, wo Treat gerade ist. Das letzte Mal habe ich ihn in Wellfleet gesehen, und mein Telefon kommt erst morgen hier an. Da habe ich seine Nummer drin.«

»Wie hast du sie denn letztes Mal bekommen?«, fragte Kaylie.

»Scarlet hat sie mir gegeben. Aber ich kann sie kaum noch mal deswegen anrufen.«

Kaylie und Max runzelten beide die Stirn.

Dann zog Kaylie ihr Handy aus der Tasche und fing an zu tippen. »Was machst du da?«, fragte Max.

»Ich habe eine Idee. Treat ist Blakes Cousin. Also schreibe ich an Danica. Sie kann Blake fragen, ob er weiß, wo Treat gerade ist.«

»Dem Himmel sei Dank für das Schwestern-Netzwerk«, seufzte Max. »Ich hatte meinen Plan nicht zu Ende gedacht und völlig vergessen, dass ich mein Telefon nicht habe. Eigentlich wollte ich ihn anrufen.«

Kaylies Telefon vibrierte. »Danica schreibt: *Augenblick.*«

Max schüttelte den Kopf. »Wie kann ich bei der Arbeit so systematisch sein und im Privatleben so chaotisch?«

Kaylies Telefon vibrierte erneut. »Auch so tolle Frauen wie wir können nicht rund um die Uhr perfekt sein.« Sie las die Nachricht. »Süße, das Schicksal meint es gut mit dir. Treat ist bei seinem Vater.«

»In Weston?« Max sprang auf. »Das muss wirklich Schicksal sein.«

»Cool bleiben, Turteltäubchen. Und jetzt?«

Max schnappte sich so viele Taschen und Tüten, wie sie tragen konnte, und machte sich auf den Weg zum Ausgang. Kaylie sammelte die verbliebenen Sachen ein und eilte hinter ihr her.

»Max!«

Max war nicht mehr aufzuhalten. Jeder Schritt brachte sie Treat ein Stück näher. »Heim. Duschen. Aufbrezeln. Ranch«, rief sie Kaylie über die Schulter zu.

Sechsunddreißig

Im Kreis seiner Familie nahm Treat sein Leben unter die Lupe. Ja, er war erfolgreich. Sehr sogar. Er hatte mit einem Resort begonnen, inzwischen besaß er siebenundzwanzig. Ein Hotel war schöner als das andere und seine Geschäfte liefen prächtig. Sein Vater war natürlich stolz auf ihn, aber er selbst war sicher, dass er vor seinem schlechten Gewissen geflohen und vor allem deshalb so viel Energie in sein Unternehmen investiert hatte. Ohne Max hätte er sich den Tatsachen, die seit Jahren als dunkle Wolke über seinem Kopf gehangen hatten, vermutlich nie gestellt.

Leider rief sie nicht zurück. Jede Stunde, die verging, war die reinste Folter.

»Hör auf zu grübeln, Bruderherz.« Dane klopfte Treat auf den Rücken.

»Ich grüble nicht. Ich mache mir nur Sorgen um Dad«, log er. Ein paarmal hatten sie ihren Vater noch mit sanfter Gewalt davon abhalten müssen, sich wieder in die Arbeit zu stürzen. Der Mann war stark wie ein Ochse und würde sie vermutlich alle überleben.

»Ach ja? Stress mit Frauen rieche ich zehn Meilen gegen den Wind.«

Treat schüttelte den Kopf. Aber er wusste, dass Dane ihn durchschaute. Verdammt, vermutlich war das nicht allzu schwer. Eine Frau wie Max fand man nicht oft. Sie war klug, kompetent, liebevoll und viel verführerischer, als sie je ahnen würde. Und es gab noch etwas. Er konnte es nicht genau beschreiben, aber vermutlich hing es damit zusammen, dass Max ihn liebte. Ja, er war sich sicher, dass sie trotz all ihrer Sturheit, trotz ihrer Unabhängigkeit und ihrer Angst vor Beziehungen tiefe, intensive Gefühle für ihn hegte. Sie liebte ihn, nicht sein Geld, sein Ansehen oder all die anderen nebensächlichen Dinge, wegen denen ihm andere schöne Frauen nachgelaufen waren.

Er trug einen Krug Apfelmost hinaus zum Tisch und sah, wie Rex und sein Vater gemeinsam zum Stall gingen. Rex' Züge wirkten angespannt. Sein Vater blieb plötzlich stehen und legte Rex die Hand auf die Schulter. Treat konnte ihr Gewicht beinahe auf der eigenen Schulter spüren. Den Blick, den sein Vater Rex zuwarf, kannte er und hätte wetten können, dass das Gespräch etwas mit ihm zu tun hatte.

Am besten er stellte sich der Sache sofort und redete mit Rex.

Bevor er einen Schritt machen konnte, legte Savannah ihm ihre Hand auf den Unterarm. »Lass die beiden«, sagte sie.

»Vielleicht hat Rex ein Problem mit dem, was ich gestern Abend gesagt habe.«

»Nein, das glaube ich nicht. Lass sie.«

Treat kniff die Augen zusammen. »Was weiß ich nicht?«

Savannah nahm ihm den Krug aus der Hand und stellte ihn auf den Tisch. Auf seine Frage ging sie nicht ein.

»Savannah?« Er schaute sie aus zusammengekniffenen Augen an. Von seiner kleinen Schwester würde er sich nichts vorschreiben lassen.

»Misch dich nicht ein, Treat.« Hugh war ebenfalls aus dem Haus gekommen. Er stellte die Teller auf den Tisch und legte das Besteck dazu. »Wir glauben immer, Rex sei unheimlich stark. Aber so stark, wie du denkst, ist er nicht. Dad's Gesundheitszustand macht ihm zu schaffen.«

Treat fiel auf, dass Rex überallhin schaute, nur nicht zu ihrem Vater, während dessen Blick fest auf seinem Sohn ruhte.

»Warum spricht er nicht mit mir? Wir haben stundenlang Zäune repariert und er hat mir nur ab und zu knappe Anweisungen vor den Latz geknallt.«

Hugh schüttelte den Kopf.

»Würdest du mit dir sprechen?« Josh brachte die Burger zum Tisch und forderte die anderen mit einer Handbewegung auf, sich zu setzen. »Überleg doch mal, Treat. Er schuftet hier Tag für Tag, um das Familienunternehmen am Laufen zu halten. Und du schwebst plötzlich hier ein und erwartest, dass er sich freut, während gleichzeitig der Mensch, den er am meisten liebt, im Krankenhaus liegt. Das ist nicht so leicht zu verkraften.«

Ich habe Rex schon wieder im Stich gelassen? »Was hätte ich denn tun sollen? Ihn um Erlaubnis bitten, auf die Ranch meines Vaters kommen und mit anpacken zu dürfen? Ich dachte, genau das hätte er immer gewollt.«

Seine drei Geschwister tauschten einen Blick aus, der sagte, dass er vielleicht wirklich hätte fragen sollen.

»Okay. Verstanden. Ich rede mit ihm.« Treat machte einen Schritt Richtung Stall.

»Treat!« Savannah hielt ihn am Arm fest. »Er ist ziemlich durcheinander. Bedräng' ihn nicht. Du kennst doch Rex. Wenn er so weit ist, wird er schon den Mund aufmachen. Früher oder später tut er das immer.«

Treat fügte sich. Vielleicht hatten seine Geschwister ja recht. Als sein Vater und Rex sich auf den Weg zum Haus machten, drehte er sich weg. Schadete seine Anwesenheit mehr, als sie nützte? Was zum Teufel war in seinem Leben bloß los? Gerade noch hatte er fest mit beiden Füßen fest auf dem Boden gestanden und jetzt taten sich überall Risse und Krater auf.

Ein paar Minuten später kamen Rex und Hal zum Tisch. Rex ließ den Blick über das Essen schweifen, dann schaufelte er sich den Teller voll.

»Du musst nächste Woche noch mal zu Ben«, sagte Treat zu seinem Vater. »Ich fahre dich hin.«

»Das mache ich«, versetzte Rex barsch.

»Rex übernimmt das«, sagte Hal. »Erzähl du mir lieber, was aus deinem süßen Mädchen geworden ist.« Er wollte ganz offenbar das Thema wechseln.

Treat fühlte sich wie mit Eiswasser übergossen. Dass sein Vater sein Angebot ablehnte, tat weh. Er schluckte und versuchte, sich nichts anmerken zu lassen. Seine Befindlichkeiten standen schließlich nicht an erster Stelle. Er hatte bei Rex in ein Wespennest gestochen, jetzt musste er genauso abwarten, wie Rex es schon seit fünfzehn Jahren tat.

»Da gibt es nicht viel zu sagen, Dad. Sie hat Angst, dass ich mein gewohntes Leben für sie aufgebe und ihr das eines Tages vorwerfen könnte.« Er stocherte in dem Salat, den Savannah ihm in schwesterlicher Fürsorge auf den Teller gehäuft hatte.

»Und seit wann sitzt du untätig herum und lässt den Dingen ihren Lauf?«, fragte sein Vater. »Wo ist der Junge, den ich großgezogen habe? Der, der sich aufgemacht und den aufgeblasenen Krawattenheinis gezeigt hat, wie man ein Unternehmen führt?«

Erwarten nicht alle von mir, dass ich die Füße stillhalte und geduldig warte, bis Rex endlich redet? Muss ich nicht auch Max Zeit lassen? Das will sie doch, oder? Sein Vater hatte offenbar seine Gedanken gelesen.

»Mein Sohn, ich habe dich unzählige Male dein Handy aus der Tasche ziehen sehen. Liebst du diese Frau?«

Treat spürte, wie sich alle Blicke auf ihn richteten. Er legte seine Gabel beiseite und schaute seinen Vater und seine Geschwister an. Die Zuneigung in ihren Augen linderte seine Anspannung und wärmte sein Herz.

»Ja, ich liebe sie.« Er hoffte, dass niemandem auffiel, wie brüchig seine Stimme war.

»Dann verstehe ich nicht, warum du hier herumhängst und wartest, dass etwas passiert. Beweg deinen Hintern und tu etwas für dein Glück.« Rex biss herzhaft in seinen Burger.

Treats Pulsschlag beschleunigte sich. Weshalb unternahm er nichts? Er gab Max Zeit. Aber wofür? Um endlich zu erkennen, dass sie füreinander bestimmt waren?

»So funktioniert das nicht mit Max«, sagte er. »Sie ist … kompliziert. Sie muss ein paar Dinge für sich klären und ich will sie nicht drängen.« *Quatsch. Das Warten macht mich wahnsinnig. Aber ich will nicht, dass sie wieder wegläuft.*

»Wovor hast du Angst, Treat?« Rex musterte ihn düster. Das war eine Herausforderung, keine Frage, und Rex sprach nicht nur von Max.

»Vor gar nichts, kleiner Bruder. Ich bin hier. Ich breite meine Seele vor euch aus und bekämpfe die Dämonen, die mich seit Jahren verfolgen. Vielleicht solltest du das auch mal versuchen.« *Was ist los mit mir? Ich sollte den Mund halten und mich um meine eigenen Angelegenheiten kümmern, anstatt Rex zu provozieren.*

Sein Bruder stand auf. »Was willst du damit sagen? Ich bin jeden verdammten Tag hier auf der Ranch und kümmere mich um das Familienunternehmen, während du dich irgendwo herumtreibst und tust, was dir gerade passt. *Ich* habe Dad nicht im Stich gelassen.«

Die anderen schnappten nach Luft. Treat spürte den Blick seines Vaters.

»Ich auch nicht. Ich habe ein Leben und ich habe ein Unternehmen aufgebaut«, gab Treat zurück.

»Ein Leben? Ach ja? Du ziehst rastlos durch die Gegend und lässt es dir gutgehen, während ich hier schufte bis zum Umfallen.«

»Worum geht es eigentlich, Rex?« Treat stand jetzt ebenfalls auf und starrte seinem Bruder ins Gesicht. »Keiner hat dich gezwungen, zu bleiben und etwas aufzugeben, was du vielleicht lieber getan hättest. Du wolltest doch immer ein Rancher sein, ich nicht.«

Treat ging um den Tisch und baute sich vor seinem Bruder auf. Er spürte Rex' heißen Atem im Gesicht, sah, wie seine Nasenflügel bebten, sein Bizeps sich spannte und wie er die Fäuste ballte.

»Ich bin immer nach Hause gekommen, wenn du mich gebraucht hast«, sagte Treat ruhig.

»Das ist nicht wahr.«

»Was soll das? Wenn du wolltest, dass ich herkomme, war ich da. Jedes Mal. Immer.« Treat wollte seinen Bruder an den breiten Schultern packen und ihn schütteln. Rex sollte endlich sagen, was Sache war.

Rex' Zeigefinger bohrte sich so heftig in Treats Brust, dass er einen Schritt zurückwich. »Du bist gegangen. Du hast die Familie im Stich gelassen. Du hast mich hier sitzenlassen, und ich konnte sehen, wie ich den Laden am Laufen halte.«

»Ich war am College! Was zum Teufel hast du von mir erwartet?« *Dich sitzenlassen?*

»Ich war fünfzehn! Was sollte ich denn tun? Dane war völlig von der Rolle. Ich musste auf meine anderen Geschwister aufpassen, mich um die Ranch kümmern und um Dad. Ich war fünfzehn, Treat. Fünfzehn!«

Rex' Kopf war rot geworden, Wut sprühte aus seinem Blick. Treat packte ihn an den Schultern und schaute ihn an. »Ich habe dich nicht sitzenlassen, Rex. Ich habe studiert. Ich sollte studieren, das war Dads Plan für mich. Ich habe niemanden im Stich gelassen, sondern getan, was Dad von mir erwartet hat.« Überrascht lauschte Treat seinen eigenen Worten nach. *So wollte Dad es haben, das stimmt. Das Studium war auch Dads Idee. Wie konnte ich das verdrängen?*

Rex wand sich aus seinem Griff. Er zitterte so sehr, das Treat befürchtete, sein Bruder würde im nächsten Moment auf ihn eindreschen. Er wappnete sich gegen den ersten Schlag, denn Rex ballte bereits die Hand zur Faust.

Treat warf einen Blick in die Runde. Seine Geschwister saßen recht gelassen am Tisch. Ihnen war offenbar klar gewesen, was so lange in Rex gebrodelt hatte. Sein Vater erhob sich, machte aber keine Anstalten, näher zu kommen.

Rex' Blicke waren wie Dolche, seine Stimme triefte vor Gift. »Ein paar Wochen, nachdem du ans College abgehauen warst, habe ich dich angerufen und dir gesagt, dass ich es nicht schaffe. Dane ist komplett ausgeflippt. Josh hatte sich quasi in seinem Zimmer eingemauert, Hugh hat sich immer mehr von uns entfernt und Savannah ist übers Wochenende verschwunden. Ich war völlig überfordert.«

»Was? Wann?« Plötzlich war die Erinnerung an Rex'

panische Stimme wieder da. Er hatte tatsächlich angerufen. An einem Samstag. Treat hatte gerade ein Date gehabt. An den Namen des Mädchens erinnerte er sich nicht.

»Du hast gesagt, Savannah sei mit einer Freundin auf irgendeiner Saufparty, und du könntest sie nicht finden. Auf einer gottverdammten Party! Ich habe mein Date sitzenlassen und die Eltern von Savannahs Freunden angerufen. Alle, die mir einfielen. Ich war tausend Meilen entfernt und habe mir wahnsinnige Sorgen gemacht. Ein paar Stunden später hast du dich gemeldet und gesagt, sie sei wieder da. Ihre Freundin hätte gelogen, damit sie Ärger bekommt.« Treat atmete tief durch und versuchte, sich zu beruhigen. »Ich dachte, damit sei alles okay.«

Rex schnaubte. »Gar nichts war okay. Du hättest nach Hause kommen sollen.«

»Woher hätte ich das wissen sollen? Ich war doch selbst bloß ein ahnungsloser Junge, Rex. Ich war achtzehn. Verdammt, was hast du von mir erwartet? Dass ich heimfliege und das College hinschmeiße? Dass ich alles aufgebe, was Dad sich für mich erträumt hat?«

Sie fixierten einander wie Boxer vor dem Kampf.

»Jungs!« Hals strenge Stimme brach den Bann. »Wenn ihr einen Schuldigen sucht, ich bin hier. Ich wollte, dass Treat studiert. Er war ein Ass in der Schule, und ich war überzeugt, dass er es weit bringen würde. Ich wollte nicht, dass er auf der Ranch bleibt. Schon mit vierzehn hat er mich gedrängt, mehr Land zu kaufen. Vielleicht hätte ich es tun sollen und vielleicht wären wir dann alle noch reicher. Und du Rex, du warst der geborene Rancher. Das weißt du selbst am besten. Sobald du laufen konntest, bist du mir überall hin gefolgt. Du hast neben mir gesessen, wenn ich die Bücher geführt habe, und hast keinen einzigen Ritt über die Ranch verpasst. Du wolltest die Ranch. Das ist eine riesige Verantwortung und ich kann verstehen, dass du manchmal sauer bist, dass deine Brüder nicht hier sind. Aber auch dir habe ich wie all deinen Geschwistern die Wahl gelassen, was du tun möchtest. Wie oft habe ich dich ermutigt, loszuziehen, dir eine eigene Ranch zu suchen oder irgendetwas aufzubauen, was nur dir gehört?«

Rex senkte den Blick.

»Schau mich an, wenn ich mit dir rede, mein Sohn.«

Rex schaute Hal in die Augen. »Ich wollte keine eigene Ranch. Meine Familie ist hier. Und Mom.« Seine dunklen Augen suchten Treat. »Mom ist hier.«

Treat wusste, was Rex damit sagen wollte. »Ich habe dich nicht sitzenlassen und Mom habe ich ganz sicher nicht vergessen.«

»Das wissen wir.« Hal machte einen Schritt auf seine Söhne zu.

Für einen Außenstehenden hätten die beiden ausgesehen wie wütende, muskelbepackte, selbstbewusste Kerle, kurz bevor die Fäuste flogen. Für ihre Angehörigen waren sie zwei Brüder mit Meinungsverschiedenheiten, die gerade versuchten, wieder zueinanderzufinden.

Hal schob sich zwischen sie.

Treat spürte eine Hand seines Vaters auf seinem Rücken und wusste, dass die andere auf Rex' Rücken lag.

Hal senkte die Stimme und sagte ernst: »Ich kann nur wiederholen: Wenn ihr einen Schuldigen braucht, dann nehmt mich. Ich habe euch euren Weg gewiesen.«

Rex schaute seinen Vater an. Sein Blick wurde weicher. Schließlich wandte er sich ab.

»Es tut mir wirklich leid, Rex«, sagte Treat. »Ich war

ziemlich hilflos und habe nur versucht, meinen Kopf irgendwie über Wasser zu halten. Es stimmt, ich bin weggelaufen, weil ich euch gegenüber ein so schlechtes Gewissen hatte. Aber bitte glaub mir, wenn ich geahnt hätte, wie verzweifelt du warst, wäre ich sofort zurückgekommen. Als Savannah wieder da war, dachte ich, alles wäre wieder so, wie an dem Tag, an dem ich ans College gegangen bin und euch als trauernde Kinder zurückgelassen habe, die Zeit brauchten, um sich wieder zu fangen.«

Als Rex endlich wieder aufblickte, sah er in die Augen seines Vaters, nicht in Treats. »Tut mir leid, dass ich euch den Abend versaut habe, Dad. Aber ich muss jetzt nach Hope sehen.« Er machte sich auf den Weg zum Stall.

Treat wollte ihm nacheilen, aber sein Vater hielt ihn zurück. »Lass ihn. Du kennst ihn doch. Rex wird sich seinen Frust aus dem Leib arbeiten. Immerhin weißt du jetzt, was ihn die ganze Zeit umgetrieben hat. Sicher geht das nicht von heute auf morgen, aber ich denke, alles wird gut.«

Treats Nerven waren in Aufruhr. Im Grund hatte Rex nur wiederholt, was Treat seinen Geschwistern am Vorabend gesagt hatte, doch ihre Sicht der Dinge unterschied sich. Zudem war Treat klargeworden, dass er nicht nur vor seinen Schuldgefühlen weggelaufen war, sondern mit seinem Studium auch die Erwartungen seines Vaters hatte erfüllen wollen.

Rex würde irgendwann versöhnlicher werden. Treat war jetzt wieder zu Hause. Er konnte sich in der Nähe ein Heim schaffen. Er würde reisen und sich ein Büro einrichten müssen, aber nie wieder würde er jemanden im Stich lassen. Auch nicht Max.

Appetit hatte er keinen mehr. Rex hatte mit seinen Bemerkungen ins Schwarze getroffen. Die Sache mit Max musste er entschlossener angehen. Mit Rex konnte er erst sprechen, wenn der ihn an sich heranließ. Aber seinen Gefühlen für Max konnte er jetzt sofort folgen.

Treat stand auf. »Ich habe etwas zu erledigen.« Bevor jemand etwas sagen konnte, war er bereits auf dem Weg ins Haus.

Wenige Minuten später saß er im Wagen und fuhr die Einfahrt hinunter. Rex kam ihm auf Hope entgegengeritten und verstellte ihm den Weg. Treat trat auf die Bremse und sprang aus dem Wagen. »Was soll das? Willst du Hope umbringen?«

Rex tätschelte dem tänzelnden Pferd beruhigend den Hals. »Was du da drin gesagt hast, war mir alles nicht neu. Ich bin kein Idiot.«

»Das weiß ich«, antwortete Treat.

Die Brüder fixierten einander.

»Du hast all die Jahre jede Menge Ballast mit dir herumge-schleppt. Aber mir ging es nicht anders.«

Treat nickte. Manchmal war es besser, den Mund zu halten und erst einmal abzuwarten.

»Ich weiß, dass du mich und Dad nicht hast sitzenlassen und dass du Mom nicht vergessen hast. Und ich wollte auch nicht, dass du irgendwas aufgibst für die Ranch.«

»Okay?«

Rex' angespannte Muskeln passten nicht recht zu seinen versöhnlichen Worten. Am liebsten hätte Treat seinen jüngeren Bruder umarmt. Dabei wagte er kaum, sich zu rühren. Treat ahnte, wie viel Überwindung es Rex kostete, über seinen Schatten zu springen. Bis sie wieder ganz entspannt miteinander umgehen konnten, würden vielleicht noch Jahre ins Land gehen. Aber der Anfang war gemacht.

Rex nickte. »Es ist schön, dass du uns unterstützt. Aber die

Ranch leite ich.«

»Okay.«

»Für die harte Arbeit hier bist du noch nicht fit genug. Zumindest körperlich.«

»Da muss ich dir leider recht geben«, gestand Treat ein. Sein verletzter Stolz schmerzte ihn mehr als seine müden Muskeln.

»Dann ist ja alles klar.«

»Alles klar.«

»Wohin fährst du?« Rex ließ das Pferd ein paar Schritte zur Seite treten.

»Ich habe etwas zu erledigen. Aber bis zur letzten Kontrollrunde über die Ranch bin ich wieder da.«

Rex nickte. »Lass dir Zeit, Bruderherz. Und ob du es glaubst oder nicht, ich freue mich, dass du wieder da bist.«

Treat strich über Hopes Nüstern und eine Sekunde lang hätte er schwören können, dass er in den Augen der Stute das Abbild seiner schönen Mutter sah, die ihn zufrieden anlächelte.

<h1 style="text-align:center">Siebenunddreißig</h1>

Max warf noch einen letzten Blick in den Spiegel. Ihr volles Haar schimmerte. Die hautenge Lederhose war für einen Besuch auf der Ranch vielleicht nicht ganz ideal, aber auch nicht verkehrt. Die Stilettoboots würden sicher nicht als Arbeitsstiefel durchgehen. Trotzdem war ihr Outfit perfekt. Treat sollte die Augen aufreißen und staunen. Das Einzige, worum sie ihn je gebeten hatte, hatte er nicht für sie getan. Das konnte sie ihm unmöglich durchgehen lassen, auch wenn sie diejenige war, die sich aus dem Staub gemacht hatte.

Sie drehte sich vor dem Spiegel und betrachtete sich im Profil. Was den Push-up-BH anging, hatte Kaylie recht gehabt. Wer hätte gedacht, dass ihre Brüste so keck aussehen konnten? Oder dass dieser BH ihren Oberkörper länger und schlanker wirken lassen würde? *Wow*, sie konnte tatsächlich brandheiß aussehen.

Sich in den Stilettos aufrecht zu halten, war gar nicht so einfach. Auf dem Weg zur Tür bröckelte ihr Selbstvertrauen. *Ich sehe albern aus. Ich gefalle ihm doch auch in ganz normalen Klamotten. Was tue ich da eigentlich?* Was war ihr Ziel? Sie wollte Treat, und diesmal würde sie nichts dem Zufall oder dem Schicksal überlassen.

Als sie die Schlafzimmertür öffnete, ließ ein Lichtblitz sie zurückzucken. Kaylie hatte ein Foto gemacht. »Was zum …!« Sie war so mit ihrem Styling beschäftigt gewesen, dass sie völlig vergessen hatte, dass Kaylie auf sie wartete.

»Das musste sein!«, kicherte Kaylie. »Ich wollte so gern reinkommen, aber du hättest dir sicher nicht beim Anziehen helfen lassen.« Kaylies Augen weiteten sich. »Oh mein Gott, Max. Mit dem Outfit bist du jede Sünde wert. Nicht dass du es nötig hättest, dich so aufzubrezeln. Aber wow! Kein Mann wird dir widerstehen können.«

Max lächelte über Kaylies überschäumende Begeisterung. Ihre Freundin gab sich alle Mühe, ihr den Rücken zu stärken. »Kann ich dich bitte in meine Handtasche stecken und mitnehmen? Ich bin so schrecklich nervös. Was, wenn er inzwischen der Meinung ist, dass ich die viele Mühe nicht wert bin? Schließlich habe ich nicht auf die netteste Art mit ihm Schluss gemacht.«

»Eine Frage, Max. Und bitte atme erst mal tief durch, denn das ist wirklich wichtig.«

Max atmete gehorsam ein und aus. »Okay, was ist?«

»Bist du hundertprozentig sicher, dass du einen Kerl willst, der dich nicht anfleht, bei ihm zu bleiben?«

»Warum tust du mir das an?« Max setzte sich auf die Couch. »Mache ich einen Fehler?«

»Ich muss dich das fragen. Ich habe dich schrecklich lieb und will nicht mit ansehen, wie dir noch mal das Herz gebrochen wird.«

»Ich habe ihn gebeten, mich trotz all meinen Unsicherheiten und durch meine Schutzmauern hindurch zu lieben. Warum hat er das nicht getan?« *Das ist das Einzige, was ich von ihm verlangt habe.*

Kaylie setzte sich neben Max und nahm ihre Hand. »Ich sage nicht, dass er das nicht tun möchte. Vermutlich respektiert er nur deine Bitte, dich in Ruhe zu lassen. Aber denk genau nach. Was magst du an ihm und was nicht? Was ist real und was nur Fantasie?«

Max seufzte. Machte sie einen Fehler? »Ich habe ihm keine Wahl gelassen, Kaylie. Ich habe ihm geschrieben, es sei aus, und ihn gebeten, mir nicht zu folgen.« Sie versuchte, sich zu erinnern, wie sie sich in dem hastig hingeworfenen Brief ausgedrückt hatte. »Als ich gegangen bin, wollte ich es so. Oder ich dachte, dass ich es so will. Mein Leben lang habe ich geglaubt, dass Kompromisse in einer Beziehung zu Spannungen, Vorwürfen und Groll führen müssen.«

»Aber sonst ist alles in Ordnung mit dir? Die Ehe ist ein einziger Kompromiss, meine Liebe. Wer wird wo wohnen? Wer passt auf die Kinder auf, während der andere etwas anderes macht? Wer liegt oben? Wer darf zuerst kommen ...«

»Kaylie! Kannst du nicht einen Moment ernst bleiben?«, schnaubte Max.

»Schon gut. Wenn das tatsächlich dein Grund war, diesen atemberaubenden Kerl abzuservieren, hast du einen Riesenfehler gemacht. Aber solange du nicht an seinem Charakter und seiner Liebe zweifelst, ist es nicht zu spät.«

Max' Wangen wurden warm. Sie legte ihre Hand auf ihr Herz. »Er würde alles für mich aufgeben. Und wenn ich Glück habe und er mich zurücknimmt, kann ich ihm zeigen, dass ich dasselbe für ihn tun würde.«

»Großer Gott, ich hoffe, ich habe wegen Chaz nie solche Rehaugen gemacht. Okay, und jetzt los. Ich muss noch aufs Klo und ziehe nachher die Tür hinter mir zu.« Sie warf einen Blick in Max' Schlafzimmer. »Vielleicht sorge ich vorher noch dafür, dass es hier nicht aussieht, als wäre dein Kleiderschrank explodiert.«

Max küsste sie auf die Wange. »Du bist die Beste.« Auf dem Weg aus der Tür blieb sie noch einmal stehen und wandte sich um. »Danke, dass du mir all diese Fragen stellst. Eine Freundin wie dich hatte ich noch nie.«

»Ich bin ja auch die Beste.« Kaylie warf dramatisch ihr Haar zurück. »Und jetzt raus mit dir.«

Max rannte in den Stilettos die Treppe hinunter, als hätte sie ihr Leben lang nichts anderes getan. Sie hatte nur noch eines im Sinn. Sie wollte so schnell wie möglich zu Treat.

Achtunddreißig

Auf dem Weg zu Max' Wohnung verstieß Treat gegen sämtliche Geschwindigkeitsbeschränkungen. Die Straßen waren leer und er schaffte die Strecke in Rekordzeit. Er jagte auf den Parkplatz und flog dann förmlich die Treppe zu ihrer Wohnung hinauf.

Zweimal klopfte er an ihre Tür und dann gleich noch zweimal. Das Herz schlug ihm bis zum Hals. Er hatte keine Ahnung, was er Max sagen sollte. Wenn er in ihre schönen Augen schaute, würde ihm hoffentlich etwas einfallen.

Der Türknauf drehte sich, Treat hielt den Atem an. Die Tür ging auf.

»Was hast du vergessen?«

»Kaylie?«

»Treat?«

Er spähte über Kaylies Schulter. »Wo ist Max?«

Kaylies Lippen weiteten sich zu einem Grinsen. »Auf dem Weg zu eurer Ranch.«

»Zu unserer …«

»Ja! Und jetzt fahr los. Sie ist erst seit zehn Minuten weg. Fahr!«

Treat rannte die Treppe hinunter und war binnen Minuten

wieder auf den Highway. Dass Max auf dem Weg zu ihm war, stimmte ihn zuversichtlich.

Auf der Fahrt zur Ranch hatte Max viel Zeit, über Kaylies Fragen nachzudenken. Neue Zweifel keimten in ihr auf. Sie hatte Treat gebeten, sie trotz ihrer Unsicherheiten und durch alle Mauern hindurch zu lieben, und er hatte ihr versprochen, genau das zu tun. Vielleicht machte sie ja doch einen Fehler. Er war ihr nicht gefolgt, also liebte er sie wohl nicht so sehr, wie er behauptete.

Sie parkte den Wagen und spürte, wie die Wut, die in ihr aufstieg, mit der Liebe in ihrem Herzen kämpfte. Sie hatte ihm keine Wahl gelassen. Sie hatte nicht gesagt: *Folge mir, liebe mich.* Nein. Sie war so dumm gewesen zu schreiben: *Bitte folge mir nicht.* Aber warum hielt er sich daran? Er hätte doch einfach handeln können, so wie sie, als sie ihm nach Wellfleet hinterhergereist war.

Einer von Treats Brüdern kam über die Wiese auf sie zugeritten. Es war der mit den gigantischen Muskelbergen. Alle Braden-Brüder waren umwerfend sexy. Aber der hier hatte zudem Bizepse wie Fußbälle.

Als Max ausstieg, hielt er seine schöne Fuchsstute bei ihr an. Max sah die vielen weißen Stichelhaare im Fell des Pferdes.

»Max?« Er musterte sie von oben bis unten und nickte anerkennend.

Herrje. Sie hatte vergessen, was sie anhatte. Die Oberseite ihrer Brüste sagte Hallo zur ganzen Welt und die hautenge Lederhose überließ kaum etwas der Fantasie. Sie kam sich vor wie eine Barbiepuppe, und das machte sie nur noch wütender.

»Rex, nicht wahr?«, fragte sie.

»Ja, richtig. Du hast Treat knapp verpasst. Er wollte noch etwas erledigen.«

Verdammt. »Etwas erledigen?« *Warum kümmert er sich nicht um unsere Beziehung?*

Rex zuckte die Achseln. »Das hat er gesagt.«

Sein Blick wanderte zu ihren Brüsten und blieb dort hängen. Max räusperte sich. Er schaute ihr in die Augen und nickte.

»Danke.« Sie stieg wieder in ihren Wagen. *Etwas erledigen? Sicher etwas Geschäftliches.* Sie legte ihren Sicherheitsgurt an. Diesem Rex waren fast die Augen aus dem Kopf gefallen. Sie hatte Treat bezirzen wollen, und jetzt sah sie aus wie ein Flittchen. Wenn Treat hier gewesen wäre, hätte er ihre aufreizende Verkleidung sicher durchschaut. Sie wollte ihn ködern, nicht mehr und nicht weniger. *Verdammt.* Sie legte den Rückwärtsgang ein und gab Gas. *Nichts wie weg hier.*

Die Wucht des Aufpralls warf sie mit der Brust gegen das Steuer. Max hörte das Knirschen von Metall.

Mist. Mist, Mist, Mist. Zittrig und benommen blinzelte sie die Wutträren weg und sah den Rest des Braden-Clans zu ihr laufen. Was zum Teufel hatte sie jetzt wieder angestellt?

Rex riss die Fahrertür auf. »Max? Alles in Ordnung?«

»Ist ihr was passiert?«, hörte sie jemanden rufen.

»Lass sie! Ich komme.«

Treat?

»Ich komme.«

Und da war er auch schon. Er zog Rex von der Tür weg und zog sie vorsichtig in seine Arme. *Treat.* Max hörte weitere Stimmen, aber sie stand noch zu sehr unter Schock, um an etwas anderes zu denken als an die starken Arme, die sie festhielten.

»Ich rufe einen Krankenwagen.«

»Augenblick. Lass uns erst mal nachsehen, was ihr fehlt.«

»Was ist passiert?«

»Max?« Treats Stimme klang erschrocken und besorgt. »Schau mich an, meine Süße.«

Sie schaute ihm in die Augen und ließ sich von ihm auf die Füße helfen.

»Alles in Ordnung?«, fragte er?

Ein Wagen stand hinter ihrem. Sie hatte mit ihrem Heck seine Front eingedrückt.

»Ich glaube schon«, flüsterte sie. Doch trotz ihrer Angst, trotz des Schocks und eingekeilt von Treats besorgten Familienmitgliedern kehrte die Wut zurück. Sie brodelte in ihrem Bauch und stieg ihr heiß in die Brust.

»Du hast gesagt, du würdest mich trotzdem lieben.« *Was ist mit meiner Stimme? Warum flüstere ich? So geht das nicht.*

»Wovon redest du, meine Süße?«

»Du hast gesagt, du würdest mich trotz allem lieben«, wiederholte Max etwas lauter. Treats verwirrte Miene machte sie nur noch zorniger. Sie rückte von ihm ab. Ihre Brust tat weh, aber sie konnte gehen und stehen. Und, verdammt, sie konnte sprechen. Und schreien.

»Du hast versprochen, du würdest mich trotz all meiner Unsicherheiten lieben. In der Nacht in Wellfleet habe ich dir gesagt, dass ich Mauern um mich errichte, wenn ich Angst bekomme und unsicher bin. Und ich habe dich gebeten, mich durch diese Mauern hindurch zu lieben.« *Warum zum Teufel weine ich?* »Du hast mir versprochen, es zu tun, Treat. Immer. Du hast es versprochen, aber du hast es nicht getan.«

»Max.« Er machte einen Schritt auf sie zu und streckte die

Hand nach ihr aus.

Sie stieß ihn weg.

»Oh-oh«, sagte Dane.

Treats Geschwister starrten sie an. Sein Vater fixierte Treat. Max' Blick flog von einem zum anderen. Dass sie sich lächerlich machte, war ihr egal. Und ob Treats Vater seinem Sohn vielleicht stumm signalisierte, dass sie eine bemitleidenswerte Irre war, interessierte sie nicht. Sie hatte ihm vertraut und er war ihr nicht gefolgt!

»Max«, sagte er noch einmal sanft.

Wieder schob sie ihn weg und wollte in ihren Wagen zurückweichen. Dabei konnte sie nicht einmal wegfahren, denn ihr Heck steckte in Treats Kühler fest. Er nahm sie am Arm und hinderte sie daran wegzulaufen.

»Max!« Diesmal war Treats Stimme laut und fest und zwang sie, ihm zuzuhören. »In den letzten Tagen habe ich dich siebenunddreißig Mal angerufen, aber du hast dich nicht gemeldet.«

»Siebenunddreißig Mal?«, hauchte Savannah.

»Du ...« Max suchte nach Worten.

»Du hast gesagt, was du sagen wolltest, jetzt bin ich dran. Ich habe versucht, dir Raum zu lassen. Ich wollte warten, bis zu zurückkommst. Das war mein Plan. Aber jeder unbeantwortete Anruf war wie ein Schlag ins Gesicht.«

»Mein Telefon ...«

»Ich will keine Erklärungen hören. Lass mich ausreden. Ich gebe mein Leben nicht für dich auf, nicht Thailand und auch sonst nichts.«

Max unterdrückte ein Schluchzen. *Das war's. Er macht Schluss. Es ist vorbei. Und diesmal ist es für immer.*

»Treat«, sagte Savannah mahnend.

Treat machte eine ungeduldige Handbewegung. »Lass mich

ausreden, verdammt.« Er drehte sich zu Max. Jetzt streichelte seine Stimme ihr gebrochenes Herz. »Max, ich werde meine Geschäfte anders organisieren, nicht aufgeben. Ich möchte hier sein und meinem Vater auf der Ranch helfen, wenigstens eine Zeit lang. Und ich möchte mich gern irgendwo niederlassen. Wo das ist, ist mir egal, so lange du nur bei mir bist. Ich werde dich trotz allem lieben, Max. Ich habe es versprochen und meine Versprechen halte ich.«

Zärtlich wischte er ihre Tränen weg und rückte näher an sie heran. »Ich habe meine Dämonen besiegt, Max. Alle.«

»Du hast mich siebenunddreißig Mal angerufen?« Max' Knie zitterten von dem Aufprall, aber noch mehr, weil Treat vor ihr stand. Sie spürte seinen Atem auf ihren Lippen, seine Hände auf ihren Armen. Mit einer vertrauten Geste strich er ihr das Haar von der Schulter. Sie schloss die Augen. *Ich werde nicht noch einmal denselben Fehler machen.*

»Schau mich an«, sagte Treat lächelnd. Als sie ihm in die Augen sah, fuhr er fort. »Du kannst versuchen, mich wieder wegzustoßen. Aber ich bleibe, wo ich bin. Genug ist genug. Wir gehören zusammen. Treat und Max. Nicht Treat Braden und Max Armstrong, zwei unterschiedliche Menschen. Wir sind zusammen. Wir sind eins.«

Eins. Sie wischte die Tränenströme weg, die ihr über die Wangen liefen, und schüttelte den Kopf. »Ich habe mein Telefon in Wellfleet vergessen.«

»Das ist nicht wichtig«, sagte er.

»Ich werde mitkommen.«

»Was?«

»Wenn du geschäftlich reisen musst, fliege ich mit dir. Ich kann von überall aus arbeiten.«

»Das besprechen wir ein andermal, Max«, sagte er.

Sie konnte nicht klar denken. In ihrem Kopf wirbelte alles durcheinander. Treat liebte sie. Er liebte sie. Sie lag in seinen Armen. Es war wirklich wahr. Kein Traum.

Als Treat sie losließ, stand die Welt einen Moment lang still. Der ganze Braden-Clan hatte sich um sie geschart. Max schaute in lächelnde Gesichter. Die Tränen in Hals Augen lenkten ihren Blick zurück zu Treat, doch er war nicht mehr da, wo er eben noch gewesen war.

»Max.« Er hatte sich auf ein Knie niedergelassen und nahm ihre Hand.

Sie schnappte nach Luft. »Treat?«

»Max. Ich würde dich gern durch den Rest unseres Lebens hindurch lieben. Durch alle Unsicherheiten und jeden Streit.«

Die Welt hielt den Atem an und Max' Mund wurde trocken. Sie konnte nur dastehen und in Treats schönes Gesicht schauen.

»Max?«, fragte er. »Willst du meine Frau werden?«

»Ich … Frau? Was, wenn ich wieder ausflippe?«

Er stand auf und schaute ihr in die Augen. »Dann bin ich bei dir und kümmere mich um dich. Um uns, damit es mit uns weitergeht.«

»Du willst mich heiraten? Nach allem, was ich getan habe? Obwohl ich so zornig war? Obwohl ich dein Auto kaputtgemacht habe?«

»Ja.«

Savannah griff nach Joshs Arm. Die Bewegung riss Max aus ihrer Trance.

»Ganz sicher?«

»Du bist eine unglaublich sture, schöne Frau. Und ja, ich bin ganz sicher.«

Max schlang die Arme um seinen Hals und die Beine um

seine Taille. »Ja. Ja, ja, ja!«

»Und ich entwerfe das Hochzeitskleid!«, rief Josh.

Treats Lachen mischte sich mit dem seiner Familie. Er legte die Lippen auf Max' Mund und küsste alle verbliebene Spannung, allen Schmerz aus ihr heraus.

»Sieht aus, als würden wir bald eine Hochzeit feiern!«, sagte sein Vater.

Treat stellte sie wieder auf die Füße und zog einen kleinen Samtbeutel aus der Tasche. Er schaute ihr in die Augen. »Max. Nur damit keinerlei Missverständnisse aufkommen: Willst du mich heiraten?«

»Absolut hundertprozentig ja.«

Der Diamantring, den er ihr an den Finger steckte, raubte ihr endgültig den Atem.

Treat hielt Max' zitternde Hand in seiner und wollte sie nie wieder loslassen. Kein Geschäftsabschluss, kein Zukauf, kein wirtschaftlicher Erfolg hatte je eine so berauschende Wirkung auf ihn gehabt wie Max' Antwort. Es war, als hätte das Universum auf diesen Moment gewartet, um Max und ihn zum perfekten Zeitpunkt am perfekten Ort zusammenführen zu können.

Rex drängte sich an Treat vorbei, denn er wollte Max umarmen. Der anerkennende Blick, mit dem er sie zuvor musterte, konnte Treat nicht entgehen. Erst jetzt fiel ihm auf, was Max anhatte. Sein Körper reagierte sofort auf ihr eng anliegendes, sündig-schönes Outfit. Leider hatte er den Eindruck, dass seine Zukünftige bei Rex ähnliche Reaktionen auslöste.

Am Kragen zog er seinen Bruder von ihr weg. »Okay. Genug. Such dir deine eigene Frau fürs Leben.« Die Worte fühlten sich gut an. *Frau fürs Leben.*

Savannah drängte sich zwischen ihre Brüder und schlang die

Arme um Treat. »Wurde auch Zeit. Sie ist toll!«, flüsterte sie. »Sie wird dich auf Trab halten.« Lächelnd drehte sie sich zu Max. »Ich habe mir immer eine Schwester gewünscht.« Sie drückte Max an sich.

Treat wünschte sich Max' Hand zurück in seine, denn da gehörte sie hin.

»Max.« Hal legte seine starken Arme um sie. »Das war der Ring meiner Frau.« Er nickte zu ihrer Hand hin.

Max berührte den atemberaubenden Stein. »Danke, dass ich ihn tragen und mich darauf freuen darf, eines Tages eine Braden zu sein.«

Hal nickte. »Meine Frau hat dafür gesorgt, dass es so kommt.«

Savannah schüttelte den Kopf. Doch ihr Lächeln blieb.

Nachdem alle gratuliert hatten, konnte Treat seine Max endlich wieder in die Arme schließen. »Dein Outfit bringt mich auf die schmutzigsten Gedanken«, flüsterte er ihr ins Ohr. »Am liebsten würde ich sie gleich hier und jetzt in die Tat umsetzen.«

Max grinste. »Dann hat es seinen Zweck erfüllt.«

Neununddreißig

Beim Klang von Hufgetrappel drehten alle die Köpfe. Eine atemberaubend schöne Frau kam auf einem schwarzen Hengst die Einfahrt heraufgeritten. Sie warf ihr langes, dunkles Haar zurück.

»Ist das Jade?«, fragte Treat.

Rex fuhr herum und sah aus, als liefe ihm das Wasser im Mund zusammen. »Großer Gott«, raunte er.

»Ich hoffe, ihr seid gut versichert!«, rief die Frau mit einem Blick auf die zerbeulten Wagen. Ihr wallendes weißes Kleid war bis zu ihren Oberschenkeln hinaufgerutscht.

»Earl Johnsons Tochter?«, fragte Treat leise. In der Highschool war Rex bis über beide Ohren in sie verknallt gewesen. Die Johnsons und die Bradens lagen seit Jahren im Clinch, und Treat hatte immer geglaubt, Rex' Schwäche für Jade hätte etwas mit dem Reiz verbotener Früchte zu tun. Aber so wie Rex die junge Frau anschaute, brannte die Flamme noch immer heiß und hell.

Rex stieg wieder in Hopes Sattel. »Wie sie leibt und lebt.«

Treat sah, wie Rex' Augen sich verengten und wie sein Bizeps zuckte, während er Jade musterte.

Hugh hatte gerade den Schaden an den beiden Fahrzeugen

inspiziert. Jetzt richtete er sich auf und warf Treat einen fragenden Blick zu. Treat schaute zum Haus. Zum Glück war ihr Vater gerade hineingegangen und suchte nach einer Flasche Champagner, um Treats und Max' Verlobung zu feiern. Wenn Hal sie dabei erwischte, wie sie mit einer Johnson plauderten, konnten sie sich auf etwas gefasst machen. Aber einer schönen Frau die kalte Schulter zu zeigen, fiel den Braden-Brüdern schwer. »Schön, dich zu sehen, Jade«, sagte Hugh leise.

»Wenigstens wurde kein Ferrari beschädigt«, frotzelte Jade in Richtung von Treats Rennfahrer-Bruder. Dann schaute sie Rex an. »Und vom Pferd ist auch niemand gefallen.«

Rex Kiefermuskeln spannten sich an.

»Ich glaube, sie redet mit dir, Rex«, sagte Max.

Hugh schaute seinen Bruder an und schüttelte den Kopf. »Das wird ein fetter Auftrag für die Werkstatt eurer Nachbarn«, sagte er zu Jade. Jimmy Palen war der beste Mechaniker von Weston. Ihm gehörte das Grundstück neben den Johnsons.

»Das wird Jimmy freuen.« Jade lächelte, aber Treat sah ihr an, wie verletzt sie war, weil Rex sie ignorierte. »Bis bald mal.« Damit galoppierte sie davon.

Als sie außer Hörweite war, klopfte Treat auf Rex' Bein. »Was war das denn? Musstest du so büffelig sein?«

»Mit den Johnsons rede ich erst, wenn die Hölle gefriert.« Rex trabte mit Hope Richtung Stall.

»Was ist denn mit ihr? Sie sieht umwerfend aus.« Max strich immer wieder ungläubig über den Ring an ihrem Finger.

»Romeo und Julia«, seufzte Savannah. »Er liebt sie.« Savannah hakte sich bei Max unter und zog sie zum Haus. »Er weiß es nur noch nicht. In der Beziehung sind die Braden-Jungs ein bisschen schwer von Begriff.«

Treat schaute den beiden Frauen hinterher und gratulierte sich insgeheim. Ein Flugzeug zu chartern und zu seinem Vater zu fliegen, war die beste Idee seines Lebens gewesen.

Danksagung

Sehr gerne möchte ich den vielen Menschen danken, die an der Entstehung dieses Buches beteiligt waren. Leider fehlt mir der Platz, um all die Bloggerinnen und Blogger, Rezensentinnen und Rezensenten, Autorinnen und Autoren, Leserinnen und Leser, Freundinnen und Freunde hier aufzuführen. Aber ich danke allen von Herzen, die mich auf dieser spannenden Reise begleitet, die mir geholfen und mich ermutigt haben. Ich hoffe, wir können einander weiterhin inspirieren.

Meine hochmotivierten und überaus fähigen Lektorinnen und Korrektorinnen haben für ihren Einsatz und ihr Können eine drei Meter hohe Schokoladenskulptur verdient. Ich danke euch, Kristen Weber, Penina Lopez, Jenna Bagnini, Colleen Albert, Juliette Hill und Marlene Engel. Euch in meinem Team zu haben, ist ein großes Glück.

Stacy Eaton, Amy Manemann, Emerald Barnes, Wendy Young, Christine Cunningham, Rachelle Ayala, Natasha Brown, Bonnie Trachtenberg und Kathleen Shoop, ihr seid die besten Freundinnen, die man sich wünschen kann, und ich genieße jeden Augenblick, in dem wir zusammen lachen, weinen, *wein*-en (zwinker, zwinker) und Quatsch machen. Virtuell oder auf andere Weise.

Vielen Dank an die Mitstreiter und Mitstreiterinnen von *Pay-it-Forward*. Ihr seid wie eine Familie für mich, und ich bin stolz, zu eurem Freundeskreis zu gehören.

Den Namen »Braden« hat mir mein guter Freund Russell Blake geschenkt. Danke, dass du den Männern in meinem Kopf einen Namen gegeben und mich angespornt hast, sie zu Helden zu machen. Ich hoffe, meine Leserinnen und Leser werden sich auf deine Thriller ebenso stürzen wie auf meine Liebesromane.

Mein Leben als Autorin wäre undenkbar ohne die Unterstützung und das Verständnis meiner Mutter, meines Ehemanns und meiner Kinder. Ihr seid meine Welt und ich liebe euch.

Abonnieren Sie Melissas Newsletter, um über Neuerscheinungen informiert zu werden:
www.melissafoster.com/Newsletter_German

Lesen Sie hier einen Auszug aus dem nächsten Band!

Für die Liebe bestimmt

DIE BRADENS

LOVE IN BLOOM – HERZEN IM AUFBRUCH

Eins

Rex Braden wachte noch vor dem Morgengrauen auf, wie an jedem Sonntag in den letzten sechsundzwanzig Jahren – seit dem Sonntag, an dem seine Mutter gestorben war. Damals war er acht Jahre alt. Er wusste nicht, was ihn am ersten Sonntag nach ihrem Tod geweckt hatte, aber er hätte schwören können, dass es ihre flüsternde Stimme war, die ihn in den Stall geführt hatte. Dort hatte er Hope gesattelt, das Pferd, das sein Vater für die Mutter gekauft hatte, als sie krank wurde. Hope war stark und gesund geblieben, seine Mutter dagegen hatte nicht so viel Glück gehabt.

In den grauen Stunden vor Sonnenaufgang war die Luft immer noch richtig kalt, was für Colorado im Mai nicht ungewöhnlich war. Bis zum Nachmittag würden die Temperaturen angenehme zwanzig Grad erreichen. Rex zog sich den Stetson tief in die Stirn und wappnete sich gegen die Kälte, als er zum Stall ging.

Als er an den Boxen vorbeiging, scharrten die Pferde mit den Hufen. Sie wollten ins Freie, doch am Sonntagmorgen galt Rex' Aufmerksamkeit allein Hope.

»Wie geht es dir, mein Mädchen?«, fragte er mit tiefer, weicher Stimme. Er sattelte Hope gewissenhaft und fuhr ihr mit der Hand über das dichte Fell. Das Rot war inzwischen verblasst, mittlerweile zeigten sich weiße Flecken an Kopf und Schultern.

Hope drückte ihm die Nase an die breite Brust und wieherte leise. So begrüßte sie ihn jedes Mal und daher hatten fast alle seine T-Shirts schon einen Fleck von diesem vertrauten Stups davongetragen. Rex hatte seinem Vater auf der Ranch geholfen, seit er ein Junge war. Nach dem College war er auf die Ranch zurückgekehrt, um hier zu leben und zu arbeiten und den Laden zu schmeißen – jedenfalls so gut jemand einen Laden schmeißen konnte, wenn Hal Braden mit seinem eisernen Willen in der Nähe war.

»Wir machen unsere übliche Runde, okay, Hope?« Er sah ihr in die großen braunen Augen und nicht zum ersten Mal war er sich sicher, darin das schöne Gesicht seiner Mutter zu erkennen. Es war das Gesicht, an das er sich erinnerte, bevor die Krankheit ihr die Farbe raubte und das Strahlen in ihren Augen erlosch. Rex legte Hope die Hände an den kräftigen Kiefer und gab ihr einen Kuss auf den weichen Fleck zwischen den Nüstern. Dann nahm er den Hut ab, lehnte die Stirn an diese Stelle und schloss die Augen.

Sie trabten über den ausgetretenen Weg durch den dichten

Wald, der die fünfhundert Morgen große Ranch seiner Familie begrenzte. In diesem Wald hatte Rex früher zusammen mit seinen fünf Geschwistern gespielt. Er kannte jeden Stock und jeden Stein und hätte jeden der Wege hier mit verbundenen Augen entlangreiten können. Dann kamen sie zu der Stelle, wo der Weg am angrenzenden Grundstück abrupt endete. Für die meisten Menschen war die Grenze zwischen der Ranch der Bradens und dem unbewohnten Nachbargrundstück unsichtbar. Das Gras und die Bäume sahen auf beiden Seiten identisch aus. Für Rex jedoch war diese Grenze so deutlich sichtbar, als hätte sie jemand mit einem Zaun markiert. Auf der Seite der Bradens war Lebendigkeit, während das Land auf der anderen Seite ein Gefühl von Sehnsucht und Verlassenheit zu verströmen schien.

Hope machte kehrt, weil sie immer an dieser Stelle umdrehten. Heute ließ Rex sie anhalten und atmete tief ein. Seine Brust zog sich zusammen beim Anblick der unberührten dreihundert Morgen besten Ackerlandes, das für immer leer bleiben würde. Fünfundvierzig Jahre zuvor hatten sein Vater und Earl Johnson, ihr Nachbar und der Freund seines Vaters seit Kindheitstagen, diese Anbaufläche zwischen ihren Grundstücken gemeinsam erstanden, in der Hoffnung, sie eines Tages gewinnbringend zu verkaufen. Fünf Jahre lang hatten sie sich über alles gestritten. Sie konnten sich nicht einigen, wer für die Teilung bezahlen sollte, oder an wen sie das Land verkaufen sollten, und schließlich weigerten sich sowohl Hal als auch Earl, jemals zu verkaufen. Die Kluft zwischen den Familien klaffte immer noch. Die legendäre Fehde zwischen den Hartfields und den McCoys und ihre Entschlossenheit, ihre Familienehre zu verteidigen, war ein Kinderspiel im Vergleich zu der Loyalität, die durch die Adern der Bradens rann. Die Bradens wussten von klein auf, dass die Familie über alles ging. Rex betrachtete das Land, und nicht zum ersten Mal wünschte er, er könnte es sein eigen nennen.

Er trieb Hope sanft an und zupfte an dem Zügel in seiner rechten Hand. Hope verließ den Pfad und trabte an der Grundstückslinie entlang auf den Bach zu. Rex hatte den Kiefer angespannt und seine Armmuskeln wölbten sich unter seinem T-Shirt, als sie den steilen Hügel zur Schlucht hinunterstiegen. Schließlich erreichten sie das felsige Ufer. Das Wasser war still wie Glas. Rex blickte zum Himmel empor. Allmählich wich das Grau der Dämmerung den pudrigen Blau- und Rosatönen der Morgenröte. In all den Jahren, seitdem er diese Morgenstunden hier draußen verbrachte, war ihm noch nie eine Menschenseele begegnet, und so gefiel es ihm.

Am Wasser entlang machten sie sich auf den Weg nach Süden in Richtung Devil's Bend. Der Hohlweg wand sich in beängstigend engen Kurven um den Hügel. Ein Stück voraus weitete der Bach sich zu einem natürlichen Becken, bevor das Wasser über eine Felszunge zwanzig Fuß in die Tiefe stürzte. Rex verlangsamte das Tempo, als er ein Platschen hörte. Vermutlich ein Biber, dachte er. Er sah sich um, konnte aber keinen der typischen Biberdämme entdecken.

Hinter der nächsten Wegbiegung brachte Rex das Pferd abrupt zum Stehen. Am Ufer stand Jade Johnson. Ihre abgeschnittenen Jeans endeten knapp über der Vertiefung, wo ihr Oberschenkel anfing. Er hatte sie in den vergangenen Jahren nur einmal gesehen, und zwar vor ein paar Wochen, als sie mit ihrem Hengst auf der Straße unterwegs gewesen war und an der Zufahrt zur Ranch der Bradens angehalten hatte. Rex ließ den Blick über ihren Körper schweifen und schluckte. Unter ihrem cremefarbenen T-Shirt ließ sich jeder Zentimeter ihrer köstlichen Kurven erahnen. Ihr pechschwarzes Haar reichte ihr fast bis zur Taille. Rex fiel auf, dass ihre Haare genau die gleiche Farbe hatten wie ihr Hengst, der ganz entspannt neben ihr stand.

Jade hatte ihn noch nicht bemerkt. Er wusste, dass er Hope wenden und davonreiten sollte, solange es noch ging. Aber sie war so verdammt schön, dass er sich nicht losreißen konnte. Sein Körper reagierte in einer Weise, die ihn leise fluchen ließ. Jade Johnson war die kratzbürstige Tochter von Earl Johnson. Sie war absolut tabu – war es immer gewesen und würde es immer sein. Trotzdem raste sein Puls und ein Pochen durchzuckte seine Lenden. Fünfzehn Jahre hatte er sich gezwungen, nicht an sie zu denken, und als er jetzt sah, wie sich ihre Schultern mit jedem Atemzug hoben und senkten, konnte er nicht anders. Er fragte sich, wie es wäre, die Finger in ihrer dichten Mähne zu vergraben, oder wie sich ihre Brüste an seiner nackten Haut anfühlen würden. Eine verlockende Vorstellung. Aber sie quälte ihn, denn im Widerstreit zwischen der Verlockung des Verbotenen und der tief sitzenden Loyalität seinem Vater gegenüber fühlte er sich machtlos.

Jade Johnson wusste, dass sie Flame nicht in die Schlucht hätte reiten sollen, aber sie war noch vor Sonnenaufgang aus einem rastlosen erotischen Traum aufgewacht und brauchte ein Ventil für die sexuellen Bedürfnisse, die sie schon viel zu lange unterdrückte. *Verdammtes Weston, Colorado.* Wie zum Teufel sollte eine einunddreißigjährige Frau hier irgendeine Beziehung zu einem Mann aufbauen? In einer Stadt, in der jeder jeden kannte und in der es keine Geheimnisse gab? Dabei hatte sie gedacht, sie hätte ihr Leben im Griff. Nachdem sie an der Veterinärschule in Oklahoma ihren Abschluss gemacht hatte, hatte sie die Prüfungen für tierärztliche Akupunktur abgelegt und gleichzeitig eine Fortbildung in Shiatsu für Pferde absolviert. Dann hatte sie eine volle Stelle in der großen Tierpraxis angenommen, wo sie während des Studiums stundenweise gearbeitet hatte. Sie und der Sohn des Besitzers, Kane Law, waren ein Paar gewesen, und als sie ein Jahr später ihre eigene Praxis eröffnete, hatte sie sich eine gemeinsame Zukunft mit ihm vorgestellt. Wie hätte sie wissen sollen, dass er ihren Erfolg als Bedrohung auffassen würde – oder dass er so besitzergreifend werden würde, dass sie die Beziehung beenden musste? Sie hatte keine andere Wahl als nach Hause zurückzukehren. Er hatte ihr beharrlich nachgestellt und sie unaufhörlich belästigt. Doch nun war sie seit ein paar Monaten wieder hier und fragte sich allmählich, ob die Rückkehr in die kleine Stadt Weston nicht ein Fehler gewesen war. Eine Veterinärlizenz für Colorado zu bekommen war gar kein Problem gewesen, aber statt wieder eine richtige Praxis aufzubauen, arbeitete sie eher nach Bedarf. Sie fuhr zu den Farmen in der Umgebung und half aus, wo es nötig war, ging jedoch keine langfristige Verpflichtung ein, während sie überlegte, wo sie Wurzeln schlagen und noch einmal von vorn anfangen wollte.

Wütend warf sie einen dicken Stein ins Wasser. Sie war sauer, weil sie das Risiko eingegangen war, mit Flame den steilen Hügel hinunterzuklettern. Sie hätte es besser wissen müssen, aber Flame war ein robuster Araber und mit seinen gut eins fünfzig Stockmaß hatte er die kräftigste Hinterhand, die sie je gesehen hatte. Flame konnte sich schneller um die eigene Achse drehen, wenden und sprinten als jedes Pferd, das sie jemals geritten hatte, und er reagierte ohne Verzug auf seinen

Reiter. Sein kurzer Rücken, der starke Knochenbau und die unglaublich muskulösen Lenden ließen ihn unverwüstlich erscheinen. Als Flame stolperte, hatte Jades Herz fast einen Schlag ausgesetzt. Er hatte sich gleich wieder gefangen, aber sein Gang hatte sich verändert, und als sie abgestiegen war, schonte er sein linkes Vorderbein. Jetzt saß sie hier fest und hatte keine Möglichkeit, ihn nach Hause zu bringen, ohne die Verletzung noch schlimmer zu machen.

Verdammt. Sie beugte sich vor und wuchtete einen weiteren schweren Stein hoch, um damit noch mehr von ihrem Frust ins Wasser zu schleudern. Das Haar fiel ihr wie ein Vorhang über das Gesicht und sie warf es mit einer staubigen Hand über die Schulter zurück. Dann nahm sie den Stein und – *Mist!* Sie ließ den Stein fallen und verengte die Augen, als sie Rex Braden auf seiner Stute sah.

Was erlaubt er sich! Starrt mich an, als sei ich ein Stück Fleisch. Auch wenn er so aussah, wie sich jede Frau einen Cowboy zusammenfantasierte, in seiner eng anliegenden Jeans, unter der sich seine Schenkel oh so verführerisch wölbten. Sie ließ den Blick zu seinem dunklen Hemd schweifen, das über der Brust spannte, und verfluchte sich leise, weil sie sich unwillkürlich die Lippen leckte. Sie versuchte, ihm nicht ins gebräunte Gesicht zu starren, das mit seinen Bartstoppeln so sexy aussah, dass sie am liebsten die Hand ausgestreckt und sein markantes Kinn gestreichelt hätte. Aber ihre Augen gehorchten ihr nicht.

»Was starrst du so?«, fauchte sie den Sohn des Mannes an, über den sich ihr Vater seit Jahrzehnten aufregte. Als sie in die Stadt zurückgekehrt war, hatte sie gehofft, dass sich alles eingerenkt hätte. Sie war auf Flame an der Ranch der Bradens vorbeigeritten. Rex und seine Familie hatten an der Zufahrt gestanden und zwei zerbeulte Autos begutachtet, die gerade zusammengerasselt waren. Sie hatte ihnen Hilfe angeboten, ungeachtet der Fehde, die schon vor ihrer Geburt begonnen hatte. Doch während sein Bruder Hugh wenigstens mit ihr gesprochen hatte, hatte Rex nur die schwelenden dunklen Augen verengt und den Kiefer angespannt. Solch ein Verhalten würde sie sich von niemandem bieten lassen. Und schon gar nicht von Rex Braden. Sie hatte sich alle Mühe gegeben, sein hübsches Gesicht zu vergessen, doch er war jahrelang der Mann gewesen, an den sie tief in der Nacht dachte, wenn die Einsamkeit einsetzte und ihr Körper sich nach menschlicher Berührung sehnte. Immer war es sein Gesicht, das ihr vorschwebte, wenn sie zwischen den Laken dahinschmolz.

»Dich starre ich jedenfalls nicht an«, antwortete er und reckte das Kinn.

Jade baute sich in ihren neuen Rogue-Stiefeln zu voller Größe auf und stemmte die Hände in die Hüften. »Komisch. Mir kommt es vor, als würdest du mich anstarren.«

Rex verzog das Gesicht zu einem schiefen Lächeln und deutete mit dem Kopf auf das Wasser. »Willst du die Schlucht neu dekorieren?«

»Nein!« Sie ging zu Flame und fuhr mit der Hand über seine Flanke. *Wieso er? Von allen Männern, die angeritten kommen könnten, musste es ausgerechnet der sein, der mein Herz wie das eines Schulmädchens flattern lässt?*

»Wir machen nur eine Pause, das ist alles.« Sie konnte den Blick nicht von seinen beeindruckenden Oberarmmuskeln wenden. Schon als Teenager hatte er die nervöse Angewohnheit gehabt, gleichzeitig den Kiefer und die Arme anzuspannen – und Jade wurde klar, dass es immer noch die gleiche Wirkung auf sie hatte wie früher.

»Lahmer Hengst?«, fragte er. Seine Stimme war tief und

kräftig.

Alles, was er sagte, klang sinnlich. »Nein.« *Lieber Himmel, ich bin doch sonst nicht so einsilbig.* Sie war in der Schule drei Klassen unter Rex gewesen, und in all den Jahren, die sie ihn kannte, hatte er wahrscheinlich kaum mehr als ein Dutzend Worte mit ihr geredet. Sie verengte die Augen und erinnerte sich, wie sie über jede seiner mürrisch gemurmelten Silben geschmachtet hatte, obwohl ihnen gewöhnlich ein abweisendes Grunzen vorausging, das sie immer der Fehde zwischen ihren Familien zugeschrieben hatte.

»Okay, alles klar.« Er drehte sein Pferd um und ritt langsam davon.

Jade starrte auf seinen breiten Rücken, während er sich immer weiter entfernte. *Verdammt. Was, wenn sonst niemand kommt?* Sie sah zum Himmel. Die Sonne stieg langsam immer höher. Wahrscheinlich war es erst halb sieben oder sieben Uhr. Niemand würde zur Schlucht kommen. Sie verfluchte sich, weil sie ohne Handy losgeritten war. Sie gehörte nicht zu den Frauen, die rund um die Uhr erreichbar sein mussten. Tagsüber hatte sie es immer dabei, aber heute Morgen hatte sie nur ausreiten wollen, ohne jede Ablenkung. Jetzt saß sie fest und er war ihre einzige Hoffnung. Flame nach Hause zu bringen war wichtiger als jede Familienfehde. Und wichtiger als ihre eigenen widersprüchlichen hasserfüllten und lustvollen Gedanken zu dem eingebildeten Mann, der im Begriff war zu verschwinden.

Sie schüttelte den Kopf, stampfte mit dem Fuß auf und wünschte, sie hätte ihre Reitstiefel getragen. Die Spitzen ihrer neuen Rogues waren zerschrammt und schmutzig. Konnte der Tag eigentlich noch schlimmer werden?

»Hey!«, rief sie ihm nach. Als er nicht stehen blieb, dachte sie, er hätte sie nicht gehört. »Hey, hörst du nicht?«

Er brachte seine Stute langsam zum Stehen, drehte sich aber nicht um. »Redest du mit mir? Ich dachte, du redest mit deinem lahmen Pferd.« Er warf einen Blick über die Schulter zurück.

Idiot. »Er heißt Flame und er ist verdammt noch mal das beste Pferd weit und breit, also pass auf, was du sagst.«

Sein Pferd setzte sich träge in Bewegung.

»Warte!« *Verdammt noch mal!* Sie biss die Zähne zusammen und widerstand dem Wunsch, ihm genau zu sagen, was sie von ihm hielt. Sie warf Flame einen raschen Blick zu. Er schonte immer noch sein Bein, und ihr Entschluss stand fest.

»Warte bitte.«

Sein Pferd blieb wieder stehen.

»Ich muss ihn nach Hause bringen, aber alleine schaffe ich es nicht.« Wieder stampfte sie mit dem Fuß auf, als er sein Pferd wendete und zurückkam. Er sah Jade mit durchdringenden dunklen Augen an.

»Kannst du mir helfen, ihn hier rauszuholen?« Aus der Nähe betrachtet waren seine Muskeln noch praller, malten sich unter dem Hemd noch deutlicher ab, als sie gedacht hatte. Sein Hals war auch kräftiger. Alles an ihm strahlte Männlichkeit aus. Sie verschränkte die Arme, um ihre Nerven zu beruhigen, als er sich mit seiner Antwort ein wenig zu lange Zeit ließ. »Hör zu, wenn du nicht kannst …«

»Reg dich nicht auf«, sagte er ruhig.

»Kein Grund, unhöflich zu werden.«

»Ich muss dir überhaupt nicht helfen«, sagte er und äffte sie nach, indem er ebenfalls die Arme verschränkte.

»Gut. Du hast recht. Tut mir leid. Kannst du mir bitte helfen, ihn hier rauszuholen? Er schafft die Steigung nicht.«

»Und wie meinst du soll das gehen?« Er blickte zu dem steilen Abhang, der nur ein paar Meter vor ihnen lag, dann den

Hohlweg am felsigen Ufer hinauf. »Du hättest ihn nicht hierher bringen sollen. Warum reitest du überhaupt einen Hengst? Hengste sind furchtbar launisch. Was hast du dir dabei gedacht? Ein Mädchen wie du kann in diesem Gelände nicht mit einem solchen Pferd umgehen.«

»Ein Mädchen wie ich? Nimm bitte zur Kenntnis, dass ich Tierärztin bin. Außerdem habe ich mein ganzes Leben mit Pferden gearbeitet.« Sie spürte, wie ihr das Blut in die Wangen stieg. Trotzig schob sie die Hüfte vor, wie sie es als Teenager immer gemacht hatte.

»Hab ich auch schon gehört.« Er senkte das Kinn, hob den Blick und sah sie unter dem Rand seines Stetsons hervor an. »Allerdings scheint dir diese ganze Tierarztausbildung nicht viel gebracht zu haben, nicht wahr?«

Verdammt! Es war zum Verrücktwerden! Jade schürzte die Lippen und stapfte beleidigt davon. »Vergiss es. Ich schaffe es auch allein.«

»Klar«, murmelte er.

Sie spürte seinen Blick im Rücken, als sie Flames Zügel nahm und versuchte, ihn den steilen Abhang hochzuführen. Das muskulöse Pferd machte drei Schritte, dann blieb es stehen und rührte sich nicht mehr von der Stelle. Sie stöhnte und redete ihm gut zu, aber Flame war verletzt und hatte offenbar nicht vor, ihr zu gehorchen. Sie lief rot an.

»Mach du nur weiter so. Ich bin in einer Stunde zurück und hole dich und dein lahmes Pferd.«

In einer Stunde, na prima. Am liebsten hätte sie ihm gesagt, dass er sich beeilen sollte, aber sie wusste, wie lange es zurück zur Braden-Ranch dauerte, und sie hatte keine Ahnung, wie er den Pferdeanhänger in die Schlucht bekommen wollte. Sie sah ihm nach, als er davonritt, und kam sich entsetzlich dumm vor.

Das Ganze war ihr furchtbar peinlich. Sie war wütend und fühlte sich gleichzeitig wahnsinnig angezogen von diesem störrischen Idioten von Mann.

Ende des Auszugs

Wenn Ihnen die Vorschau gefallen hat, können Sie *Für die Liebe bestimmt* Ihrem Online-Buchhändler erwerben und gleich weiterlesen!

Love in Bloom – Herzen im Aufbruch

Für noch mehr Vergnügen lesen Sie die Bücher der Reihe nach.
Sie werden in jedem Band bekannte Figuren wiederfinden!

Bisher erschienen in deutscher Sprache:

Die Bradens (Trusty, Colorado)

Bei Heimkehr Liebe
Bei Ankunft Liebe
Im Zweifel Liebe
Bei Rückkehr Liebe
Trotz allem Liebe
Bei Aufprall Liebe

Die Snow-Schwestern

Schwestern im Aufbruch
Schwestern im Glück
Schwestern in Weiß

Die Bradens (Weston, Colorado)

Im Herzen eins
Für die Liebe bestimmt
Freundschaft in Flammen
Wogen der Liebe (erscheint 2017 auf Deutsch)
Liebe voller Abenteuer (erscheint 2018 auf Deutsch)
Verspielte Herzen (erscheint 2018 auf Deutsch)

Bisher erschienen in englischer Sprache:

The Remingtons

Game of Love
Strokes of Love
Flames of Love
Slope of Love
Read, Write, Love

Seaside Summers

Seaside Dreams
Seaside Hearts
Seaside Sunsets
Seaside Secrets
Seaside Nights
Seaside Embrace
Seaside Lovers
Seaside Whispers

The Bradens (Peaceful Harbor)

Healed by Love
Surrender my Love
River of Love
Crushing on Love
Whisper of Love
Thrill of Love

Entdecken Sie Melissa Fosters Bücher auch auf:
www.melissafoster.com/herzen-im-aufbruch

9 781941 480960